Charlotte Jacobi
Die Douglas-Schwestern

Charlotte Jacobi

Die *Douglas* Schwestern

Roman

PIPER

Mehr über unsere Autoren und Bücher:
www.piper.de

Wenn Ihnen dieser Roman gefallen hat, schreiben Sie uns unter Nennung des Titels »Die Douglas-Schwestern« an *empfehlungen@piper.de*, und wir empfehlen Ihnen gerne vergleichbare Bücher.

Von Charlotte Jacobi liegen im Piper Verlag vor:
Elbstrand-Saga:
Band 1: Die Villa am Elbstrand
Band 2: Sehnsucht nach der Villa am Elbstrand
Band 3: Sturm über der Villa am Elbstrand

Die Douglas-Schwestern

FSC
www.fsc.org
MIX
Papier aus verantwortungsvollen Quellen
FSC® C083411

Originalausgabe
ISBN 978-3-492-31647-7
Dezember 2020

Redaktion: Kerstin von Dobschütz
Satz: Kösel Media GmbH, Krugzell
Gesetzt aus der Adobe Garamond
Druck und Bindung: CPI books GmbH, Leck
Printed in the EU

PROLOG

1897

Marie Carstens hob ihr zartes Näschen in den Hamburger Sommerhimmel und schnupperte. Wie viele Gerüche es hier gab! Nach Gewürzen, nach Kaffee, nach der weiten Welt, nach Blumen, nach Abenteuer und nach Freiheit. Die Elfjährige war an diesem warmen Julitag des Jahres 1897 mit Frau Fehling, der Köchin ihrer Familie, unterwegs, um einzukaufen. Das Mädchen konnte sein Glück kaum fassen: Am Morgen hatte die stets besorgte Stiefmutter erklärt, sie habe mit Maries jüngerer Schwester einen Arzttermin, und die Köchin solle während ihrer Abwesenheit auf die ältere Tochter achten. Das bedeutete für Marie ein paar Stunden ohne strenge und überängstliche Blicke.

Odile Carstens sorgte sich ständig wegen irgendetwas. Sie hätte die Mädchen am liebsten dauernd im Blick gehabt, deshalb fühlte Marie sich bisweilen wie in einem goldenen Käfig.

An ihre leibliche Mutter hatte Marie keine Erinnerungen mehr, da sie kurz nach der Geburt der zwei Jahre jüngeren Anna an der Cholera gestorben war. Aber fürsorglicher und ängstlicher als Odile, die der Vater der Mädchen nach einem Jahr als Witwer geheiratet hatte, konnte keine biologische Mutter sein! Erst kürzlich hatte sie Frau Fehling angewiesen, jede Mahlzeit so lange zu kochen, bis sämtliche Bakterien abgetötet seien. Obwohl Marie wusste, dass man Bakterien nicht sehen konnte, hatte sie unwillkürlich nach kleinen Tierchen Ausschau gehalten. Aber es war so lecker gewesen, dass sich ihre Bedenken schnell zerstreut hatten.

Mit einem Mal wurde das Mädchen durch einen üblen Geruch aus seinen Gedanken gerissen. Unwillkürlich rümpfte es die Nase. Kein Wunder: Sie waren am Fischmarkt angekommen. Marie liebte das Menschengewimmel dort, die Seefahrerabenteuer, die man in den Gesichtern der Fischer lesen konnte. Weniger schätzte sie jedoch den Geruch von Fisch, wenn er nicht mehr ganz frisch war – etwas, das Marie immer sofort bemerkte. Und sie fand die toten Wesen mit ihrer glänzenden, schuppigen Haut und den hohlen Augen unheimlich. Bei dem Gedanken, den Fisch später essen zu müssen, drehte sich ihr der Magen um. Schnell schaute sie weg – und direkt in das Gesicht einer wunderschönen Dame, die neben ihr stehen geblieben war. Marie fiel sogleich der herrlich angenehme Duft der nobel gekleideten Mittzwanzigerin auf. Regelrecht magisch roch sie. Nach … Vanille. Danach duftete auch der Pfeifentabak ihres Papas: Vor allem wenn dieser lange fort gewesen war, sog Marie den vertrauten Geruch geradezu gierig ein. Er signalisierte, dass Heinrich Carstens von einer seiner vielen Reisen zurückgekehrt war. Dann waren sie und Anna nicht mehr den Ängsten ihrer Stiefmutter ohne die ausgleichende Wirkung des Vaters ausgeliefert.

Im Duft dieser Fremden machte Marie zudem einen Hauch von Rosen aus. Und etwas Aufregendes, das sie nicht einordnen konnte.

»Sie riechen aber gut«, platzte sie heraus und strahlte die Dame an.

»Marie«, kam es tadelnd von der dürren Köchin. »Denk an deine Mutter: Nicht mit fremden Leuten sprechen!«

Beschämt senkte das Mädchen den Blick.

»Schon gut«, beschwichtigte jedoch die Schöne. »Ich kenne die Kleine. Maria Carstens – mein Mann und ihr Vater sind gute Geschäftsfreunde.«

»Aber Maria nennt mich niemand, alle sagen Marie«, erklärte das Kind.

Frau Fehling nahm die junge Dame nun genauer ins Visier und erkannte sie schließlich: »Ach, Frau Kolbe … Bitte verzeihen Sie meine Unaufmerksamkeit, gnädige Frau!«

Die Köchin wirkte meist recht selbstsicher, doch Marie merkte deutlich, wie unangenehm es ihr war, die Freundin ihrer Herrschaft nicht sofort erkannt zu haben. Aber es war ihr ja selbst so gegangen. Sie hatte Frau Kolbe bisher noch nie bemerkt. Das war jedoch kein Wunder, denn in den seltenen Fällen, in denen ihr Vater bei ihrer Stiefmutter Empfänge oder Teeeinladungen durchgesetzt hatte – Odile Carstens befürchtete stets, bei solchen Anlässen ausspioniert zu werden –, hatte sie die Mädchen nach einer kurzen Begrüßung der Gäste stets sofort auf ihre Zimmer verbannt.

»Erinnerst du dich an mich, Marie?«, fragte Frau Kolbe nun auch, und Marie schüttelte verlegen den Kopf.

»Nicht schlimm«, lachte die Dame. »Ich an deiner Stelle würde die vielen Erwachsenen auch nicht auseinanderhalten können. Aber es freut mich, dass dir mein Duft gefällt. Das ist ein Parfüm. Damit sprühen sich feine Damen – und manchmal auch die Herren – ein, um gut zu riechen. Du kennst das bestimmt von Seifen. Die stellt mein Mann her. Sie duften ebenfalls, wenn auch nicht ganz so stark wie Parfüm.«

Mit einem Seitenblick auf die Köchin vergewisserte sich Marie, dass es in Ordnung war, wenn sie noch weiter mit der netten Dame plauderte. Die lächelte ihr aufmunternd zu. »Du kennst die Produkte von Frau Kolbe«, erklärte die Köchin. »Die Chinesische Himmelsseife benutzt du jeden Tag.«

»Ja«, rief Marie. »Die riecht so wundervoll. Immer wenn ich mir die Hände gewaschen habe, schnuppere ich ganz lange daran.«

»Wie schön«, sagte Berta Kolbe schmunzelnd. Dann fiel ihr etwas ein. »Wenn du möchtest, kannst du mich begleiten. Ich brauche dringend einen neuen Duft und wollte eine Parfümerie besuchen. Vielleicht finden wir für dich ja auch etwas Schönes.«

Marie spürte ihr Herz schneller schlagen, eine Parfümerie hatte sie schon immer einmal von innen anschauen wollen, doch ihre Stiefmutter hatte es nicht erlaubt. Ein ganzer Laden voller schöner Düfte! Flehend flog der Blick des Mädchens zu Frau Fehling. »Darf ich?«

Die Köchin zögerte. »Nun, ich weiß nicht. Ich müsste eigentlich erst die Erlaubnis meiner Herrschaft einholen.«

»Das ist mir bewusst«, pflichtete Berta Kolbe ihr bei. »Und ich würde es von meinem Personal ebenso erwarten. Aber ich kenne Maries Eltern wirklich gut und bin sicher, dass ihr *Vater*« – sie betonte das Wort auffällig – »nichts dagegen hätte. Wenn sich schon einmal die Gelegenheit ergibt, sollte man sie nutzen.«

Marie wusste nicht, warum, aber sie hatte das Gefühl, dass sich das Gespräch zwischen den beiden Frauen auf einer anderen Ebene abspielte. Sie hatte dies schon oft bei Erwachsenen beobachtet: dass sie etwas sagten und gleichzeitig noch eine unausgesprochene Botschaft weitergaben. Dann redeten sie anders, eindringlicher irgendwie, und sahen sich vielsagend an.

Ob Frau Kolbe wusste, dass ihre Stiefmutter sie in ihrer Ängstlichkeit regelrecht einsperrte? Hatte sie deshalb nur den Vater erwähnt und gesagt, dass der sicherlich nichts dagegen hätte? Was auch immer die stumme Botschaft war – sie kam an.

Frau Fehling stimmte zu. »Also gut. Mit Frau Kolbe unterwegs zu sein ist für dich sicher spannender als mit mir alter Köchin.« Marie wollte protestieren und beteuern, Frau Fehling sei nicht alt und ihre Gesellschaft nicht langweilig, doch diese winkte ab. »Schon gut. Wichtig ist nur, dass wir später gemeinsam nach Hause gehen.«

Wieder wechselten die beiden Frauen einen vielsagenden Blick, und Marie war sich nun sicher, dass sie sich gegenseitig das Versprechen gaben, der Stiefmutter nichts von ihrem Abenteuer zu erzählen. Was das Ganze natürlich noch aufregender machte!

»Dann ist es also abgemacht«, sagte Berta Kolbe. »Treffen wir uns in einer Stunde wieder hier?«

»Ich werde da sein«, bestätigte Frau Fehling und lächelte herzlich.

Schnurstracks ging Berta Kolbe mit Marie in ein kleines Parfümgeschäft der Firma Dralle in der Mönckebergstraße. »Das darf mein Mann nicht erfahren«, flüsterte sie dem Mädchen verschwörerisch zu. »Dralle stellt nämlich ebenfalls Feinseifen her. Dadurch ist er Konkurrenz, aber ich liebe die Parfüms einfach. Außerdem kann es ja nicht schaden, die Mitbewerber zu kennen.«

Marie, die ohnehin ganz aufgeregt war, fühlte sich mit einem Mal äußerst wichtig und nickte ernst. Nun teilten sie und Frau Kolbe also ein Geheimnis.

Die Ladentür klingelte verheißungsvoll, und sogleich strömte den beiden ein betörendes Duftgemisch entgegen. Wie berauscht, wie geblendet sah Marie sich um und fühlte sich wie im Paradies. Wohin sie auch blickte, standen kunstvoll geschliffene Gläser, in denen verschiedenfarbige Flüssigkeiten glitzerten. Wie in einem Märchenpalast, dachte Marie verzaubert.

In diesem Moment kam eine feine Dame auf sie zu – die Verkäuferin, die der Fabrikantengattin in Aussehen und Eleganz in nichts nachstand. »Guten Tag, Frau Kolbe«, grüßte sie verblüfft, aber herzlich. »Was verschafft uns die Ehre? Und wen haben Sie denn da mitgebracht?«

»Das ist Marie Carstens«, stellte sie das Mädchen vor.

Marie machte einen Knicks.

»Es freut mich sehr, dich kennenzulernen, Fräulein Marie«, meinte die Dame mit dem sorgsam frisierten, blonden Haarturm freundlich.

»Die Kleine interessiert sich für Parfüm, vielleicht finden wir ja einen passenden Duft für sie«, sagte Berta Kolbe.

»Dann wollen wir mal sehen«, murmelte die Verkäuferin und nahm einen besonders hübsch aussehenden Flakon aus dem Regal. »Das ist *Extrait de Lilas*, ein Parfüm von Delettrez für Damen. Es ist ganz neu.«

»Das heißt Flieder«, übersetzte Marie.

»Du kannst aber gut Französisch«, lobte die Verkäuferin. »Da habt ihr sicher einen guten Lehrer. Ich finde es schön, wenn die jungen Frauen diese Sprache heutzutage lernen.«

»Danke«, erwiderte das Mädchen stolz. »Unser Lehrer kann aber gar nicht so gut Französisch. Meine Stiefmutter kommt aus Elsass-Lothringen. Sie spricht mit uns zu Hause oft in dieser Sprache.«

»Da hast du aber Glück«, sagte die Verkäuferin, »wenn du später mal dorthin reist, stehen dir alle Türen offen.«

Marie, die es bisher als selbstverständlich erachtet hatte, Französisch zu können, freute sich: Zumindest mit ihrer Sprache hatte ihnen die Mutter also ein Stück weite Welt geschenkt.

Vorsichtig strich Marie mit dem Finger über den Flakon und ließ dabei erneut ihren Blick über die Regale schweifen. Dass all die Fläschchen hier so schön waren, erfüllte das Mädchen mit tiefer Zufriedenheit, schließlich waren in ihnen ja die schönsten Düfte der Welt gefangen. Nicht auszudenken, man hätte diese flüssigen Juwelen – ja, genau so kamen sie Marie vor – in hässlichen Gefäßen versteckt!

Währenddessen öffnete die Verkäuferin den Flakon und betupfte Maries Handgelenk mit dem Parfüm. »Dann wollen wir mal sehen, ob es wirklich nach Flieder riecht«, sagte sie.

Das edle Elixier fühlte sich angenehm kühl auf Maries Haut an. Sie hob das Handgelenk an die Nase und sog tief den Duft ein. Der Geruch war überwältigend. Als manifestierten sich alle Fliederpflanzen dieser Welt in diesem einzigen Tropfen.

»Scheint dir zu gefallen«, stellte die Verkäuferin fest. Marie nickte eifrig, und die Dame holte ein weiteres prachtvolles Fläschchen aus dem Regal. »Weil du ja so klug bist, verrate ich dir nicht, wie dieser Duft heißt oder was die Duftstoffe sind. Ich bin gespannt, ob du es errätst.«

»Vanille«, erkannte Marie sofort voller Stolz, als sich der Duft ausbreitete. »Das erinnert mich an meinen Papa, wenn er seine Pfeife raucht. Aber es riecht viel besser. Eleganter. Ein wenig wie das Parfüm von Frau Kolbe. Und …« Sie suchte nach Worten. »Es verzaubert mich. Das schafft der Geruch von Papas Pfeife nicht.«

Berta Kolbe lachte. »Stimmt, das ist Vanille. Ich kenne den Tabakgeruch deines Vaters – er raucht die gleiche Sorte wie mein Mann. Du hast schon zwei ganz wichtige Dinge erkannt: Zum einen kommt es immer auf die Dosierung eines Dufts an, also auf die verwendete Menge. Es darf nicht zu viel und nicht zu wenig sein und muss zu den übrigen Düften passen. Zum anderen sind Düfte Erinnerungsträger. Jeder Mensch hat seinen eigenen Duft, und dazu muss das Parfüm passen. Deswegen riecht das gleiche Parfüm an zwei Menschen unterschiedlich.«

Marie lauschte mit großen Augen. »Erinnerungsträger?«, wiederholte sie versonnen. »Wenn ich Zimt rieche, dann denke ich immer an Frau Fehling«, sagte sie schließlich. »Bestimmt, weil sie mir so oft Franzbrötchen backt. Die liebe ich.«

»Siehst du«, sagte Berta Kolbe. »Und darum parfümieren manche Frauen auch ihre Liebesbriefe. Damit der Empfänger dann gleich von ihrem Duft betört wird und ihn mit der Dame seines Herzens in Verbindung bringt.«

Marie errötete. Dass jemand so offen von der Liebe sprach, war das Mädchen nicht gewohnt.

»Möchtest du noch einen Duft ausprobieren?«, fragte die Verkäuferin und rettete Marie damit aus ihrer Verlegenheit.

Sie nickte eifrig.

»Du kannst nacheinander bis zu drei Düfte versuchen«, sagte die Dame. »Mehr besser nicht, sonst kommt dein Geruchssinn durcheinander.« Sie zauberte einen weiteren Flakon hervor. »Es geht nun wieder um eine Blume – und um eine Geschichte, die mit diesem Duft zu tun hat. Denn du hast ja inzwischen erfahren, dass Düfte Erinnerungsträger sind, und folglich hat jeder Duft auch eine Geschichte, eigentlich mehrere, eine für jede Frau, die ihn trägt. Aber diese Geschichte ist ganz besonders. Wenn du möchtest, erzähle ich sie dir.«

»Ja, bitte«, entgegnete Marie mit ernster Miene. »Aber erst mal der Duft.«

Die Verkäuferin wollte den Flakon schon entkorken, doch Berta Kolbe nahm ihn ihr mit einem charmanten Lächeln aus der Hand. »Wir kommen schon zurecht«, sagte sie.

»Gewiss, Frau Kolbe«, antwortete die Dame respektvoll. »Lassen Sie mich wissen, wenn Sie etwas benötigen.« Mit diesen Worten zog sie sich zurück und begann, in einem der Regale Flaschen zu sortieren.

Marie sah ihr enttäuscht nach. Nun würde sie die Geschichte wohl doch nicht erfahren. Und es war ihr auch ein wenig unangenehm, dass Frau Kolbe die Verkäuferin so rüde fortgeschickt hatte. Sie wagte allerdings nicht, nach dem Grund zu fragen, und sah zu, wie die Ältere nun den Flakon öffnete, auf dem ein Medaillon mit einer hübschen, blonden Frau im Profil abgebildet war – und dem sogleich ein himmlischer Duft entwich.

»Veilchen«, erkannte Marie auch diesmal sofort.

»Du hast wirklich eine gute Nase«, lobte Berta Kolbe. »Das ist das Bouquet *Marie-Louise* von Edouard Pinaud, ebenfalls ganz neu. Die Namensgeberin ist die Frau auf dem Flakon, die gab es wirklich. Sie liebte Veilchen, deshalb hat sich Pinaud für die Veilchennote entschieden.«

»Das Parfüm heißt ja wie ich«, platzte es aus Marie heraus. »Vielleicht gefällt es mir deshalb so gut.«

»Marie-Louise war die Geliebte Napoleons«, erzählte Berta, und Marie war erleichtert, dass Frau Kolbe die Geschichte offenbar auch kannte. »Seine Frau Josephine hingegen liebte eher Rosen. Um ihr Schloss in Malmaison befand sich ein großer Garten mit ganz vielen Rosen, die der berühmte Maler Pierre-Joseph Redouté porträtierte. Und sie mochte auch Moschus und hat sich mit diesem Duft an Napoleon für seine Untreue gerächt.«

Kurz geriet sie ins Stocken, als überlegte sie, ob ein derartiges Thema für Kinderohren bestimmt sei, fuhr dann aber angesichts Maries faszinierter Miene fort: »Letztendlich hat der Kaiser Josephine für Marie-Louise verlassen. Und sie hat es ihm heimgezahlt, indem sie ganz viel Moschusduft in seinen Räumen verschüttete, den konnte er nämlich nicht ausstehen.«

Marie kicherte.

»Napoleon muss wohl eine ganze Weile darunter gelitten haben, denn Moschus riecht man noch sehr lange, so lange wie keinen anderen Duft.«

Das Mädchen nickte verständnisvoll. »Der arme Napoleon. Ich finde auch nicht, dass Moschus besonders gut riecht.« Dann fragte sie: »Wurde er mit Marie-Louise denn wenigstens glücklich?« Unwillkürlich musste sie an ihre Eltern denken und überlegte, ob ihr Vater mit seiner zweiten Frau noch glücklich war. Sie glaubte es nicht.

Die Fabrikantengattin schüttelte den Kopf. »Nein, nachdem Napoleon die Kriege verloren hatte, entfremdete sie sich von ihm. Sie zog nach Parma, und dort verliebte sie sich in den Duft von Veilchen, die dort in großer Zahl wachsen. Wie Josephine einst für die Rosen wurde Marie-Louise zum Sinnbild für die Veilchen.«

»Ich glaube, Veilchen sind auch mein Duft«, sagte Marie. »Der Duft der Marien.«

Frau Kolbe lächelte. »Ich würde ihn dir gern schenken.«

»Oh«, entfuhr es dem Mädchen überwältigt. »Das ist … das ist großartig, vielen Dank.«

»Es ist mir eine Freude«, sagte Frau Kolbe strahlend.

Doch da verdunkelte sich Maries Miene.

»Was ist?«, fragte die Fabrikantengattin besorgt. »Gefällt dir der Duft doch nicht? Wir können auch einen anderen aussuchen.«

»Ich glaube nicht, dass Maman das erlauben würde. Sie würde sicher furchtbar schimpfen.«

Frau Kolbe beugte sich zu ihr herab. »Sie braucht davon nichts zu erfahren. Das Fläschchen kannst du sicherlich irgendwo verstecken und ab und zu daran riechen. Jedes Mädchen braucht seine kleinen Geheimnisse. Solange es so schöne sind, ist das völlig in Ordnung.«

»Also gut«, sagte Marie ernst. »Dann dürfen Sie mir den Duft gern schenken.«

Eine halbe Stunde später fühlte sich Marie immer noch wie im Paradies. Frau Kolbe hatte sie, weil die beiden noch Zeit hatten, bis Frau Fehling sie erwartete, zu Tee und Kuchen ins exklusive Hübner-Haus eingeladen. Es war *das* Café für Hamburgs feine Gesellschaft, in dem, wie Marie wusste, auch Marie Gräfin von Bismarck-Schönhausen, die Tochter des einstigen Reichskanzlers, ein und aus ging. Wieder eine Namensschwester. Und selbst der Leibkoch des Kaisers bestellte hier.

Während Marie ihren Tee trank und ihren köstlichen Kuchen aß – natürlich Hübners beliebte Marzipantorte –, hob sie immer wieder ihr Handgelenk an die Nase, um den Duft einzusaugen. »Ich habe das Gefühl, dass sogar der Kuchen nach dem Parfüm schmeckt«, murmelte sie.

»Kein Wunder«, erwiderte Berta Kolbe. »Über deine Geschmacksnerven trifft ja beides zusammen.« Sie lächelte versonnen und sagte dann: »Ich finde es schon erstaunlich, was für einen guten Sinn für Düfte du hast. Vor fast siebzig Jahren gab es schon einmal einen jungen Menschen, dem es genauso ging. Ihm habe ich zu verdanken, dass es heute unsere Himmelsseife gibt.«

Vor Neugier vergaß Marie das Kauen. »Wer war dieser Mensch?«, fragte sie.

»John Sharp Douglas. Nach ihm ist unsere Firma benannt. Das war ein junger Schotte, der 1820 nach Hamburg kam. Er wollte eine Seifenfabrik gründen.«

»Und wieso hat er das nicht zu Hause gemacht? Also in Schottland?«, wollte Marie wissen.

»Die Seifensteuern waren ihm zu hoch. Weißt du, was Steuern sind?«

»Geld, das man an den Staat zahlen muss. Papa ärgert sich immer so darüber.«

Berta schmunzelte und nahm einen Schluck Tee, wobei sie den kleinen Finger, wie Marie fasziniert beobachtete, elegant von der Tasse abspreizte. »Siehst du? Und John Sharp Douglas ärgerte sich auch. In Schottland war das wohl, zumindest was die Seife angeht, noch viel schlimmer als hier. Er hatte aber keine Lust, so viele Steuern zu zahlen, und kam deshalb nach Hamburg.«

»Und hat es ihm hier gefallen?«, fragte Marie neugierig.

»O ja, sehr«, sagte Berta. »Ich habe ihn nicht mehr kennengelernt, aber seine Söhne, die die Seifenfabrik später erbten, haben es meinem Mann erzählt. Als John Douglas mit dem Schiff ankam, war er sofort von dem Geruch des Hafens mit all seinen Gewürzen betört. Wegen des Dufts, haben seine Söhne gesagt, habe er sich in Hamburg verliebt.«

»Das kann ich gut verstehen. Ich liebe den Duft unserer Stadt auch.«

»Als John dann in die Stadt verliebt war, hat er sich gleich noch mal verliebt – diesmal in eine Frau«, erzählte Frau Kolbe.

Marie kicherte.

»Johanna Becker war eine wunderschöne Hanseatin, ich habe Bilder von ihr gesehen. Die beiden haben 1830 geheiratet. Im selben Jahr hat Douglas in der Seifenfabrik einen Durchbruch geschafft. Johanna hat ihm also Glück gebracht.« Sie unterbrach sich und lächelte Marie zu. »Aber ich rede zu viel. Du kommst ja gar nicht zum Essen.«

»Oh!« Marie blickte verwundert auf ihren Kuchen. »Ich habe ganz vergessen, dass er da steht. Das passiert mir sonst nie.«

»Und dein Tee wird auch kalt.«

Hastig nahm Marie einen Schluck. »Erzählen Sie mir trotzdem, wie es weiterging?«, bettelte sie. »Es ist so spannend. Ich verspreche auch, dass ich dabei esse und trinke.«

»Aber gern«, sagte Frau Kolbe. »Ich finde diese Geschichte selbst unglaublich faszinierend. Wo war ich stehen geblieben?«

»Da, wo Herr Douglas 1830 geheiratet hat und erfolgreich war.«

»Richtig. Er hat es in diesem Jahr geschafft, den Herstellungsprozess so zu vereinfachen, dass wohlriechende Seife billiger wurde – und mehr Menschen sie sich leisten konnten. Davor war sie sehr teuer gewesen.«

»Weil es schneller ging, konnte er sie auch billiger verkaufen?«, hakte das Mädchen nach.

»Ja, denn die Zeit, in der die Seife hergestellt wird, kostet ja Geld. Denk an die Arbeiter deines Vaters in seinem Korn- und Gewürzhandel. Die bekommen von ihm ja auch Geld. Und je länger sie für etwas brauchen, desto teurer wird es.«

Das leuchtete Marie ein.

»Nun konnten sich also mehr Menschen die Seife leisten, und damit ging natürlich auch der Umsatz von Douglas nach oben. Und der Schotte hat schon damals etwas begriffen, was auch du vorhin bemerkt hast.«

Marie sah sie gespannt an.

»Dass man gut riechende Dinge edel und hübsch verpacken muss. Was für die Parfüms in den Flakons gilt, die du vorhin so bewundert hast, gilt auch für die Seifen. John ließ sie schön einwickeln und etikettieren – und die Leute rissen sie ihm fast aus der Hand. Es war ein großartiger Erfolg. Und er verstand auch etwas davon, seine Produkte bekannt zu machen. Zum Beispiel ließ er den Hausarzt von Goethe und Schiller für sich werben. Mein Mann hatte das Glück, das Geschäft vor genau zehn Jahren zu übernehmen – und sein Vater wiederum hat es weitere zehn Jahre zuvor von den Söhnen des John Sharp Douglas übernommen.«

Marie war beeindruckt. Wie spannend musste es sein, wie dieser Herr Douglas ein eigenes Geschäft zu eröffnen. Am besten eine so schöne Parfümerie wie jene, die ihr die nette Frau Kolbe heute gezeigt hatte.

***

Die Familie Carstens und ihr Personal bewohnten zwei Wohnungen in der dritten Etage sowie den Dachstuhl des Mietshauses Isestraße 89 im vornehmen Stadtteil Harvestehude. Der Vater hatte sich vom Müller zum erfolgreichen Korn- und Gewürzhändler emporgearbeitet, weshalb sie vor fünf Jahren von der Lohmühle im holsteinischen Kellinghusen hierhergezogen waren. Doch sosehr Marie ihr Zuhause am malerischen Isebekkanal auch liebte – nach diesem Ausflug in die Welt der Wohlgerüche war die Rückkehr nach

Hause eher ernüchternd. Zumal Maries Stiefmutter und Anna schon zurück waren und Odile Carstens sich angesichts der Tatsache, ihre ältere Tochter nicht zu Hause vorzufinden, vollkommen hysterisch gebärdete. Kaum waren sie zur Tür herein, überschüttete sie die arme Frau Fehling mit Vorwürfen, was diese sich einbilde, ihre Tochter wie ein Dienstmädchen zum Einkaufen mitzunehmen. Die Angestellte ließ die Gardinenpredigt wortlos und mit gesenktem Kopf über sich ergehen; Marie kannte sie jedoch gut genug, um zu wissen, dass sie mehr wütend als geknickt war. Obwohl Odile Frau Fehlings Herrin war, stand die Köchin, wie Marie fand, irgendwie über ihrer Stiefmutter und war stärker als diese. Dennoch versuchte Marie, Frau Fehling zu verteidigen. »Aber Papa hat gesagt, wir sollen mehr an die frische Luft«, erinnerte sie.

Hätte sie doch besser geschwiegen, denn nun richtete sich die Wut der Stiefmutter gegen sie. Odile nahm ihre Tochter ins Visier und trat näher an sie heran. »Wie riechst du überhaupt?«, schalt sie. »Wie eine … wie eine …« Vor Empörung schnappte sie nach Luft. »Wo war Frau Fehling denn mit dir?«

»Wir sind nur durch die Stadt gegangen. Du weißt doch, wie stark es dort immer nach allem Möglichen riecht … also auf dem Markt«, stammelte Marie.

»Hm«, machte ihre Stiefmutter misstrauisch und zuckte dann seufzend die Achseln. »Aber es lässt sich wohl ohnehin nicht mehr ändern. Geh nach oben auf dein Zimmer! Ich sage Tinette, dass sie dir ein Bad einlassen soll, damit du diesen … diesen furchtbaren Geruch loswirst, bevor euer Unterricht beginnt. Es ist ja nicht zu glauben.«

Erleichtert flüchtete Marie über das Treppenhaus in die zweite Wohnung, in der sich die Zimmer der beiden Carstens-Töchter befanden.

Anna! Sie konnte es kaum erwarten, der Schwester, die ihre engste Vertraute war, von dem aufregenden Nachmittag zu berichten. Und ihr das Parfümfläschchen zu zeigen, das sie in ihrer Rocktasche verbarg.

Wegen Annas Arztbesuch erhielten die Schwestern heute ausnahmsweise nur am Nachmittag Unterricht von ihrem Hauslehrer Herr Kalkbrenner, einem aschgrauen Mann mit Eierkopf, Nickelbrille und verkniffenem Mund, der sich bestens mit ihrer strengen Stiefmutter verstand. Die frisch gebadete Marie quälte sich durch die Mathematikstunde. Anna fiel das Rechnen hingegen leicht, was ihre Schwester überhaupt nicht nachvollziehen konnte. Wie langweilig und öde die Welt der schnöden Zahlen war, dachte Marie, wie grau im Vergleich zu der duftenden, farbigen Welt, die sie am Vormittag kennengelernt hatte!

Als Herr Kalkbrenner schließlich zur Erdkunde wechselte, war sie wesentlich interessierter. Sie fragte sich, wie es in diesem oder jenem Teil der Erde wohl duften würde und ob jede Region einen eigenen Duft hätte – wie die italienische Stadt Parma eben nach den Veilchen von Maries Namensschwester roch. Doch als sie ihren Lehrer danach fragte, musterte der sie mit einem Blick, als hätte sie ihn beleidigt, und verkündete schmallippig, der Ausflug am Morgen habe ihr offenbar wirklich nicht gutgetan. Marie tauschte einen verärgerten Blick mit ihrer Schwester, und ihre Hand tastete nach dem kleinen Parfümflakon, der sich noch immer in ihrer Rocktasche befand. Das Fläschchen, in dem all ihre Träume gefangen waren. Der Stoff, aus dem ihre Zukunft sein würde.

***

»Endlich«, flüsterte Anna, als die Tür aufging und Marie in ihr Zimmer schlich. »Ich dachte, du kommst nie. Ich kann es kaum erwarten, dass du mir alles erzählst. Ihr wart nicht nur auf dem Markt, stimmt's?«

»Woher weißt du das?«, fragte Marie, während sie die Decke anhob und zu ihrer Schwester ins Bett kroch.

»Auf dem Fischmarkt riecht es nicht nach Parfüm«, wusste Anna.

»Stimmt«, bestätigte die Ältere, griff in ihre Nachthemdtasche und zog das Fläschchen heraus. »Darin steckt ein Geheimnis«, sagte sie. »Und unsere Zukunft.«

Anna setzte sich gespannt auf und strich mit den Fingerspitzen über den kunstvollen Flakon.

»Wunderschön«, wisperte sie.

»Ich öffne das Fläschchen jetzt und lasse dich daran riechen. Aber pass auf, dass du keinen Tropfen verschüttest, sonst merkt Maman das morgen. Dann wird sie noch misstrauischer.«

Marie öffnete das Fläschchen und hob es Anna unter die Nase. Das Mädchen schnupperte und schloss genießerisch die Augen. »Das riecht himmlisch«, schwärmte sie. »Woher hast du es?«

Marie erzählte ihr die ganze Geschichte. Und in dieser Nacht, das Parfümfläschchen fest umklammert, leisteten die beiden Schwestern einen Schwur: Als Erwachsene würden sie eine eigene Parfümerie eröffnen – und den duftenden Zauber der ganzen Welt nach Hamburg bringen.

TEIL EINS

1909–1910

1

Odile Carstens seufzte und strich mit Leidensmiene Butter auf ihr halbiertes Rundstück. Sie seufzte erneut und krönte ihr Werk mit einem Klecks roter Erdbeermarmelade, eine von Frau Fehlings vielen Spezialitäten. Mit einem dritten Seufzer nickte sie, als Herr Konradi, der Butler, ihr einen Schluck Kaffee anbot.

Anna, inzwischen zwanzig Jahre alt, bemerkte, dass ihre Schwester Marie einen genervten Blick mit Großmutter Margaretha, genannt Grete, wechselte. Seit dem Tod ihres Mannes vor fünf Jahren wohnte die alte Dame zur Freude ihrer Enkeltöchter bei ihnen im Haus. Die ständige Seufzerei ihrer Schwiegertochter ging ihr genauso auf die Nerven wie den beiden Mädchen. Anna wusste, dass es ihr Vater ebenso empfand, doch wie immer legte Heinrich gegenüber seiner Frau eine bewundernswerte Geduld an den Tag. Nur kurz zuckte es um seine Mundwinkel, als er die Zeitung, den *Hamburgischen Korrespondenten* vom heutigen 15. April 1909, zur Seite legte, um seiner Frau die mit ihrem dauernden Seufzen bezweckte Aufmerksamkeit zu schenken.

»Was fehlt dir denn, meine Liebe?«, fragte er fürsorglich. »Bedrückt dich etwas?«

Wieder einmal dachte Anna, wie sehr sie ihren Vater für

den Umgang mit ihrer Stiefmutter bewunderte. Trotz der ständigen Jammerei schien er sie wirklich zu lieben. Stets nahm er Rücksicht, ging auf die Bedürfnisse seiner Gattin ein und behandelte sie mit stoischer Engelsgeduld.

Odile Carstens, geborene Dubois, hatte er bereits als äußerst ängstliche Frau kennengelernt. Es mochte an ihrer Familiengeschichte liegen: Als junges Mädchen hatte sie ihre Eltern verloren und war aus Straßburg nach Hamburg gekommen. Dort war sie von einem lieblosen Onkel großgezogen worden, der inzwischen verstorben war.

»Ach«, sagte Odile gerade. »Nein, es sind nur wieder diese schrecklichen Kopfschmerzen, die mich plagen.«

»Dann solltest du vielleicht öfter an die frische Luft gehen«, mischte sich Grete ins Gespräch. Sie war die Einzige in der Familie, die Odile zeigte, wie wenig sie von deren Gejammer hielt.

Diese schenkte der weißhaarigen Patriarchin einen leidend-beleidigten Blick. Um einen Konflikt – oder eher einen Tränenausbruch seiner Frau, mit dem sie stets auf Tadel seiner Mutter zu reagieren pflegte – zu verhindern, nahm Heinrich schnell wieder die Zeitung in die Hand und sagte: »Vielleicht wird dich dieser Bericht aufmuntern, meine Liebe. Es geht um das Nobelhotel Atlantic an der Alster. Am 2. Mai soll es endlich seine Pforten öffnen.«

»Oh, ja, Vater, ja, das ist sehr spannend«, rief Anna, die das Ihrige zur Beruhigung der Situation beitragen wollte.

Der Gewürzhändler setzte sich zurecht, räusperte sich und begann vorzulesen. »Es bedeckt fast das ganze Viertel, das von der Straße An der Alster, dem Holzdamm und der Alstertwiete umgrenzt wird. Das Gebäude ist nicht nur in Hamburg einmalig.«

Außerdem sei der Bau von »innerer Pracht, die sich mit

einer höchst praktischen Einrichtung verbindet«, hieß es in dem Artikel. Zweihundertfünfzig Zimmer mit dreihundert Betten und hundert Badezimmer solle die neue Nobelherberge haben, es gebe sogar eine hauseigene Rohrpost.

Er klappte die Zeitung wieder zu und sagte: »Ich schlage vor, wir gehen zur Eröffnung. Wir haben selbstverständlich eine Einladung bekommen. Ich hatte noch keine Gelegenheit, dir davon zu berichten, meine Liebe.«

Seine Frau seufzte wieder. »Ich weiß nicht, Heinrich, das wird mir alles etwas viel.«

»Aber ich möchte mich doch mit meiner schönen Gattin in der Öffentlichkeit schmücken«, schmeichelte der Kaufmann, der sich wie immer nicht von der schlechten Laune seiner Frau beeindrucken ließ. »Und mit meinen beiden Töchtern. Und meiner Mutter«, fügte er noch an.

Doch Grete winkte ab. »Geht ihr mal ohne mich alte Frau«, sagte sie, während Odile ob des empfangenen Kompliments geschmeichelt den Blick senkte.

»Dann ist es also abgemacht«, freute sich der Vater. »Sagt bitte Tinette Bescheid, sie soll einen Termin mit der Schneiderin vereinbaren. Jede von euch benötigt natürlich ein neues Kleid.«

Marie konnte nicht anders, als begeistert in die Hände zu klatschen, womit sie sich sogleich einen strafenden Blick ihrer Stiefmutter einhandelte.

»Entschuldige, Maman«, sagte sie scheinbar artig, aber mit vor Schalk blitzenden Augen.

»Nun denn«, seufzte Odile. »Wir werden größte Sorgfalt an den Tag legen müssen. Sicherlich sind dort einige Männer aus gutem Hause zugegen. Unsere Töchter sind schließlich über zwanzig, es wird höchste Zeit.«

»Du weißt aber schon, dass sie für die Hochzeit das sichere

Haus verlassen werden müssen?«, ließ sich Grete zynisch vernehmen, und Odile warf ihr einen vernichtenden Blick zu.

Marie und Anna schmunzelten über diesen Kommentar, der ihnen aus der Seele sprach. Die ständigen Mahnungen ihrer Stiefmutter, sie müssten bald einen passenden Kandidaten präsentieren, fanden beide ausgesprochen unangenehm. Sonntag für Sonntag schickte sie sie mit Tinette als Anstandsdame auf den Jungfernstieg, um dort zu flanieren – solche sonntäglichen Spaziergänge waren in Wirklichkeit eine Art Heiratsbörse. Hamburgs gute Familien stellten ihre Töchter zur Schau, und so manche hanseatische Dynastie war dort begründet worden.

Immerhin, dachte Anna, schien ihre Stiefmutter nicht zu ahnen, dass sie bereits einen Schwarm hatte – den sie in der Tat am Jungfernstieg kennengelernt hatte: den fünfundzwanzigjährigen Reederssohn Ferdinand de Moor. Ein hochgewachsener Kerl mit sinnlichen Lippen! Wohlweislich hatte Anna sich gehütet, Odile von dem Verehrer zu erzählen. Sie hatte Angst, dass diese ihn ihr mit ihrer übervorsichtigen Art gleich wieder madigmachen würde.

»Ich freue mich sehr auf das Ereignis«, sagte Marie in diesem Moment. »Würdet ihr mich nun bitte entschuldigen? Ich habe Frau Kolbe versprochen, dass ich sie besuchen werde.«

Der Kontakt zu der Älteren, die Marie einst in die Welt der Düfte entführt hatte, war nie abgebrochen; inzwischen verband die beiden Frauen eine langjährige und tiefe Freundschaft.

»Muss das denn sein?«, fand Odile auch hier wieder etwas auszusetzen. »Ständig bist du bei dieser Frau, die doch so viel älter ist als du.«

»Freundschaft kennt keine Altersgrenzen, Maman«, entgegnete Marie.

»Aber an der Elbchaussee ist es gefährlich«, gab Odile nicht nach.

»Also, meine Liebe«, widersprach der Vater. »Du wirst schon entschuldigen, aber die Elbchaussee ist die beste Gegend der Stadt. Die Glücklichen, die dort wohnen, sind doch bestens betucht.«

»Genau deshalb ist es ja so gefährlich dort«, sagte Odile mit bebender Stimme. »Wo viel Geld ist, ist auch viel Gesindel. Erst neulich gab es wieder eine Einbruchserie.«

»Dann ist es ja gut, dass wir da nicht leben«, entgegnete Marie.

»Wie geht es denn Gustav Kolbe?«, fragte der Vater sie nach seinem Geschäftspartner. »Ich habe schon so lange nichts mehr von ihm gehört. Die Zeit rinnt mir einfach durch die Finger.« Ausnahmsweise war nun er es, der seufzte.

Maries Miene verfinsterte sich. »Ich wollte eigentlich schon die ganze Zeit mit dir darüber sprechen, habe aber keinen günstigen Moment gefunden.«

Alarmiert sah Heinrich auf. »Was ist denn mit ihm?«

Marie schluckte. Sie hätte sich dafür ohrfeigen mögen, dass sie den Vater nicht einfach an einem der letzten Abende in seinem Arbeitszimmer aufgesucht hatte. Es ihm nun so sagen zu müssen – auf dessen Nachfrage und vor versammelter Familie und Personal – war eher unangebracht. Aber jetzt ließ es sich nicht mehr ändern.

»Es … es geht ihm leider gesundheitlich sehr schlecht«, brachte sie hervor.

Der Vater runzelte die Stirn. »Was fehlt ihm denn?«, fragte er besorgt.

»Ist es etwas Ansteckendes?«, wollte Odile sofort wissen.

»Ganz bestimmt nicht. Aber an was er genau leidet, weiß ich leider nicht«, entgegnete Marie. »Berta hat es mir nicht von sich aus gesagt, und ich wollte nicht nachhaken. Aber es heißt, dass … dass er nicht mehr lange leben wird.«

Der Vater wurde blass. »Das ist ja furchtbar«, murmelte er. »Gustav Kolbe ist nicht viel älter als ich!«

Er zog seine Serviette vom Schoß, warf sie auf den Tisch und erhob sich. »Ich werde ihm sofort schreiben und meine besten Genesungswünsche übermitteln. Du kannst den Brief dann gleich mitnehmen«, sagte er zu Marie. »Ich mache mir große Vorwürfe, dass ich mich so lange nicht bei ihm gemeldet habe.«

»Das musst du nicht, Papa«, versuchte seine Tochter ihn zu beruhigen. »Du hast so viel in deinem Kontor zu tun.«

»Trotzdem«, beharrte Heinrich. »Guten Freunden steht man bei. Ob man nun viel zu tun hat oder nicht.«

***

Wenig später traf Marie vor der Kolbe-Villa an der Elbchaussee ein. Als das Dienstmädchen sie zu Berta in das Arbeitszimmer geführt hatte, erschrak sie. Nur drei Tage hatte sie die Freundin nicht gesehen, aber in dieser kurzen Zeit war Berta Kolbe beunruhigend gealtert: Um den Mund und zwischen den Augenbrauen hatten sich tiefe Falten eingegraben, Berta war blass und hatte dunkle Ringe unter den trüben Augen. Und kam es ihr nur so vor, oder durchzogen bereits erste graue Strähnen das Haar der inzwischen neununddreißigjährigen Hanseatin? Auch Bertas Kleidung machte Marie Sorgen. Die Frau, die sie einst mit ihrem Geruch verzaubert und ihr ein Parfümfläschchen geschenkt hatte, bestach für gewöhnlich durch ihre Eleganz. Marie hatte sie nie anders als perfekt zurechtgemacht erlebt, selbst wenn sie sie, so wie jetzt, zu Hause aufsuchte. Doch heute trug Berta ihre Haare offen und war mit einem alten, schwarzen, unförmigen Rock und Hausschuhen bekleidet, während sie über Aktenordnern mit Bilanzen brütete.

Als Berta sie bemerkte und nur matt lächelte, schloss Marie die Freundin besorgt in die Arme. »Ich brauche wohl nicht zu fragen, wie es dir geht«, sagte sie mitleidsvoll.

»Es ist so gut, dass du da bist«, seufzte Berta. »Mir verschwimmen die Zahlen schon vor den Augen. Eine Pause wird mir guttun, lass uns in den Salon hinübergehen.«

Wenig später schenkte sie ihrer jüngeren Freundin, die sich auf dem Ohrensessel gegenüber niedergelassen hatte, dampfenden Tee ein. Earl Grey. Maries Lieblingssorte. Die frische Bergamotte traf auf den bitteren Schwarztee und rundete ihn perfekt ab. Marie dachte immer, dass die Hersteller von Tee das gleiche feine Gespür dafür haben mussten, wie verschiedene Geschmacksrichtungen auf- und miteinander wirkten, wie die großen Parfümeure dieser Welt.

»Mein Mann hat mir gestern eröffnet, dass er mir Prokura erteilen möchte«, platzte Berta heraus, nachdem sie den ersten Schluck – wie Marie trank sie ihn stets mit Sahne und Kandiszucker – zu sich genommen hatte. »Er möchte, dass ich die Leitung der Fabrik übernehme.«

»Das ist das Beste, was der Firma passieren kann«, rief Marie im Brustton der Überzeugung und fügte hinzu: »Wenn das jemand hinbekommt, dann du.« Sie nahm die Hand der wesentlich weniger zuversichtlich wirkenden Freundin und sah sie mitfühlend an. »Ich weiß, dass du dich nicht darüber freuen kannst. Weil dich deine Angst vor dem, was kommen wird, lähmt. Aber so schrecklich das alles auch ist – es ist doch gut, dass Gustav vorsorgt. Und dass er eine derart mutige und moderne Entscheidung trifft.«

»Im Grunde hast du recht«, stimmte Berta ihr zu. »Und ich bin ja auch dankbar und stolz, einen Mann zu haben, der derart offen denkt, der die Selbstständigkeit und die Berufstätigkeit von Frauen unterstützt.« Bitter fügte sie hinzu: »Nur wird dieser wunderbare Mann eben nicht mehr lange an meiner Seite sein. Er ist meine große Liebe, Marie. Und nun werde ich ihn verlieren.« Berta kämpfte tapfer die aufsteigenden Tränen nieder.

Marie hielt ihr den Teller mit dem Gebäck hin. »Iss!«, sagte sie und suchte ein besonders dickes Schokoladenplätzchen für die Freundin heraus. »Das wird dir guttun.«

Berta lächelte mit feuchten Augen, Maries hilflose Fürsorge rührte sie.

»Du kannst Gustav einen Gefallen tun«, sagte Marie. »Es ihm leichter machen.«

Überrascht sah Berta auf. »Wie denn?«

»Indem du die Prokura annimmst und ihm versprichst, deinen Weg auf Erden auch ohne ihn weiterzugehen. Und das Werk, das ihm und seinem Vater so am Herzen lag, weiterzuführen.«

»Ich weiß nicht, ob ich das kann«, hielt Berta dagegen.

»Aber natürlich kannst du das«, ermunterte Marie sie. »Du bist doch schon lange die heimliche Seele des Unternehmens.«

Als Berta sie zweifelnd ansah, sprach Marie ihr weiter Mut zu. »Wer hat denn dafür gesorgt, dass die Note des Edlen und Feinen immer mehr unterstrichen wurde? Das warst du, Berta.«

»Sicher. Aber das allein reicht nicht aus. Für die Führung eines Unternehmens braucht es so viel mehr.«

»Und du hast doch auch so viel mehr. Denk nur an all eure treuen und langjährigen Mitarbeiter. Die wissen, was sie tun.«

»Bestimmt – aber sie sind lange nicht so aufgeschlossen wie mein Mann. Einige von ihnen werden eine Frau als Vorgesetzte nicht billigen.«

»Das müssen sie aber«, erklärte Marie bestimmt. »Auch sie haben den Letzten Willen ihres Arbeitgebers zu erfüllen.«

Als sie sah, dass es ihr nicht gelang, Berta mit diesem Argument zu überzeugen, versprach sie: »Wenn du möchtest, werde ich dich nach Kräften unterstützen. Du weißt, wie sehr mich diese Welt fasziniert. Und außerdem«, setzte sie schmunzelnd hinzu, »außerdem muss ich etwas tun, bevor ich doch noch zwangsverheiratet werde.«

Berta lächelte und nahm die Hand der Freundin. »Danke, meine Liebe«, sagte sie. »Zu wissen, dass du an meiner Seite bist, hilft mir wirklich sehr. Ich werde nachher gleich in die Fabrik fahren und den Mitarbeitern Gustavs Entschluss mitteilen. Ich will das nun nicht länger vor mir herschieben. Würdest du mich begleiten?«

»Natürlich«, verkündete Marie hastig. Es schmeichelte ihr sehr, dass Berta sie bei diesem wichtigen Schritt dabeihaben wollte.

2

Wenig später sah sich Marie sämtlichen Mitarbeitern der Seifenfabrikation Douglas gegenüber, die Berta in das geräumige Kontor einbestellt hatte. Soeben hatte sie verkündet, dass sie selbst mit sofortiger Wirkung die Geschäfte ihres Mannes führen werde, und ein überraschtes – teilweise empörtes – Raunen ging durch die Menge.

»Heißt dass, der Herr Kolbe kommt nicht mehr zurück?«, wisperte eine sehr junge rothaarige Frau betreten.

»Ich befürchte, so ist es«, antwortete Berta, und ihre Stimme drohte zu versagen.

Auf ein solches Zeichen der Schwäche schien Herr Eisenreich, der bisherige Stellvertreter ihres Gatten, nur gewartet zu haben. Der hochgewachsene, dürre Mann mit den adrett ondulierten Haaren war ganz rot im Gesicht vor Wut, als er verkündete: »Ich werde Ihre Anweisungen ganz bestimmt nicht befolgen. Eine Frau in so einer Position – lächerlich! Sie haben doch keinerlei Ahnung, da wäre die Firma Ihres Gatten schnell ruiniert.«

Auf diese Kriegserklärung hin herrschte eisiges Schweigen in dem großen Büro, man hätte eine Stecknadel fallen hören können. Alle Augen waren auf Berta gerichtet, Marie biss sich vor Sorge um sie auf die Unterlippe. Einen furchtbaren

Augenblick lang befürchtete sie, die Freundin könne schluchzend hinausrennen.

Doch dann sprach sie mit verblüffend ruhiger Stimme: »Nun, mein Mann hat offenbar mehr Vertrauen zu mir als Sie, Herr Eisenreich. Natürlich steht es Ihnen frei, sich eine Arbeit in einer Firma zu suchen, der keine lächerliche Dame vorsteht. Ich werde Ihnen ein Empfehlungsschreiben ausstellen, das beim Finden einer neuen Anstellung gewiss nicht hinderlich sein dürfte.«

Eisenreich starrte sie fassungslos an.

»Wollen Sie sich das etwa gefallen lassen?«, fragte er in die Runde, doch als keine Reaktion der betreten schweigenden Belegschaft folgte, machte er wütend auf dem Absatz kehrt und eilte aus dem Büro.

Berta räusperte sich und richtete das Wort wieder an die anderen. »Ich will Ihnen nichts verheimlichen, denn wir müssen ab jetzt zusammenhalten: Mein Mann liegt im Sterben.«

Das Mädchen, das zuvor nach seiner Rückkehr gefragt hatte, schluchzte auf. Doch auch in den Augen gestandener Männer konnte Marie es glitzern sehen. Gustav Kolbe musste sehr beliebt bei seiner Belegschaft sein, das spürte Marie deutlich.

»Ich sehe hier viele langjährige Weggefährten«, fuhr Berta mit sanfterer Stimme fort. »Menschen, die schon unter meinem Schwiegervater gearbeitet haben und die meinem Mann seit nunmehr zehn Jahren wichtige und treue Mitarbeiter sind. Lassen Sie ihn jetzt nicht im Stich. Er braucht Sie dringender denn je. Gustav hat mich gebeten, die Firma nach seinem Tod weiterzuführen, und mir ab sofort Prokura erteilt. Glauben Sie mir, ich hätte es auch gerne anders. Was würde ich darum geben, noch Jahrzehnte an seiner Seite stehen zu können.« Ihre Stimme geriet leicht ins Wanken, aber sie hatte sich schnell wieder im Griff. »Doch das Leben hat andere Pläne mit uns. Ich will alles tun, um das Andenken meines Mannes hochzuhalten und den Erfolg der Fabrik fortzusetzen. Dieses Unternehmen, an dem sein Herz so sehr hängt. Darum hat er mich gebeten, und davon werde ich mich nicht abbringen lassen.«

Zustimmendes Gemurmel folgte ihren Worten. Bertas Blick traf den der rothaarigen Frau, die ihr aufmunternd zunickte. Sie fasste neuen Mut. »Aber das kann ich nicht alleine. Dafür brauche ich Sie. Ich weiß, dass es für Sie ungewohnt sein mag, wenn eine Frau die Geschicke eines Geschäfts leitet – aber ganz so ungewöhnlich ist das auch wieder nicht, vor allem im Bereich der Schönheit und der Kosmetik. Und ich weiß, mit Ihnen zusammen kann ich es schaffen. Ohne Sie nicht. Ich werde Ihre Hilfe brauchen.«

Berta schwieg und sah langsam von einem zum anderen. »Es wird nur gemeinsam gehen. Widersacher in den eigenen Reihen können wir nicht gebrauchen. Sie müssen sich entscheiden. Und zwar jetzt. Wer sich mit einer Frau an der Spitze nicht anfreunden kann, den bitte ich, sofort diesen Raum zu verlassen. Von allen anderen erwarte ich uneingeschränkte Loyalität.«

Wieder Schweigen. Dann sagte ein alter Mann mit knarziger, aber entschlossener Stimme: »Ich bin an Ihrer Seite, Frau Kolbe. Mit all meiner Kraft. So, wie ich schon für Ihren Mann und seinen Vater alles gegeben habe.«

Berta strahlte. »Ich danke Ihnen, Herr Eujen.«

»Ich bin auch an Ihrer Seite«, ließ sich die rothaarige Frau vernehmen.

»Ich auch«, sagte eine Ältere – und dann stimmten ausnahmslos alle ein. Da war keiner, der Berta nicht die Solidarität erklärt hatte. Keiner, der den Raum verließ.

Erleichtert und stolz drückte Marie die Hand ihrer Freundin.

***

Der Mai hatte begonnen. Marie fand nach der Rückkehr von einem weiteren Besuch in der Seifenfabrikation Douglas ihre Großmutter im Garten hinter dem Haus am Isebekkanal vor. Die alte Dame teilte mit ihrer Enkelin die Liebe für Blütendüfte und schnupperte beschwingt an den Hyazinthen und Forsythien.

Sie freute sich augenscheinlich, als sie Marie erblickte.

»Na, meine Lütte, wie geht es deiner Berta heute?«

»Sie ist längst nicht mehr so blass. Natürlich ist sie noch bedrückt wegen ihres Mannes, aber sie strahlt wieder Eleganz aus – und auch mehr Lebensfreude. Sie will alles geben, um das Unternehmen weiter erfolgreich zu führen.«

»Was ist denn aus diesem bockigen Eisenreich geworden?«, erkundigte sich Grete, die begonnen hatte, einen Blumenkranz zu flechten.

»Ach, das war witzig«, erklärte Marie kichernd. »Gleich nach der Rede an die Belegschaft meinte Berta zu mir, dass er bestimmt bald reumütig zu Kreuze kriechen und um Entschuldigung bitten werde – und sie diese als Zeichen der den Kolbes eigenen Großzügigkeit annehmen würde. Und stell dir vor …«

»Genau das ist passiert?«, ergänzte ihre Großmutter.

»Richtig«, bestätigte Marie. »Er ist seither ein Ausbund an Loyalität Berta gegenüber!«

»Wunderbar!«, freute sich Grete.

»Sie wird heute Abend auch mit zu der Hoteleröffnung kommen. Erst wollte sie nicht. Sie meinte: ›Ich kann doch nicht feiern, während mein Gustav leidet.‹ Ich habe sie ganz einfach überzeugt, indem ich ihr geraten habe, ihren Mann zu fragen, was er dazu meint.«

»Und der hat ihr zugeraten, dorthin zu gehen«, mutmaßte die Großmutter.

»Wie ich erwartet hatte, sagte er, Berta solle unbedingt ausgehen. Er sei so stolz auf sie, meinte er, und was er doch für ein Glückspilz sei, dass sie ausgerechnet ihm das Jawort gegeben hat. Er hat sie mit Komplimenten überschüttet und Berta versichert, dass sie die schönste Frau unter der Sonne ist. Die Arme musste alle Kraft darauf verwenden, nicht in Tränen auszubrechen. Sie möchte alle Sorgen von ihm fernhalten. Und er versucht im Gegenzug tapfer, seine schrecklichen Schmerzen vor ihr zu verbergen. Er will Berta wohl nicht noch mehr ängstigen. So schaffen die beiden sich eine kleine geschützte Welt. Nicht ganz ehrlich, aber ein Ort, an den sie sich flüchten können. Dahin können sie sich zurückziehen, und dort gibt es nur sie beide. Berta meint, das möchten sie sich erhalten, solange es geht. Sie hat sich bei mir bedankt«, sagte Marie, und man merkte ihr an, dass sie ein wenig stolz war. »Dafür, dass ich sie ermahnt habe, sich nicht gehen zu lassen. Ich habe ihr gesagt, wie wichtig es für ihren Gustav ist, ihm zu zeigen, dass das Unternehmen auch nach seinem Tod noch Erfolg haben wird.«

»Du kannst wirklich stolz sein, einer älteren Frau derart geholfen zu haben«, lobte die Großmutter und setzte Marie den Blumenkranz auf. »Das zählt so viel mehr, als auf Befehl deiner Stiefmutter einen Mann zu heiraten.«

Die Enkelin senkte geschmeichelt den Blick. »Danke, Oma. Berta will nun alles daransetzen, einen perfekten Auftritt auf der Weltausstellung in Brüssel vorzubereiten. Sie möchte dort einen unvergesslichen Eindruck hinterlassen«, erzählte Marie. »Das ist die Gelegenheit, ihr Unternehmen gut zu präsentieren. Sie will sogar einen Lippenstift herstellen. Mit ihrem Mann hat sie darüber schon gesprochen, er findet die Idee großartig. Er mag es, dass sie etwas völlig Neues wagt.«

»Na ja, so neu ist Lippenstift gar nicht«, wusste Maries betagte Großmutter.

»Das stimmt«, wandte Marie ein, die sich nicht nur für die Schönheitsindustrie, sondern auch für deren Geschichte interessierte und diesbezüglich ein wandelndes Lexikon war. »Schon vor über fünfundzwanzig Jahren hat ein Parfümhersteller auf der Weltausstellung in Amsterdam einen in Seidenpapier gewickelten Stift präsentiert – aus gefärbtem Rizinusöl, Hirschtalg und Bienenwachs«, sprudelte sie los.

»Eben.« Und mit einem Schmunzeln gestand die Großmutter: »So fasziniert, wie du als Mädchen von den Düften warst, war ich es schon immer vom Lippenstift. Obwohl er als verrucht gilt – oder vielleicht gerade deshalb.« Und augenzwinkernd fügte sie hinzu: »Lass das bloß nicht deine Stiefmutter hören, sie *hasst* Lippenstift!«

»Das bleibt unser Geheimnis«, versprach Marie und hob die Hand zum Schwur. »Wie schon so vieles, was Freude bereitet.«

»Bertas Lippenstift findet bestimmt reißenden Absatz«, prophezeite die Großmutter.

»Das glaube ich auch«, meinte Marie. »Trotzdem habe ich ihr geraten, noch etwas damit zu warten.«

Grete sah sie überrascht an. »Du und Zögern, das passt aber so gar nicht.«

»Ich denke nur, dass sie den Herren etwas Zeit geben sollte, sich an die neue Situation zu gewöhnen. Eine Frau an der Spitze eines Unternehmens ist für viele ja schon skandalös genug. Wenn die nun auch noch Lippenstift herstellt, wird die Empörung keine Grenzen kennen.«

»Und wie hat Berta auf deinen Vorschlag reagiert?«, fragte die alte Dame neugierig.

»Sie fand, ich habe recht. Das war auch immer der Leitspruch ihres Gatten: Entschlossen, aber überlegt zum Erfolg.«

»Den wirst du eines Tages ebenfalls haben«, sagte Grete. »Da bin ich mir ganz sicher.«

»Danke, Oma«, freute sich Marie und verriet: »Berta will zwar auf mich hören und mit der Einführung warten – aber heute Abend wird sie selbst Lippenstift auflegen. Als ersten versteckten Hinweis.«

In diesem Augenblick wurde eines der Fenster im dritten Stock des Gebäudes aufgerissen, und Anna rief heraus: »Die Kleider sind da!«

»Ich komme!«, erwiderte Marie wie elektrisiert. Dann griff sie nach der Hand ihrer Großmutter und bat: »Begleitest du mich?«

Kurz darauf führte Anna Marie und der Großmutter im Ankleidezimmer ihr neues Kleid vor.

»Wie schön es funkelt!«, rief Grete und klatschte begeistert in die Hände, während Anna sich vor dem bodentiefen Spiegel etwas unsicher betrachtete.

»Dreh dich mal«, sagte Marie.

Anna gehorchte und wirbelte um die eigene Achse.

»Ihr seid die schönsten Frauen der Welt«, befand die Großmutter.

Anna war dankbar für diese Übertreibung. Im Gegensatz zur ängstlichen Stiefmutter gelang es Grete stets, den beiden Mädchen Mut zuzusprechen.

»Das Kleid steht dir wirklich ganz wunderbar«, sagte nun Marie, die inzwischen das ihre angezogen hatte. Schimmerte Annas Kleid in zartem Grün, was einen reizvollen Kontrast zu dem leichten Rotton ihrer Haare bildete, so war das der blonden Marie hellblau – genau die Farbe ihrer Augen. Beide Kleider waren über und über mit winzigen Perlen und Spitze besetzt.

Weil sie ahnte, dass ihre Schwester sich genau darum sorgte, fügte Marie nun hinzu: »Es wird deinem Ferdinand ganz hervorragend gefallen.«

Dankbar lächelte Anna sie an. Marie wusste, dass die Jüngere, die sich bestens mit Zahlen auskannte, in Gefühlsdingen eher unsicher war. Als der kernige Ferdinand beim Spaziergang an der Alster ausgerechnet sie angesprochen hatte, war sie völlig überrascht gewesen. Sie hatte ein paar Kilo mehr auf den Rippen als Marie und befürchtete, für den Geschmack der Herren der Schöpfung zu mollig zu sein. Außerdem fehlte ihr das Wissen darüber, was die Etikette zum Gespräch mit Männern vorsah. Daher war sie erleichtert gewesen, dass Ferdinand und sie die Begeisterung für Naturwissenschaften teilten.

»Ihr könntet sogar einen Hauch Lippenstift auflegen«, schlug die Großmutter kichernd vor. »Was meint ihr? Wie Sarah Bernhardt mit ihrem kirschroten Mund.«

Doch Anna schüttete erschrocken den Kopf. »Unmöglich«, wehrte sie ab. »Maman würde uns so nie aus dem Haus lassen.«

»Aber sie muss es doch gar nicht mitbekommen«, hielt die alte Dame schmunzelnd dagegen.

»Wie das?«, fragte Anna. »Sie wird doch den ganzen Abend bei uns sein.«

»Wird sie nicht«, erklärte Grete. »Sie hat mal wieder Kopfschmerzen. Ist das nicht wunderbar?«

Marie und Anna mussten unwillkürlich über die Ironie der Großmutter lachen.

»Natürlich wäre es nicht wirklich wunderbar, wenn es in der Tat die Kopfschmerzen wären, die eure Stiefmutter ins Bett zwingen«, schob die alte Dame nach.

»Wir wissen, wie du es meinst«, sagte Anna mit einem Lächeln.

Marie wirkte plötzlich nachdenklich. »Vielleicht sollten wir das mit dem Lippenstift trotzdem lassen.«

»Weshalb?«, wunderte sich Grete. »Wegen eures Vaters? Der merkt so was gar nicht.«

»Nein, nicht wegen Papa«, sagte Marie. »Aber Berta will heute Abend doch selbst einen Hauch von Lippenstift tragen.« Und an Anna gewandt erklärte Marie: »Sie plant nämlich, ihn bald ins Douglas-Sortiment aufzunehmen.«

»Das ist ja eine großartige Idee«, rief Anna.

»Das finden Oma und ich auch«, unterstrich Marie. »Deshalb denke ich aber, dass wir ihr dieses Symbol für heute Abend lassen sollten.«

»Das ist sehr loyal von dir«, merkte die Großmutter an. »Bald werden dann ganz viele Frauen Lippenstift tragen. Und es wird normal sein. Da bin ich mir ganz sicher.«

Anna nickte langsam. »Wahrscheinlich hast du recht. Und wenn mich Ferdinand nur wegen meiner gefärbten Lippen liebt, dann hat er mich ohnehin nicht verdient.«

»Genau so ist es«, sagte Marie amüsiert. »Aber wenn es schon kein Lippenstift sein soll, dann habe ich noch etwas viel Schöneres für dich.« Sie zog ein kleines Päckchen hinter dem Rücken hervor. Es war in hellblaues Seidenpapier gewickelt und mit einer riesigen Schleife aus weißer Spitze verziert.

»Ein Geschenk? Für mich?« Anna war gerührt. Behutsam entfernte sie die Schleife und das blaue Seidenpapier. »Ein Parfüm! Oh, Marie, das muss doch ein Vermögen gekostet haben.« Begeistert küsste sie die Ältere auf die Wange. »Danke, du bist die beste Schwester der Welt.«

»Als ich Berta zum ersten Mal getroffen habe, erzählte sie mir von der Magie der Düfte«, sagte Marie.

»Das weiß ich noch gut«, meinte Anna. »Du hast mir noch am gleichen Abend davon vorgeschwärmt.«

»Damals brachte Berta mir bei, dass Düfte Erinnerungsträger sind«, fuhr Marie fort, während die Großmutter sich daranmachte, Annas hüftlange Haare auszubürsten. Ein altes Ritual zwischen ihnen. »Über den Geruch erinnern wir uns an bestimmte Situationen.«

Die Großmutter nickte wissend, offenbar in schöne Erinnerungen versunken. »Das ist auch der Grund, warum manche Menschen Liebesbriefe parfümieren. Der Empfänger soll sich, wenn er den Brief öffnet, durch den Duft an besonders schöne Momente erinnern – und die Nähe des anderen.«

»Genau«, stimmte Marie strahlend zu und wandte sich wieder an ihre Schwester. »Deshalb fand ich es auch so passend, dir das Fläschchen heute zu schenken – und wenn Maman nicht mitkommt, kannst du den Duft auch tragen.«

»Du meinst, damit Ferdinand …«, setzte Anna mit leuchtenden Augen an, und Marie bestätigte: »Genau das.«

Vorsichtig öffnete Anna das Fläschchen und murmelte den Namen des Parfüms. »*Phantasma.*«

»Es ist von Wolff & Sohn«, sagte Marie. »Ich finde, der

Name *Phantasma* passt zu dir. Weil du auch so ein fantasievolles Wesen bist.«

Anna lächelte und roch an dem geöffneten Fläschchen. »Himmlisch. Der Duft erinnert mich irgendwie an das Parfüm, das dir Berta damals geschenkt hat.«

»Das sind die Veilchen«, erklärte Marie. »Ihr Duft bildet die Grundlage für beide Parfüms. Ich weiß noch, wie gut es dir damals gefallen hat.«

»O ja. Aber das hier gefällt mir noch besser.« Wieder schnupperte sie an dem Parfüm und schloss die Augen.

»Erinnerst du dich noch an das Versprechen, das wir uns als Kinder gegeben haben?«, fragte Marie verträumt. »Als ich von meiner ersten Begegnung mit Berta wiederkam?«

»Natürlich. Du warst noch ganz verzaubert vom Besuch in der Parfümerie und wolltest ein eigenes Geschäft eröffnen.«

»Ich denke in letzter Zeit immer öfter daran«, offenbarte Marie.

»Aber das waren doch Mädchenträume.«

»Träume sind dazu da, sie wahr werden zu lassen. Berta tut das auch. Mit ihrem Lippenstift.«

»Ja«, wiederholte Anna nachdenklich. »Berta tut das auch.«

Und leise, ganz leise, sprach sie die Worte ihrer Schwester nach: »Träume sind dazu da, sie wahr werden zu lassen.«

»Ich bin Realistin, deshalb glaube ich an Wunder«, scherzte die Großmutter. »Und um den Wundern auf die Sprünge zu helfen, werde ich alles in meiner Macht Stehende tun, um euch zu helfen. Ganz gleich, welchen Traum ihr irgendwann verfolgen möchtet.«

Marie und Anna sahen sie dankbar an.

3

Das Atlantic erstrahlte in voller Pracht, und die Carstens-Schwestern sahen sich mit großen Augen um, als sie am 2. Mai an der Seite ihres Vaters das Hotel betraten.

»Das ist ja wie in einem Schloss«, flüsterte Marie angesichts der Ballsäle mit ihren hohen, stuckverzierten Decken.

Anna war besonders vom Sommergarten angetan, der Entspannung bei Brunnengeplätscher und Musik bot. Doch gleich darauf hatte sie keine Augen mehr für die Schönheiten des Neubaus, der als Grandhotel für Erste-Klasse-Passagiere großer Luxusliner aus Übersee errichtet worden war. Sie hatte Ferdinand de Moor in der Menge ausfindig gemacht, der sogleich mit einem charmanten Lächeln auf sie zueilte. Der Anblick des muskulösen Hünen ließ ihren Puls rasen. Hastig sah Anna sich nach ihrem Vater um. Sie hatte auch ihm noch nichts von ihrem Verehrer erzählt. Doch zu ihrer Erleichterung war Heinrich Carstens in ein Gespräch mit einem seiner Geschäftspartner vertieft und schenkte seinen Töchtern keine Beachtung. Inzwischen war Ferdinand de Moor bei den Schwestern angekommen und begrüßte sie mit einem formvollendeten Handkuss – Anna hatte ihre Hand in Erwartung ebenjener Geste zuvor mit dem Parfüm beträufelt, das ihre Schwester ihr geschenkt hatte.

»Sie sehen bezaubernd aus, meine Damen«, schmeichelte der Reederssohn, der dabei allerdings nur Anna ansah. »Darf ich Sie zu einem Spaziergang in den Sommergarten entführen?«

Strahlend willigte Anna ein.

Marie, die den beiden gezwungenermaßen folgte, fühlte sich zwar etwas wie das fünfte Rad am Wagen, das störte sie aber nur wenig. So hatte sie Zeit, sich unter Hamburgs feiner Gesellschaft umzusehen und auch ein wenig nach Berta Ausschau zu halten. Sie konnte die Freundin nicht entdecken. Stattdessen wurde sie auf zwei elegante Damen aufmerksam, die sich gerade den Mund über eine Person zerrissen, die offenbar soeben den Saal betreten hatte.

»Dass die es wagt hierherzukommen. Wo es ihrem Mann doch so schlecht geht«, empörte sich die eine, eine Matrone mit gelbem Haar.

»Sie sollte wirklich an seiner Seite weilen. Statt sich um ihn zu kümmern, amüsiert sie sich und lässt ihn einsam und allein auf dem Sterbebett liegen«, pflichtete die andere, eine dürre Brünette, ihr bei.

Marie folgte ihrem Blick und sah Berta Kolbe. Wut schnürte ihr die Kehle zu, und sie spürte ihr Herz gegen ihre Brust hämmern. Widerlich, diese Tratscherei. Und wie unrecht sie Berta taten! Das konnte sie nicht einfach so stehen lassen.

»Gestatten Sie, dass ich mich vorstelle«, sagte sie kalt. »Maria Carstens. Eine enge Freundin von Berta Kolbe. Der Frau, über die Sie sich soeben das Maul zerrissen haben.«

»Na, erlauben Sie mal«, sagte die Größere und Dünnere.

Der Kleineren, Untersetzteren schien die Situation jedoch durchaus peinlich zu sein. »Wir haben doch nur …«, begann sie, aber Marie ließ sie nicht zu Wort kommen. »Genau! Sie haben doch nur. Ja. Sie haben doch nur hinter ihrem Rücken über sie hergezogen. Über eine Frau, die es wirklich nicht leicht hat und ihr Schicksal mit bewundernswerter Größe meistert. Aber Sie müssen über sie lästern! So etwas tut eine Hanseatin nicht. Übrigens: Berta Kolbe ist auf ausdrücklichen Wunsch ihres Mannes hier. Damit sie die Fahne des Unternehmens hochhält. Aber was verstehen Sie davon? Ihr einziger Zugang zur Geschäftswelt ist ja, das Geld Ihrer Gatten zu verplempern.«

»Komm, Augustine, das müssen wir uns nicht gefallen lassen«, empörte sich die Dünne und zog ihre Freundin, die Marie noch einen entschuldigenden Blick zuwarf, mit sich fort.

Hinter Marie klatschte jemand anerkennend in die Hände. Sie fuhr herum und blickte in die wasserblauen Augen eines etwa vierzigjährigen Mannes. Er hatte dunkelblonde, etwas zu lange Haare und sah sie lächelnd an. »Bravo«, sagte er. »Denen haben Sie es aber gegeben.«

»Herr Harders«, erkannte Marie den Herrn, der Landschaftsmaler und ein Freund ihres Vaters noch aus der Zeit in Kellinghusen war. Sie zuckte verlegen die Achseln. »Nun ja – ich würde sagen: Die Lästermäuler hatten es verdient.«

»Das haben sie in der Tat«, bekräftigte der Künstler. »Und Berta Kolbe kann von Glück sagen, eine Freundin wie Sie zu haben, liebe Marie.«

»Kennen Sie sie? Frau Kolbe, meine ich?«, fragte Marie.

Harders schüttelte den Kopf. »Ich hatte bisher noch nicht das Vergnügen«, sagte er.

Da stellte Marie fest, dass er nicht allein war: Hinter seinem Rücken hatte sich ein etwa achtjähriges blondes Mädchen versteckt, das sie fasziniert ansah. »Und wer bist du?«, fragte sie freundlich und beugte sich zu dem Kind hinab.

»Ich bin Lucie«, erklärte das Mädchen und reichte Marie mit ernster Miene die Hand. Dann lächelte sie einer Person hinter Marie zu. »Da kommt meine Mutter.«

Frau Harders, eine blonde Schönheit mit aparten Sommersprossen auf der Nase, war wie ihr Mann um die dreißig. Sie brachte ihrer Tochter ein Glas Saft, woraufhin diese sich artig bedankte.

Nachdem Harders seine Frau Helene vorgestellt hatte, fragte diese ihren Gatten: »Hast du Fräulein Carstens schon zu deiner Ausstellungseröffnung eingeladen?«

»Nein, dazu kam ich noch nicht«, räumte er ein, woraufhin Helene Harders erklärte: »Mein Mann hat einige neue Landschaftsgemälde vollendet, ab 3. Juni werden Sie in der Galerie Commeter ausgestellt.«

»Kommen Sie gern vorbei«, strahlte der Künstler Marie an.

Dann platzte es aus der kleinen Lucie heraus: »Sie riechen aber gut, Fräulein Carstens.«

Marie hatte ein Déjà-vu und sah die Szenerie wieder deutlich vor sich: Sie war elf Jahre alt und mit der Köchin auf dem Fischmarkt, als plötzlich eine elegante und herrlich duftende Frau neben ihr auftauchte – Berta Kolbe. Zu der sie seinerzeit die gleichen Worte gesagt hatte wie Lucie jetzt zu ihr. In dem Blick der Kleinen verspürte sie die gleiche Faszination, die sie damals empfunden hatte.

»Lucie«, rügte Helene Harders. »Das sagt man doch nicht.«

Augenblicklich war Marie wieder in der Gegenwart. »Aber nein«, rief sie. »Bitte entschuldigen Sie – und du auch«, sagte sie zu Lucie. »Ich bin nicht so schweigsam, weil ich verärgert bin. Ich hatte nur eben ein Déjà-vu.«

»Was ist ein Däscha Wüh?«, fragte das Mädchen, das nun wieder Mut gefasst hatte.

»Das ist, wenn ein Augenblick einen an etwas erinnert, das man so oder so ähnlich schon einmal erlebt hat«, erklärte Marie freundlich.

»An was hast du dich denn erinnert?«, fragte Lucie neugierig.

Marie begann zu erzählen: »Ich war so alt wie du. Oder nein, ein paar Jahre älter war ich schon. Ich bin mit unserer Köchin auf den Fischmarkt gegangen – und auf einmal hat es unglaublich gut geduftet. Ich sah auf und direkt in die Augen einer feinen Dame. Und ich habe zu ihr genau die gleichen Worte gesagt wie du jetzt zu mir. Und dann hat sie mir eine Parfümerie gezeigt. Das ist ein Laden …«

»Ich weiß, beim Herrn Dralle kauft meine Mama ihren Duft«, rief das Mädchen. »Und wer war die Dame?«

»Berta Kolbe, die Frau eines ganz bekannten Fabrikanten. Der macht Seife«, erklärte Marie und fügte, an Johannes Harders gewandt, hinzu: »Ebenjene Dame, die ich vor den beiden Klatschweibern so verteidigt habe. Sie kommt übrigens gerade auf uns zu.« Sie hob den Kopf und lächelte der Freundin entgegen, die sich ihren Weg durch die Menge bahnte. Dann wandte sie sich wieder an die kleine Lucie. »Dieser Nachmittag hat mein Leben verändert. Damals wurde ein Traum geboren.«

»Was für ein Traum?«, flüsterte Lucie gespannt.

»Ich kann noch nicht darüber sprechen«, sagte Marie leise. »Weil ich ihn noch nicht verwirklicht habe. Aber erst vorhin habe ich mich mit meiner Schwester wieder an diesen Traum erinnert. Und daran, dass Träume dazu da sind, sie wahr werden zu lassen.«

Berta war keine drei Schritte mehr entfernt, und Marie sagte rasch zu der kleinen Lucie: »Aber so viel verrate ich dir schon: Er hat etwas mit schönen Düften zu tun. Und wenn ich ihn verwirklicht habe, dann lade ich dich einmal in meine Traumwelt ein. Willst du?«

»O ja«, rief die Kleine so begeistert, dass ihre blonden Zöpfchen wippten. »Das will ich sehr gerne.«

Inzwischen war Berta bei ihnen angekommen, und Marie stellte sie den Harders vor.

»Frau Berta, du hast Fräulein Carstens den Parfümladen gezeigt, nicht wahr? Das war lieb von dir!«, wurde sie sogleich von der kleinen Lucie gelobt.

Berta lachte amüsiert. »Ja«, bestätigte sie, »das ist aber schon ganz lang her.«

»Fräulein Carstens hat gesagt, man muss Träume wahr werden lassen«, piepste Lucie.

»Da hat sie allerdings recht«, erwiderte Berta und lächelte ihrer Freundin zu.

***

»Du musst mir nachher alles über ihn erzählen«, zischte Marie ihrer Schwester zwei Stunden später zu, als sie die Kutsche bestiegen, die sie nach Hause bringen sollte. Natürlich konnte Anna vor dem Vater nicht berichten, wie das Gespräch mit ihrem Ferdinand verlaufen war.

»Ihr seid ja so still?«, stellte Heinrich fest, als er seinen Töchtern gegenüber in der Kutsche saß. »Hat es euch nicht gefallen?«

»O doch, sehr, Papa«, beeilte sich Anna zu sagen. »Es war sehr … anregend.«

Bevor Heinrich nachhaken konnte, sprang Marie für ihre Schwester in die Bresche und erzählte: »Ich habe Herrn Harders wieder getroffen. Seine Frau hat Berta Kolbe und mich auf seine Vernissage eingeladen. Im Laufe des Abends machte

Frau Harders noch viele weitere mögliche Bilderkäufer auf die Ausstellung aufmerksam. Sie scheint wesentlich geschäftstüchtiger als ihr Gatte zu sein.«

Marie dachte sich, dass es gewiss nicht schade, den Vater schon mal darauf hinzuweisen, wie viele Frauen es gab, die etwas vom Geldverdienen verstanden. Denn der Gedanke, ihren Kindheitstraum wirklich in die Tat umzusetzen, ließ sie nicht mehr los.

***

Anna bereitete sich auf ein Rendezvous mit ihrem Schwarm im Alsterpavillon vor, um das er sie bei der Hoteleröffnung gebeten hatte. Marie half ihrer Schwester. Diese hatte ihre Zofe Tinette fortgeschickt und Marie angefleht, sie noch fester zu schnüren, denn die Angst davor, dass Ferdinand sich an ihren etwas barocken Formen stören könnte, verunsicherte sie zutiefst.

Doch irgendwann hatte Marie protestiert: »Mit Verlaub, Schwesterchen. Wenn ich dich noch fester schnüre, kannst du nicht mehr atmen. Und du willst doch sicher nicht vor deinem Ferdinand in Ohnmacht fallen.«

Anna nickte seufzend. »Du hast ja recht. Und über meine Pausbäckchen kann auch die schmalste Taille nicht hinwegtäuschen.«

»Du siehst bezaubernd aus«, versicherte ihr Marie. »Wie auch gestern Abend beim Ball. Und wenn du ihm da nicht gefallen hättest, hätte er dich sicherlich nicht für heute eingeladen. Du hast doch gestern Nacht selbst noch erzählt, dass er ganz beeindruckt davon war, wie klug du argumentieren kannst und wie viel du von der Welt der Zahlen und der Buchhaltung verstehst.«

»Du hast recht«, sagte Anna und lächelte, nun schon etwas selbstsicherer. »Wie immer.«

***

In der Tat schien Ferdinand de Moor nichts, aber auch gar nichts an Annas Äußerem zu stören, im Gegenteil: Er begrüßte sie strahlend mit den Worten, wie wunderschön sie doch wieder aussehe – fast noch schöner als am Vorabend, wenn das überhaupt möglich sei. Er musterte anerkennend ihr mit zarten Rosen besticktes Nachmittagskleid, das ihr üppiges Dekolleté vorteilhaft in Szene setzte, ohne allzu aufreizend zu wirken. Dazu hatte Anna ihre Perlen angelegt.

Sie war furchtbar nervös, zumal sie am Nachbartisch eine Bekannte ihrer Stiefmutter erblickt hatte, die unverhohlen zu ihr herüberstarrte. Sie konnte sich ausrechnen, dass Odile bei ihrer Heimkehr schon von dem heimlichen Treffen wissen und ihr eine furchtbare Szene machen würde. Zwar würde sie sich gewiss darüber freuen, dass zumindest eine ihrer Töchter endlich einen Verehrer hatte, aber die Empörung darüber, dass sie einen jungen Herrn in aller Öffentlichkeit ohne die Begleitung ihrer Zofe oder ihrer Schwester getroffen hatte, würde überwiegen. Nun denn, dachte Anna. Ändern konnte sie es ohnehin nicht mehr.

Sie lächelte Ferdinand zu und bemerkte an seinem Blick, dass er offenbar auf eine Antwort wartete. Während sie in Gedanken versunken war, hatte er ihr allem Anschein nach eine Frage gestellt. Wie ungeschickt von ihr. Was konnte sie sagen, um die Situation wiedergutzumachen?

»Sie haben wunderschöne Lippen«, platzte Anna mit dem heraus, was sie insgeheim schon lange dachte – am gestrigen Abend hatte sie ununterbrochen darüber nachgedacht, wie es sich anfühlen müsste, diese Lippen auf den ihren zu spüren, im leidenschaftlichen Kuss versunken ... Nun erschrak sie über ihre eigenen Worte. Wie konnte sie nur so etwas sagen? Was sollte er nur von ihr denken? In der Tat wirkte Ferdinand verblüfft und auch etwas überfordert.

»Oh, bitte verzeihen Sie!«, presste Anna hervor. »Wie ... töricht von mir.«

Ferdinand hatte sich inzwischen wieder gefangen. »Aber Sie müssen sich doch nicht entschuldigen, Fräulein Carstens«, sagte er grinsend. »Darf ich das Kompliment erwidern?«

Anna errötete.

»Womit ich auf meine Frage von gerade eben zurückkehren würde: Was möchten diese wunderbaren Lippen denn gern trinken? Kaffee, Tee oder Kakao?«

Anna warf ihm einen misstrauischen Blick zu. Verspottete er sie? Aber er blickte sie ganz ernst an. Sie zögerte. Zu gern würde sie eine heiße Schokolade haben, aber damit würde sie ihn sicherlich noch mehr darauf stoßen, dass sie nicht gerade die Schlankste war. »Tee bitte«, sagte sie daher.

»Tee«, wiederholte er zufrieden. »Und ein Törtchen?«

Anna zögerte erneut. Schon als sie das Café betreten hatten, war ihr Blick wie magisch angezogen zu den wunderbaren Kuchenauslagen geflogen. Und sie konnte nicht verhindern, dass sie die Leckereien nun wieder begehrlich musterte.

»Ich sollte eigentlich nicht ...«, begann sie verlegen.

»Aber natürlich sollten Sie!«, rief Ferdinand so laut, dass sich der Kopf der Dame am Nachbartisch ihnen augenblicklich wieder zuwandte.

Ferdinand bemerkte seinen Fauxpas und wiederholte leiser: »Aber natürlich sollten Sie. Ich finde nichts schlimmer als diese dürren Hungerhaken, die nur immer lustlos auf ihrem Salatblatt herumkauen.«

Anna kicherte amüsiert. »Also gut, dann nehme ich gerne eins von den wunderbaren Törtchen. Und wenn ich ehrlich bin, würde ich auch lieber eine Schokolade als einen Tee trinken.«

»Na also«, sagte Ferdinand zufrieden. »Ich auch.«

Anna strahlte. Er war also nicht nur klug und, wie sie durch ihr Gespräch auf dem Ball wusste, humorvoll, sondern er mochte Schokolade ebenfalls. Und ihren Körper – so wie er war.

4

Wie am Abend zuvor amüsierten sich Anna und Ferdinand blendend, und als sie das Gespräch dann auch noch auf den Polarforscher Robert E. Peary lenkte, der im April als erster Mensch fast bis an den Nordpol vorgedrungen war, zeigte er sich vollends begeistert.

»Ein solches Unterfangen muss man bis ins letzte Detail planen«, meinte Anna schließlich. »Das war jetzt ja schon sein dritter Versuch – bei seinem ersten vor sieben Jahren sind ihm acht Zehen abgefroren. Da wird man vorsichtig.«

»Wie recht Sie haben. Mit Ihnen kann man sich wahrhaft den Genüssen des Lebens hingeben, Fräulein Anna«, schmeichelte er vielsagend. Er schob sich eine Gabel Kuchen in den Mund, damit sein Kompliment – obwohl klar war, dass er etwas anderes meinte – nicht allzu anzüglich wirkte. »Aber Sie haben zudem genug Köpfchen, um auch über ernstere Dinge plaudern. Schön und intelligent – beide Vorzüge vereinen sich selten bei einer Frau.«

Dieser Satz missfiel Anna ein wenig. Es gab doch ebenfalls gut aussehende, aber dumme Männer.

»Wenn Sie das denken, haben Sie bisher wohl die falschen Frauen kennengelernt«, platzte es aus ihr heraus.

Er hob erstaunt eine Augenbraue, und Anna wurde klar, dass der Satz in seinen Ohren auch nach arrogantem Selbstbewusstsein klingen könnte. So, als halte sie sich für die beste aller Frauen, denen er je begegnet sei.

»Ich meine, es gibt viele Frauen, die sowohl schön als auch klug sind«, fügte sie daher rasch hinzu. »Schöner und klüger als ich.«

»Die habe ich noch nicht getroffen«, erwiderte er charmant.

Als am nächsten Morgen beim Frühstück ein riesiges Bouquet roter Rosen für Anna ankam, riss ihre Stiefmutter sich hastig ein Taschentuch vor Nase und Mund. »Bringen Sie das raus, Fiete. Ich bekomme davon Niesreiz, das wissen Sie doch!«

Bevor der Hausdiener ihrer Anweisung Folge leisten und die Blumen hinausbringen konnte, schnappte sich Anna das Kärtchen. Sie lächelte, als sie es gelesen hatte.

»Und?«, fragte ihre Schwester neugierig.

»Er will mich wiedersehen«, flüsterte sie.

»Na siehst du«, freute sich Marie. »Dann hat es Ferdinand gestern also doch gefallen.«

Im nächsten Augenblick hätte sie sich auf die Lippen beißen mögen, denn da fiel ihr die Stiefmutter wieder ein.

»Anna? Du warst gestern außer Haus, ohne mich zu fragen?«, hakte diese denn auch sogleich empört nach. »Mit einem Mann?«

»Anna hat es vorher angekündigt, ich wusste davon«, verteidigte Großmutter Grete ihre Enkelin. »Der Alsterpavillon ist eine gute Adresse und Ferdinand de Moor eine gute Partie. Du solltest dich für deine Tochter freuen.«

Odile schwieg, es war ihr einmal mehr anzumerken, wie

sehr sie es hasste, dass ihre Schwiegermutter bei ihnen in der Isestraße lebte.

Die legte nun noch nach: »Wenn es zur Verlobung kommt, solltest du zu Ehren des Anlasses einen Ball ausrichten, meine Liebe.«

Odile starrte sie wütend an und fauchte: »So etwas zu organisieren übersteigt meine Kräfte, das kann man nun wirklich nicht von mir erwarten. Außerdem sollten wir lieber prüfen, ob die de Moors sich so eine Feier leisten können.«

»Wieso das?«, wollte die Großmutter wissen.

»Nun, weil man sagt, dass es um die Reederei de Moor nicht zum Besten steht – und das schon seit Längerem!«, erwiderte Odile triumphierend. »Scheinbar ist der gute Ferdinand de Moor doch keine so gute Partie, wie du behauptest, liebste Margaretha.«

Sie hatte es ja gewusst! Wie von Anna befürchtet, versuchte ihre Stiefmutter, ihr Ferdinand madigzumachen, kaum dass sie von ihrer Zuneigung für ihn erfahren hatte. Sie erhob sich.

»Ferdinands Familie geht es bestens«, sagte sie lauter als beabsichtigt. »Ich höre mir nicht an, wie du schlecht von ihm sprichst.«

»Ärgere dich nicht über Maman«, tröstete Marie sie, als sie nach dem Frühstück in Annas Zimmer zusammen den Rosenstrauß genauer inspizierten.

»Ach, ich habe ja schon damit gerechnet, dass sie wieder ein Haar in der Suppe findet«, winkte Anna ab. »Und von einer Verlobungsfeier zu sprechen wäre sowieso noch etwas früh.«

Die Schwester nickte und sagte mit Blick auf die Rosen:

»So schlecht kann es ihm außerdem nicht gehen. Die müssen ein Vermögen gekostet haben. Was schreibt er denn nun genau?«

Eine sanfte Röte überzog Annas Wangen, und Marie freute sich, eine romantische Ader an ihrer Schwester zu entdecken, die sonst so in der Logik verhaftet war. »Wie sehr er den Nachmittag mit mir genossen hat und dass er auf Wiederholung hofft. Oh, Marie, dass mir so was mal passiert!«

Marie gab ihr einen Kuss auf die Wange. »Er ist derjenige, der hier Glück hat«, sagte sie und unterzog das Bouquet einer genaueren Musterung. »Die Rosen haben keine Dornen«, stellte sie fest, während sie vorsichtig über die Stängel strich. »Und wie man an manchen Stellen sieht, wurden sie offenbar entfernt.« Lächelnd sah sie ihre Schwester an. »Das ist eine versteckte Botschaft.«

»Meinst du?«, erwiderte Anna skeptisch. »Offen gestanden wäre es mir gar nicht aufgefallen.«

»In Papas Bibliothek gibt es ein sehr faszinierendes Buch«, berichtete Marie. »Ich habe es zum ersten Mal als kleines Mädchen gelesen, nachdem mir Berta von Napoleons erster Frau erzählt hat, die Rosen über alles liebte. Als mir klar wurde, dass viele Parfüms eine Geschichte haben, habe ich mich gefragt, ob das nicht auch für Blumen ganz allgemein gilt. Und das ist wirklich so. Es gibt in der Tat versteckte Botschaften, die ein Mann der Frau sozusagen durch die Blume sagen kann. Zum einen kommt es darauf an, welche er ihr schenkt, und zum anderen auf die Art und Weise, wie er sie überbringt.«

»Und was bedeuten die entfernten Dornen?«, fragte Anna ungeduldig.

»Ich weiß es leider nicht auswendig. Aber ich bin mir sicher, auch darüber etwas gelesen zu haben.«

»Dann schauen wir doch einfach nach, komm!«

Anna drückte den Strauß Tinette in die Hand, die schüchtern in der Ecke gestanden hatte, und zog die Schwester mit sich fort in Richtung Bibliothek.

»Etwas Schlimmes kann es ja nicht sein«, grübelte Anna auf dem Weg über den Flur. »Denn Dornen sind ja nichts Schönes, sondern etwas, an dem man sich stechen und verletzen kann.«

»Ich glaube auch nicht, dass es ein schlechtes Zeichen ist«, bestätigte Marie lächelnd. »Und weshalb sollte jemand sich die Mühe machen, ein solches Bouquet zu schicken, wenn er damit etwas Negatives ausdrücken will? Dann könnte er auch gleich gar keine Blumen schicken.«

Inzwischen waren sie in der Bibliothek angekommen, einem gemütlichen, aber auch ob seiner schieren Größe und der Anzahl von Büchern sehr beeindruckenden Raum. In den deckenhohen Regalen aus dunklem Mahagoni reihte sich eine literarische Kostbarkeit an die nächste. Viele hatten prachtvolle Einbände, Goldschnitt und eine ausgesprochen kunstvolle Aufmachung. Die Buchsammlung hatte bei den Schwestern lange Zeit eine enorme Ehrfurcht hervorgerufen, und den Raum hätten sie nie zu betreten gewagt, geschweige denn sich erlaubt, einen der kostbaren Bände aus dem Regal zu holen, wenn der Vater sie nicht immer wieder dazu ermuntert und ihnen liebevoll den richtigen und sorgsamen Umgang mit den kostbaren Schriften beigebracht hätte.

»Hier muss es irgendwo stehen«, murmelte Marie und fuhr mit dem Finger die Regalreihen entlang. »Ah, da haben wir es schon«, rief sie dann erfreut und zog ein schmales Bändchen heraus.

»Zeig her!« Vor lauter Ungeduld wollte Anna der Schwester das Büchlein buchstäblich aus der Hand reißen.

»Jetzt warte doch einen Moment«, schalt Marie. »Lass mich die Stelle suchen.« Sie blätterte in dem Buch, dann rief sie zufrieden: »Hier! Pass auf.« Mit gerunzelter Stirn studierte sie den Text.

»Was denn?«, wollte Anna wissen. »Nun sag schon! Spann mich nicht so auf die Folter.«

»Also, wir haben richtig vermutet«, sagte Marie zufrieden und deutete auf eine Textstelle. »Hier steht es schwarz auf weiß: Entfernte Dornen an Rosen bedeuten Hoffnung.«

Anna wirkte etwas enttäuscht.

»Aber was ist denn?«, fragte Marie ratlos.

»Nun ja …« Anna war etwas verlegen und gestand dann: »Irgendwie hätte ich mir eine deutlichere Botschaft erhofft. Dass … dass es bedeutet, dass er mich liebt, oder so.«

»Ich finde, das ist für dieses Stadium genau die richtige Botschaft«, beharrte Marie. »Alles andere wäre zu forsch gewesen. So aber drückt er aus, dass er sich Hoffnung auf ein gemeinsames Glück mit dir macht.«

»Du hast ja recht.« Nun gelang Anna ein Lächeln.

»Ich werde ihm gleich schreiben und mich bedanken.«

»Vergiss nicht, das Briefpapier mit dem Duft zu besprühen, den ich dir geschenkt habe. Du weißt ja, Düfte …«

»… sind Erinnerungsträger«, ergänzte Anna schmunzelnd. Abermals waren sie bei Maries Lieblingsthema angelangt.

»Ich kann es auch kaum erwarten, unsere Idee endlich in die Tat umzusetzen«, sagte die denn auch.

»Dann sollten wir uns überlegen, wie wir an das nötige Geld für die Gründung kommen«, fand Anna zu ihrer sachlichen Art zurück. »Eine Parfümerie zu eröffnen kostet viel Geld.«

»Ja«, seufzte Marie. »Da hast du wohl recht. Ob uns Papa bei dem Vorhaben unterstützen würde?«

»Das wäre einen Versuch wert«, pflichtete Anna ihr bei.

5

Marie sah auf die von Eis und Schnee zu einem bizarren Gebilde verformten Blumen. Berta, die an diesem 7. Dezember 1909 auf dem Friedhof von Nienstedten neben ihr stand, hob den verwelkten und gefrorenen Strauß an und ersetzte ihn durch die frischen Blumen, die sie mitgebracht hatte. Die schwarze Kleidung der beiden Frauen bildete einen scharfen Kontrast zu dem verschneiten Gottesacker um sie herum. Drei Monate war Gustav Kolbe nun bereits tot. Am Ende hatte er aufgrund des großzügig verabreichten Morphiums kaum noch wache Momente gehabt, eher sanft war er schließlich der irdischen Welt entglitten.

Berta wirkte auf Marie erstaunlich stabil. »Das viele Weiß würde ihm gefallen«, meinte die Witwe. »Er mochte Friedhöfe nicht, aber den Schnee hat er immer geliebt.«

Marie sah in den grauen Himmel hinauf, aus dem ihnen weitere Flocken entgegentanzten, und Berta folgte ihrem Blick.

»Er ist irgendwie immer noch da, das spüre ich ganz deutlich«, sagte die Fabrikantin. »Wenn in der Firma etwas Ulkiges passiert, glaube ich ernsthaft, ihn lachen zu hören.«

»Gibt es dort denn öfter was zu lachen?«, erkundigte sich Marie.

»O ja«, bestätigte Berta schmunzelnd. »Seit Herr Eisenreich verzweifelt versucht, zuvorkommend zu wirken, ist das meistens unfreiwillig komisch. Neulich wollte er ganz beflissen einen Kakao für mich zubereiten, die Küche der Fabrik sah hinterher aus, als sei etwas explodiert.«

Marie musste bei der Vorstellung spontan lachen.

»Du kannst dich gern selbst davon überzeugen«, schlug Berta vor. »Wir haben nachher wie jeden Dienstag unsere wöchentliche Führungssitzung.«

»Das will ich sehr gern!«, begeisterte sich Marie.

Das wäre gewiss eine gute Übung für den Fall, dass sich der Traum von der eigenen Parfümerie dereinst verwirklichen ließe. Ein wenig plagte sie das schlechte Gewissen, ein Konkurrenzunternehmen eröffnen zu wollen, aber andererseits verkaufte Berta ja kein Parfüm.

Als sie jedoch vor der Seifenfabrik angekommen waren, sah Marie dort zu ihrem Erstaunen die Kutsche ihrer Familie.

»Da muss etwas passiert sein«, sagte sie sofort und wartete nicht, dass der Kutscher der Kolbes ihr die Tür öffnete, sondern tat es selbst, um gleich herauszuspringen. »Entschuldige, Berta, aber ich muss umgehend zu ihm.«

Die Mentorin nickte verständnisvoll. »Natürlich.«

Kaum hatte Marie die leere Kutsche erreicht, kam ihr aus der Fabrik mit betretener Miene Gerhard Jensen, der Kutscher der Familie Carstens, entgegen, seinen Hut in der Hand.

»Fräulein Marie, zum Glück habe ich Sie gefunden«, rief der Fahrer. »In der Villa Kolbe meinte man, Sie seien vielleicht hier.«

Auf Marie wirkte der Alte völlig durcheinander. Waren seine Augen etwa rot geweint?

»Ich soll Sie sofort nach Hause bringen.«

»Aber um Himmels willen, was ist denn geschehen?« Sie war außer sich vor Sorge.

»Die gnädige Frau hat Anweisung gegeben, es Ihnen selbst mitteilen zu wollen«, sagte Johannsen auf seine umständliche Art.

»Nun sagen Sie mir doch bitte, was los ist«, beharrte Marie.

»Lass ihn«, raunte Berta ihr zu, die inzwischen zu ihnen getreten war. »Du bringst ihn in eine unangenehme Situation.«

»Du hast recht«, erwiderte Marie. »Ich bin nur so in Sorge.«

»Soll ich mitkommen?«, bot Berta an.

»Musst du nicht, ihr habt doch eure Besprechung«, sagte Marie. »Ich gebe dir Nachricht, sobald ich etwas weiß.«

Berta gab ihrer Freundin einen Kuss auf die Wange. »Ich bin in Gedanken bei dir.«

***

Die Fahrt nach Hause erschien Marie endlos. Als sie endlich angekommen waren, stürmte sie sofort die Stufen hinauf – da flog schon die Tür auf, und Anna kam ihr entgegen.

»Marie«, murmelte sie, und diese stellte fest, dass alle Farbe aus dem Gesicht ihrer Schwester gewichen war. »Das ist alles so schrecklich, das kann einfach nicht wahr sein.«

»Aber was ist denn passiert?«

»Es ist Großmutter«, brachte Anna mit versagender Stimme hervor. »Es war ein schrecklicher Unfall. Papa ist verletzt. Und Großmutter … sie ist … sie ist … sie ist …«

»Sie ist tot?«, stieß Marie hervor, was ihre Schwester nicht auszusprechen vermochte.

Anna nickte benommen. »Das hat Papa gesagt, ja. Er will uns gleich alles erzählen.«

Zehn Minuten später hatte die Familie sich im Salon versammelt, und Marie erfuhr, was geschehen war. Mit bebender Stimme und Augen voller Tränen erstattete der Vater, der den verbundenen Arm in einer Schlinge trug und auf dessen Stirn ein Pflaster prangte, Bericht.

»Großmutter wollte mich heute Morgen im Kontor besuchen«, begann er. Heinrich war kaum in der Lage zu sprechen, aber als seine Gemahlin in lautes Schluchzen und Wehklagen ausbrach, fasste er sich wieder und fuhr fort: »Es gab am Freihafen eine Gasexplosion. Zwanzig Menschen sind ums Leben gekommen. Darunter … darunter auch eure Großmutter. Ich selbst bin nur leicht verletzt worden.«

»Man ist einfach nirgendwo sicher«, jammerte Odile. »Das Leben ist so gefährlich geworden. Du hättest auch sterben können. Dann wäre ich jetzt Witwe. Und deine Töchter *Halbwaisen.*«

»Maman, bitte«, sagte Marie, der ebenfalls die Tränen über die Wangen liefen, während Anna mit schneeweißem Gesicht ins Leere starrte. »Papa lebt, wie du siehst, Großmutter aber ist tot. Wir sollten ihr Andenken ehren.«

Odile schluchzte erneut auf und hüllte sich dann in beleidigtes Schweigen – aber nur kurz, dann setzte sie ihre Litanei fort: »Mir war dieser neue Riesengasometer schon immer unheimlich. Über siebzig Meter hoch, das ist doch Wahnsinn!«

Heinrich beachtete seine Frau nicht, sondern sprach möglichst sachlich weiter. Es schien ihm zu helfen, Fakten aufzählen zu können und sich damit vom Tod seiner Mutter abzulenken. »Einundvierzig Menschen sind teilweise schwer verletzt worden. Wie ich im Krankenhaus erfahren habe, hat nach der Explosion gegen drei Uhr nachmittags auch der benachbarte, ältere Gasbehälter Feuer gefangen.«

»Weiß man, warum?«, fragte Anna und nutzte damit den gleichen Weg aus dem Schmerz wie ihr Vater – sich in Äußerlichkeiten stürzen, um sich nicht mit der grausamen Realität beschäftigen zu müssen: dass die Großmutter tot war. Dass sie nie wieder mit ihnen gemeinsamen scherzen und lachen oder ihre spitzen Bemerkungen gegenüber der Stiefmutter machen würde.

Heinrich schüttelte den Kopf. »Dazu ist es zu früh«, sagte er. »Sie werden die Untersuchungen erst einleiten.«

In diesem Moment sprang Marie auf und stieß mit dem Knie gegen den Teetisch. Eine der zarten Tassen fiel um, der Tee ergoss sich über die Tischplatte und auf den kostbaren Teppich.

»Marie«, tadelte die Stiefmutter. »So pass doch auf! Immer dasselbe mit dir.«

Doch ihre Tochter ignorierte sie.

»Es ist doch völlig egal, warum dieses verfluchte Gaswerk explodiert ist!«, rief sie. »Tatsache ist, dass Großmutter tot ist. Tot! Begreift ihr das denn alle nicht?«

Schluchzend stürzte sie aus dem Zimmer, gefolgt von ihrer Zofe Tinette, die neben der erschütterten Köchin und den beiden Hausdienern weinend etwas abseits gestanden hatte.

»Ich gehe ihr nach«, sagte Anna, erleichtert, der gedrückten Stimmung im Salon entkommen zu können.

Sie fand ihre Schwester bäuchlings auf dem Bett liegen, bitterlich weinend, das Gesicht im Kissen vergraben. Tinette saß, ebenfalls in Tränen aufgelöst, neben ihr und streichelte unbeholfen ihren Rücken. Als sie Anna ins Zimmer kommen sah, erhob sie sich hastig.

»Ist gut, Tinette«, sagte sie und legte der Zofe leicht ihre Hand auf den Arm. »Ich kümmere mich jetzt um sie.«

Die Zofe knickste. »Herzliches … herzliches Beileid, gnädiges Fräulein.«

Anna nickte. »Danke, Tinette.«

Dann ließ sie sich auf Maries Bett nieder. Die Schwester setzte sich auf und fiel in Annas Arme.

»Du darfst nicht denken, dass mir die Einzelheiten der Katastrophe wichtiger sind als die Tatsache, dass Großmutter nicht mehr bei uns ist«, sagte sie. »Es war nur … es ist nur … Fakten sind etwas, woran man sich festhalten kann. Mit dem man sich ablenken kann. Denn ohne Ablenkung … kann man es nicht ertragen.« Ihre Stimme stockte. Und da endlich begann auch sie zu schluchzen. Nachdem zunächst Marie Annas Schulter nass geweint hatte, hielt nun sie ihre verzweifelte Schwester im Arm.

»Ich weiß«, sagte sie. »Ich weiß, Annalein, ich weiß doch. Es tut so entsetzlich weh. Was sollen wir denn jetzt ohne Großmutter nur machen?«

»Ja«, pflichtete Anna ihr bei. »Wie, in aller Welt, sollen wir ohne sie leben?«

6

»Ich will dort nicht hin«, klagte Anna, die seit dem Tod ihrer geliebten Großmutter zumindest im Gesicht ungewöhnlich schmal geworden war. Unter normalen Umständen hätte Anna diese Veränderung sicherlich begrüßt, nun aber bemerkte sie die Gewichtsabnahme nicht einmal. Ohnehin legte sie keinen Wert mehr auf ihr Äußeres – ihre sonst so glänzenden Locken waren stumpf geworden, ihre Haut weiß und schuppig. Ferdinand hatte sie seit dem Tod der Großmutter nicht mehr gesehen. Marie machte sich ernsthafte Sorgen um die Jüngere. Auch ihr ging Margarethas Ableben nahe, aber ausgerechnet bei der sonst so sachlichen Anna hatte Marie das Gefühl, dass diese in eine dunkle Welt abgetaucht war und alle Lebensfreude verloren hatte.

»Du musst«, sagte sie jetzt fest. »Für Großmutter. Es ist unsere Pflicht, ihren Letzten Willen zu hören – und zu erfüllen.«

Anna schluckte. »Du hast ja recht«, sagte sie dann leise. »Ich befürchte nur, ich breche wieder in Tränen aus – dieses Testament wird ja so sein, als würde sie ein letztes Mal zu uns sprechen.«

Marie nahm sie in die Arme. »Ich vermisse sie doch auch«,

murmelte sie ihrer Schwester ins Ohr. »Aber du weißt, dass Großmutter nicht gewollt hätte, dass wir uns so … so unserer Trauer hingeben. Dass wir nicht mehr lachen, unsere Freundschaften nicht mehr pflegen und unsere Träume aufgeben. Du weißt, dass sie Trübsal nicht mochte – deswegen hatte sie ja auch immer so große Probleme mit Maman.«

»Du wirst mich und meine Trauer doch wohl nicht mit Maman vergleichen«, fuhr Anna auf.

»Natürlich nicht«, sagte Marie beschwichtigend. »Es geht mir darum, was Großmutter gewollt, was sie sich gewünscht hätte. Dass wir nicht allzu sehr um sie trauern, da bin ich mir absolut sicher.«

Anna nickte. »Du hast recht«, sagte sie. Irgendwie gab ihr dieser Gedanke ein wenig Kraft. »Ich will versuchen, mich zusammenzureißen.«

»Na also«, sagte Marie zufrieden. »Dann lass uns jetzt hinuntergehen. Die anderen warten sicherlich schon auf uns.«

Die Testamentseröffnung fand in der Bibliothek statt. Odile und Heinrich Carstens hatten sich bereits eingefunden, ebenso die Köchin Frau Fehling, Hausdame Ingeline Witt, Annas und Maries Zofe Tinette sowie Lothar Konradi, der langjährige Butler des Hauses. Maries Hand schob sich in die ihrer Schwester, als der Familienanwalt Otto Jacobsen, ein distinguiert wirkender Herr Ende dreißig, den Letzten Willen ihrer Großmutter Margaretha verlas. Die größte Summe des stattlichen Nachlasses der reichen Witwe – zweihundertfünfzigtausend Mark – erhielt erwartungsgemäß deren einziger Sohn Heinrich, ebenso wurde ihm ihr Haus in Holstein überschrieben. Ingeline Witt, Frau Fehling und Herr Konradi wurden jeweils mit einer für sie unfassbaren Summe von tausend Mark bedacht, Tinette bekam immerhin zweihundertfünfzig Mark – alle vier Bediensteten waren sichtlich überwältigt und gerührt.

Und dann begann der Anwalt jenen Teil vorzulesen, der Marie und Anna betraf: »Meinen geliebten Enkeltöchtern Anna und Maria Carstens überlasse ich jeweils die Summe von fünfzigtausend Mark.«

Marie sog schockiert die Luft ein, ihr Blick suchte den Annas, die nicht minder fassungslos dreinblickte. Die Schwestern klammerten ihre Hände ineinander.

»Ich verfüge ausdrücklich, dass die beiden völlig unabhängig von beiden Elternteilen nach eigenem Gutdünken mit dem Geld verfahren können«, fuhr Anwalt Jacobsen fort, und Odile, die ja bisher leer ausgegangen war, verzog verstimmt das Gesicht.

»Dieser Erbteil soll im Fall einer Heirat auch nicht in die Mitgift eingehen. Meine liebe Anna, meine liebe Marie, dieses Geld ist nur für euch – möge es euch Sicherheit ermöglichen und vielleicht den einen oder anderen Traum erfüllen.«

Anna sah in das tränennasse Gesicht ihre Schwester – und wusste genau, welchen Traum die Großmutter gemeint hatte.

***

»Möchtest du mich begleiten?«, fragte Marie, als sie am Morgen nach der Testamentseröffnung Annas Zimmer betrat. »Ich gehe in die Stadt, Weihnachtseinkäufe erledigen. Für Maman brauche ich dringend ein schönes Geschenk. Sie hat sehr daran zu knabbern, dass Großmutter sie in ihrem Testament so übergangen hat.«

»Na ja, Papa teilt ja sein Leben und sein Geld mit ihr«, erinnerte Anna. »Also auch die zweihundertfünfzigtausend

Mark. Und sie freut sich bestimmt, dass auch Omas Haus in Holstein jetzt ihm gehört.«

Sie erhob sich von dem Stuhl an ihrem Sekretär. »Ich komme mit. Vielleicht treffe ich danach noch Ferdinand, wenn er Zeit hat. Ich wollte ihm gerade schreiben und erklären, wieso ich mich seit Großmutters Tod so zurückgezogen habe. Aber vielleicht rufe ich ihn besser an. Und ein Weihnachtsgeschenk für ihn brauche ich natürlich auch.«

Marie war froh, dass ihre Schwester sie begleiten wollte – eine Rückkehr ins Leben.

Die Carstens hatten natürlich – ebenso wie die de Moors – längst einen Telefonanschluss. Als Anna auf den Apparat zuging, um Ferdinand anzurufen, fiel ihr voller Wehmut die Situation ein, als Marie und sie Großmutter vor vier Jahren erklärt hatten, wie man das Telefon benutzt. Was hatten sie mal wieder mit ihr gelacht … »Ihr seid die patentesten Mädchen der Welt«, hatte Grete ihre Enkeltöchter seinerzeit gelobt.

Wenig später waren die beiden Carstens-Schwestern im Warenhaus Hermann Tietz auf der Jagd nach Geschenken. Die Eröffnung des Kaufhauses am Großen Burstah im März vor acht Jahren war ein epochales Ereignis gewesen. Ein solch riesiges Sortiment hatte zuvor noch kein Hamburger gesehen, jedenfalls nicht in ein und demselben Geschäft: erlesene Möbel, echte Orientteppiche, Hutkreationen aus Paris und Sonnenschirme aus reiner Seide. Nur eines schien zu fehlen, wie Marie und Anna nun erfuhren.

»Es kann doch nicht sein, dass ich nirgendwo in Hamburg *Chypre* bekomme!«, ereiferte sich ein vornehm gekleideter Geschäftsmann in den besten Jahren gerade.

Marie wusste, dass *Chypre,* ein Damenparfüm von Godet,

erst im vorigen Jahr auf den Markt gekommen war. Der Duft hatte eine sehr blumige Note und hielt überdurchschnittlich lange an. Marie persönlich erinnerte er zu sehr an Weihrauch.

»Muss man denn wirklich nach Paris fahren, um die schönsten Düfte zu bekommen?«, schimpfte der Mann.

»Es tut mir sehr leid, gnädiger Herr«, sagte die junge Verkäuferin eingeschüchtert. »Ich kann meinen Vorgesetzten bitten, es ins Sortiment zu nehmen.«

»Das nutzt mir für Weihnachten aber auch nichts«, entgegnete der Kunde verstimmt. »In acht Geschäften war ich bereits. In acht! Nicht mal Dralle hatte es.«

Marie beschloss, der armen Verkäuferin zu Hilfe zu eilen.

»Mein Herr, darf ich Ihnen einen Ratschlag für einen würdigen Ersatz geben?«, wandte sie sich an den Kunden, der sie angenehm überrascht anstarrte. *»Voilà Pourquoi J'Aimais Rosine!«*

Sie wusste, dass dieser vor neun Jahren eingeführte Duft im Kaufhaus vorrätig war. »Ein Geheimtipp aus dem Hause Guerlain. Der Duft ist würzig-pudrig, Mademoiselle wird Sie gewiss probieren lassen.« Sie lächelte der Verkäuferin zu, die eifrig nickte, und fuhr fort: »Der Name bedeutet ›deshalb liebte ich Rosine‹. Der berühmte Parfümeur Jacques Guerlain hat eine neue Rolle für seinen Berufsstand eingeführt: die des Geliebten, der eine Ode für eine bestimmte Muse kreiert. Und glauben Sie mir, wenn Sie Ihrer persönlichen ›Rosine‹ diesen Duft schenken, wird die *Sie* dafür lieben!«

Sie zwinkerte ihm keck zu und ging dann zurück zu ihrer Schwester, wobei sie noch einen dankbaren Blick der jungen Verkäuferin auffing.

»Die liebt dich jetzt«, flüsterte Anna, als sie sich entfernten. »So dümmlich-erfreut, wie der dich angeglotzt hat, kauft der den Duft.«

»Ja, die liebt mich«, bestätigte Marie grinsend. »*Rosine* ist nämlich sündhaft teuer.«

»Wir müssen wohl wirklich bald eine Parfümerie eröffnen«, scherzte Anna.

Doch Marie war ganz ernst, als sie sagte: »Das müssen wir allerdings. Großmutter hat uns bestimmt nicht ohne Grund so viel Geld hinterlassen und geschrieben, wir sollen damit einen Traum verwirklichen.«

»Noch verfügen wir nicht über das Geld«, erwiderte Anna. »Lass uns alles genau durchrechnen, wenn es so weit ist.«

***

Am Abend traf sich Anna, wie telefonisch verabredet, mit ihrem Ferdinand vor dem Henschel-Kino, das im vorigen Monat in der Dammtorstraße eröffnet hatte. Er hätte Anna nicht herzlicher und liebevoller begrüßen können. Mit einem breiten Lächeln und einem Blumenstrauß, den er ihr mit einem Handkuss überreichte, stand er da.

»Wie schön du wieder bist«, sagte er, »aber ein bisschen schmal bist du im Gesicht geworden.«

Früher hätte Anna sich über diese Aussage gefreut, doch nun nickte sie nur ernst. »Die Sache mit Großmutter …«

Er drückte mitleidsvoll ihre Hand. »Es tut mir so unendlich leid. Sie war eine wunderbare Frau.«

Annas grüne Augen füllten sich mit Tränen. Seit den mahnenden Worten ihrer Schwester am Morgen der Testamentseröffnung ging es ihr zwar etwas besser, aber die Trauer schlummerte immer noch ganz dicht unter der Oberfläche.

Sein Mitgefühl riss diese dünne Haut fort und ließ sie wieder schutzlos werden. Doch sie schluckte die Tränen herunter. Sie wollte sich der Trauer nicht hingeben – vor all diesen Leuten. Diese Blöße würde sie sich nicht geben. Außerdem wollte sie sich nicht erneut in der endlosen Dunkelheit verlieren, der sie doch gerade erst entronnen war.

Sie atmete tief ein, straffte sich, hob das Kinn und sagte dann: »Das war sie tatsächlich – und ich bin dankbar, dass sie mich so lange durch mein Leben begleitet hat.«

Ferdinand sah sie verwundert an. Diese gefasste Reaktion hatte er wohl nicht von ihr erwartet.

»Wollen wir hineingehen?«, fragte sie und lächelte ihn an. »Sonst fängt der Film noch ohne uns an.«

Galant reichte er ihr den Arm.

Während der Vorstellung konnte Anna der Handlung kaum folgen. Doch es waren nicht die Gedanken an die Großmutter, die sie ablenkten, nicht der Kampf gegen die Trauer: Nein, das Gespräch mit Marie ging ihr unaufhörlich im Kopf herum. Sollten sie es wirklich wagen, ihr Geld in den Traum der eigenen Parfümerie zu investieren? Als sie daran dachte, wie ihre Schwester im Kaufhaus das teure Parfüm an den Mann gebracht hatte, musste sie schmunzeln, während sie nur ganz am Rande ihres Bewusstseins wahrnahm, dass Ferdinand seine Hand in die ihre schob. Er blickte zu ihr und schien ihr Lächeln auf die vertraute Geste zu beziehen. Er flüsterte ihr zu: »Du machst mich auch sehr glücklich, meine Anna.«

Doch die war in Gedanken längst wieder woanders. Was der Vater wohl von ihrem Vorhaben hielt? Würde er sie unterstützen? Oder von vornherein abwinken? Und wie würde die Stiefmutter reagieren? Anna war sich sicher, dass hier die größten Probleme zu erwarten waren. Odile würde es bestimmt ganz und gar nicht begrüßen, wenn ihre Töchter Unternehmerinnen würden. Ihr einziges Augenmerk lag darauf, Anna und Marie gut und vor allem sicher zu verheiraten. Hochzeit! So wichtig und bedeutsam dieses bevorstehende Ereignis für Anna bisher gewesen war – seit dem Tod der Großmutter war es vollkommen aus ihrem Bewusstsein verschwunden. Verstohlen musterte sie Ferdinand von der Seite. Was er wohl sagen würde, wenn er von ihren Geschäftsplänen erführe?

7

Marie hatte sich immer öfter gefragt, warum sie so lange zögerte, Berta von ihrem Traum der eigenen Parfümerie zu erzählen. Denn immerhin war die Idee ja erst durch die Freundin entstanden. Wahrscheinlich hatte sie unbewusst die Befürchtung, es könne Berta in ihrem jetzigen Zustand wehtun, nach ihrem Mann nun auch noch die Ersatztochter zu verlieren. Denn wenn Marie tatsächlich ein eigenes Geschäft gründen würde, wäre ihr eingespieltes Verhältnis ja einigen Änderungen ausgesetzt; Marie hätte dann viel weniger Zeit für die mütterliche Freundin. Als sie Anna von ihren Befürchtungen erzählt hatte, war sie von ihr jedoch beruhigt worden. »Ich glaube, Berta würde sich für dich freuen. Du wirst sie ja trotzdem besuchen, so oft es geht.«

Solchermaßen ermutigt, machte Marie sich zwei Tage vor Heiligabend, beladen mit Geschenken für die treue Freundin, auf den Weg zum Kleinen Schäferkamp, wo sich Bertas Fabrikation befand. Ein Lächeln umspielte ihre Lippen. Nun, da sie sich dazu durchgerungen hatte, konnte sie es kaum erwarten, ihrer Mentorin endlich von ihrer Idee zu erzählen.

Erwartungsfroh klopfte sie an die Tür zu Bertas Vorzimmer, doch deren Sekretär ließ sie wissen, dass die gnädige

Frau sich nicht in ihrem Büro, sondern in den Fertigungshallen befinde.

»Danke«, sagte Marie. »Darf ich meine Taschen bei Ihnen abstellen?«

Der Sekretär blickte drein, als habe sie ihn um etwas Unanständiges gebeten, und nickte dann pikiert.

Marie strahlte ihn freundlich an und eilte zu den Fabrikhallen. Berta, die einen eleganten knöchellangen Bahnenrock und eine Bluse mit Jabot trug, stand an einem der Packtische. Dort unterhielt sie sich angeregt mit der hübschen Rothaarigen, die seinerzeit so um Bertas Mann getrauert hatte. Die junge Frau schien ihrer Vorgesetzten Vorschläge zu machen, wie man die Seifen anders verpacken könnte, und demonstrierte ihre Einfälle mit Schleifen und Verpackungspapier. Marie sah fasziniert zu, wie sich die Päckchen unter den kundigen Händen der Rothaarigen in wahre Kunstwerke verwandelten.

»Ach, Marie«, sagte Berta, als sie die Freundin bemerkte, und begrüßte sie mit einem Kuss auf die Wange. »Wie schön, dass du mich besuchst. Fräulein Habermann präsentiert mir gerade ihre neuen Ideen für die Weltausstellung.«

»Sehr gelungen«, lobte Marie und lächelte der Rothaarigen zu. »Kannst du ein paar Minuten für mich erübrigen?«, wandte sie sich dann an ihre Freundin.

Die nickte. »Viel Zeit habe ich leider nicht«, sagte sie und machte eine ausholende Bewegung, die die gesamte Fabrikhalle umfasste. »Aber eine halbe Stunde kann ich sicherlich erübrigen. Gehen wir in mein Kontor?«

»Gern.«

***

»Da sitzen wir nun also beide in unserer schwarzen Kleidung.« Berta wirkte fahrig und erschöpft, als sie wenig später bei einer Tasse Tee und Gebäck in ihrem Büro saßen.

Marie war froh, Berta auf andere Gedanken bringen zu können, indem sie sagte: »Ich habe was für dich.«

Sie reichte ihr zwei schön verpackte Schachteln. »Aber erst zur Bescherung öffnen«, mahnte sie scherzhaft.

Berta freute sich aufrichtig über die Geschenke, war jedoch zugleich etwas verlegen. »Ich habe aber noch gar nichts für dich«, bedauerte sie. »Irgendwie komme ich zurzeit gar nicht mehr hier heraus. Die Weltausstellung rückt immer näher, und da möchten wir natürlich einen unvergesslichen Eindruck hinterlassen. Um Geschenke werde ich mich erst morgen kümmern können.«

»Aber das macht doch nichts«, rief Marie. »Das schönste Geschenk hast du mir damals gemacht, als du in mir die Liebe zu schönen Düften geweckt hast.«

»Das Parfüm trägst du ja immer noch«, stellte Berta fest.

»Ja!«, schmunzelte Marie. »Und inzwischen hat sich Maman damit abgefunden.«

Berta erwiderte das Lächeln, strich sich dann aber sichtlich erschöpft über das Gesicht.

»Wieder diese Kopfschmerzen?«, fragte Marie.

Berta nickte. »Ach, ich bin einfach wahnsinnig müde. So großartig ich die Ideen meiner Mitarbeiter finde – sie bedeuten ja auch wieder Arbeit und Wagnisse. Es ist einfach alles ein bisschen viel im Augenblick.«

Marie schluckte ihre Enttäuschung hinunter. Das war wohl wieder kein guter Moment, um Berta von ihrer Idee zu erzählen.

»Vielleicht liegt es daran, dass Weihnachten vor der Tür steht«, fuhr diese nachdenklich fort. »Gustav und ich haben die stillen Tage immer sehr genossen. Wir waren uns in dieser Zeit ganz besonders nahe. Wenn das Werk geschlossen war und wir Zeit für uns hatten. Und der Heilige Abend hatte stets einen ganz besonderen Zauber. Für beide von uns.«

»Oh, natürlich. Es ist ja dein erstes Weihnachten ohne ihn«, stellte Marie mitleidsvoll fest. Wie schlimm musste das sein zu denken: Letztes Jahr war mein Mann noch da. Ihr selbst graute ja auch vor dem ersten Fest ohne ihre Großmutter. »Was hast du denn für die Festtage geplant?«

Berta zuckte die Achseln. »Vermutlich werde ich hier in der Fabrik sein«, sagte sie. »Zu Hause ist es mir gar zu traurig.«

»Das kommt gar nicht infrage«, rief Marie entschlossen. »Du sollst nicht auch noch Heiligabend hier verbringen! Selbstverständlich kommst du zu uns!«

Berta wirkte zunächst erfreut und auch irgendwie erleichtert – doch dann umwölkte sich ihr Blick wieder. »Ihr habt doch aber selbst einen Trauerfall in der Familie – und auch euer Weihnachten ohne eure Großmutter wird nicht einfach werden. Da könnt ihr bestimmt niemand Fremden gebrauchen.«

»Du bist doch nicht fremd!«, widersprach Marie. »Und außerdem: Gerade weil wir alle einen lieben Menschen verloren haben, können wir einander doch so gut verstehen und uns gegenseitig stützen. Bitte, Berta.« Sie sah ihre Freundin flehend an. »Schenk es mir zu Weihnachten.«

Berta lächelte. »Also, wenn du es dir so sehr wünschst«, erwiderte sie, »dann sage ich von Herzen gern zu.«

***

Marie und Anna war etwas beklommen zumute gewesen, bevor sie am Heiligabend in den Salon hinüberschritten. Dort waren die Bediensteten bereits um den festlich geschmückten Baum versammelt. Sie hatten beide Sorge gehabt, dass die erste Weihnachtsfeier ohne ihre Großmutter furchtbar werden würde. Doch ihre Befürchtungen zerstreuten sich schnell: Allein schon wegen der Dienstboten, die ihnen mit leuchtenden Augen entgegenblickten, galt es, die Fassung zu wahren. »Wenn wir uns alle Mühe geben, dann wird das ein schöner Abend«, raunte Anna Marie zu. »Trotz schwarzer Kleider. Wir müssen uns gegenseitig aufheitern.«

Marie nickte und dachte, dass ihre Stiefmutter sich gewiss nicht daran halten würde.

Der riesige Weihnachtsbaum, der bis zur Galerie hinaufreichte, war mit dem klassischen Schmuck aus dem Erzgebirge behängt – und mit Großmutters alten Baumkugeln. Es duftete herrlich nach Tannenzweigen, die überall im Haus verteilt waren und mit den kunstvoll verzierten Kerzenständern eine stimmungsvolle Atmosphäre zauberten.

In diesem Moment betrat auch Berta den Salon und wurde von Heinrich auf das Herzlichste begrüßt.

Marie küsste ihre Mentorin links und rechts auf die Wange. »Wie schön, dass du gekommen bist.«

»Danke für die Einladung«, erwiderte Berta ungewohnt schüchtern.

Die Familie nahm unter dem Weihnachtsbaum Aufstellung, während die Dienstboten sich im Raum verteilten. Dann ergriff der Patriarch das Wort.

»Schwere Monate liegen hinter uns«, begann Heinrich. »Wir hatten den Verlust meiner geliebten Mutter zu beklagen und den Tod eines lieben Freundes – Gustav Kolbe.

Schön, dass seine Witwe, unsere Freundin Berta, heute unter uns weilt, um das Fest der Liebe mit uns zu feiern.« Er schenkte ihr ein warmherziges Lächeln, das sie dankbar erwiderte. »Bevor ich Sie bitte, in einer Schweigeminute dieser lieben Menschen zu gedenken, wollte ich Ihnen allen danken.«

Heinrich blickte das Personal der Reihe nach an. Tinette, die Zofe seiner Töchter, Kutscher Gerhard Jensen, Hausdiener Fiete, Butler Konradi, Isolde Fehling, die Köchin, Ingeline Witt, die Hausdame und einstige Zofe der verstorbenen Großmutter, Hausmädchen Viktoria und Odiles Zofe Brigitte.

»Danke für Ihre Treue«, sagte er. »Danke, dass Sie Teil unserer Familie sind und dass wir uns immer auf Sie verlassen können. Lassen Sie uns nun der Verstorbenen gedenken.«

Stille senkte sich über die Halle, nur das Knistern des Kaminfeuers war zu hören. Stumm hingen alle den Erinnerungen an Grete und Gustav nach, während draußen vor dem Fenster Schneeflocken tanzten.

Schließlich trat Marie vor und sagte: »Sie alle wissen, dass meine Großmutter ein Lieblingsweihnachtslied hatte.« Die Dienerschaft nickte.

»Stille Nacht«, flüsterte Tinette und brach schon bei der Erwähnung des Titels in Tränen aus.

»Lassen Sie uns das Lied zum Gedenken an Margaretha Carstens und Gustav Kolbe singen«, sagte Marie, und dann schallte es aus fast ein Dutzend Kehlen: »Stille Nacht, heilige Nacht …«

Marie spürte, dass ihre Wangen nass waren, und auch in Annas Augen schimmerten die Tränen. Sie griff nach der Hand ihrer Schwester, als sie die dritte und letzte Strophe anstimmten.

Als sie geendet hatten, herrschte einen Moment lang Stille. Sie alle, wie sie da in der Halle beisammenstanden, waren ergriffen von Melancholie und Trauer. Heinrich räusperte sich schließlich und las dann, der Tradition folgend, die Weihnachtsgeschichte vor.

»Und nun gibt es Geschenke«, rief Anna danach und läutete das traditionelle Glöckchen, um ein wenig Leichtigkeit in das Fest zu bringen. Marie holte den Korb mit den liebevoll verpackten Präsenten hinter dem Christbaum hervor und winkte einen nach dem anderen zu sich. Die Hausangestellten bedankten sich gerührt, teilweise auch schüchtern. Es gab Pralinen, Süßes vom Wiener Café Wirth, Seifen und Kosmetika von der Firma Douglas für die Damen, feinste Taschentücher und Stoffe, aus denen sich die Bediensteten neue Kleidung schneidern konnten. Wie in jedem Jahr zeigte sich die Familie Carstens sehr großzügig, und die Zofen bekamen obendrein noch abgelegte Garderobe von Anna und Marie, von der die Schwestern wussten, dass sie ihnen besonders gut gefiel. Teilweise hatten sie sich deshalb sogar etwas früher davon getrennt.

Anschließend zog sich die Familie zurück, um, gemeinsam mit Berta Kolbe, das Abendessen einzunehmen.

»Bei uns gibt es an Heiligabend immer ein kaltes Büfett«, erklärte ihr Marie. »Damit ermöglichen wir den Dienstboden, ebenfalls etwas vom Fest zu haben und nicht mit Hochdruck in der Küche arbeiten zu müssen.«

»Eine sehr gute Idee«, lobte die Freundin. »Und es sieht auch wirklich köstlich aus.« Neben Platten mit kalten Pasteten, kaltem Braten, einer reichhaltigen Auswahl an Salaten und jeder Menge frischem Obst warteten Törtchen und Petit Fours darauf, verspeist zu werden. Natürlich fehlten auch Frau Fehlings obligatorische Franzbrötchen nicht – der Jahreszeit entsprechend mit einer Extraportion Zimt.

Nachdem alle ihre Teller gefüllt hatten, ließ man sich an der festlich gedeckten Tafel nieder – das auf Hochglanz polierte Silber funkelte mit dem Kristall um die Wette.

Gretes Platz am Tisch hatten die Dienstboten bewusst frei gelassen. Anna, Marie und Heinrich gaben sich alle Mühe, keine trübe Stimmung aufkommen zu lassen, einzig Odile seufzte in einem fort und jammerte, wie sehr ihr die Schwiegermutter doch fehle und was für eine Leere sie in ihrem Herzen hinterlassen habe. Ausgerechnet!

»Und wie unheimlich das ist. Die Einschläge rücken näher. Ich bin ja selbst nicht die Gesündeste …«, klagte sie.

Die Tischgesellschaft ignorierte die Tiraden weitestgehend, es wurde gescherzt und gelacht, der Vater berichtete von seinen Eindrücken, die er im Herbst auf der Weltausstellung in Seattle gewonnen hatte, und gab Berta wertvolle Ratschläge für Brüssel.

Er selbst wollte diesmal wegen des Todesfalls seiner Mutter nicht teilnehmen, gratulierte Berta aber zu ihrer Entscheidung, Douglas dort zu präsentieren.

Bei der Bescherung knisterte und raschelte es wild, als die Geschenke ausgepackt wurden. Anna und Marie bekamen Schmuck, prachtvolle Haarkämme sowie Bücher. Danach saß die Familie mit ihrem Gast bei Gebäck und Kaffee vor dem Kamin beisammen. Anna, die Abenteuergeschichten liebte, blätterte im Geschenk ihres Vaters, einem Buch der Autorin Selma Lagerlöf, die kurz vor Weihnachten mit dem Literaturnobelpreis ausgezeichnet worden war.

»Freut mich, dass dir das Buch gefällt«, sagte Heinrich. »Diese Schwedin gehört zu den vielen beeindruckenden jungen Damen, die in letzter Zeit unsere Welt bereichern.«

Odile warf ihm einen beleidigten Blick zu, als habe er erklärt, dass all diese jungen Damen viel anziehender, jünger und schöner seien als sie selbst. Doch Heinrich beachtete sie gar nicht. »Diese Generation, die da heranwächst, ist mutig und geht ihren Weg«, sprach er weiter und lächelte Berta zu. »Sie sind das beste Beispiel – die Art und Weise, mit welchem Geschick Sie Gustavs Unternehmen weiter und zu neuer Blüte führen, ist beachtlich, wirklich.«

»Danke«, sagte Berta. »Ihr Lob bedeutet mir sehr viel.«

»Es kommt von ganzem Herzen«, erwiderte er. »Frauen brauchen endlich den Platz und die Anerkennung in unserer Gesellschaft, die sie verdienen – und in diesem Zusammenhang finde ich im Übrigen auch die Bestrebungen, das Wahlrecht für Frauen einzuführen, ausgesprochen begrüßenswert.«

Odile ächzte entsetzt, während die Schwestern einen verheißungsvollen Blick wechselten. Beide fanden sie die Worte ihres Vaters ausgesprochen ermutigend. Er, so schien es an diesem Weihnachtsabend des Jahres 1909, würde ihnen gewiss keine Steine in den Weg legen.

***

Am 27. Dezember wollten Marie und Anna es wagen. Gemeinsam gingen sie auf das Arbeitszimmer des Vaters zu. Anna zögerte zunächst anzuklopfen, und ihre Schwester bemerkte, wie nervös sie war.

»Keine Angst«, sagte Marie beruhigend. »Mag sein, dass Maman tobt, aber Papa wird unsere Idee lieben.«

»Du hast uns doch von all den erfolgreichen Frauen erzählt, die ihren Weg mutig und selbstbestimmt gehen«, begann Anna kurz darauf behutsam das Gespräch.

»Ja?«, fragte Heinrich zurückhaltend.

»Nun«, sagte Anna, »uns beeindrucken diese Frauen auch, und wir möchten ebenfalls gerne diesen Weg gehen.«

»Wie meint ihr das?«, fragte der Vater stirnrunzelnd und beugte sich über den mächtigen Mahagonischreibtisch nach vorn.

»Wir wollen gern ein Geschäft eröffnen«, platzte Marie, enttäuscht über die Zurückhaltung des Vaters, heraus.

»Aha. Und was für ein Geschäft soll das sein, wenn man fragen darf?«, hakte Heinrich nach – und hatte so gar nichts mehr mit dem weltoffenen, aufgeschlossenen Mann von Heiligabend gemein.

»Eine Parfümerie!«, sagte Marie trotzig.

Heinrich sah seine Töchter an, als hätten sie den Verstand verloren.

Anna stieß scharf die Luft aus. Wieso hatte Marie damit auch so herausplatzen müssen! Selbst ein aufgeschlossener Mann wie ihr Vater musste da doch zurückschrecken. Sie hatte strategisch vorgehen wollen – zunächst von der Episode im Kaufhaus erzählen, vom Verkaufstalent ihrer Schwester. Dann ein paar Zahlen und Fakten liefern …

Sie warf Marie einen gereizten Blick zu, den diese jedoch gar nicht bemerkte. Zu sehr war sie damit beschäftigt, ihren Vater herausfordernd anzustarren.

Da half wohl nur noch die Flucht nach vorne.

»Ganz recht«, sagte Anna ruhig. »Das Geld, das Großmutter uns hinterlassen hat, wird sich rasch vermehren, so groß wie der Bedarf an französischem Parfüm in Hamburg ist. Selbst Dralle hat viel zu wenig Düfte aus Paris, das haben wir überprüft.«

»Und wo soll er sein, dieser Laden?«, wollte Heinrich wissen. Dabei war seine Stimme so ungewohnt streng und kalt, dass Anna erschauderte und Marie die Augen zu wütenden Schlitzen verengte.

»Am besten in der Mönckebergstraße oder am Neuen Wall«, fauchte Marie. »Wir wissen schon, wo die gute Kundschaft einkauft!«

»Na, dann wisst ihr aber sicher auch, dass dort nahezu nie etwas leer steht«, ergänzte der Vater zynisch. »Französische Düfte sind gewiss eine nette Idee, aber kennt ihr irgendwelche Lieferanten?« Und dann wischte er all ihre Pläne mit einer einzigen großen Handbewegung vom Tisch. »Blödsinn!«

Beide Töchter sahen ihn erschrocken an. Noch nie hatte er sie derart entmutigt.

»So unvorbereitet wie ihr seid, werdet ihr Mutters schönes Geld verlieren.«

»Selbstständigkeit bei Frauen ja, aber bitte nicht im eigenen Hause«, knurrte Marie bitter. Waren das alles nur Lippenbekenntnisse gewesen? »Du bist ein Heuchler, Papa!«

Anna atmete erschrocken ein, und Heinrich sah seine Tochter erstmals voller Zorn an. »Vorsicht, Marie!«

»Ach«, zischte diese, sprang auf und stürmte aus dem Arbeitszimmer.

8

Durch die harsche Abfuhr ihres Vaters lag der Traum der Carstens-Töchter zertrümmert am Boden. Am nächsten Morgen, es war der 30. Dezember 1909, ging Anna ins Zimmer ihrer Schwester, um sie zum Frühstück abzuholen. Marie konnte ja nicht ewig schmollen, das machte doch alles noch schlimmer. Zu ihrem Erstaunen fand Anna diese jedoch fertig angezogen und mit entschlossenem Gesichtsausdruck vor.

»Natürlich komme ich runter«, kündigte sie an. »Ich muss essen, denn ich brauche meine Kräfte. Ich lasse mich nämlich nicht unterkriegen. Ich werde für unseren Traum kämpfen – zur Not auch gegen den Willen der Eltern. Oma hat nicht umsonst geschrieben, dass nur wir über das Geld verfügen sollen.«

»Meinst du?«, fragte Anna skeptisch.

»Und wie ich das meine«, erwiderte Marie im Brustton der Überzeugung. »Schließlich bin ich volljährig, und dein einundzwanzigster Geburtstag steht auch vor der Tür.«

»Aber Papa hat schon recht«, gab Anna zu bedenken. »Es wird für uns nicht einfach, Lieferanten in Frankreich zu finden.«

»Ach, darum kümmern wir uns schon irgendwie«, sagte

Marie zuversichtlich. »Komm, jetzt stärken wir uns erst mal.«

»Einen wunderschönen guten Morgen«, grüßte sie der Vater beim Betreten des Salons überschwänglich, und seine zur Schau gestellte gute Laune reizte Marie erneut.

Anna bemerkte, dass ihre Stiefmutter hingegen wie so oft äußerst missmutig dreinblickte. Wusste der Himmel, welche Laus ihr mal wieder über die Leber gelaufen war.

»Wie mir scheint, bedürfen hier am Tisch einige ein wenig der Aufheiterung«, meinte Heinrich grinsend. »Nun, denen kann geholfen werden. Mädchen, ihr könnt anfangen zu packen. Wir begrüßen das neue Jahrzehnt in Paris!«

»Was?«, entfuhr es Marie, und in ihrem Kopf überschlugen sich die Gedanken.

Hatte der Vater ein schlechtes Gewissen und wollte ihnen eine Freude machen – oder gar Salz in die Wunde streuen, da er ihnen ja vorgehalten hatte, keine Kontakte in Frankreich zu haben? Oder litt sie nun unter Verfolgungswahn, und diese Reise war von ihm schon vor längerer Zeit geplant gewesen?

»Er will bereits um die Mittagszeit losfahren«, maulte die Stiefmutter. »Ich habe ihm gesagt, dass ich nicht mitkommen werde. Ich verreise gewiss nicht in der Zeit der Trauer, jetzt da Margaretha gerade erst beerdigt wurde.«

»Und ich habe ihr gesagt, dass meine Mutter ein furchtbares Donnerwetter losgelassen hätte, wenn sie wüsste, dass wir ihretwegen hierbleiben und Trübsal blasen«, knurrte der Vater gereizt. »Es ist in ihrem Sinne, dass wir die Welt bereisen und ihre Schönheit und das Leben genießen.«

Marie und Anna warfen sich einen Blick zu. So schlecht, wie sich Odile mit ihrer Schwiegermutter verstanden hatte, war die Trauer um sie die unglaubwürdigste Ausrede, nicht an der Reise teilzunehmen. Keine von ihnen hatte Zweifel daran, dass es ihre üblichen Ängste waren, welche die Stiefmutter ans Haus fesselten. Doch sie selbst würden sich das Angebot des Vaters gewiss nicht entgehen lassen. Streit hin oder her. Paris!

***

Das erst im vergangenen März eröffnete Hôtel de Crillon am Place de la Concorde übertraf alle Erwartungen. Staunend standen die Schwestern am nächsten Abend in der prachtvollen, goldverzierten Halle mit den marmornen Wänden. Das Crillon strahlte Behaglichkeit und gediegene Eleganz aus. Nach der eher bescheidenen Pension, die sie gestern Nacht beim Zwischenhalt in der Nähe des Kölner Bahnhofs genutzt hatten, war dieses Hotel umso beeindruckender.

»Dagegen ist selbst das Atlantic eine Hundehütte«, scherzte Anna.

Da Odile tatsächlich in Harvestehude zurückgeblieben war, konnten ihre Töchter nun ohne ängstliche Verbote nach Herzenslust durch die Modemetropole flanieren. Marie und Anna schlenderten über die Champs-Élysées, bestaunten den Pariser Chic, tranken Tee im berühmten Café de Flore, bummelten durch die renommierten Geschäfte wie die Galeries Lafayette und bestaunten die Auslagen. Vor allem aber hielten sie Ausschau nach Parfüms, suchten gezielt nach edlen Flakons und besonderen Düften, die sie auch mutig ausprobierten. Paris, resümierten die beiden jungen Frauen, duftete himmlisch. Und sie stellten fest, dass in den Parfümerien und den entsprechenden Abteilungen der Kaufhäuser besonders großer Andrang herrschte.

»Die Pariserinnen werden von Parfüms scheinbar magisch angezogen«, stellte Marie fest. »Sie sind diesem besonderen Zauber einfach erlegen. Und was in Paris funktioniert, wird in Hamburg auch funktionieren. Da bin ich ganz sicher.«

Anna nickte. »Ich auch. Wir müssen nur noch Papa – und Maman – überzeugen. Und ich denke, dass sie viel heftiger reagieren wird als er.«

Maries Gesichtsausdruck verhärtete sich. »Wir müssen sie nicht überzeugen, Anna. Wir sind erwachsen, und wir haben ausreichend Geld.«

»Ich weiß«, erwiderte die Schwester. »Aber wenn es uns gelingen würde, unser Geschäft nicht gegen den Willen unserer Eltern zu eröffnen, wäre mir trotzdem wohler. Einvernehmen ist immer besser als Streit. Wir werden unsere Kräfte für andere Widerstände brauchen.«

»Da hast du recht«, pflichtete Marie ihr bei. »Wir können es ja nochmals versuchen.«

***

Es war ein rauschendes Fest, das die feine Pariser Gesellschaft zum Jahreswechsel im Hôtel de Crillon feierte. Beschwingt von den Eindrücken, die sie tagsüber in der Stadt gesammelt hatten, sprühten die Carstens-Töchter zum ersten Mal seit dem Verlust der Großmutter nur so vor Begeisterung. Im Laufe des Abends waren sie allerdings froh, die jeweils andere dabeizuhaben. Denn obwohl beide fließend Französisch sprachen, fühlten sie sich etwas ausgeschlossen: Der Vater war in ein Gespräch mit einem Geschäftsfreund vertieft, der ohne Anhang gekommen war, und die restlichen Gäste schienen sich alle irgendwie zu kennen.

»Eigentlich stört es mich gar nicht, die Beobachterposition einzunehmen«, bemerkte Marie. »Ich finde es ungemein spannend, die Pariser zu beobachten. Irgendwie wirken sie leichter als wir Deutschen. Und … freier.«

»Ja«, sagte Anna. »Das ist mir auch schon aufgefallen. Und ihre Kleider sind mondäner – auch wenn unsere natürlich ebenfalls sehr prachtvoll aussehen.«

Die Damen trugen Abendkleider mit langer Schleppe und viereckigem Dekolleté, das offenbar zurzeit besonders modern war; manche hatten sich auch in Tuniken gehüllt, die bis zur Wade oder gar bis zum Knöchel reichten.

»Ich finde, die Frauen, die diese weiten Kleider tragen, wirken besonders … frei«, sagte Anna grüblerisch.

Marie nickte bestätigend. »Ja, das hat was. Besonders das dort.« Mit dem Kinn deutete sie auf eine sehr zierliche Blondine, die eine Tunika aus silberner Spitze trug.

»Aber besser gefallen mir eigentlich diese Mäntel«, schwärmte Anna. »Herrlich, solche Brokatstoffe mit den Pelzbesätzen. Das wirkt so … herrschaftlich.«

»Ich finde die Mademoiselle dort am beeindruckendsten«, sagte Marie und zeigte auf eine ungemein lebendig wirkende junge Frau. Ihr dunkles Haar war zu einer raffinierten, halb geflochtenen Frisur gekämmt und im Nacken aufgesteckt; sie strahlte eine natürliche Grazie aus und trug ein im Vergleich zu den anderen prachtvollen Roben sehr schlichtes Kleid. Obwohl es weniger glitzerte und funkelte, wirkte es dennoch viel eleganter.

Und sie hatte ihre Lippen feuerrot angemalt. Fasziniert sahen die Schwestern sie an. Irgendwann bemerkte die Französin deren Blicke und zwinkerte amüsiert herüber. Marie und Anna erröteten gleichermaßen ertappt.

In diesem Augenblick kam aus einer anderen Ecke des

Raums ein großer, hagerer Mann auf sie zu, der seine Haare mit Pomade zurückgekämmt hatte.

»Guten Abend, meine Damen«, begrüßte er sie auf Französisch und mit einem Grinsen, das Marie etwas klebrig vorkam. »Darf ich Ihnen zu Ihrem Parfüm gratulieren? Sie duften beide ganz betörend. Ich kenne mich da aus, ich bin nämlich …«

Da entdeckte Anna, dass der jungen Frau, die sie beobachtet hatten, ein Malheur passiert war – der Absatz ihres linken Schuhs war abgebrochen.

Ohne den Mann, der sich angeblich mit Parfüm auskannte, zu beachten, eilte Anna zu der jungen Dame. »Kann ich Ihnen helfen?«, fragte sie auf Französisch.

»Ich wüsste nicht, wie«, erklärte diese bedauernd. »Ich werde wohl nach Hause müssen und die Schuhe wechseln – dann verpasse ich allerdings den Jahrzehntwechsel.«

»Ich habe Syndetikon-Kleber im Zimmer«, berichtete Marie, die ebenfalls herbeigeeilt war. »Eine gute Freundin hat ihn mir empfohlen, als mir das einmal passiert ist. Seitdem habe ich ihn immer dabei. Wir wohnen hier im Hotel.«

»Oh, das wäre lieb, lassen Sie es uns versuchen«, bat die Dame dankbar.

Anna und Marie verließen mit ihr den Saal und bekamen am Rande noch mit, wie ihnen der Herr mit den schmierigen Haaren noch nachrief: »Aber, Mademoiselles, warten Sie doch bitte …«

In ihrem Hotelzimmer hatten die Schwestern festgestellt, dass der Bruch des Absatzes etwas komplizierter war als zunächst angenommen. Deshalb hatte sich die praktisch veranlagte Anna aufgemacht, beim Hausmeister des Hotels Hammer und Nägel zu besorgen.

Während Marie den linken Schuh gründlich putzte – vor allem an der Abbruchstelle durften sich bei der Reparatur weder Fett noch Schmutz befinden –, unterhielt sie sich angeregt mit der modisch gekleideten Dame.

»Ich habe mich Ihnen noch gar nicht vorgestellt. Ich bin Gabrielle Chanel, aber meine Freunde nennen mich Coco.«

»Ich bin Maria Carstens«, sagte Marie. »Und meine Freunde nennen mich Marie. Meine Schwester heißt Anna.«

»Carstens? Sie kommen aus Deutschland?«, versicherte sich Coco erstaunt.

»Aus Hamburg«, bestätigte Anna.

»Sie sprechen aber perfekt Französisch«, beschied ihnen die Pariserin.

»Unsere Stiefmutter kommt aus Straßburg, wir sind zweisprachig aufgewachsen«, erläuterte Marie. Und dann ergänzte sie bewundernd: »Wenn Sie erlauben, Mademoiselle, Sie haben ein ganz entzückendes Kleid an.«

»Nicht wahr?« Coco drehte sich um die eigene Achse, sodass Marie sie von allen Seiten bewundern konnte. »Ich habe es selbst genäht – und entworfen.«

Marie musterte das schlichte Jackenkleid, das in eleganten Falten um die Taille fiel und dort geknotet war. Am Dekolleté und an den Ärmeln lugte ein zarter, weißer, bestickter Stoff hervor, der mit einem schwarzen Samtband abgesetzt war.

»Ein Dekolleté ist jener schmale Grat, auf dem der gute Geschmack balanciert, ohne herunterzufallen«, sagte die Französin lächelnd. »Unsere Devise hier in Frankreich ist: Retour à la simplicité.«

Zurück zur Einfachheit? Marie fand, dass man dieses Motto den Damen und Herren, die heute hier im Hotel feierten, nicht unbedingt ansah.

Da kam Anna mit Hammer und Nägeln zurück. Mit dem Kleber und geschickter Platzierung der Nägel gelang den beiden Schwestern schließlich eine notdürftige Reparatur des Absatzes.

»So«, sagte Anna zufrieden. »Das lassen wir nun noch ein paar Minuten trocknen – und dann dürften Sie damit durch den Abend kommen.«

»Tausend Dank«, freute sich die junge Pariserin. »Gerade noch rechtzeitig zum Feuerwerk.«

»Nun ist das Gesamtkunstwerk wieder vollständig«, kommentierte Marie, während Coco ihr Aussehen im Spiegel überprüfte. »Stell dir vor, Anna, das hat sie alles selbst entworfen und geschneidert.«

»Da können Sie aber stolz sein«, sagte die Schwester bewundernd.

»Das bin ich auch ein wenig«, gab Coco zu. »Aber noch stolzer bin ich auf meine Hüte. Ich habe ein eigenes Hutatelier, wissen Sie?«

»Wie wunderbar«, rief Marie.

»Ich würde Ihnen beiden gern je einen Hut schenken«, meinte die Modeschöpferin. »Als Dank für Ihre Hilfe. Sind Sie morgen noch in der Stadt? Dann schließe ich den Laden für Sie auf, und jede kann sich einen aussuchen.«

»Sie müssen uns nichts schenken«, entgegnete Anna. »Aber besichtigen würden wir Ihren Laden natürlich sehr gern.«

Marie nickte eifrig. Und wie!

9

Marie und Anna waren etwas eingeschüchtert, als sie am frühen Neujahrsnachmittag an dem Haus klingelten, in dem Coco Chanel lebte. Sie wurden von einem Pförtner in Livree begrüßt, der ihnen das Gefühl gab, sie seien es nicht wert, von Mademoiselle Coco empfangen zu werden. Doch das unbehagliche Gefühl verflog sofort, als sie der Französin gegenüberstanden, die heute in ein schlichtes, schmales Kostüm gekleidet war, das ihr hervorragend stand. »Wie schön, dass Sie gekommen sind«, freute sich Coco und begrüßte ihre Gäste auf Pariser Art, indem sie viermal die Luft neben ihren Wangen küsste. Rechts, links, rechts, links.

Der nun folgende Rundgang durch das Hutatelier dauerte mehr als eine Stunde, und die Schwestern bestaunten die schlichten und ausgesprochen kreativen Modelle der Französin, die darauf bestand, dass sie auch den einen oder anderen Hut aufprobierten. Sie hatten viel Spaß und gingen bald schon zum vertraulichen Du über.

»Nun wird es aber Zeit für eine kleine Stärkung«, sagte Coco schließlich bestimmt. »Habt ihr Lust, mit mir einen Café au Lait zu trinken? Ich habe mir auch ein paar köstliche Naschereien aus dem Café Rumpelmayer bringen lassen. Davon könnten wir kosten.«

»Das klingt nicht nach einem französischen Namen, eher nach einem bayerischen oder österreichischen«, bemerkte Anna.

»Österreich«, erwiderte Coco. »Der Mann ist kaiserlich-königlicher Hoflieferant. Und die gekrönten Häupter wissen, worauf es bei Naschereien ankommt.«

»Hört sich vielversprechend an«, strahlte Leckermäulchen Anna, und Marie freute sich, dass ihre Schwester seit Weihnachten ihren Appetit wiedergefunden zu haben schien.

Minuten später saßen sie im Salon der Wohnung von Cocos Geliebtem, in der sich auch das Hutatelier befand. Der Raum wurde von einem großen Flügel dominiert. Auf einer Etagere waren Pralinen, Croissants sowie köstlich aussehende Petit Fours angeordnet, und Anna spürte, dass ihr bei diesem Anblick das Wasser im Mund zusammenlief.

»Das hier ist der berühmte Montblanc-Kuchen«, sagte Coco und deutete auf die runden, hellbraunen Törtchen. »Ihr müsst sie unbedingt probieren.«

Anna ließ sich nur zu gerne eins der Törtchen geben, über dessen Oberfläche sich verlockend aussehende braune Bänder zogen.

»Maronencreme«, kommentierte Coco. »Darunter ein knuspriges Baiser und Sahne. Der Erfinder wurde zu dieser Art von Kuchen natürlich von uns Frauen inspiriert.«

Die Schwestern sahen sie fragend an.

»Haare«, erklärte Coco. »Genauer gesagt: ein Bob.« Sie strich sich über ihr eigenes dunkles Haar, das in weichen Wellen im Nacken zusammengesteckt war. »Ich finde diese Frisur sehr apart und überlege, mir selbst einen Bob schneiden zu lassen«, verkündete die Französin und sagte dann: »Aber ich rede die ganze Zeit nur von mir. Was führt euch eigentlich nach Paris?«

Marie und Anna berichteten abwechselnd. Von ihrem Leben in Hamburg, vom Tod ihrer Großmutter und von der Einladung ihres Vaters in die französische Hauptstadt.

Coco kondolierte und sagte dann: »Es ist gut, dass ihr in dieser für euch schweren Zeit ausgerechnet nach Paris gekommen seid. Diese Stadt holt einen aus der Trauer zurück und zeigt einem die Schönheiten des Lebens.«

»In der Tat«, stimmte Anna zu. »Paris ist sehr inspirierend, auch und gerade für unsere Pläne.«

»Was sind das denn für Pläne?«, fragte Coco neugierig und beugte sich vor.

»Wir möchten gern eine Parfümerie eröffnen«, erklärte Marie und gab sich Mühe, selbstbewusst zu klingen. »Ich bin dem Zauber der Düfte schon erlegen, seit ich ein kleines Mädchen war, und habe meine Schwester längst damit angesteckt.«

»Eine wunderbare Idee!«, rief Coco begeistert.

»Danke für deinen Zuspruch«, freute sich Marie. »Es macht Mut, Frauen wie dich zu treffen, die diesen Schritt bereits gewagt haben und dabei erfolgreich waren.«

Coco nickte. »Die Menschen gieren zurzeit nach dem Schönen und Exklusiven. Wenn ich euch einen Rat geben darf?«

»Jeden.« Die Schwestern sahen sie gespannt an.

»Legt Wert auf Exklusivität. Eure Boutique sollte kein Laden für jedermann sein. Lieber hochpreisig. Und das sollte sich schon in der Inneneinrichtung widerspiegeln. Auch einen auffälligen Namen braucht ihr noch. Mit meinem bürgerlichen Namen Gabrielle Chanel wäre ich nie so bekannt geworden. Coco klingt verspielter.«

Marie und Anna hingen an ihren Lippen.

»Da ihr ja selbst keine Parfüms herstellt, müsst ihr großen

Wert auf die Auswahl eurer Düfte legen«, fuhr Coco fort. »Und da seid ihr hier in Paris genau richtig. Ihr solltet unbedingt die Parfümerie Daltroff besuchen. Und natürlich braucht ihr Düfte von Coty und Guerlain.«

Dann rümpfte sie die Nase. »Wobei ich euch zu Guerlains neuester Schöpfung, diesem *Chypre de Paris*, nicht unbedingt raten kann. Es riecht einfach nicht gut. Ledrig-animalisch irgendwie. Ich weiß nicht, was er sich dabei gedacht hat.«

Anna und Marie mussten lachen und erzählten der Französin von der Anekdote im Hamburger Kaufhaus. Coco stimmte in das Lachen mit ein.

Schließlich wurde die junge Modekoryphäe wieder ernst und sagte: »Wagt es! Ich traue euch zu, dass eure Parfümerie ein kolossaler Erfolg wird.«

Die Schwestern sahen sie verblüfft an.

»Vertraut mir«, bekräftigte Coco. »Wenn ihr auf meinen Rat hört, Wert auf Exklusivität legt und bei der Auswahl eurer Düfte sorgsam vorgeht, wird es gelingen. Ich habe ein Gefühl für so etwas.«

***

Als die Schwestern abends aus der Kutsche stiegen und auf ihr Hotel zugingen, waren sie immer noch wie verzaubert von der Begegnung mit Coco Chanel. Da bemerkten sie auf dem Trottoir den schmierigen Herrn von der Silvesterfeier, der ihnen erfreut zuwinkte.

Marie seufzte. »O nein, ich glaube, der verfolgt uns.«

Anna ergriff hastig die Hand ihrer Schwester. »Komm, schnell ins Hotel! Der ist mir unheimlich.«

Doch der Fremde folgte ihnen ins Foyer. Nun hatte Marie genug und drehte sich erbost um.

»Monsieur, verfolgen Sie uns?«, verlangte sie zu wissen.

Er sah sie eingeschüchtert an. »Aber nein, ich treffe hier einen Geschäftspartner.«

»Aha, und was ist das für ein Geschäft?«, hakte Marie misstrauisch nach.

»Ich treffe … einen Parfümeur«, behauptete er.

»Ach ja, Sie sagten ja gestern, dass Sie sich mit Parfüm auskennen«, versuchte Anna, das Gespräch in etwas höflichere Bahnen zu lenken.

»Exakt, ich bin Grossist für Düfte. Ich erledige für viele französische Parfümeure die Verkäufe ins Ausland.«

Anna konnte diesen unglaublichen Zufall kaum fassen. Seit ihrer Ankunft in Paris schien Fortuna es besonders gut mit ihnen zu meinen.

Maries Gesichtsausdruck blieb skeptisch.

Anna aber fragte den Grossisten: »Könnten Sie sich vorstellen, auch eine neue Parfümerie in Hamburg zu beliefern?«

»Aber natürlich!«, antwortete der Herr sogleich, und Anna begann zu strahlen.

***

»Und wie viel monatliche Pachtkosten habt ihr kalkuliert?«, wollte ihr Vater wissen.

»Fünfhundert Mark, da sind alle Nebenkosten bereits einberechnet«, antwortete Anna wie aus der Pistole geschossen.

Gemeinsam mit ihrer Schwester saß sie dem Vater knapp drei Monate nach der Paris-Reise, es war der 15. März 1910, gegenüber in dessen Arbeitszimmer. Soeben hatten ihm seine Töchter verkündet, dass sie die Parfümerie trotz seines Widerstands eröffnen würden. Anna hatte Marie eingeschärft, ihr das Wort zu überlassen, um den Vater mit Zahlen und Fakten zu überzeugen. Sie hatte sich akribisch vorbereitet. Zu ihrer Erleichterung blockte Heinrich diesmal nicht sofort ab, sondern hörte aufmerksam zu.

»Und ihr denkt, dass der Umsatz ausreicht, um die Kosten zu decken?«, wollte er nun wissen.

»Dralle macht im Monat zweitausend Mark«, antwortete Anna und versuchte, ihrerseits kühl zu klingen.

»Woher wisst ihr das denn?«, fragte Heinrich, nun doch etwas erstaunt.

»Unser Grossist kennt seine Zahlen«, berichtete Anna.

Der Vater nickte. »Und was macht ihr, wenn ein männlicher Kunde in dem Laden einmal zudringlich wird?«

»Was? Äh …« Auf diese Frage war Anna nicht vorbereitet gewesen und begann zu stammeln. Als sie beschlossen hatten, dem Vater mitzuteilen, die Parfümerie notfalls auch gegen seinen Willen zu eröffnen, hatte sie sich nur auf geschäftliche Fragen vorbereitet.

»Das tut doch jetzt überhaupt nichts zur Sache!«, griff nun erstmals Marie ins Gespräch ein und erinnerte ihren Vater mit einer Stimme, die keinen Widerspruch duldete: »Belästigt zu werden, das kann uns doch überall passieren.«

Sie spürte Annas vorwurfsvollen Blick. »Haben wir uns nicht darauf geeinigt, dass du das Reden mir überlässt?«, schien er zu sagen.

Doch zu beider Erstaunen schmunzelte ihr Vater nun.

»Tja, soeben hast du bewiesen, dass du Männer im Bedarfsfall in ihre Schranken weist«, meinte er. »Im Grunde ist meine Frage damit beantwortet.«

Wieder lächelte Heinrich. Dann erhob er sich, ging zu seiner Hausbar, griff nach der Kristallkaraffe und goss drei Gläser Cognac ein. Die Schwestern sahen sich überrascht an. Den trank er sonst nur mit seinen Geschäftspartnern, doch heute reichte er den Töchtern ein Glas.

»Lasst uns anstoßen auf eine gute Idee – die ich gerne unterstütze«, sagte er feierlich.

Marie fand als Erste ihre Sprache wieder. »Aber du hast doch letztes Mal gesagt, der Plan sei Blödsinn.«

»Nun, in der Geschäftswelt braucht ihr vor allem eins: Durchhaltevermögen«, erwiderte der Vater. »Insbesondere als Frauen, denn daran ist die Welt noch nicht gewöhnt – ihr werdet Gegenwind bekommen. Davon dürft ihr euch nicht beirren lassen.«

Schweigend sahen die Schwestern ihn an.

»Wenn ihr euch vom ersten kleinsten Widerstand meinerseits von eurer Idee hättet abhalten lassen, wäre daraus nichts geworden«, sagte er. »Durch meine anfängliche Ablehnung wollte ich prüfen, wie ernst es euch ist. Ihr beide habt noch nie gearbeitet – und in der Welt der Unternehmer weht ein harter Wind. Hanseatisch gesprochen, wollte ich sehen, ob ihr euch vom ersten Wind umpusten lasst.«

Marie lachte vor Verblüffung auf, Anna starrte ihren Vater immer noch fassungslos an.

»Dem war aber nicht so«, stellte Heinrich zufrieden fest. »Meinen Respekt.«

»Du hast also nichts dagegen?«, versicherte sich Anna.

»Absolut nicht«, erklärte der Patriarch. »Und wenn ich das noch ergänzen darf: Meine Einladung nach Paris kam nicht von ungefähr. Ich wollte, dass ihr die Stadt der Düfte kennenlernt und Monsieur Bertrand begegnet.«

»Der Parfümgrossist«, flüsterte Marie. »Das warst du?«

»Ha!«, platzte es aus Anna hervor. »Ich wusste doch, dass solche Zufälle statistisch völlig unwahrscheinlich sind.«

»Ihr habt es dem Armen aber ziemlich schwer gemacht,

euch wie ›zufällig‹ kennenzulernen«, feixte der Vater. »Habt euch nur um diese junge Frau mit dem abgebrochenen Absatz gekümmert.«

»Das war Coco Chanel! Sie führt sehr erfolgreich ein Hutgeschäft.«

Heinrich lächelte. »Der Name von Mademoiselle Coco ist mir durchaus ein Begriff«, ließ er seine Töchter wissen. »In der Tat eine ausgesprochen faszinierende Frau. Wie mutig sie ihren Weg geht, das ist wirklich beeindruckend.«

Marie grinste. »Und wir werden genau den gleichen Weg gehen wie sie. Nur dass wir keine Hüte entwerfen, sondern Parfüms verkaufen.«

»Und was deinen Monsieur Bertrand betrifft«, ergänzte Anna, »mit dem habe ich die Konditionen unserer künftigen Zusammenarbeit bereits in Paris vorsorglich verhandelt. Davon hätte ich auch noch erzählt, wenn du vorhin nicht so drastisch das Thema gewechselt hättest.«

»Auf eure Parfümerie!«, sagte der Vater und erhob sein Glas, um mit seinen Töchtern anzustoßen, die vor Glück ganz aufgeregt waren.

10

Gemeinsam mit dem Vater hatten Marie und Anna beschlossen, auch das Gespräch mit der Stiefmutter nicht länger hinauszuzögern, zumal die Schwestern fanden, sie hätten nun genug gewartet. So lange trugen sie die Idee schon mit sich herum, jetzt hatten sie das Geld und den Segen des Vaters – beide brannten darauf, den Traum ihrer Parfümerie so schnell wie möglich Realität werden zu lassen.

»Wie sie wohl reagieren wird?«, fragte Marie, als sie sich auf den Weg ins Speisezimmer begaben. Die Schwestern hatten sich an diesem Abend besonders viel Mühe mit Garderobe und Frisur gegeben, in der Hoffnung, die Stiefmutter gnädig zu stimmen – Odile legte ja gesteigerten Wert auf Etikette und das Erscheinungsbild ihrer Töchter.

»Sie wird einen hysterischen Anfall bekommen«, sagte Anna unbehaglich. Ihr war gar nicht wohl beim Gedanken an dieses Gespräch. Aber sie hatten keine andere Wahl.

»Wann wirst du es Ferdinand sagen?«, erkundigte sich Marie.

Der Reederssohn hatte nach ihrer Rückkehr aus Paris um Annas Hand angehalten, und sie hatte freudestrahlend zugesagt. Auch bei ihrem Vater hatte er bereits um Erlaubnis gefragt, und sie war ihm mit einem respektvollen Händeschütteln erteilt worden, bei dem der hünenhafte Verlobte seiner Tochter dem armen Heinrich beinah die Hand gebrochen hätte.

»Ich sage es ihm beim nächsten Treffen«, sagte Anna. »Schließlich muss er als mein künftiger Ehemann darüber Bescheid wissen.«

»Und was glaubst du, wie er reagieren wird?«

»Ich denke, es wird ihm gefallen«, meinte Anna. »Er ist ein sehr weltoffener und fortschrittlicher Mann. Er wird sich für mich freuen und uns die Daumen drücken. Mutter wird die größten Probleme mit unserem Plan haben.«

Beim Abendessen mit ihren Eltern versuchten die Schwestern zunächst, das Gespräch über Umwege auf das Thema Düfte zu lenken.

»Wie herrlich das Blumenbouquet heute wieder riecht«, sagte Anna freundlich. »Findest du nicht auch, Maman?«

»Wie?« Odile, zwischen deren Augenbrauen sich zwei tiefe Sorgenfalten eingegraben hatten, schreckte hoch.

»Der Blumenduft, Maman«, sagte Anna etwas lauter. »Ist er nicht herrlich?«

Doch Odile legte nur seufzend die Hand an die Stirn. »Mir bereitet er Kopfschmerzen«, verkündete sie. »Immer diese penetranten Gerüche – es ist wirklich furchtbar.«

Marie und Anna tauschten einen resignierten Blick mit dem Vater. Das fing nicht gut an. Heinrich zuckte die Achseln. Da half wohl nur die Flucht nach vorne.

»Ich finde die Düfte, die die Natur uns schenkt, wunderbar«, sagte er. »Und auch die Düfte, die die Parfümeure herstellen. Das sind für mich Künstler.«

Seine Frau sandte ihm einen abwesenden Blick.

»Deswegen freue ich mich auch so«, Heinrich sprach laut

und deutlich, »deshalb freue ich mich auch so, dass unsere Töchter sich entschlossen haben, einen mutigen Weg einzuschlagen und das Erbe meiner Mutter dafür einzusetzen, eine Parfümerie zu eröffnen.«

Alles hielt den Atem an. Selbst Diener Fiete und Butler Konradi, die gerade im Begriff waren, der Familie das Fleisch aufzulegen, verharrten in ihrer Bewegung.

Odile seufzte, erwiderte jedoch nichts.

»Eine neue Zeit bricht an, meine Liebe«, plauderte Heinrich irritiert weiter. »Frauen sind zu Höherem berufen, sie gehen mutig ihren Weg; und unsere Töchter gehören zu den Pionierinnen. Ist das nicht wunderbar?«

Der erwartete Ausbruch der Mutter blieb merkwürdigerweise aus. »Wie soll die Parfümerie heißen? Anna und Maria? Die Carstens-Schwestern? Unsere Familie hat für diesen Geschäftszweig doch gar keinen Namen. Da könnt ihr das Geld eurer Großmutter genauso gut verbrennen«, sagte Odile stattdessen seltsam unbeteiligt. »Aber letztlich ist es egal. Wahrscheinlich wird es keiner von uns mehr erleben.«

Anna und Marie starrten sie verwirrt an, und Hausdiener Fiete ließ vor Verblüffung den Löffel auf das Silbertablett fallen. Unter leisen Entschuldigungen setzte er seine Arbeit fort. Anna schloss den Mund wieder, der ihr vor Erstaunen offen gestanden hatte.

»Wie meinst du das, Maman?«, fragte sie.

Heinrich rief: »Aber meine Liebe! Natürlich werden wir das noch erleben.«

»Nein!« In Odiles Augen standen nun Tränen, und sie presste sich ihre weiße Leinenserviette vor den Mund. Anna sah ihre Stiefmutter entsetzt an. War sie krank?

»Es ist schon bald vorbei mit uns allen«, flüsterte Odile in ihre Serviette. »Ich trage diese Sorge schon eine ganze Weile in mir, wollte euch aber nicht damit belasten. Doch jetzt *kann* ich einfach nicht länger schweigen.«

Um Odiles Fassung war es geschehen. Vor lauter Schluchzen konnte sie kaum noch sprechen.

»Sag du es ihnen, Heinrich«, bat sie ihren Mann, der als Einziger am Tisch nicht entsetzt oder beunruhigt wirkte – denn selbst Butler Konradi und Hausdiener Fiete blickten einander bekümmert an.

»Eure Mutter sorgt sich wegen des Halley'schen Kometen«, erklärte der Patriarch ruhig.

»Ach ja«, sagte Anna sofort. »Ich habe davon gelesen. Aber das war schon …«, sie runzelte die Stirn, dachte nach und fuhr dann fort: »… im vergangenen Herbst. Kann das sein?«

Heinrich nickte. »Damals hat ein Mann namens Max Wolf die Wiederkehr des Kometen für den 20. Mai vorausgesagt.«

»Wiederkehr?«, fragte Marie.

»Ja«, bestätigte Anna. »Der Komet kehrt alle fünfundsiebzig Jahre wieder – ungefähr.«

»Aber warum sorgst du dich denn dann so furchtbar, Maman?«, fragte Marie. »Ein Komet ist doch etwas Schönes. Wenn man ihn sieht, kann man sich etwas wünschen.«

»Er ist ein Himmelskörper wie viele andere, und er wird die Erde mit ausreichender Entfernung passieren«, war Anna überzeugt. »So ein Schweifstern ist wirklich nichts Schlimmes. Im Gegenteil. Wusstest du, dass die Menschen früher glaubten, die Sterne seien göttliche Lichterfunken und die Sternschnuppen und Kometen Dochte, die den Engeln beim Putzen ihrer Himmelskerzen herunterfallen? Wenn man eine Sternschnuppe sieht, hat man einen Engel an seiner Seite.«

Odile sah sie mitleidig an. »Mein armes Kind«, sagte sie und musste schon wieder weinen. »Mein armes Kind. Das sind doch nur Märchen. Aberglaube.« Sie wandte sich mit versagender Stimme wieder an ihren Mann. »Sag es ihnen, Heinrich.«

»Also«, erwiderte der gelassen. »Den Berechnungen zufolge wird die Erde am 20. Mai 1910 um 4 Uhr 24 den Schweif des Kometen durchqueren.«

Odile schluchzte leise auf, doch Heinrich ließ sich nicht beirren. »Er ist angeblich durch Störungsaktionen von Jupiter und Saturn von seiner Bahn abgelenkt worden«, erklärte der Vater das Phänomen.

»Ich verstehe immer noch nicht, was daran so schlimm ist«, sagte Anna.

Odile hatte nun offenbar beschlossen, doch selbst das Wort zu ergreifen, da ihr Gatte die Dramatik einfach nicht zu schildern vermochte.

»Das hat natürlich entsetzliche Auswirkungen«, sagte sie. »Die Erdachse könnte sich verschieben, die Meere das Land verschlingen, die Erde womöglich ganz verschwinden.«

»Aber, Maman, das ist doch Unsinn«, sagte Anna und schob sich eine Gabel Fleisch in den Mund. »Wir sollten lieber essen, sonst wird ja alles ganz kalt.«

Butler und Diener hatten längst fertig aufgelegt und ihre Position rechts und links des Kamins bezogen, wo sie auf Anweisungen warteten und mit wieder scheinbar unbeteiligter Miene das Gespräch verfolgten. Doch Marie kannte die beiden gut genug, um zu wissen, was in ihnen vorging: Herr Konradi amüsierte sich im Stillen über seine Herrin, während der ihm unterstellte Fiete in ernster Sorge zu sein schien.

»Es ist nur zu verständlich, dass du das nicht glauben

magst«, sagte die Stiefmutter. »Aber wir können uns der bitteren Wahrheit nicht entziehen. Leider wird es genau so kommen, wie ich es euch erzählt habe. Darüber gibt es sogar wissenschaftliche Untersuchungen.«

Mit zitternder Hand nahm sie einen Schluck Wasser und fuhr dann fort: »Der britische Physiker und Astronom William Huggins hat entdeckt, dass sich im Schweif von Kometen Kohlenstoff-Stickstoff-Moleküle befinden. Wenn der giftige Schweif die Erde streift, ist es vorbei. Und nicht nur er, sondern *alle* Wissenschaftler warnen, dass wir ersticken können oder vergiftet werden.«

Vom Kamin her ließ sich ein entsetztes Keuchen vernehmen. Diener Fiete hatte sich nicht im Griff. Unter dem strafenden Blick des Butlers verstummte er jedoch sogleich verlegen und starrte zu Boden.

Doch Odile war noch nicht fertig. Inzwischen hatte ihre Stimme wieder Festigkeit, und sie legte sogar einen gewissen Eifer an den Tag, denn ihre Wangen waren gerötet. »Der französische Astronom Camille Flammarion glaubt sogar, dass das Cyan-Gas die Atmosphäre durchtränken wird und möglicherweise alles Leben auf dem Planeten auslöscht.«

Marie schluckte. Sie konnte nicht verhindern, dass nun auch ihr etwas mulmig zumute wurde. In den letzten Jahren hatte sie immer wieder in der Zeitung von der Entwicklung chemischer Kampfstoffe gelesen. Giftgas. Das war in der Tat etwas, vor dem sie sich fürchtete. Doch sie versuchte, sich ihre Sorgen nicht anmerken zu lassen.

»Ich bin sicher, dass wir das alle unbeschadet überleben werden«, sagte Heinrich, der die Reaktion seiner Jüngsten durchaus bemerkt hatte und auf keinen Fall wollte, dass diese von der Hysterie ihrer Stiefmutter angesteckt würde.

»Unsere Töchter werden uns beweisen, dass wir eine Zukunft haben. Eine strahlende! Denn sie werden Erfolg mit ihrem neuen Geschäft haben. Lasst uns darauf anstoßen.«

Er hob sein Glas, seine Töchter taten es ihm nach.

Marie lächelte. Ihr Vater war einfach der beste.

Nach dem Abendessen besuchte Anna Marie in deren Zimmer. Sie fand die Schwester auf dem Sessel am Fenster vor. Marie blätterte in dem Magazin *Die Mode*, neben ihr auf dem Tischchen lagen weitere – internationale – Modemagazine. Seit ihrer Rückkehr aus Paris, wo die Zeitschriften im Hotel ausgelegen hatten, bezog Marie sie regelmäßig. Allmonatlich informierte sie sich in *Les Modes*, *Femina*, *Mademoiselle* und *La Mode Parisienne* über die aktuellen Kreationen aus den europäischen Hauptstädten. In die großen Bilder, die bezaubernde Damen in umwerfenden Kreationen zeigten, konnte sie sich wunderbar hineinträumen. Doch heute wirkte Marie abgelenkt, ihre Augen leuchteten nicht wie sonst, wenn sie durch die Magazine blätterte. »Was, wenn Maman recht hat und dieser Komet wirklich gefährlich ist?«, fragte sie voller Angst.

Anna setzte sich ihr gegenüber auf die kleine Chaiselongue.

»Du kennst doch Maman«, sagte sie ruhig.

»Schon, aber wenn die Wissenschaftler auch alle warnen …«

»Ich habe einen Artikel gelesen, in dem stand, dass der Komet der Erde noch nie geschadet hat – egal bei welcher Planetenkonstellation«, meinte Anna nüchtern. »Ich würde es deshalb eher wie Vater halten und Ruhe bewahren.«

»Wahrscheinlich hast du recht«, räumte Marie ein.

»Was mir mehr Sorge bereitet, ist Mamans Warnung, dass

wir keinen Namen in dem Geschäftszweig haben«, sagte Anna.

»Hm, Coco Chanel hat auch gesagt, dass ein guter Name wichtig ist«, gab Marie zu.

»Tja.« Anna zuckte ratlos mit den Schultern.

»Ich habe eine Idee«, rief Marie plötzlich. »Und ich glaube, sie ist sehr, sehr gut.«

Anna sah sie gespannt an. »Erzähl schon!«

»Parfümerie ...«, begann Marie feierlich. »... Douglas!«

Anna starrte sie an. »Das ist großartig!«, sagte sie dann. »Es klingt sehr edel, vor allem aber kennt man den Namen Douglas in Hamburg. Papa ist zwar auch bekannt, aber man bringt ihn eben tatsächlich nicht mit Schönheit und Düften in Verbindung.«

»Exakt«, bestätigte Marie. »Douglas hingegen ist in Hamburg dank Berta fast schon der Inbegriff von Schönheit und Exklusivität.«

»Parfümerie Douglas«, flüsterte Anna wie verzaubert. »Es klingt wunderbar. Dann müssen wir nur noch Berta überzeugen.«

»Sie ist bestimmt begeistert von der Idee«, war sich Marie sicher. »Allein schon deshalb, weil sie dann auch eine Parfümerie hat. Wie Dralle.« Sie lächelte gedankenversunken. Wie lange war es her, dass Berta sie in die Parfümerie Dralle geführt hatte. »Mein Mann darf nichts davon wissen«, hatte sie damals gesagt. Dralle sei Konkurrenz – aber es sei dort so schön, und es könne nicht schaden, die Mitbewerber zu kennen.

»Ich werde Berta gleich morgen früh besuchen.«

11

Am nächsten Morgen fand Marie die Freundin, wie auch bei den letzten Besuchen, sehr beschäftigt vor – diesmal allerdings in deren Büro. Die Ältere schien erneut viel zu tun zu haben. Sie trug immer noch Schwarz, hatte sich aber für ein relativ modernes Kleid entschieden, das Marie ein wenig an die Kreation erinnerte, die Coco an Silvester getragen hatte. Im Gegensatz zu jenem war das von Berta allerdings im Grunde recht weit geschnitten, aber in der Taille gerafft und hochgeschlossen.

Die Seifenfabrikantin begrüßte ihre Freundin mit einem Lächeln. »Meine Liebe! Wie schön, dich zu sehen«, sagte sie herzlich. »Nimm doch Platz!«

»Was machen deine Vorbereitungen für die Weltausstellung?«, fragte Marie, während sie sich ihr gegenübersetzte.

»Es ist so viel zu tun, aber ich darf Gustav einfach keine Schande machen«, erklärte Berta. »Gott sei Dank sind meine Mitarbeiter wirklich fleißig. Sie haben nicht nur gute Ideen, sondern viele von ihnen liefern die Lösung zur Umsetzung gleich mit. Besonders Fräulein Habermann macht sich gut, du bist ihr schon einmal begegnet. Die junge Frau mit den roten Haaren.«

Marie nickte. »Ja, natürlich erinnere ich mich an sie. Sie

machte wirklich einen guten Eindruck.« Und dann wollte sie zum Grund ihres Besuchs kommen: »Tatsächlich habe ich auch eine Idee, die dein Unternehmen betrifft.«

Berta sah sie fragend an.

»Ich trage diesen Gedanken schon eine ganze Weile mit mir herum und wollte dir davon erzählen.«

»Für gute Ideen habe ich immer ein Ohr. Besonders wenn sie von dir kommen«, ermunterte sie Berta. Dass sie Marie gegenüber über die zahlreichen Einfälle ihrer Mitarbeiter geklagt hatte, schien sie vergessen zu haben.

»Ich weiß gar nicht, wo ich anfangen soll«, sagte Marie.

»Am besten am Anfang«, erwiderte Berta. Gleich darauf flog ihr Blick zur Uhr. »Mehr als eine halbe Stunde kann ich allerdings leider nicht erübrigen.«

»Das reicht mir. Also, der Anfang ist eigentlich der Moment, als ich dir begegnet bin und du in mir die Liebe zu schönen Düften erweckt hast.«

»O ja«, rief Berta. »Wie gut ich mich daran erinnere. Du warst wirklich ein entzückendes kleines Mädchen.«

»Danke«, sagte Marie lächelnd. »Jedenfalls ist schon damals in mir der Wunsch erwacht, einmal selbst eine Parfümerie zu eröffnen. Noch am selben Abend habe ich Anna eingeweiht, und wir haben gemeinsam einen Schwur gesprochen: Das eines Tages gemeinsam zu tun.«

Berta setzte sich aufrechter hin. Nun hatte Marie ihr vollstes Interesse. Doch sie las im Blick der Freundin noch etwas anderes. Da war nicht mehr nur wohlwollende Freundschaft, sondern auch … Misstrauen. Konnte das sein?

Mit einem Mal war sich Marie nicht mehr so sicher, ob Berta ihre Idee wirklich gut finden würde. Vielleicht gefiel sie sich auch in der Rolle der mütterlichen Freundin und der mutigen Unternehmerin? Vielleicht wollte sie Marie und

Anna nicht auf der gleichen Stufe haben wie sich selbst, sondern dass die Jüngeren zu ihr aufschauten und sie bewunderten? Was, wenn sie Bertas Freundschaft und ihr Wohlwollen nur genoss, solange sie die natürliche Hierarchie einhielt, die ihre Beziehung naturgegeben von der ersten Begegnung an hatte?

Berta räusperte sich.

»Ihr wollt eine Parfümerie eröffnen?«, fragte sie und lachte kurz trocken auf. »Dann wären wir ja sozusagen Konkurrentinnen.«

Marie schluckte. Dann hatte sie also mit ihrer Vermutung nicht ganz falschgelegen. Doch sie hoffte, die Freundin mit den folgenden Worten wieder beruhigen zu können.

»Aber nein«, rief sie. »Ich würde dir doch nie schaden. Im Gegenteil.«

Bertas Blick wurde wieder weicher, und Marie fasste Mut. Sie setzte sich auf ihrem Stuhl zurecht und sagte dann: »Unsere Idee ist, dass wir uns zusammenschließen.«

»Uns zusammenschließen?«, fragte Berta verständnislos.

»Schau«, fuhr Marie eifrig fort, »du hast dich doch immer über Dralle geärgert. Sie stellen ebenfalls Feinseifen her, aber im Unterschied zu dir haben sie auch eine Parfümerie. Du hast zwar ebenfalls ein wunderbares Geschäft für deine Produkte, aber das ist dem Werk angegliedert – wenn man von dem Angebot deiner Feinseifen im Kaufhaus Heilbutt einmal absieht.«

Berta nickte. »Langsam verstehe ich, worauf du hinauswillst. Ihr wollt meine Seifen in eurer Parfümerie anbieten.«

»Nicht nur das«, sagte Marie. »Wir haben auch schon eine Idee für den Namen.«

»Nun bin ich aber gespannt.«

»Parfümerie Douglas«, platzte Marie heraus.

»Parfümerie Douglas«, wiederholte Berta versonnen.

»Wir hätten beide etwas davon«, fuhr Marie aufgeregt fort.

»Für dich wäre es die reinste Werbung und für uns so etwas wie ein Gütesiegel. Douglas steht in Hamburg einfach für das Edle, Feine und Besondere. Wir hätten vom ersten Tag an einen Namen und du eine weitere Absatzquelle für deine Produkte.«

Berta schien zwar nicht ganz abgeneigt, doch die Begeisterung, die Marie sich erhofft und auch ein Stück weit erwartet hatte, blieb aus. Gefiel der Freundin der Vorschlag nicht? Oder war es einfach nur die andere Seite an ihr, Bertas geschäftliche Miene?

»Was sagen denn eure Eltern dazu?«, fragte sie.

»Papa findet es gut. Maman geht davon aus, dass wir den Tag der Eröffnung ohnehin nicht erleben.«

Berta hob eine Augenbraue. »Wovor fürchtet sie sich denn dieses Mal?«

»Vor dem Halley'schen Kometen«, erklärte Marie. »Das ist …«

Doch Berta winkte ab: »Ich weiß alles darüber«, seufzte sie. »Im Werk ist mindestens die Hälfte meiner Mitarbeiter in heller Aufregung deswegen. Ein Teil von ihnen fürchtet den Untergang der Welt, ein anderer Teil ist neugierig und will das Spektakel unbedingt erleben.«

Sie erhob sich, trat ans Fenster und sah hinaus. Dann wandte sie sich wieder zu Marie um und sagte: »Da wir beide davon ausgehen, dass wir diesen Tag überleben werden, hat das zum Glück keinen Einfluss auf unsere Entscheidung. Aber ihr wisst, dass eine solche Unternehmensgründung Geld kostet, und das nicht zu knapp. Und dass es, vor allem für zwei junge Frauen, nicht leicht sein wird.«

»Dass es Geld kosten wird, ist uns klar«, entgegnete Marie. »Wir werden das Erbe unserer Großmutter dafür verwenden.« Sie war drauf und dran, Berta zu berichten, dass die alte Dame ihre Pläne gutgeheißen hatte, entschied sich dann aber dagegen. Berta wäre womöglich gekränkt gewesen, dass sie Grete lange vor ihr eingeweiht hatte. Stattdessen sagte sie: »Und dass es nicht einfach werden wird, ist uns klar. Aber du hast es ja auch gewagt.«

»Und genau deshalb weiß ich, wovon ich spreche.« Sie stieß sich vom Fenster ab, kehrte zum Schreibtisch zurück und nahm wieder Marie gegenüber Platz.

»Der Name Parfümerie Douglas hat in der Tat einen gewissen Charme. Aber so gut ich eure Idee finde«, begann sie langsam, »ich kann euch das nicht zusagen. Zumindest nicht zum jetzigen Zeitpunkt«, fügte sie hinzu, als sie Maries enttäuschte Miene sah.

»Aber warum denn nicht?« Sosehr sie auch gezögert hatte, der Freundin von ihrem Traum zu erzählen, weil sie unbedingt den richtigen Moment erwischen wollte – so war sie doch in ihrem tiefsten Inneren überzeugt davon gewesen, dass Berta genauso begeistert war wie sie selbst und ihre Zustimmung nur eine Formsache.

»Bitte sei nicht enttäuscht, Marie«, bat Berta nun. »Und nimm mein Zögern nicht persönlich. Ich finde deine Idee im Grunde sehr gut, nur habe ich gelernt, dass es wichtig ist, solche Dinge nicht zu überstürzen. Das will wohldurchdacht sein, und es gibt zahlreiche Eventualitäten, die man gegeneinander abwägen muss.«

»Aber wir haben schon alles abgewogen«, sagte Marie. »Und wir beschäftigen uns ja nicht erst seit gestern damit.«

»Ihr nicht«, erwiderte Berta. »Ich schon.« Bemüht, die angespannte Stimmung etwas aufzuheitern, versuchte sie sich an einem Scherz: »Und das nicht einmal seit gestern, sondern seit gerade eben.«

Marie ging nicht darauf ein. Von allen hätte sie Widerstand erwartet, aber nicht von Berta.

»Die Weltausstellung steht vor der Tür und lässt mir einfach keinen Raum für neue Projekte«, erklärte die Freundin. »Ich habe mich immer noch nicht ganz an mein Leben als Witwe gewöhnt, und meine Stellung in der Firma ist zwar inzwischen gut, aber es ist noch ein sehr zerbrechliches Gefüge. Ich muss dem Ganzen erst etwas Zeit geben, sich zu stabilisieren. Ich möchte Gustav zunächst beweisen, dass ich das eine hinbekomme. Dann kann ich mich neuen Herausforderungen widmen. Kannst du das verstehen?«

»Gewiss«, antwortete Marie knapp. Die Enttäuschung saß zu tief, als dass sie in diesem Moment noch mehr auf Berta und ihre Erklärungen hätte eingehen können.

Die schien das zu spüren, zumindest redete sie für ihre Verhältnisse ungewöhnlich viel, als wolle sie sich verteidigen. »Erinnerst du dich noch daran, wie du mir damals, als ich den Lippenstift ins Sortiment nehmen wollte, geraten hast, es langsam anzugehen und einen Schritt nach dem anderen zu gehen?«

»Sicher«, sagte Marie. »Aber das war doch etwas ganz anderes.« Insgeheim ärgerte sie sich. Wollte Berta ihr zu verstehen geben, sie sei selbst schuld an deren ablehnender Haltung?

»Doch, das kann man schon vergleichen. Es war ein guter Rat. Ich sage ja nicht Nein, Marie. Ich bitte dich nur um etwas Geduld.«

»In Ordnung.« Marie erhob sich. »Ich muss dann jetzt auch los. Ich wünsche dir viel Glück auf der Weltausstellung.«

Sie küsste ihre Freundin zum Abschied auf die Wange und verließ das Kontor.

***

Marie war froh, dass sie den Kutscher nach Hause geschickt hatte. Sie musste jetzt ein wenig allein sein und mit ihrer Enttäuschung klarkommen, sich sortieren. Doch mit jedem Schritt, den sie ging, verflog ihre Wut auf Berta. Stattdessen machte sich in Marie nun Ärger über ihr eigenes Verhalten breit. Unklüger hätte sie wahrlich nicht handeln können! Die Witwe hatte ja nicht abgelehnt, sondern sich nur etwas Bedenkzeit erbeten. Und sie, Marie, hatte sie in ihrer Ungeduld regelrecht vor den Kopf gestoßen. Unschlüssig blieb sie stehen. Sollte sie umkehren? Sich entschuldigen? Berta erklären, was in ihr vorgegangen war? Nein, entschied sie, damit würde sie womöglich alles nur noch schlimmer machen. Jetzt musste sie wohl die Geduld an den Tag legen, um die Berta sie gebeten hatte. Aber sie würde ihr einen Brief schreiben, sich für ihre Ungeduld entschuldigen und ihrer Hoffnung Ausdruck verleihen, dass ihre Mentorin sich doch noch für eine Zusammenarbeit entscheiden würde.

Zu Hause erzählte sie der gespannt wartenden Anna von ihrem Gespräch. Diese zeigte sich ebenso enttäuscht von Bertas Zurückhaltung wie ihre Schwester. »Es bleibt uns wohl nichts anderes übrig, als abzuwarten«, sagte Marie resigniert. »Sie jetzt unter Druck zu setzen bringt nichts.«

Anna schüttelte den Kopf. »Ich finde nicht, dass wir abwarten müssen.«

Marie sah sie fragend an.

»Unsere Parfümerie hat ja zunächst einmal nichts mit Berta zu tun«, führte die Jüngere ihre Gedanken aus. »Sie kam erst ins Spiel, als wir uns überlegt haben, wie wir unsere Parfümerie nennen sollen.«

»Du hast recht«, sagte Marie langsam. »Aber ein solches Geschäft ohne sie zu eröffnen – damit wären wir ja doch irgendwie Konkurrenz, und da würde sie empfindlich reagieren, das wurde gleich am Anfang unseres Gesprächs deutlich.«

»Erstens«, erwiderte Anna, »sind wir vielmehr eine Konkurrenz zu Dralle – also eine Konkurrenz zu Bertas Konkurrenz, und darüber kann sie froh sein. Und zweitens: Mehr als anbieten können wir es ihr ja nicht.«

»Das stimmt«, bestätigte Marie und dachte, dass sie in diesem Gespräch offenbar die Rollen vertauscht hatten. Sonst war sie die Forsche, und Anna nahm eher die Rolle der zögerlichen Denkerin ein.

»Zumal wir ja ohnehin nicht gleich morgen eröffnen werden«, führte Anna ihre Überlegungen fort. »Die Vorbereitung wird eine Menge Zeit in Anspruch nehmen. Wir müssen ein Ladengeschäft finden, uns um dessen Einrichtung kümmern, Ware einkaufen und sicherlich noch alle möglichen rechtlichen Angelegenheiten beachten. Mit all diesen Dingen können wir sofort beginnen. Und dann kann sich Berta immer noch überlegen, ob wir ihre Waren ebenfalls bei uns verkaufen dürfen oder nicht. Und wenn sie nicht möchte, dass wir uns Douglas nennen, dann fällt uns auch noch ein anderer schöner Name ein, meinst du nicht?«

Marie nickte und gab ihrer Schwester spontan einen Kuss.

»Wofür war der denn?«

»Fürs Mut machen. Und dafür, dass wir nicht aufgeben.«

»Natürlich geben wir nicht auf!«, rief Anna. »Erinnere dich bitte an Papas Worte: Wir dürfen nicht beim ersten Widerstand umfallen. Und Widerstand wird es noch viel geben.«

12

Anna hatte ein schlechtes Gewissen, ihre Schwester am Nachmittag des 16. März allein zu lassen. Denn obwohl ihre aufmunternden Worte zunächst ein wenig geholfen hatten, wirkte Marie immer noch betrübt über das Zögern ihrer Freundin und beschämt über ihre eigene Reaktion. Zu der Enttäuschung über Bertas Zurückhaltung kam die Tatsache, dass es zwischen ihnen noch nie auch nur die leiseste Missstimmung gegeben hatte. Ein wenig schien es Marie, als habe ihre Freundschaft immer einen besonderen Schutz genossen, der nun, da es auch um Geschäftliches ging, einen kleinen Riss bekommen hatte.

»Ich kann Ferdinand auch absagen«, versicherte Anna ihrer Schwester und riss sie damit aus ihren Gedanken.

»Unsinn«, sagte Marie. »Ihr habt euch so lange nicht gesehen und sicherlich auch einiges wegen der Hochzeit zu besprechen.«

»O ja, es wird höchste Zeit. Zumal wir die Vorbereitungen dafür wegen Großmutters Tod erst einmal zurückgestellt haben. Nun müssen wir dringend einen Termin finden.« Anna strahlte.

»So sieht eine glückliche Braut aus«, sagte Marie liebevoll. »Bist du denn glücklich, Anna?«

»Ja.« Die Schwester lächelte. »Ich bin mir sicher, dass er der Richtige ist. Er war so wunderbar verständnisvoll in dieser schweren Zeit – in der mir der Gedanke an unsere Hochzeit so fern war.«

»Und heute wirst du ihm von unseren Plänen berichten?«, vergewisserte sich Marie.

Anna nickte, warf einen prüfenden Blick in den Spiegel und fragte dann: »Und du bist dir sicher, dass ich dich alleine lassen kann?«

»Ganz sicher«, bekräftigte Marie. »Zumal ich für den Nachmittag ohnehin verabredet bin.«

»Ach?«, fragte Anna neugierig.

»Frau Harders hat mir geschrieben und mich eingeladen, mit ihr das neue Ost-Asien-Haus am Speersort anzuschauen.«

Im Gegensatz zu ihrer Schwester erinnerte sich Anna kaum mehr an den Kunstmaler Johannes Harders. Generell hatte sie aus ihrer frühesten Kindheit, als der Vater noch in der Windmühle von Kellinghusen Müller gewesen war, nur schemenhafte Bilder im Kopf. Doch sie freute sich, dass Marie nun mit der Künstlergattin das Teehandelshaus besuchen wollte. »Dann haben wir für den Nachmittag ja beide etwas Schönes vor.«

***

Obwohl sie einander nun schon ein Vierteljahr lang versprochen waren, war Anna noch immer recht aufgeregt, wenn sie Ferdinand traf. Vielleicht heute umso mehr, weil sie vorhatte, ihm von ihren Plänen zu erzählen. Denn wenngleich sie sich Marie gegenüber so optimistisch gezeigt hatte, war sie sich keineswegs sicher, wie er reagieren würde. Ganz so weltoffen, wie sie behauptet hatte, war Ferdinand mitnichten. Er legte durchaus Wert auf das klassische Rollenbild. Doch Marie war ohnehin schon so geknickt gewesen, da wollte sie nicht noch neue Probleme aufwerfen – zumal sie sich vielleicht täuschte und sich alles in Wohlgefallen auflösen würde.

Sie hatte größte Sorgfalt auf ihre Garderobe verwandt und ein Kleid gewählt, bei dem sie davon ausging, dass es Ferdinand sehr gefallen würde. Nicht gewagt, aber doch betont weiblich. Sie hatte es in einem der zahlreichen Modezeitschriften, die Marie ihr Eigen nannte, gefunden und es sogleich bei der Schneiderin in Auftrag gegeben. Es war aus heller, sanft schimmernder Seide, die das Rotbraun ihrer Haare betonte, hatte in der Taille eine breite Schärpe und war an der Seite mit zarten Spitzen besetzt. An seinem Blick, mit dem er sie begrüßte, sah sie, dass sie die richtige Wahl getroffen hatte.

Anna genoss die Vertrautheit, die zwischen ihnen herrschte, und berichtete ihm von den Sorgen ihrer Stiefmutter hinsichtlich der Ankunft des Halley'schen Kometen.

Ferdinand konnte ein Schmunzeln nicht unterdrücken. »Da befindet sie sich in guter Gesellschaft. Meine Mutter ist ebenfalls der Ansicht, dass die Welt untergehen wird. Ihr größter Kummer ist momentan, dass sie die Hochzeit, auf die sie sich doch schon so freut, dann nicht mehr erleben wird.«

Anna schüttelte lächelnd den Kopf.

»Um meine Stiefmutter zu beruhigen, habe ich zahlreiche Zeitungen studiert – auch ausländische. Stell dir vor, in Amerika hat ein Mann viermal versucht, sich das Leben zu nehmen, weil er so große Angst vor dem Weltuntergang hat«, berichtete sie.

Ferdinand lachte. »Wie unlogisch.«

»Ja!« Anna fuhr kichernd fort. »Erst wollte er sich erschießen, dann entschied er sich für den Sprung vom Dach. Und als er sich dabei nur verletzte, nicht aber starb, attackierte er sich mit einem Messer, und als auch das nicht fruchtete, sprang er in einen Brunnen – was er ebenfalls überlebte.«

Anna war froh, dass Ferdinand erneut lachte. In dieser Stimmung fiel es ihr leichter, ihm von der geplanten Unternehmensgründung zu erzählen. Dann hätte sie es auch hinter sich, und sie könnten sich endlich mit ihren Hochzeitsplänen befassen.

»So weit, dass sie wegen des Kometen unsere Hochzeit verpasst, hat meine Stiefmutter noch gar nicht gedacht«, sagte sie. »Aber sie ist sicher, dass wir alle unsere Geschäftseröffnung nicht erleben werden.«

Kaum war es heraus, dachte sie, dass sie ihre Pläne nicht ungeschickter hätte einführen können. Sie hatte nach einer eleganten Überleitung gesucht und war nun doch mit der Tür ins Haus gefallen. Aber jetzt war es zu spät.

»Was für eine Geschäftseröffnung?«, fragte Ferdinand erstaunt.

»Nun«, setzte Anna an, »unsere Großmutter hat uns doch etwas Geld hinterlassen …«

»Ja. Ich dachte mir, dass wir damit den Südflügel unserer Villa renovieren könnten«, unterbrach Ferdinand sie. »Und die Hochzeit kostet ja auch Geld. Da kommt das Erbe wie gerufen.«

»Aber …« In Annas Kopf überschlugen sich die Gedanken. Auch wenn das eigentlich klar war: Sie hatte sich noch nie so deutlich vor Augen geführt, dass die Hochzeit einen Auszug aus der elterlichen Wohnung und damit eine Trennung von Marie bedeutete. Außerdem: Wie kam er dazu, ihr Geld zu verplanen? Und weshalb sollte sie vom Erbe ihrer

Großmutter die Hochzeit finanzieren und – schlimmer noch – die Villa von Ferdinands Eltern sanieren? Außerdem hatte Margaretha ja ausdrücklich verfügt, dass das Erbe nicht in eine Mitgift übergehen solle. Da fielen ihr die Behauptungen ihrer Mutter bezüglich der finanziellen Schwierigkeiten der Reederei de Moor wieder ein. Was, wenn Ferdinand sie tatsächlich nur ihres Geldes wegen heiraten wollte?

»Anna?«, fragte Ferdinand ungeduldig. »Wo bist du denn mit deinen Gedanken? Ich habe dich etwas gefragt!«

»Ich … entschuldige«, sagte Anna.

»Und?«

»Könntest du … könntest du deine Frage noch einmal wiederholen?«

»Was für ein Unternehmen?«

»Nun«, begann sie langsam. »Marie und ich haben uns überlegt, dass wir … also, es ist nur so eine Idee …«, stammelte Anna und wusste, dass ihre Wangen feuerrot leuchteten.

»Was für eine Idee?« Ferdinand wirkte gereizt.

»Wir wollen eine Parfümerie eröffnen. Gemeinsam. Mit dem Geld unserer Großmutter«, platzte Anna heraus.

An der Schläfe des Reederssohns pochte in bedrohlicher Geschwindigkeit eine Ader. »Ihr wollt *was*?« Er schrie es fast.

»Eine Parfümerie eröffnen«, wiederholte Anna beinah unhörbar.

Er lachte kurz auf. »Und wer soll der Geschäftsführer sein? Dein Vater ist doch Gewürzhändler.«

»Na, Marie und ich«, erwiderte Anna. »Es soll ja unser Geschäft sein.«

»Ihr? Ihr seid doch nur Frauen«, entfuhr es ihm. »Man wird euch auslachen.«

Gekränkt sah Anna ihn an. »Aber ich dachte, du magst selbstständige Frauen. Du hast doch neulich selbst so bewundernd von Élise Deroche gesprochen.«

Jene Dame hatte kürzlich als erste Frau der Welt eine Fluglizenz erhalten, und in der Tat hatte Ferdinand beim letzten Treffen vor dem Tod der Großmutter in den höchsten Tönen von der Pilotin geschwärmt.

»Das ist doch etwas völlig anderes«, entgegnete er gereizt. »Eine Geschäftsgründung ist kein Alleinflug. Das bekommt ihr ohne Hilfe nie gestemmt.«

»Wir arbeiten natürlich mit einem französischen Grossisten zusammen.« Anna war nun ihrerseits etwas verstimmt. Hielt er sie für dumm?

»So weit sind diese Pläne schon?«, rief er wütend. »Ohne dass du mir ein Sterbenswörtchen darüber gesagt hast? Ist das deine Vorstellung einer Verlobung? Ich bin sehr enttäuscht von dir.«

Anna kämpfte mit den Tränen. In gewisser Weise hatte er ja recht.

Er schien ihren Zustand zu bemerken und fragte etwas ruhiger: »War das deine Idee?«

»Nein, Marie hatte sie. Schon als Kind.«

»Genau das ist es, Anna. Eine kindliche Idee. Bitte rede es deiner Schwester aus. Um unseres Rufes willen – und der Zukunft unserer Kinder. Wie willst du ihnen mit dieser Doppelbelastung eine gute Mutter sein?«

Kinder? Daran hatte sie bisher wirklich noch nicht gedacht. Sie hatte sich einfach nur gefreut, dass sich ein Mann für sie interessierte, die Einzelheiten einer Ehe hatten für sie ja bisher nie zur Debatte gestanden. Aber: Wie sehr hatte sie als Kind darunter gelitten, dass ihr Vater so oft auf Geschäftsreise und sie der überängstlichen Mutter ausgeliefert gewesen war. Hatte sie sich nicht geschworen, ihre eigenen Kinder sollten einst beide Elternteile an ihrer Seite haben? Nun schämte Anna sich, Ferdinand finanzielle Berechnung unterstellt zu haben, obwohl er einfach nur weitsichtiger und verantwortungsbewusster gedacht hatte als sie selbst. Sie senkte überfordert den Blick. »Ich werde mit Marie sprechen.«

***

Zur gleichen Zeit verbrachte Marie vergnügliche Stunden mit Helene Harders im neuen Ost-Asien-Haus am Speersort. Mit seinem – chinesischen Vorbildern nachempfunden – Turm an der belebten Straßenkreuzung war es ein echter Blickfang. Sie wolle sich dort inspirieren lassen, erklärte die Künstlergattin Marie nach der herzlichen Begrüßung. Sie erfuhr, dass Helene Salonière war und auf ihren Soireen wahre Berühmtheiten verkehrten.

»Ich war ja so begeistert von Ihrer kleinen Tochter«, erklärte Marie.

»Das beruhte auf Gegenseitigkeit«, sagte die hübsche Blonde lächelnd. »Lucie hat in einem fort von Ihnen geschwärmt, und ihre Schwester Hertha hat es bitter bereut, sich an diesem Tag für einen Besuch bei ihrer Großmutter entschieden zu haben. Hertha möchte Sie ebenfalls unbedingt kennenlernen.«

»Dem steht nichts im Wege«, freute sich Marie. »Zumal ich Neuigkeiten habe, die für Lucie und ihre Schwester recht aufregend sein könnten.«

»Verraten Sie sie mir?«

»Ich kann sie gar nicht für mich behalten«, sagte Marie strahlend. »Meine Schwester Anna und ich werden gemeinsam eine Parfümerie eröffnen.«

»Das ist ja wunderbar!«, rief die Salonière begeistert. »Das ist genau die richtige Zeit für so etwas. Frauen werden endlich selbstständig und verschaffen dem Geschäft mit der Schönheit neuen Aufwind. Sicher haben Sie schon von Helena Rubinstein und ihren Cremes gehört?«

Etwas verlegen schüttelte Marie den Kopf.

»Nun, sie macht mit dem Verkauf von Pflegeprodukten in Australien Furore«, berichtete Helene weiter. »Und Coco Chanel …«

»Sie ist mir natürlich ein Begriff«, fiel Marie ihrer neuen Freundin erleichtert ins Wort. »Wir hatten das große Vergnügen, sie in Paris kennenzulernen.«

»Was für eine Ehre! Ich freue mich für Sie. Und Ihre Parfümerie wird bestimmt ein großartiger Erfolg!«

»Coco Chanel hat genau das Gleiche gesagt«, berichtete Marie. Kurz überlegte sie, ob sie Helene von ihrem Gespräch mit Berta erzählen sollte, entschied sich dann aber dagegen. So vertraut waren sie noch nicht miteinander, und es wäre ihr ein bisschen wie Verrat vorgekommen. Außerdem hatte Berta ja noch nicht abgesagt, sondern nur Bedenkzeit erbeten.

»Düfte sind aber auch etwas Zauberhaftes«, erwiderte Helene. »Nicht nur, was Parfüms anbelangt – ich finde, hier im Ost-Asien-Haus wird ihr Zauber ganz besonders spürbar.«

Marie nickte. Die betörende Duftmischung aus zahlreichen Tee- und Gewürzsorten hatte sie vom ersten Moment an fasziniert und ihr ein Gefühl der Geborgenheit gegeben.

»Da steht Ihnen ja nun eine aufregende Zeit bevor«, sagte die Salonière. »Ich beneide Sie beide darum. Was wird der nächste Schritt sein?«

»Nun, wir werden ein Ladengeschäft finden müssen …«

»Da habe ich vielleicht etwas für Sie«, rief Helene. »Bei meinem letzten Salon war die Rede davon, dass ein Geschäft am Neuen Wall frei werden soll. Wenn Sie möchten, kann ich Ihnen den Kontakt herstellen.«

Marie strahlte. Der Neue Wall! Also doch! Dort, wo angeblich nie etwas frei war. Überwältigt vor Glück dachte sie an die Worte ihrer Großmutter: Ich bin Realist, deshalb glaube ich an Wunder.

13

Geht es dir nicht besser?«, fragte Marie mitfühlend, als Anna am folgenden Morgen den Frühstücksraum betrat. Sie war sehr blass, und unter ihren Augen lagen dunkle Schatten. Den beiden Schwestern war es am Abend nicht mehr möglich gewesen, miteinander zu sprechen: Anna hatte sich beim Abendessen entschuldigen lassen, sie habe Kopfschmerzen. Als Marie später noch einmal in das Zimmer der Schwester gegangen war, hatte diese offenbar schon geschlafen. Marie ahnte, dass noch etwas anderes hinter dem Unwohlsein stecken musste. Gleich nach dem Frühstück wollte sie Anna darauf ansprechen. Doch dazu kam es nicht: Kaum hatte Fiete den Tee eingeschenkt und ihnen ihr Rührei gebracht, als auch schon Besuch angekündigt wurde.

»So früh?«, empörte sich Odile, die in die Lektüre der Tageszeitung vertieft war – auf der Suche nach neuen Schrecklichkeiten und Gefahren. »Eine Zumutung ist das.«

»Es ist Frau Kolbe.«

»Bitten Sie sie in den Salon«, sagte Marie, die verhindern wollte, dass ihre Eltern etwas von den Unstimmigkeiten zwischen ihr und Berta mitbekamen. »Meine Schwester und ich sind gleich bei ihr.«

»Sehr wohl.«

»Berta«, sagte Marie Minuten später ungewohnt förmlich. »Was führt dich so früh zu uns?«

»Ich habe euch hoffentlich nicht beim Frühstück gestört«, entgegnete Berta und wirkte verlegen.

»Mach dir keine Sorgen«, beruhigte Marie.

Nachdem sie bei Fiete Tee und Gebäck bestellt und Anna Berta ebenfalls begrüßt hatte, kam die Ältere zur Sache.

»Ich muss mich bei dir entschuldigen, Marie«, sagte sie ernst.

»Wofür?«, fragte die zögerlich.

»Du weißt ja, dass mir als Unternehmerin so viele Steine in den Weg gelegt worden sind – und da kommst du mit dieser schönen Idee zu mir, und ich verhalte mich nicht besser als manche meiner männlichen Widersacher«, erklärte Berta. »Ich schäme mich dafür. Eine Firma zu leiten und dabei die Welt schöner und duftender machen – das will ich ja auch. Und eine Parfümerie mit dem Namen Douglas – das ist genau das, was meinem Unternehmen jetzt guttun würde.«

Marie warf Anna einen hoffnungsvollen Blick zu, während Berta fortfuhr: »Ich denke, ich habe einfach zu viel Angst vor Veränderungen gehabt. Es sollte alles so bleiben, wie Gustav es hinterlassen hat, so, wie ich auch zu Hause alles so gelassen habe, als wäre er noch am Leben. Noch immer liegt seine Lieblingsdecke über dem Sessel, noch immer die Bücher, in denen er zuletzt gelesen hat, auf dem Tisch, noch immer hängen seine Kleider im Schrank, und noch immer haben die Dienstboten Anweisung, ihm Tag für Tag seine Zeitung auf den Schreibtisch in seinem Arbeitszimmer zu legen …«

Sie stockte. Dann räusperte sie sich und verkündete mit festerer Stimme: »Aber jetzt glaube ich, dass genau das meinen Mann ausgemacht hat: der Mut, etwas zu verwandeln. Weiterzugehen. Auf der Grundlage dessen, was man geschaffen hat, Neues zu entwickeln. Er wäre bestimmt von eurer Idee begeistert gewesen.«

Sie blickte erst Anna, dann Marie in die Augen und sagte nach einem Moment des Schweigens: »Also ja.«

»Ja?«, wiederholte Marie ungläubig.

»Ja«, versicherte Berta.

Marie sprang auf und umarmte die Witwe begeistert, während Anna Berta einfach nur anstarrte.

»Parfümerie Douglas«, schwärmte Marie und machte eine Bewegung, als wolle sie den Namen in die Luft schreiben. Der Klang der Worte schmeckte auf ihrer Zunge wie eine zart schmelzende, köstlich gefüllte Praline. »Wunderbar.«

Berta versuchte, wieder etwas Sachlichkeit ins Gespräch bringen. »Wenn wir schon einmal dabei sind, dann sollten wir auch gleich über die Details sprechen. Wann wollt ihr anfangen?«

»Also, am besten sofort«, befand Marie und berichtete den beiden: »Helene Harders weiß ein Geschäft am Neuen Wall, das bald frei wird.« Dann blickte sie erschrocken zu Berta. Was die Freundin wohl dazu sagen würde, dass sie schon mit Dritten über die Geschäftsidee gesprochen hatte, obwohl Berta am Vortag noch so ablehnend gewesen war?

Doch die schien das entweder nicht zu bemerken, oder es störte sie nicht, jedenfalls erwiderte sie: »Neuer Wall, das ist natürlich allerbeste Lage. Genau das brauchen wir.«

Wie sehr freute sich Marie über dieses »wir«! »Schön, dass du es auch so siehst«, sagte sie. »Was meinst du, Anna?« Stirnrunzelnd wandte sie sich an ihre Schwester. Erst jetzt fiel ihr auf, dass die bisher noch keinerlei Reaktion auf Bertas Zustimmung gezeigt hatte.

»Hm?«, machte Anna nur abwesend.

»Du hast doch selbst immer gesagt, wie wichtig es ist, dass wir unser Geschäft in einer guten Lage eröffnen«, fasste Marie in einer Mischung aus Besorgnis und Ungeduld zusammen. Anna verhielt sich wirklich merkwürdig. Irgendetwas war am Vorabend vorgefallen und belastete ihre kleine Schwester außerordentlich, daran gab es nun keinen Zweifel mehr. Sie nahm sich vor, sich direkt nach dem Gespräch mit Berta um die Schwester zu kümmern, und hoffte, dass die Freundin Annas Zurückhaltung nicht als Desinteresse auffassen würde.

Zu ihrer Erleichterung ging diese jedoch einfach darüber hinweg und sagte voller Tatendrang: »Kommen wir zu den geschäftlichen Rahmendaten. Ihr dürft den Namen der Seifenfabrik Douglas führen und verkauft dafür meine Produkte – aber nicht nur.«

»Genau so haben wir uns das gedacht«, bestätigte Marie.

»Bei der Auswahl der anderen Waren ist es sehr wichtig, dass ihr streng auf die Qualität und den Ruf der Hersteller achtet«, riet Berta. »Ich möchte nicht in einem Atemzug mit minderwertigeren Lieferanten genannt werden. Und für euch ist es wichtig, weil sich die Parfümerie Douglas erst einen Namen erarbeiten muss. Ihr habt durch den Namen meiner Fabrikation einen großen Vorsprung, aber den habt ihr auch schnell wieder verspielt.«

Marie nickte. »Das ist uns sehr wohl bewusst«, sagte sie feierlich. »Und wir haben auch vor, größte Sorgfalt auf die Auswahl zu legen. Unsere Reise nach Paris war sehr lehrreich.«

»Das ist ja wunderbar«, freute sich Berta. »Die Weltausstellung wäre auch eine hervorragende Gelegenheit, euch einen Eindruck zu verschaffen.«

Sie runzelte nachdenklich die Stirn. »Eigentlich wäre es sinnvoll, ihr würdet mich dorthin begleiten. Es kann fast kein Zufall sein, dass euch die Idee gerade jetzt kommt, da die Weltausstellung kurz bevorsteht.«

»Keine schlechte Idee«, sagte Marie begeistert. »Was meinst du, Anna?«

Doch wieder zeigte die Jüngere keine Reaktion.

»Anna?«, fragte Marie erneut. »Anna, was ist denn mit dir?«

Doch die schüttelte nur den Kopf und verwandte offenbar alle Kraft darauf, nicht in Tränen auszubrechen.

»Gefällt dir die Idee denn nicht?«, hakte Berta ebenfalls nach. »Du bist schon die ganze Zeit über so still und zurückhaltend, Anna. So kenne ich dich gar nicht.«

»Doch«, presste Anna hervor. »Selbstverständlich gefällt mir die Idee. Ich finde sie sogar ganz und gar großartig. Mir … geht es heute nur nicht so gut. Bitte entschuldigt mich.«

Sie sprang auf und stieß in der Tür um ein Haar mit Fiete zusammen, der gerade den Tee und das Gebäck hereinbrachte.

Die beiden Frauen im Wohnzimmer blickten ihr ratlos nach.

»Du solltest besser mal nach ihr sehen«, meinte Berta. »Sie sah gar nicht gut aus. Bist du sicher, dass sie unsere Pläne gutheißt?«

»Ja«, beruhigte Marie sie. »Sie war ja genauso Feuer und Flamme wie ich. Erst gestern hat sie mir das noch bestätigt.« Dann schüttelte sie langsam den Kopf. »Da steckt etwas anderes dahinter, etwas, das nichts mit unserem Unternehmen zu tun hat. Gestern Abend muss etwas mit ihrem Ferdinand vorgefallen sein. Seither ist sie so komisch.«

***

Marie fand Anna in einer Position vor, die sowohl sie als auch ihre Schwester gern einnahmen, wenn sie sehr traurig oder sehr verzweifelt waren: bäuchlings auf dem Bett liegend und in ihr Kissen schluchzend.

»Was ist denn nur mit dir, Anna?«, fragte sie und strich ihrer Schwester sanft über den Rücken. Weinend schüttelte Anna den Kopf.

Obwohl Anna zwei Jahre jünger war als Marie, war es bisher meist Anna gewesen, die ihre wesentlich impulsivere und emotionalere ältere Schwester hatte trösten müssen. Dabei hatten die beiden schon beinah so etwas wie eine Choreografie des Trauerns und des Tröstens entwickelt. Marie hatte sich in solchen Momenten ihrer Schwester an deren Brust geworfen. Doch als sie nun selbst Trost benötigte, vergrub die Jüngere ihr Gesicht noch tiefer in dem Kissen, und Marie konnte ihr nur hilflos über den Rücken streicheln.

»Anna«, sagte sie flehend. »So rede doch mit mir! Ist es wegen des Geschäfts?« Sie fragte das eigentlich nur, um überhaupt etwas zu sagen, denn wie sie Berta gegenüber schon erwähnt hatte, war sie sich sicher, dass Annas Kummer nichts mit der Parfümerie Douglas zu tun hätte.

»Nein«, sagte Anna endlich. Aber dann: »Ja. Irgendwie doch.«

»Das musst du mir näher erklären.«

Nun drehte Anna sich zu ihrer Schwester um und redete sich alles von der Seele – erzählte der zunächst besorgt, dann empört und schließlich wütend lauschenden Marie, was sich am Vorabend zugetragen und wie Ferdinand sie verletzt hatte.

»Er hat wirklich gesagt: Ihr seid doch nur Frauen?«, vergewisserte Marie sich verärgert.

Anna nickte. »Er verlangt, dass ich dir die Parfümerie ausrede.«

»Das hast du hoffentlich nicht vor«, meinte Marie zornig.

Anna schüttelte den Kopf. »Das nicht, aber …«, stammelte sie.

Als ihre Schwester zögerte weiterzusprechen, fiel es Marie wie Schuppen von den Augen. Sie begriff, warum Anna während des Gesprächs mit Berta so zurückhaltend gewesen war. Es lag nicht allein an der Tatsache, dass sie immerzu an den Streit mit Ferdinand denken musste.

»Wäre es dir etwa lieber gewesen, wenn Berta Nein gesagt hätte?«, fragte Marie, und ihre Stimme klang dabei schärfer als beabsichtigt.

»Nein. Natürlich nicht …«, sagte Anna, doch es klang schwach.

»Aber?«, fragte Marie voller böser Vorahnungen. »Da ist doch ein Aber!«

»Vielleicht wäre es besser, wenn Berta und du es allein versucht?«, fragte Anna mit flehendem Blick. »Beraten würde ich euch natürlich trotzdem. Weißt du, etwas, das Ferdinand gesagt hat, hat mich zum Nachdenken …«

Marie stand abrupt auf.

»Bitte sei nun du nicht auch noch böse mit mir«, bat Anna.

»Na, erlaube mal«, sagte ihre Schwester aufgebracht. »Du wirst doch nicht erwarten, dass ich lächle, wenn du unseren gemeinsamen Traum einfach so kurz vor dem Ziel über den Haufen wirfst! Um einen Mann zu heiraten, der … der …«

»Aber das tue ich doch gar nicht«, rief Anna verzweifelt. »Ich weiß nur einfach nicht, was ich tun soll.«

»Nun«, erklärte Marie kühl. »Da bin ich ausnahmsweise einmal einer Meinung mit deinem … Verlobten, wenn man ihn denn noch so bezeichnen muss. Du wirst dich entscheiden müssen, Anna.«

Damit kehrte sie ihrer Schwester den Rücken zu und verließ das Zimmer.

***

Zwischen den Schwestern herrschte Eiszeit. Beim Abendessen hatte Anna sich entschuldigen lassen, doch am nächsten Morgen begegneten die beiden sich in der Tür zum Salon. Während Marie nur abweisend nickte, stiegen Anna sofort wieder Tränen in die Augen. Während der Mahlzeit warf sie ihrer großen Schwester immer wieder flehende Blicke zu, die diese jedoch geflissentlich ignorierte. Da der Vater schon früher in sein Kontor gefahren war und die Stiefmutter sich wegen der üblichen Kopfschmerzen entschuldigen ließ, saßen die beiden jungen Frauen ganz allein am Tisch. Zum Glück bediente heute beim Frühstück Frau Fehling – wie immer am Mittwoch, damit Fiete, der sonst für das Servieren der ersten Mahlzeit zuständig war, seinen freien Tag nehmen konnte. An Frau Fehlings Küchentisch war, bei frisch gebackenen Leckereien, schon so manches Problem gelöst worden, und wenn Anna und Marie sich gezankt hatten, war es Frau Fehling immer wieder gelungen, die beiden Mädchen miteinander zu versöhnen. Ja, die Köchin gehörte zur Familie und war wohl auch die Einzige, der das Recht zuerkannt wurde, ihre Herrschaften bei deren Mahlzeit anzusprechen – sogar hinsichtlich solch persönlicher Dinge. »Wird es einmal wieder Zeit für selbst gebackene Franzbrötchen und eine gute Tasse Tee an meinem Küchentisch?«, fragte sie.

Marie schwieg beharrlich und starrte auf die bestickte Leinentischdecke.

Von Anna hingegen kam leise: »Das wäre schön.«

»Fräulein Marie?«, fragte Frau Fehling, die sich nicht so leicht abspeisen ließ.

»Von mir aus«, murmelte Marie.

Kurz darauf saßen die beiden jungen Frauen bei herrlich duftenden Franzbrötchen und dampfendem Tee in der Küche. Während Anna kräftig zulangte, starrte Marie mit verkniffenem Mund ins Leere.

»Ihr habt euch überhaupt nicht verändert«, konstatierte die Köchin zufrieden. »Das sind meine Mädchen. Schon als ihr klein wart, hat Fräulein Marie die Mundwinkel herabgezogen, und Fräulein Anna es sich schmecken lassen.«

Als keine der beiden jungen Frauen antwortete, fragte Frau Fehling: »Was ist denn vorgefallen?«

»Wir wollten doch eine Firma gründen«, platzte Marie heraus. »Also Anna und ich. Davon haben wir Ihnen ja erzählt, Frau Fehling.«

»Ja, und ich muss sagen, ich bin sehr stolz auf euch beide. Und nicht nur ich, sondern die gesamte Belegschaft. Hier unten in der Küche gibt es kein anderes Gesprächsthema mehr.«

»Sagen Sie das mal Anna. Also, dass Sie stolz sind«, schoss Marie verächtlich in Richtung ihrer Schwester. »Jetzt, da alles klar ist und wir von Frau Kolbe sogar die Genehmigung bekommen haben, uns Parfümerie Douglas zu nennen, will sie uns im Stich lassen.«

Die Worte klangen so giftig, dass Anna erneut feuchte Augen bekam.

Frau Fehling bemerkte es und tätschelte tröstend ihre Hand. »Und warum willst du denn nicht mehr, meine Liebe? Das hat doch sicherlich einen Grund?«

»Sie will es sich von ihrem künftigen Gatten verbieten lassen«, keifte Marie.

Nun hatte Anna genug. »Ich kann selbst für mich sprechen, Marie«, sagte sie scharf. »Ferdinand hat zu bedenken gegeben, dass ich überfordert sein werde, wenn unser erstes Kind kommt. Ich … ich bin in diesen Dingen ja ohnehin so unerfahren. Ich und ein Kind … Ich weiß doch gar nicht, ob ich so etwas hinbekomme.«

Marie hob erstaunt eine Augenbraue. Von diesem Thema hatte Anna bisher nicht gesprochen – und sie musste sich eingestehen, dass sie über diesen Aspekt der bevorstehenden Ehe ebenfalls noch nicht nachgedacht hatte.

»Und wir haben als Kinder doch immer so gelitten, weil Papa so oft verreist war«, fuhr Anna fort. »Ich will einfach gern, dass meine Kinder beide Eltern haben.«

Plötzlich konnte Marie die Überforderung ihrer Schwester besser nachvollziehen.

Ihr fiel ein, dass sie Anna gestern gar nicht hatte zu Ende erzählen lassen. Sie schluckte und nagte an ihrer Unterlippe. So stur Marie auch sein konnte, wenn sie einen Fehler erkannte, dann hatte sie auch keine Mühe damit, diesen einzugestehen.

Sie wandte sich an Anna. »Ich habe mich nicht besser verhalten als Ferdinand. Na ja – zumindest nicht viel.«

Sie lächelte ihre Schwester zaghaft an. »Ich habe bloß Angst, dass unser schöner gemeinsamer Traum platzt. Ich wollte die Parfümerie einfach mit dir zusammen machen. So gerne.«

Anna erwiderte ihr Lächeln. »Schon gut, aber auch wenn ich nicht mit einsteigen sollte, werde ich dir meinen Anteil geben und helfen, wo ich kann.«

14

Ich denke darüber nach, nicht in das Parfümgeschäft einzusteigen«, berichtete Anna ihrem Ferdinand, als sie sich am nächsten Tag im Alsterpavillon mit ihm traf. Nach dem Streit hatte er nichts von sich hören lassen, und sie hatte schließlich angerufen und um ein Treffen gebeten. »Du hattest recht, über Kindererziehung weiß ich so wenig, das wird wohl all meine Aufmerksamkeit brauchen.«

Doch ihr Verlobter reagierte entgegen ihrer Hoffnung alles andere als begeistert.

»Was soll das heißen: Du denkst darüber nach? Ich bin davon ausgegangen, dass ich mich klar ausgedrückt habe. Es wird keine Parfümerie geben. Weder von dir noch von deiner Schwester«, sagte er aufgebracht.

»Ich kann ihr doch nicht befehlen, was sie zu tun hat«, entgegnete Anna hilflos.

»Das solltest du aber. Ich verbiete, dass meine Schwägerin als einfache Verkäuferin arbeitet.«

»Sie wäre ja keine Verkäuferin«, erwiderte Anna nun ihrerseits etwas lauter. »Sie wird den Laden besitzen. Berta Kolbe und Coco Chanel sind sich sicher, dass es ein Erfolg wird.«

Mit der Reaktion, die nun folgte, hätte sie nicht gerechnet. Im Nachhinein dachte sie, es wäre besser gewesen, er hätte herumgebrüllt. Immer noch besser als das: Ferdinand legte den Kopf in den Nacken und lachte schallend. Die anderen Gäste sahen pikiert zu ihnen herüber.

Die Situation war Anna unglaublich peinlich. »Bitte, Ferdinand«, sagte sie. »Die Leute schauen schon.«

Ihr Verlobter blickte sich um. »Entschuldigen Sie«, sagte er dann laut in den Raum hinein. »Aber die Schwester meiner Verlobten möchte eine Parfümerie eröffnen. Eine völlig unerfahrene Frau! Und meine Verlobte erwägt auch noch, mit von der Partie zu sein. Können Sie sich das vorstellen?«

Anna wäre am liebsten im Boden versunken. »Ich kann nicht verstehen, was daran so lustig ist«, stieß sie gekränkt hervor. »Wie kannst du mich so blamieren?«

»Na, dann weißt du mal, wie sich so was anfühlt«, knurrte er. »Genau das willst du deine Schwester ja mit mir machen lassen. Egal, was irgendwelche Weiber behaupten, sie wird kläglich scheitern, sich selbst und uns alle zum Gespött der Stadt machen. Da kann sie das Erbe deiner Großmutter auch gleich verbrennen.«

Anna schoss vor Zorn das Blut ins Gesicht. Da waren sie – die gleichen herablassenden Worte wie seinerzeit von ihrer Stiefmutter.

Jetzt hatte Anna genug. Die Fassungslosigkeit über sein Verhalten machte einer namenlosen Wut Platz, die auch ihre Angst vor Streit und ihren starken Drang nach Harmonie hinfortfegte. Zornig beugte sie sich vor und fauchte: »Oh, dann wird aber noch wesentlich mehr Geld verbrennen. Ich werde Marie nämlich mit meinem Erbanteil unterstützen.«

»Was?«, rief er wieder viel zu laut.

»Meine Großmutter hat ausdrücklich verfügt, dass das Erbe nicht in eine Mitgift eingehen darf«, betonte Anna.

»Ich hoffe, es bringt dich nicht in Schwierigkeiten, wenn dir dieses Geld durch die Lappen geht.«

»Was soll das heißen?«, fragte er drohend.

»Nun«, sagte Anna äußerlich unbeeindruckt. »Wie ich höre, steht es mit eurer Reederei nicht zum Besten. Und wenn du nun auch noch das Erbe meiner Großmutter brauchst, um eure Familienvilla zu sanieren und unsere Hochzeit zu bezahlen …«

»Unsere Hochzeit!«, spie Ferdinand aus. »Unsere Hochzeit wird nicht stattfinden, wenn du so weitermachst, meine Liebe. Ich dulde keine derartige Aufsässigkeit meiner Frau. Wie kannst du es wagen, meine Familie zu beleidigen? Ich erwarte eine Entschuldigung von dir. Und natürlich wird deine Schwester diese gottverdammte Parfümerie *nicht* eröffnen. Und schon gar nicht wirst du dich daran beteiligen. Was für eine Schnapsidee!«

Er sah sie abwartend an, doch Anna saß nur reglos da und sagte keinen Ton.

»Ich gebe dir bis morgen zwölf Uhr Zeit«, verkündete Ferdinand. »Bis dahin erwarte ich eine Entschuldigung und die Zusicherung, dass du auch deine Schwester von dieser verrückten Idee abgebracht hast. Wenn beides nicht erfolgt, werde ich die Verlobung lösen.«

Damit schob er seinen Stuhl zurück und verließ wütend das Café.

Anna starrte ihm mit wachsender Gleichgültigkeit nach – die teils neugierigen, teils mitleidsvollen und teils hämischen Blicke ignorierte sie einfach. Und plötzlich fühlte sie sich wie – befreit!

***

In den nächsten Tagen überschlugen sich die Ereignisse: Helene Harders suchte Marie, der sie inzwischen das Du angeboten hatte, in der Isestraße auf, um ihr mitzuteilen, dass das neue Ladengeschäft am Neuen Wall tatsächlich zur Verfügung stehe. »Eigentlich wollte der Vermieter, Herr Bidlingmaier, es gerade inserieren«, sagte die Künstlergattin schon aufgeregt, bevor Marie sie in den Salon bitten konnte. »Aber er war mir etwas schuldig und hat versprochen, sich euch erst anzusehen.«

»Das ist ja wunderbar!«, rief Marie. »Ich danke dir, Helene. Komm doch erst mal rein.«

»Die Sache hat nur einen Haken«, wandte die Salonière ein, während ihr Fiete den Mantel abnahm. »Er will dich vorher kennenlernen, hat aber nur Donnerstag in zwei Wochen Zeit. Für Freitag drauf war er mit dem anderen Interessenten verabredet. Das heißt, du müsstest an besagtem Donnerstag Zeit haben und dich dann gleich entscheiden.«

»Oh«, stieß Marie hervor.

»Ist das ein Problem?«, fragte Helene. »Es ist wirklich eine einmalige Chance.«

»Das weiß ich«, versicherte Marie. »Und eigentlich wäre es auch kein Problem, aber meine Schwester Anna und ich wollten gemeinsam mit Berta Kolbe auf die Weltausstellung in Brüssel fahren, um weitere Partner kennenzulernen und die ersten Einkäufe zu tätigen.«

Helene rieb sich nachdenklich das Kinn. »Das ist natürlich auch sehr wichtig. Ohne besondere und exklusive Ware macht sich eine solche Geschäftseröffnung ja nicht gut.« Die Salonière überlegte kurz und sagte dann: »Vielleicht kann eine von euch auf die Weltausstellung fahren und die andere sich hier um alles kümmern?«

»Hm«, machte Marie, die ungern die wichtigen Verhandlungen mit dem Vermieter verpassen wollte. Doch die Weltausstellung war mindestens genauso wichtig. »Ja, das könnte gehen«, sagte sie dann. »Komm, wir fragen Anna gleich.«

Eigentlich hatte Anna sich ebenso auf die Weltausstellung gefreut wie ihre Schwester und betont, sie genieße die Vorstellung, bald ganz weit fort von Ferdinand zu sein, dessen Ultimatum sie selbstverständlich ohne Antwort hatte verstreichen lassen.

Doch als Anna sich bei Kaffee und Kuchen zu Marie und Helene im Salon gesellt hatte, sagte sie zur Erleichterung der beiden: »Wer weiß, wann sich wieder die Gelegenheit ergibt, ein Geschäft in dieser Lage zu bekommen. Nachher ärgern wir uns darüber, dass wir nicht zugegriffen haben. Dafür verzichte ich gern auf die Reise. Fahr du mit Berta ruhig auf die Weltausstellung.«

Marie gab ihrer Schwester einen dankbaren Kuss auf die Wange. »Die Verhandlungen mit dem Vermieter kann niemand besser führen als du«, war sie überzeugt.

»Dann ist also alles geregelt«, freute sich Helene und nippte an ihrem Kaffee. Anders als die Schwestern hatte sie auf ein Stück Kuchen verzichtet und auch keinen Zucker in ihren Kaffee gegeben. Anna wurde klar, dass die zarte Erscheinung der Freundin nicht naturgegeben, sondern das Ergebnis zahlreicher Entbehrungen war.

»Es ist nur schade, dass ich den Laden gar nicht vor der Abreise ansehen kann«, meinte Marie.

»Das kannst du schon«, widersprach Helene. »Ihr habt ja die Adresse. Fahrt doch einfach hin und schaut durch die Scheiben hinein.«

Von diesem Vorschlag war Marie wie zu erwarten begeistert, und wenig später drückten sich die beiden Carstens-

Schwestern die Nasen an »ihrem« Schaufenster platt. Gemeinsam stellten sie sich vor, wie sie alles dekorieren würden. Vor ihrem geistigen Auge sahen sie Glasregale und darauf einen kunstvollen Flakon neben dem anderen.

***

Berta auf die Weltausstellung zu begleiten war die richtige Entscheidung gewesen! Mit jedem Kilometer, den Marie zwischen sich und Hamburg brachte, wuchs der unwiderstehliche Geschmack nach Freiheit und Weite. Auf der langen Zugfahrt hatte sie auch ausreichend Gelegenheit, Berta auseinanderzusetzen, warum Anna ihren Ferdinand endgültig aufgegeben hatte. Die Ältere hörte ihr aufmerksam zu und kommentierte: »Wenn ich so etwas höre, wird mir mal wieder klar, wie viel Glück ich mit meinem eigenen Mann hatte.«

»Vermisst du ihn denn immer noch sehr?«, fragte Marie mitfühlend.

»Jeden Tag. Jede Stunde«, antwortete Berta ehrlich. »Wenn mir etwas misslingt, frage ich Gustav im Stillen um Rat, und wenn mir etwas glückt, dann bedauere ich, dass er es nicht erleben und stolz auf mich sein kann.«

»Ich bin mir sicher, dass er es weiß. Dass er irgendwo ist und dich sieht«, sagte Marie leise. »So wie Großmutter mich.«

»Ach, Mariechen«, seufzte Berta und drückte kurz die Hand der anderen. Dann sagte sie: »Ich staune immer noch, dass Odile dir erlaubt hat, mit mir zu verreisen. Die Weltausstellung hält sie doch sicher für viel zu gefährlich.«

Berta kannte Heinrich Carstens' zweite Frau seit Jahren und wusste um deren Neigung zur Hysterie.

Marie winkte ab. »Seit sie die Ankunft des Halley'schen Kometen befürchtet, ist sie hinsichtlich anderer Gefahren offenbar sorgloser geworden.«

Berta konnte sich ein Grinsen nicht verkneifen. »Kometen bringen eben doch Glück.«

***

»Ich kann mich nicht erinnern, jemals zuvor in meinem Leben so aufgeregt gewesen zu sein«, sagte Anna zu Helene, als sie auf das Geschäft am Neuen Wall zusteuerten.

»Bitte lass mich!«, bat Anna, als Helene die Ladentür aufdrücken wollte. »Das ist ein … ein symbolischer Moment.«

»Natürlich, wie dumm von mir.« Lächelnd ließ Helene der Jüngeren den Vortritt.

Langsam streckte Anna die Hand aus und berührte das kalte Eisen des reich verzierten Türgriffs. Wie schade, dass Marie jetzt nicht an ihrer Seite sein konnte. Sie holte tief Luft und stieß die Tür auf.

Drinnen stand der attraktivste Mann, den sie je gesehen hatte. Er war Mitte zwanzig, groß und schlank, aber muskulös. Unter etwas zu langen hellbraunen Haaren musterte die beiden Frauen ein braungrünes Augenpaar. Der Mann hielt einen Plan in der Hand und schien erstaunt zu sein, sie zu sehen. »Wie kann ich Ihnen helfen?«

»Ist Herr Bidlingmaier nicht da?«, wunderte sich Helene Harders.

»Nein, er war seit der Vertragsunterzeichnung gestern nicht mehr hier«, erklärte der Fremde.

»Was für ein Vertrag?«, hakte Anna voller böser Vorahnungen nach.

Er sah sie etwas befremdet an. »Mein Name ist Julius Karstadt, und ich habe diesen Laden gemietet.«

»Das geht doch nicht«, entfuhr es Anna viel zu laut. »Das ist unser Laden!«

»Herr Bidlingmaier hatte uns versprochen, die Geschäftsräume nicht anderweitig anzubieten«, erläuterte nun Helene Harders.

»Das hat er auch nicht von sich aus getan«, erwiderte der Schönling. »Ich habe durch die Frau eines Geschäftspartners meines Vaters von diesen Räumen erfahren und ihn sofort aufgesucht.«

»Wie heißt dieser Geschäftspartner?«, verlangte Anna aufgewühlt zu wissen.

»Diesbezüglich würde ich gerne Diskretion bewahren«, meinte der Schönling mit entschuldigendem Blick. »Vielleicht rufen Sie besser Herrn Bidlingmaier an?«

»Von wegen Anruf! Wir fahren zu ihm und lesen ihm persönlich die Leviten!«, fauchte Anna zum Erstaunen Helenes, die sie bisher viel zurückhaltender als ihre Schwester Marie erlebt hatte.

15

Marie freute sich, dass Berta gleich nach ihrer Ankunft im eigens für diesen Anlass errichteten Grandhotel Astoria an der Brüsseler Koningsstraat den Messestand der Seifenfabrik aufsuchen wollte.

Die Weltausstellung erwies sich als eine Offenbarung. Marie wusste gar nicht, wohin sie zuerst schauen sollte. Ein Pavillon reihte sich an den nächsten, es herrschte ungemeine Betriebsamkeit. Marie bot Berta ihre Hilfe an, doch die winkte nur ab: »Meine Mitarbeiter sind schon seit der Eröffnung hier und haben sich um den Aufbau gekümmert.«

»Oh«, machte Marie. »Das wusste ich gar nicht.«

»Wir hatten ja auch nicht allzu viel Zeit, uns vorzubereiten oder uns abzusprechen«, lächelte Berta. »Insofern mach dir keine Sorgen, alles ist gut. Du kannst einfach nur genießen, und jetzt gibt es auch mehr zu sehen als bei der Eröffnung vor einem Monat.«

»Weshalb?«

»Nun, bis auf den deutschen Pavillon war damals wohl noch so gut wie gar nichts fertig«, erklärte Berta.

»Auf die Deutschen ist eben Verlass«, scherzte Marie. »So langweilig ich uns auch manchmal finde – gerade im Vergleich zu den Franzosen: Termine einhalten können wir.«

Berta lachte. »Da hast du recht. Und ich kann dir versprechen: Wenn dir Paris gefallen hat, dann wird die Weltausstellung dich erst recht begeistern. Hier ist so viel Leben und Erfindergeist, man sieht so viele Vorboten der Zukunft …«

»Wie viele Weltausstellungen hast du denn schon erlebt?«, wollte Marie wissen.

»Nicht so viele, wie ich gerne hätte«, sagte Berta bedauernd. »Aber die letzte in Brüssel, vor dreizehn Jahren, die habe ich besucht. Gemeinsam mit Gustav. Wir waren damals frisch verheiratet. Auch die Weltausstellung 1900 haben wir uns nicht entgehen lassen – zwei Verliebte inmitten von insgesamt fünfzig Millionen Menschen. Damals hätte ich nicht gedacht, dass ich ein Jahrzehnt später ohne ihn sein würde.«

Es klang wehmütig, und Marie beeilte sich, ihre Freundin abzulenken. »Ich habe gelesen, dass Prinz Albert die erste Weltausstellung 1851 im Londoner Hyde Park initiiert hat.«

»Ja«, erwiderte Berta. »Die Great Exhibition of the Works of Industry of All Nations, wie die Engländer sie nannten. Der Botaniker und Architekt Joseph Paxton hat extra dafür den Crystal Palace gebaut, das ist ein unglaubliches Gebäude aus Glas. Fünfhundertsechzig Meter lang!«

»Faszinierend«, sagte Marie. »Wie eine riesige Parfümflasche.«

»So habe ich es noch gar nicht betrachtet«, stimmte Berta ihr schmunzelnd zu. »Damals haben sich die Unternehmer aus allen teilnehmenden Ländern noch in einem einzigen Gebäude präsentiert. Aber je mehr die Weltausstellung wuchs und je mehr Aussteller kamen, desto unmöglicher wurde es, alle in einem Haus unterzubringen, und sei es noch so groß. So ist die Idee entstanden, dass jedes Land einen eigenen Pavillon bekommt.«

»Ich bin schon so gespannt auf all die Pavillons«, sagte Marie und sah sich neugierig um. »Aber ich habe das Gefühl, dass wir viel mehr Zeit bräuchten, um alles zu sehen.«

»Nicht umsonst dauert die Ausstellung bis November«, erwiderte Berta. »Auch wenn wir nicht so lange bleiben werden.«

»Baut ihr eigentlich alles wieder ab, wenn wir abreisen?«, fragte Marie.

Berta schüttelte den Kopf. »Nein, im deutschen Pavillon gibt es Büros, die die Unternehmen vertreten, deren Mitarbeiter nicht mehr vor Ort sind. Übrigens, was mir gerade einfällt: Der Lippenstift wurde bereits 1883 auf der Weltausstellung in Amsterdam präsentiert.«

»Ich weiß«, sagte Marie. »Wie lange das schon her ist!«

»Ja«, sagte Berta. »Manchmal brauchen schöne Dinge eben eine Weile, bis sie sich durchsetzen.«

Ja, wie bei ihrer Parfümerie, dachte Marie. Bestimmt unterschrieb ihre Schwester in Hamburg in diesem Moment den Mietvertrag.

***

Herrn Bidlingmaier war der unangekündigte Besuch der beiden Damen in seinem Büro sichtlich unangenehm. Auf die erbosten Vorwürfe Annas hin erklärte er stockend: »Ich habe wirklich nicht inseriert. Aber jemand hatte anderweitig von dem freien Laden erfahren und mir den jungen Herrn Karstadt als Mieter vermittelt – nachdem mir versichert worden war, dass das Konzept Ihrer Parfümerie zu unsicher sei.«

»Wer war das?« Anna schrie es fast.

Da Herr Bidlingmaier wohl ahnte, dass die zornige junge

Frau seinen Laden nicht ohne eine Antwort verlassen würde, sagte er seufzend: »Es war Odile Carstens, Ihre Frau Mama. Und die muss es ja wissen.«

Anna starrte ihn entsetzt an. Das konnte, das durfte einfach nicht wahr sein!

***

Die Parfümeure auf der Weltausstellung waren – ebenso wie Berta – allesamt hervorragend gelaunt und ließen sich die Anstrengungen der Messe nicht anmerken: Es lief hier gut für die meisten Seifen- und Parfümhersteller, und sie konnten sich nicht über mangelnde Aufträge beklagen.

Auch Marie zählte zu den Auftraggebern. Das war eine für sie völlig neue Situation, und sie war dankbar, dass Berta sich an ihrem Stand frei gemacht hatte, um ihrem Schützling bei den ersten Gehversuchen als Einkäuferin zur Seite zu stehen.

Denn Marie war natürlich durchaus noch etwas unsicher, als sie sich Düfte vorführen ließ oder mit den Herstellern in Verhandlungen für eine Zusammenarbeit einstieg. Sie fühlte sich wie eine Hochstaplerin – aber das war sie nicht! Sie hatte ein ganzes Geschäft mit Parfüms zu füllen, und das bald.

Berta hielt sich bei den Verhandlungen stets bewusst im Hintergrund, ließ Marie allein agieren und griff nur ein, wenn sie bei etwas gänzlich anderer Meinung war oder Marie sich Hilfe suchend nach ihr umsah. Doch solche Augenblicke wurden rasch weniger. Hatte Marie sich zu Beginn noch gesorgt, die falschen Entscheidungen zu treffen und die falschen Produkte zu bestellen, war dieses Gefühl nach einigen Stunden verflogen: Zum einen galt es natürlich, diejenigen

Parfüms einzukaufen, die in aller Munde waren. Zum anderen stellte sie schnell fest, dass sie sich auf ihre Nase verlassen konnte.

»Ich denke, ich kann nun getrost zu meinem Stand zurück«, sagte Berta schließlich. »Du machst das wirklich gut. Dein feines Näschen trifft genau die richtigen Entscheidungen. Eine Parfümerie zu eröffnen war eine sehr naheliegende Idee. Bei euch ist mein Name in guten Händen.«

»Danke«, freute sich Marie. »Das bedeutet mir sehr viel, ich fühle mich nämlich noch ganz schön unsicher.«

»Das merkt aber niemand«, beruhigte Berta sie. »Im Gegenteil: Du wirkst sehr selbstsicher und erfahren, und die Parfümeure liegen dir zu Füßen.«

Die von Berta so gepriesene Selbstsicherheit fiel jedoch wie ein Kartenhaus in sich zusammen, als Marie kurz darauf *ihm* gegenüberstand. Nie hätte sie damit gerechnet, dass sie den berühmten Parfümeur, von dem alle Welt sprach und über den sie schon so viel gehört und gelesen hatte, einmal leibhaftig treffen würde. Doch er war es. Daran gab es nicht den allerleisesten Zweifel. Es handelte sich um keinen Geringeren als François Coty. Er war mit seinen sechsunddreißig Jahren deutlich älter als Marie, doch er strahlte, wie sie fand, eine unglaubliche Energie aus. »Guten Tag, Mademoiselle«, begrüßte er sie herzlich, als sie an seinem Stand angekommen war. »Was kann ich für Sie tun?«

»Ich … nun, ich … ich hätte nie …«, stammelte sie, fasste sich dann aber wieder und sagte mit charmanter Offenheit: »Entschuldigen Sie meine Stammelei, Monsieur Coty. Nie hätte ich damit gerechnet, Ihnen hier persönlich zu begegnen. Das hat mich etwas aus dem Konzept gebracht.«

Coty lächelte charmant und sah sie mit intensivem Blick

an. »Aber dafür müssen Sie sich doch nicht entschuldigen. Es ist an mir, Sie um Verzeihung zu bitten, wenn ich so Furcht einflößend auf Sie wirke.«

Marie musste lachen. Die Situation war beinahe absurd, wie der große, berühmte, geniale Mann da vor ihr stand und sich bei ihr entschuldigte, weil sie verlegen war.

»Sie sind überhaupt nicht Furcht einflößend, Monsieur«, versicherte sie. »Sie sind nur ein Genie, und vor einem Genie hat man eben Respekt.«

»Zu viel der Ehre«, winkte Coty ab. »Was kann ich denn für Sie tun? Ein schöner Duft?«

»Viele schöne Düfte«, korrigierte ihn Marie, die ihre Scheu mittlerweile verloren hatte. Selbstbewusst fügte sie hinzu: »Meine Schwester und ich eröffnen in Hamburg eine Parfümerie. Und da dürfen Ihre Düfte natürlich nicht fehlen.«

»Sie sind Deutsche?«, fragte Coty erstaunt.

»Ja«, erwiderte Marie ebenso erstaunt. »Hört man das nicht?«

»Kein bisschen«, meinte Coty. »Und ich habe normalerweise ein sehr feines Gespür für unsere Sprache. Ich hätte Sie für eine Landsmännin gehalten.«

»Oh«, sagte Marie, die sich insgeheim über das Kompliment sehr freute.

»Ich bin wirklich sehr beeindruckt«, versicherte der Parfümeur. »Wo haben Sie unsere Sprache so gut gelernt?«

»Meine Stiefmutter stammt aus Elsass-Lothringen. Sie hat mit uns Mädchen lange Zeit nur Französisch gesprochen.«

»Ah«, machte Coty. »Das erklärt es natürlich.«

Dann kam er auf das eigentliche Thema zurück. »Sie wollen eine Parfümerie im Hamburg eröffnen. Dazu kann ich Ihnen nur gratulieren.«

»Danke«, sagte Marie. »Ich bin auch schon ganz aufgeregt.« Dann strahlte sie den berühmten Parfümeur erwartungsvoll an. »Nun, Monsieur Coty. Welche Düfte aus Ihrem Haus empfehlen Sie mir?«

Coty lächelte. »Warten Sie einen Moment«, bat er. »Bevor einer unserer Verkäufer Ihnen die wichtigsten Parfüms präsentieren wird, möchte ich Ihnen einen ganz besonderen Duft vorstellen.«

Sekunden später kehrte er mit einem kleinen Flakon zurück, in dem verheißungsvoll eine goldgelbe Flüssigkeit präsentiert war. Die eckige, flache Flasche war mit einem runden Glaskolben verschlossen und wurde von einem goldfarbenen Etikett verziert. *La Rose Jacqueminot*, las Marie. »Ich kann Ihnen nicht sagen, warum, Monsieur Coty, aber irgendwie berührt mich der Flakon auf eigenartige Weise«, sagte sie nachdenklich.

»Er hat – wie auch sein Inhalt – eine ganz besondere Geschichte«, erklärte Coty. »Es ist die Geschichte vom Zauber der Düfte.«

Marie sah ihn fragend an.

»Darf ich?« Er öffnete den Flakon.

Marie nickte und sog den himmlischen Rosenduft tief ein. Sie erkannte auch Veilchen.

»Gefällt er Ihnen?«, fragte Coty.

»O ja«, sagte Marie. »Ich liebe den Geruch von Veilchen – durch sie lernte ich, Parfüm zu lieben. Der allererste Duft, den eine liebe Freundin mir schenkte, war ein Veilchenduft. Die Mischung mit Rose macht den Duft irgendwie …«, sie suchte nach Worten, »königlich.«

»Er gefällt vielen«, sagte der berühmte Parfümeur selbstbewusst. »Der Veilchenduft ist übrigens künstlich hergestellt, Jonon, eine ganz neue Entwicklung. Und obwohl der

Duft heute so gut ankommt, hat er am Anfang niemanden interessiert. Bis ich zu einem ganz besonderen Mittel gegriffen habe. Im Warenhaus Le Louvre habe ich einfach einen Flakon auf den gekachelten Boden geworfen. Das Fläschchen ist zerbrochen, der Duft hat sich verbreitet – und auf einmal wollten alle *La Rose Jacqueminot* haben.«

»Sie haben den Flakon auf den Boden geworfen?«, vergewisserte sich Marie. »Mit Absicht?«

»Mit voller Absicht«, bestätigte Coty. »Ich war wütend, gekränkt, aber es war auch ein bisschen Berechnung dabei.«

Marie schmunzelte. »Und diese Berechnung ging voll auf«, stellte sie fest.

»Ja«, bekräftigte Coty. »Manchmal muss man ungewöhnliche Wege gehen, um Erfolg zu haben.«

»Am liebsten würde ich auch ein Fläschchen zu Boden werfen bei unserer Eröffnung«, sagte Marie verträumt, als sie sich vorstellte, wie sie mit Anna vor allen Gästen in der eigenen Parfümerie stand, ebenfalls einen Flakon *La Rose Jacqueminot* auf den Boden warf – und dann Cotys Geschichte erzählte.

»Na, dann tun Sie es doch!«, ermunterte der Parfümeur sie.

»Aber ich kann Sie doch nicht einfach kopieren«, gab Marie zu bedenken.

»Ach, wenn man jung ist, darf man manchmal Dinge tun, die ein anderer auch schon getan hat und die einen faszinieren. Irgendwann entwickelt sich daraus dann der ganz eigene Weg. Und von Ihnen zitiert zu werden wäre mir eine Ehre.«

Mit einem Lächeln überreichte der Parfümeur Marie zwei Flakons. »Ich möchte Ihnen die beiden hier gern schenken. Einer ist zum Zertrümmern – und einer für Sie.«

»Danke«, stieß Marie überwältigt hervor.

16

Odile hatte selten dramatischer gewirkt. »Mein liebes Kind, bitte verzeih mir!«, rief sie unter Tränen.

»Warum, Maman?« So laut wie Anna jetzt hatte bisher nur ihre rebellische Schwester Marie die Stiefmutter angeschrien. »Warum musstest du uns diese einmalige Chance zerstören? Du denkst doch, die Welt geht sowieso unter?«

»Und wenn nicht?«, schluchzte Odile. »Dann überleben wir, aber ihr habt euch um all euer schönes Geld gebracht. Und wenn doch, dann verbringe ich meine letzten Stunden ganz ohne meine geliebten Töchter – jetzt, da Marie doch schon fort ist.«

»O bitte!«, platzte Anna hervor. »Lass endlich deine Ängste von einem Spezialarzt behandeln. Du ruinierst damit dein Leben – und unseres!«

Mit diesen Worten ließ sie ihre wimmernde Stiefmutter im Salon zurück. Sie musste Marie erreichen! Die kaufte vielleicht gerade die halbe Weltausstellung leer – für eine Parfümerie, die sie nicht hatten!

Sie wollte in Bertas Fabrik anrufen, um zu erfahren, ob man diese in Brüssel per Telegramm erreichen konnte. Auf dem Weg zum Arbeitszimmer des Vaters, wo sich der Fernsprechapparat befand, kam Diener Fiete ihr entgegen. Er musste ihre lautstarken Vorwürfe gegen die Stiefmutter gehört haben, denn er ging zögerlicher als sonst auf sie zu, mit eingezogenen Schultern und ängstlichem Gesichtsausdruck.

»Kann ich Ihnen helfen, Herr Henningsen?«, versuchte Anna möglichst freundlich zu klingen.

»Da ist eine Frau Harders für Sie am Telefonapparat«, haspelte er.

»Danke, Herr Henningsen«, sagte Anna und schaffte ein Lächeln.

Sie eilte ins Arbeitszimmer ihres Vaters, der zurzeit auf Geschäftsreise in Lübeck war, und griff nach dem Hörer.

»Anna Carstens«, meldete sie sich.

»Anna! Stell dir vor, Johannes hat einen weiteren freien Laden gefunden. Ein Galeriekunde hat ihm davon erzählt. Auch am Neuen Wall, nur zwei Häuser weiter!«, rief Helene aufgeregt am anderen Ende der Leitung.

»Wirklich?«, vergewisserte sich Anna mit neu aufkeimender Hoffnung.

»Ja, die Familie des Kunden kommt eigentlich aus Ostpreußen. Sein Sohn, Emil von Seggern, kümmert sich um ihre Hamburger Immobilien. Er hat zwar schon einen Pächter in Aussicht, aber er ist trotzdem bereit, dich kennenzulernen. Vielleicht klappt es ja noch, wir haben übermorgen gleich einen Termin.«

»Ich werde ihn überzeugen«, sprach sich Anna selbst Mut zu.

Nachdem sie sich mit Helene für morgen verabredet hatte, um für den Anlass gemeinsam neue Garderobe zu kaufen, fiel ihr Blick auf das mit einem Trauerflor versehene Bild Margarethas auf dem Sekretär des Vaters. Auch wenn Anna eher wissenschaftliche Belege für alles suchte, gönnte sie es sich zu glauben, dass ihre Großmutter sie von irgendwoher sehen konnte. Vielleicht war dieses große Glück, noch einmal ein Geschäft am Neuen Wall zu finden, ja gar kein Zufall?

Sie lächelte dem Bild zu.

»Danke, Oma.«

***

Wie verzaubert schlenderte Marie durch die Weltausstellung. Auch nachdem sie ihre umfangreiche Bestellung bei Coty aufgegeben und er sich mit Handkuss von ihr verabschiedet hatte, hallten die Worte des großen Parfümeurs noch in ihr nach: Manchmal muss man ungewöhnliche Wege gehen, um Erfolg zu haben …

Für den Abend war sie mit Berta im Restaurant Zillertal verabredet, und sie konnte es kaum erwarten, der Freundin von ihrer Begegnung zu erzählen.

Da Marie für heute mit ihren Einkäufen fertig war, nutzte sie die verbleibende Zeit, um sich treiben zu lassen. In der französischen Sektion betrachtete sie in aller Ruhe die Werke von Monet, Rodin, Matisse, Scherf und Renoir, die hier ausgestellt waren. Dann schlenderte sie durch die üppigen Ziergärten, bestaunte die in traditioneller Bauweise errichteten Pavillons zu Indochina, Tunesien und Algerien, die von prachtvollen exotischen Pflanzen umgeben waren. Einheimische in traditionellen Kostümen repräsentierten »ihr« Land; und Marie fragte sich wie schon damals als kleines Mädchen im Hausunterricht, ob es wohl einen landestypischen Geruch gab? Was wäre dann der deutsche Duft? Eine Mischung aus Gewürzen, die in den großen Kontoren lagerte? Nein, denn auch diese kamen ja aus fernen Ländern.

Wohl eher, dachte Marie und musste ein Kichern unterdrücken, wäre der typisch deutsche – zumindest norddeutsche – Geruch der nach Fisch. Umso wichtiger, Deutschland die Düfte dieser Welt zu schenken. Was wusste man dort schon von dieser prachtvollen und überbordenden Exotik? Sie beugte sich vor, um den Duft der Blumen tief in sich einzusaugen, und schloss die Augen. Die Düfte ließen Bilder in ihr entstehen und Klänge. Bilder von endlosen Weiten, von Vögeln, die an einem blauen Himmel entlangzogen, immer weiter, in die Freiheit. Von Menschen mit strahlenden Gesichtern und einem leuchtenden, tiefen Lächeln. Sie hörte Frauen singen, und auf einmal meinte sie sogar, die Klänge eines Streichinstruments zu hören. Ob das normal war? Dass ein Duft solche Bilder und Klänge in einem hervorrufen konnte? Düfte sind Erinnerungsträger, dachte sie an Bertas Worte. Aber an das, was sie da eben gesehen und gehört hatte, hatte sie ja keine Erinnerung. Es war neu. Sie kannte es nicht. Vielleicht war es ja so, dass Düfte einen zugleich in die Vergangenheit und in die Zukunft führten? Dass sie einen träumen ließen und befreiten? Unwillkürlich fragte sie sich, was Monsieur Coty wohl zu diesen Gedanken sagen würde.

Als sie abends am Restaurant Zillertal ankam und die burgenartige Architektur neben dem lang gestreckten Gebäude bewunderte, saß Berta schon an einem der Tische. Sie sah müde und erschöpft aus.

»Alles in Ordnung?«, fragte Marie.

»Es war anstrengend heute«, sagte Berta. »Anstrengend, aber erfolgreich. Es läuft wirklich gut mit unseren Bestellungen, und die neuen, von Fräulein Habermann erfundenen Verpackungen kommen bestens an. Ich werde sie zur Leiterin unserer Verpackungsabteilung machen.«

»O wie schön, da wird sie sich freuen!«, rief Marie. »Und sie hat es wirklich verdient!«

»Absolut. Ich kann dir gar nicht sagen, wie es mich freut, dass ich die Macht habe, Frauen zu verantwortlicheren Positionen zu verhelfen.« Sie lächelte verschwörerisch.

»So, wie du ja auch Anna und mir geholfen hast«, sagte Marie strahlend.

»Nun ja, das stimmt nicht so ganz«, korrigierte Berta. »Schließlich seid ihr beide mit eurer guten Idee zu mir gekommen, nicht umgekehrt.«

»Aber du hast dich drauf eingelassen. Und das ist nicht selbstverständlich. Ohne dich wäre ich nicht hier und würde all das nicht sehen. Ach, Berta, es ist so wunderbar.«

»Was hast du denn heute alles gesehen und erlebt?«, fragte Berta, nachdem sie ihre Bestellung aufgegeben hatten.

Und Marie erzählte nur zu bereitwillig. Als sie bei ihrer Schilderung von Coty und der Parfümflasche angelangt war, musste Berta herzlich lachen. »Ja, ich kenne die Geschichte.«

Inzwischen war das Essen gekommen, und Berta griff mit großem Appetit zu. »Ich bin heute nicht mal zu einem kleinen Häppchen gekommen«, sagte sie entschuldigend.

Marie begann ebenfalls zu essen und erzählte dabei: »Coty hat mir verraten, warum der Flakon damals zu Bruch ging. Niemand hat sich für seinen Duft interessiert, und da hat er ihn selbst runtergeworfen – eine Mischung aus Berechnung, Wut und Schmerz.«

»Ja, Schmerz gehört beim Künstler wohl zum Leben«, meinte Berta. »Und diese Parfümeure sind Künstler wie ein Monet oder ein Matisse. Künstler, die um etwas ringen, die eine Idee haben, die diese Idee unbedingt umsetzen müssen, die einen inneren Drang spüren, aus den ihnen zur Verfügung stehenden Materialien und Begabungen ein Kunstwerk zu machen. Die diese Materialien so miteinander vereinen und in Einklang bringen wollen und müssen, dass sie zu tanzen beginnen. So, wie bei einem Gemälde aus lauter einzelnen Farben und Pigmenten ein Bild entsteht, wird bei einem Parfüm aus lauter einzelnen Duftstoffen eine einzige große Komposition.«

Marie wunderte sich, wie gut Berta, die ja selbst kein Parfüm verkaufte, sich in die Seele der Parfümeure einfühlen konnte. Sie war tief berührt von den Worten ihrer Freundin. »Das ist ein schöner Vergleich.«

»Aber wie bei jedem Künstler ist auch für die Parfümeure ihre Kunst manchmal eine Qual.«

»Wieso das?«

»Ich glaube, dass alle Menschen, die etwas erschaffen, also die Maler ein Bild, die Schriftsteller einen Roman, die Komponisten ein Musikstück oder die Parfümeure einen Duft, größtenteils von ihrer Inspiration leben. Dass sich ständig neue Ideen an irgendetwas entzünden. Aber oft warten sie eben auch quälend lange oder vergeblich auf die Inspiration, um anzufangen. Und selbst wenn es dann endlich aus ihnen herausfließt, ist das letzte Stück harte, harte Arbeit. Manchmal findet man den richtigen Ton nicht oder das richtige Wort oder eben die richtige Duftnote. Und das kann einen Künstler verrückt machen. Wenn es dann aber gefunden ist, dann steckt so viel Herzblut in einem Werk, dass man es liebt, anbetet und verehrt – und zutiefst gekränkt ist, wenn andere das nicht ebenso tun.«

Marie nickte nachdenklich. »Das ist eine gute Beschreibung von Cotys Zustand, als er das Fläschchen auf den Boden schleuderte«, vermutete sie. »Aber woher weißt du das alles? Woher weißt du, wie es in den Künstlern aussieht?«

»Aus ebensolchen Begegnungen, wie du sie vorhin mit

Coty hattest«, sagte Berta, und wirkte mit einem Mal seltsam verträumt. »Und aus langen Gesprächen, die sich aus diesen Begegnungen ergeben.«

»Das Leben ist ein wunderbarer Lehrmeister«, stellte Marie fest. »Und die Begegnungen, die es für uns bereithält, sind es auch.«

»Sein Parfüm hat übrigens eine ganz besondere Blume als Grundlage: die Hundertblättrige Rose, die Rosa centifolia«, berichtete Berta, die inzwischen aufgegessen und sich mit einem zufriedenen Seufzen zurückgelehnt hatte. »Das sind diese gefüllten Blüten. Besonders die flämischen und niederländischen Künstler haben sie häufig in Stillleben abgebildet – womit wir wieder beim Thema Inspiration wären.«

»Weißt du auch noch mehr über Monsieur Coty selbst?«

Berta schüttelte den Kopf. »Wenig. Nur dass er ursprünglich aus Korsika stammt und bei irgendeinem Politiker als Sekretär arbeitete.«

»Und wie wurde er dann Parfümeur?«

»Soweit ich weiß, hat er auf einem Weg zur Arbeit einen Drogisten kennengelernt, der gerne Duftstoffe miteinander vermischt hat. Das faszinierte ihn so, dass er es selbst versuchen wollte.«

»Ach, das hat er gemeint«, murmelte Marie erkennend.

»Wer hat was gemeint?« Berta sah sie neugierig an.

»Coty vorhin«, erklärte Marie. »Als er mir das Fläschchen geschenkt hat, hat er mir gesagt, dass man durchaus auch mal etwas nachmachen darf, das einen fasziniert, solange man daraus dann seinen eigenen Weg findet und entwickelt.«

»Ja, vermutlich hat er das gemeint«, sagte Berta. »Oder aber auch spätere Stationen seines Lebens. Er ist dann nach Grasse gereist, die Stadt der Düfte, und dort hat er wirklich von der Pike auf gelernt. Jede Blüte hat er eingehend studiert. Zu dieser Zeit stieß er auch auf die Hundertblättrige Rose. Er hat dann ein Geschäft an der Rue de La Boétie eröffnet und ist bald in die vornehme Rue de la Paix umgezogen. Zu seiner Kundschaft gehört sogar die Zarenfamilie.«

Marie schwieg beeindruckt. Sie hatte gewusst, dass Coty neben Houbigant, Guerlain und Caron der wichtigste Parfümeur Frankreichs war, aber dass sogar die Zarenfamilie bei ihm kaufte, hätte sie nicht gedacht. Der Gedanke, dass er vielleicht vor der Zarin mit der gleichen Bewegung wie zuvor bei ihr, Marie, ein Parfümfläschchen entkorkt hatte, war fast absurd. Sie konnte es kaum erwarten, Anna von all ihren Erlebnissen zu erzählen!

17

Als Anna mit Helene auf das Ladengeschäft am Neuen Wall zuging, hatte sie ein mulmiges Gefühl. Immerhin hatten sich vorgestern nur zwei Häuser weiter alle Träume binnen weniger Sekunden zerschlagen.

»Sehe ich gut aus?«, wandte sie sich unsicher an die Künstlergattin.

»Genauso gut wie vor fünf Minuten«, erwiderte die zierliche Salonière und schmunzelte. »Nein, ich meine es ernst, meine Liebe. Du bist nicht nur wirklich eine Augenweide, sondern du strahlst auch eine kolossale Energie aus – und außerdem wirkst du wie eine erfahrene Geschäftsfrau.«

»Das habe ich dir zu verdanken«, sagte Anna.

Am Vortag waren die beiden Frauen zusammen bei Hirschfeld einkaufen gewesen, und Helene hatte Anna zu einem Humpelrock geraten, der ihr lose bis auf die Waden fiel und unterhalb der Knie durch eine enge Passe zusammengehalten war.

»Ist das nicht ein bisschen zu gewagt?«, hatte Anna zweifelnd gefragt, doch Helene hatte sie beruhigt. »Erstens sind Humpelröcke gerade sehr en vogue«, war sie überzeugt gewesen, »und zweitens stammt der Begründer dieser wunderbaren Mode – Paul Poiret – aus Frankreich. Und du willst doch den Geist der weiten Welt verkörpern, nicht wahr?«

Da hatte sie natürlich recht, aber heute Morgen hatte Anna für den Anlass dann trotzdem wieder eher mit einem unauffälligeren Kleid im Empirestil geliebäugelt. Doch dann war ihr eingefallen: Ein ganz ähnliches Kleid hatte sie vorgestern am Unglückstag angehabt. Deshalb war sie letztlich Helenes Ratschlag gefolgt, auch wenn sie sich ein wenig verkleidet fühlte und die Tatsache, dass ihre Beine nur bis zu den Waden bedeckt waren, ihr befremdlich vorkam.

Nichts sollte heute so sein wie beim vorigen Mal! Deshalb ließ sie diesmal auch Helene die Tür öffnen. Aber dann gab es doch ein Déjà-vu: Der Vermieter Emil von Seggern erwies sich als genauso jung wie Julius Karstadt – und genauso gut aussehend.

»Frau Harders«, sagte er, doch sein Blick schien nur Anna zu gehören. Er beugte sich vor, um der verlegen wirkenden Bewerberin einen Handkuss zu verpassen, und fuhr dann ganz nonchalant fort: »Damit hätte ich nun wirklich nicht gerechnet.«

Anna verstand seine Worte falsch. »Kommen wir ungelegen?«, fragte sie. »Wir … wir waren doch angekündigt.«

»Aber nein«, versicherte Emil von Seggern. »Sie kommen ganz und gar gelegen. Ich habe nur nicht damit gerechnet, dass Helenes junge Freundin eine derartige Schönheit ist.«

»Emil, du alter Charmeur«, schalt Helene und begrüßte ihn mit einem Kuss auf die Wange. »Aber ich muss dir recht geben, Anna sieht wirklich bezaubernd aus.«

»In der Tat«, bekräftigte Emil nochmals und ließ seinen Blick etwas zu lange auf ihr ruhen.

Anna fühlte sich immer unbehaglicher, was Emil zu bemerken schien, jedenfalls räusperte er sich und wurde dann betont geschäftlich: »Dann schlage ich vor, dass ich Ihnen einmal alles zeige.«

»Sehr gern«, stimmte Anna erleichtert zu.

Das Geschäft war wie für sie gemacht, dachte sie bei der Besichtigung. Der Laden gefiel ihr fast noch besser als jener, den ihr der junge Karstadt vor der Nase weggeschnappt hatte. Der Verkaufsbereich war mit einer wunderschönen Stuckdecke ausgestattet, außerdem gab es üppig verzierte Metallsäulen und kleine Erker. Direkt im Anschluss daran befanden sich eine große Lagerfläche, die sie für die vielen Flakons dringend benötigen würden, und sogar eine kleine Teeküche. Strahlend wandte sich Anna zu Emil von Seggern um. »Es ist wunderbar«, befand sie. »Ich würde es sehr gern nehmen.«

Emil lächelte. »Das freut mich sehr. Und auch ich kann Sie mir als Mieterin gut vorstellen. Da Sie bisher noch kein Unternehmen besitzen und ganz neu anfangen, wäre es mir jedoch recht, wenn Sie die Jahresmiete im Voraus leisten könnten.«

Anna schluckte. Nicht, dass sie das Geld nicht gehabt hätten – aber zum einen war das doch eine große Vorleistung, und zum anderen verwirrte sie Emils Verhalten. Auf der einen Seite war er ungemein charmant und überschüttete sie mit Komplimenten, auf der anderen Seite erwies er sich als knallharter Geschäftsmann. Mit einem Mal hatte Anna ein ungutes Gefühl. Irgendetwas an ihm war ihr nicht geheuer. Andererseits vertraute sie den Harders, und die wiederum waren mit Emil und dessen Vater befreundet. Anna vermutete, dass es hier um mehr ging als um die Frage, wann sie Emil welche Summe Geldes bezahlte. Herr von Seggern definierte ihre künftige Geschäftsbeziehung. Und sicherlich ging es auch um die Tatsache, dass sie eine Frau war und er testen wollte, ob sie in der Lage wäre, als Frau sozusagen ihren Mann zu stehen. Sollte sie ihm Grenzen setzen?

»Wie Sie wissen, habe ich noch einen anderen Interessenten«, erinnerte er. »Und dieser ist bereit, mir eine Jahresmiete zu bezahlen – und obendrein gut im Geschäft. Mit ihm ginge ich kein Risiko ein.«

Was hätte Anna darum gegeben, sich in aller Ruhe mit Helene austauschen zu können. Doch die hörte gar nicht zu: Die Freundin war im Verkaufsraum geblieben, wo sie die Stuckdecken und Säulen bewunderte – vermutlich, dachte Anna flüchtig, richtete sie hier in Gedanken bereits einen Salon aus. Ach, wenn doch nur Marie bei ihnen wäre! Die wüsste sicher sofort, was zu tun war. Würde Emil, wenn sie nicht auf seine Forderung einging, wirklich dem anderen Interessenten den Vorzug geben? Anna wusste, dass sie das Geschäft einfach haben musste – etwas Idealeres gab es nicht. Und ein zweites Mal das Nachsehen hinter einem Mitbewerber zu haben, kam nicht infrage.

Ein Satz, den Coco Chanel in Paris zu ihnen gesagt hatte, schoss ihr durch den Kopf: »Die selbstsichere Frau verwischt nicht den Unterschied zwischen Mann und Frau – sie betont ihn.«

Emil wollte ein Spiel spielen? Gut, das konnte er haben. Aber zu ihren Regeln. Offenbar war er durchaus empfänglich für weibliche Reize.

»Nun«, sagte Anna langsam, sah ihm direkt in die Augen und trat einen winzigen Schritt näher an ihn heran. »Ich verstehe Ihr Ansinnen, Herr von Seggern. Ohnehin haben Sie meine tiefe Bewunderung dafür, wie fortschrittlich Sie sind. Frauen in der Geschäftswelt eine Chance zu geben – das kann nur ein wahrhaft aufgeschlossener und selbstsicherer Mann.« Sie lächelte ihn charmant an und intensivierte den

Blick in seine Augen – was die Wirkung auf Emil, ebenso wie ihre Worte, nicht zu verfehlen schien. »Natürlich würde ich Ihren Mut deshalb zu gern belohnen, indem ich Ihnen die geforderte Summe sofort zahle – aber das Geld steht mir nicht zur Verfügung. Zumindest nicht gleich. Vielleicht können wir uns auf die Vorauszahlung für ein halbes Jahr einigen.«

Emil zögerte. Auch er schien nun nicht mehr genau zu wissen, woran er war.

»Bitte!«, sagte Anna und sah ihm eindringlich in die Augen. »Sie werden es nicht bereuen, das verspreche ich Ihnen.«

Sie spürte, wie sie über ihre eigenen Worte errötete. Hatte sie das gerade wirklich gesagt? Das konnte er auch sehr gut missverstehen.

Emil grinste, und seine Augen leuchteten, als er erwiderte: »Bei einer solchen Offerte kann ich nicht Nein sagen. Ich bin sicher, wir werden uns gut verstehen. Sehr gut sogar.«

Er sah sie vielsagend an und beugte sich erneut vor, um ihre Abmachung mit einem weiteren Handkuss zu besiegeln.

Anna fragte sich, warum sie dabei unangenehm erschauderte. Trotz seines blendenden Aussehens gab es etwas an ihm, das ihr nach wie vor nicht geheuer war. Rasch zog sie ihre Hand wieder zurück.

Nachdem Emil und Anna sich geeinigt hatten, ging alles ganz schnell: Sie unterzeichneten den Vertrag, der Sohn des Hauseigentümers überreichte Anna feierlich den Schlüssel und erklärte bedauernd, gleich wieder abreisen zu müssen. Er hatte Anna zu deren Erleichterung mitgeteilt, dass er sich gar nicht allzu oft in Hamburg aufhielt. Seine Familie besitze ein Gut in Ostpreußen, und er komme nur dann und wann in die Hansestadt, um sich zu vergewissern, dass mit den Immobilien der Familie alles zum Besten stand. Anna war froh, dass Emil ihr in Zukunft somit nicht allzu oft über den Weg laufen würde. Sie hatte mit dem Geschäft genug zu tun – da nebenbei auch noch ständig Körbe verteilen zu müssen wäre gewiss sehr anstrengend geworden. Nun, da der Vertrag geschlossen war, konnte sie es nicht erwarten, mit der Umgestaltung der Räume loszulegen. Sie stellte sich Maries Gesichtsausdruck vor, wenn diese von der Weltausstellung zurückkehrte und alles schon fertig war. Helene stand ihr mit Feuereifer zur Seite, und auch ihr Mann Johannes, der als Maler einen guten Blick für Ästhetik hatte, packte kräftig mit an.

»Unsere Mädchen sind schon ganz aufgeregt«, sagte er schmunzelnd, als er gemeinsam mit Helene das Ladengeschäft betrat. »Sie wollten unbedingt mitkommen, aber dann wären wir nicht vorangekommen.«

Anna lachte. »Spätestens zur Eröffnung werden sie ja dabei sein und alles bewundern können. Ich überlege die ganze Zeit, in welchem Farbton wir die Wände halten sollen. Einfach nur weiß fände ich zu eintönig.«

»Ja, das könnte in der Tat einen recht langweiligen Eindruck machen, vor allem in Kombination mit den Glasregalen, auf denen du deine Flakons anordnen willst«, gab Johannes Harders ihr recht.

»Was haltet ihr davon, die Wände mit Seidenstoffen zu bespannen?«, schlug Helene vor. »Den Einfall hatte ich schon gestern Abend. Ich habe gleich einige Muster mitgebracht.« Sie breitete mehrere Stoffe auf der Verkaufstheke aus.

»Die sind ja zauberhaft schön«, rief Anna.

»Nicht wahr?« Die Salonière lächelte zufrieden und zeigte

ihr einen hellgrünen Stoff, der mit goldenen Ornamenten bestickt war. »Mir gefällt dieser besonders gut.«

»Ja«, bestätigte Anna und strich bewundernd darüber.

»Der hier ist aber auch ganz entzückend.« Sie deutete auf ein dunkles Königsblau.

»Du musst nur aufpassen, dass euer Salon nicht zu dunkel wird«, warnte Johannes. »Und es sollten nicht zu viele Stoffe miteinander vermischt werden.«

»Wie wäre es, wenn wir jeder Abteilung eine eigene farbliche Linie geben?«, schlug Helene vor. »Dann ist es kein allzu großes Durcheinander und dient sogar der Orientierung.«

»Eine gute Idee«, stimmte Anna ihr begeistert zu. »In den Nischen möchte ich übrigens gerne gemütliche Sitzecken einrichten, damit die Kunden sich zwischendurch etwas ausruhen können. Es soll ein richtiger Wohlfühlort werden.«

Die drei werkelten eifrig bis in den Nachmittag hinein, dann verabschiedete sich das Ehepaar Harders – die beiden mussten sich um ihre Töchter kümmern. Sie sagten aber zu, am nächsten Tag wiederzukommen. »Ich würde dann auf dem Weg nach Hause noch die Stoffe besorgen, die wir benötigen«, versprach Helene, und Johannes kündigte an, bei einem befreundeten Glaser in Erfahrung zu bringen, mit welchen Kosten man für die Glasregale zu rechnen habe und welche Möglichkeiten sich hier ergäben.

Anna bedankte sich herzlich bei den beiden, schloss dann hinter ihnen ab und drehte sich mitten im Raum einmal um sich selbst. Ihr eigenes Ladengeschäft! Die Parfümerie Douglas! Ihr Traum war Wirklichkeit geworden!

Doch als sie durch das Fenster in den Abendnebel hinaussah, erschrak sie. Da standen zwei Frauen in schwarzen Röcken und eine Nonne im Habit, die sie finster anstarrten.

Anna schauderte. Plötzlich klirrte es hinter ihr. Mit einem kleinen Aufschrei fuhr sie herum. Zitternd stellte sie fest, dass lediglich eine Kehrschaufel von einem Tisch gefallen war. Als sie sich wieder zum Fenster wandte, waren die unheimlichen Frauen verschwunden.

18

Es war der 14. Mai 1910, und Odile Carstens stand am Rande eines Nervenzusammenbruchs. Sie hegte nicht den geringsten Zweifel daran, dass die Welt nun untergehen werde, und war in tiefer Trauer, in diesen letzten Stunden ihre Tochter Marie nicht um sich zu haben. »Meine Kleine«, jammerte sie ein ums andere Mal, als die Familie an diesem wunderschönen Maiabend beim Abendessen zusammensaß. »Sie muss diesen schrecklichen Moment ganz allein in der weiten Ferne erleben. Ach, mein kleines Mädchen! Wie gern würde ich sie noch ein Mal, ein letztes Mal, in die Arme nehmen.«

Anna dachte daran, dass ihre Stiefmutter sie nur sehr, sehr selten in den Arm genommen hatte.

»Immerhin ist Berta bei ihr«, sagte Heinrich trocken. Er war zwar ein ausgesprochen geduldiger Mann und liebte seine Gattin sehr, aber deren Jammerei hatte inzwischen ein Ausmaß erreicht, das einfach nicht mehr zu ertragen war. Zumal sie die Dienstboten mit ihrer Hysterie ansteckte – selbst die eigentlich so vernünftige Frau Fehling hatte neulich angedeutet, dass man ja nicht wisse, ob man die Vorräte in der Speisekammer überhaupt noch würde aufbrauchen können.

Doch ihr Vater hätte sich seinen Kommentar besser verkniffen, dachte Anna, denn nun richtete sich die Wut seiner Gattin gegen ihn. »Du hättest Marie nicht fahren lassen dürfen«, rief sie. »Als Familienoberhaupt hättest du ihr die Reise verbieten müssen.«

Heinrich seufzte und wischte sich mit seiner Leinenserviette über den Mund.

»Hast du dazu nichts zu sagen?«, fuhr seine Frau ihn an.

Anna sprang ihrem Vater zur Seite. »Diese Reise ist ausgesprochen wichtig für unser Geschäft«, erklärte sie ruhig. »Und außerdem ist Marie doch bald wieder da. Vermutlich noch rechtzeitig zu dem … zu dem großen Ereignis.«

»Aber verstehst du denn nicht, Kind, dass ihr all die Dinge, die Marie dort einkauft, gar nicht mehr brauchen werdet? Und dass ihr euren Laden gar nicht mehr eröffnen könnt?«

»Weil vorher die Welt untergehen wird, ich weiß«, seufzte Anna. »Aber vielleicht ist Marie ja trotzdem rechtzeitig zurück. Der Komet oder besser sein Schweif soll die Erde ja erst zwischen heute und dem 22. Mai streifen.«

Odile schrie leise auf, als bringe die Zweitgeborene allein durch die Erwähnung dieses Ereignisses Unglück über die Familie. Anna musterte ihre Stiefmutter besorgt. Sie war noch dünner geworden, und tiefe Falten zerfurchten ihr Gesicht. Obendrein hatte Fräulein Witt, ihre Haushälterin, Anna anvertraut, dass ihre Herrin gedenke, sich, sobald Halley noch näher kommen würde, allabendlich am Bett festbinden zu lassen, um nicht von dessen Sogkraft ins Weltall gezogen zu werden. Die Hausdame hatte Anna verzweifelt um Rat gefragt – und Anna beschloss, mit dem Vater darüber zu sprechen. Da ihre Eltern schon lange nicht mehr das Schlafzimmer miteinander teilten, würde er davon sonst nichts mitbekommen.

Immerhin, so wusste Anna, war die Mutter mit ihrer Hysterie nicht allein, von Menschen, die sich am Bett festbinden ließen, hatte sie in den letzten Tagen schon öfter gehört. Kürzlich hatte sie sogar eine Postkarte gesehen, auf der genau diese Szene abgebildet war.

Anna selbst hielt die Ankunft des Kometen für keine tödliche Bedrohung, sondern lediglich für ein spannendes Phänomen.

In diesem Moment betrat Herr Konradi, der Butler, den Raum.

»Fräulein Anna, ein Telegramm für Sie«, sagte er steif.

»Wer schreibt?«, erkundigte sich der Vater, als Anna zu lesen begann.

»Der Vermieter unseres Geschäfts«, antwortete sie betont vage und war froh, dass die Eltern daraufhin keine weiteren Fragen zum Inhalt der Nachricht stellten, in der es ebenfalls um den Kometen ging.

Liebstes Fräulein Carstens, habe dieses Wochenende unerwartet in Hamburg zu tun. Bereiten Sie mir die große Ehre und außerordentliche Freude, mich in die Sternwarte zu begleiten? Wollte Halley ins Visier nehmen. Darf ich hoffen? In vorzüglicher Hochachtung ganz der Ihre, Emil von Seggern

Anna hatte in der Tat schon selbst erwägt, sich den Schweifstern im Teleskop genauer anzusehen, wenn Emil jedoch in der Sternwarte war, kam dies für sie nicht mehr infrage. Sie wollte sich so kurz nach der Misere mit Ferdinand keinesfalls schon wieder mit einem Mann auseinandersetzen. Sie beschloss, nicht auf das Schreiben zu reagieren, und hoffte, dass von Seggern es richtig deuten und sich höflich zurückziehen werde. Doch ein Teil von ihr zweifelte daran, dass ein Mann wie er so schnell aufgab.

***

»Ach, ist das schön, wieder hier zu sein«, seufzte Marie und biss hungrig in eines der Franzbrötchen, die verführerischen Zimtgeruch verströmten. Frau Fehling hatte sie rasch für sie aufgebacken, als sie vor einer Stunde zu Hause angekommen war. Da sie den genauen Zeitpunkt ihrer Heimkehr nicht angekündigt hatte – sie war von Bertas Kutscher hierher in die Isestraße 89 gebracht worden –, hatte niemand mit Maries Ankunft gerechnet. Ihr Vater befand sich laut Frau Fehling in seinem Kontor, ihre Stiefmutter war beim Arzt, um sich ein Schlafmittel verschreiben zu lassen – aus Angst vor Halley bekam sie nachts kein Auge mehr zu. Anna schließlich war mit Helene Harders unterwegs, um Dekorationsmaterial für den Laden zu kaufen.

»Ich bin furchtbar neugierig, wie das Geschäft aussieht. Und ich habe Anna so viel zu erzählen«, erklärte Marie Frau Fehling.

»Das kann ich gut verstehen«, sagte die Köchin. »Aber am frühen Abend wollte sie wieder zu Hause sein.«

»Vielleicht könnte ich wenigstens einen Blick durch das Schaufenster werfen. Ich habe das zweite Geschäft ja noch nie gesehen«, beharrte Marie, der Frau Fehling bereits vom Verlust des ersten Ladens erzählt hatte.

Die Köchin setzte sich ihr gegenüber an den blank gewienerten Küchentisch. »Sie wäre furchtbar enttäuscht«, gab sie zu bedenken.

»Enttäuscht?«

»Fräulein Anna hat während Ihrer Abwesenheit unermüdlich gearbeitet, um alles rechtzeitig fertig zu bekommen. Ständig hat sie überlegt, was ihre geliebte große Schwester wohl zu diesem oder jenem sagen würde – und was für Augen Sie machen werden, wenn Sie zurückkommen und alles fertig ist.«

Marie lächelte, und ein warmes Gefühl breitete sich in ihr aus. Sie hatte ihre Schwester immer für deren scharfen Verstand bewundert, stets war sie ihr ein Vorbild gewesen, immer wieder hatte sie sich gefragt, wie Anna diese oder jene Situation wohl bewerten würde, und ein Lob der Jüngeren hatte ihr viel bedeutet. Dass diese nun derartigen Wert auf ihre Meinung legte, freute sie außerordentlich.

»Und wenn ich mir nun in Annas Abwesenheit alles ansehe, wäre sie enttäuscht«, schlussfolgerte sie.

»Genau«, bestätigte Frau Fehling. »Wobei Sie ohnehin nichts sehen würden. Ihre Schwester hat, um sich vor neugierigen Blicken zu schützen und um die Spannung zu steigern, die Schaufenster mit Seidenpapier beklebt.«

»Aber Sie waren drin?«, fragte Maria. »Wie sieht das Geschäft aus? Ist es schön? Oh, ich bin so schrecklich gespannt.«

»Ich möchte Fräulein Anna nicht vorgreifen«, zierte sich Frau Fehling. »Aber so viel kann ich Ihnen verraten: Es ist wunderschön geworden. Doch Sie haben noch kein Wort über Ihre Reise verloren. Ich bin neugierig, was Sie alles erlebt haben.«

»Ich auch«, erklang eine vertraute Stimme von der Tür her. Marie fuhr herum. »Anna.« Sie sprang auf und fiel ihr um den Hals.

»Wie schön, dass du wieder da bist.« Anna küsste ihre Schwester auf beide Wangen. »Ich kann es gar nicht erwarten, alles zu erfahren.«

»Ich genauso wenig«, lachte Marie. »Aber zuerst muss ich

den Laden sehen. Ich halte es nicht mehr aus. Lass uns sofort fahren.«

In der Kutsche erzählte Marie von der inspirierenden Begegnung mit Monsieur Coty, schwärmte von der so besonderen Stimmung auf der Weltausstellung und löcherte Anna, ihr alles über das Geschäft zu erzählen. Die berichtete detailreich vom Verlust des ersten und vom Zuschlag für den zweiten Laden. Schließlich sandte Marie ihrer Schwester einen vorsichtigen Blick, gab sich einen Ruck und fragte dann: »Wie geht es dir denn ... wegen Ferdinand?«

»Ach der!« Anna lachte auf und machte eine wegwerfende Handbewegung. »Du wirst es nicht glauben, aber ich habe ihn schon so gut wie vergessen. Kaum hatten die Verhandlungen wegen des Ladens begonnen, habe ich schon keinen Gedanken mehr an den Kerl verschwendet.«

»Dann war es auch keine Liebe«, befand Marie.

Anna schüttelte den Kopf. »War es auch nicht«, bekräftigte sie.

Als die beiden Carstens-Schwestern schließlich auf ihren Laden zugingen, kam zu ihrem Erstaunen eine weitere Kutsche herangerast. Ein junger Mann sprang heraus, sobald das Gefährt vor dem Geschäft hielt.

»Herr von Seggern!«, erkannte Anna, und es klangt eher entsetzt als erfreut.

»Fräulein Anna«, rief der Fremde. »In der Isestraße sagte man mir, dass ich Sie hier finde. Ich wollte fragen, ob Sie Lust auf einen genaueren Blick auf Halley haben. Ich hatte Ihnen telegrafiert, das scheint aber nicht angekommen zu sein.«

»Doch, ist es«, sagte Anna einsilbig. »Ich bin aber indisponiert und kann daher nicht mit Ihnen in die Sternwarte.«

»Sternwarte?«, mischte sich Marie ins Gespräch. »Wer sind Sie überhaupt? Und woher kennen Sie meine Schwester?«

Gleich darauf biss sie sich auf die Lippe. Wie konnte sie sich nur so unhöflich verhalten!

Doch er musterte sie nur hocherfreut von oben bis unten, grinste und erklärte: »Gestatten, Emil von Seggern. Ihr Vermieter. Und Sie sind vermutlich Fräulein Annas Schwester. Ich freue mich, Sie endlich kennenzulernen. Um die weibliche Schönheit ist es in Ihrer Familie wahrlich bestens bestellt. Ich wollte den Schweif des Kometen aus der Sternwarte genauer betrachten.« Dieser Erklärung ließ er einen etwas zu langen Handkuss folgen. Die Berührung seiner sinnlichen Lippen jagte Marie einen wohligen Schauder durch den Körper.

»Das klingt doch sehr spannend«, sagte sie und meinte den Besuch in der Sternwarte.

»Nicht wahr?«, freute sich Emil. »Schließlich ist das ein besonderer Moment, so etwas Erregendes sollte man nicht ohne Begleitung erleben. Würden Sie mir vielleicht das Vergnügen bereiten und Ihre Schwester ersetzen – beim Rendezvous mit dem Schweifstern?«

Marie fand ihn zwar etwas dreist, konnte sich seinem Charme aber nicht entziehen und sah fragend zu Anna, die ungeduldig mit den Schultern zuckte.

Marie sagte zu, und sie und Emil besprachen die Einzelheiten ihres Treffens.

Schließlich erinnerte Anna sie gereizt: »Marie, du wolltest doch unbedingt den Laden besichtigen.«

»Stimmt«, sagte diese wie erwachend. Der Laden …

»Ich bewundere das zutiefst, wenn Frauen ihren Mann stehen und sich dabei ihre Weiblichkeit erhalten«, meinte Emil. »Chapeau, meine Damen.«

Als er abgefahren war, nahm Marie den Arm ihrer Schwester.

Die gab zu bedenken: »Findest du es nicht seltsam, dass er gleich nach meiner Absage die Nächste fragt?«

»Ach, Annalein, nicht alle Männer sind so schlimm wie dein Ferdinand«, beschwichtigte Marie sie, die erleichtert war, dass die Schwester ihr offenbar nicht zu grollen schien. »Was Herr von Seggern gerade über starke Frauen gesagt hat, war doch sehr nett, und es deckt sich fast genau mit Coco Chanels Worten.«

»Ja«, entgegnete Anna trocken. »Nur klingen sie bei ihm anzüglicher.«

19

Marie sah dem Tag des Treffens mit Emil mit einer Mischung aus Vorfreude und Scheu entgegen. Sie hatte in ihrem jungen Leben bereits zwei Verehrer gehabt, aber stets schien sie die Stärkere gewesen zu sein, und es war ihr nicht schwergefallen, diese Versuche nach wenigen Treffen zu beenden. Doch mit Emil war es anders, sie fühlte sich wehrlos, und ihr Körper verlangte nach völliger Hingabe. Wie oft sie an ihn dachte! Und diese Gedanken brachten jedes Mal ihr Blut in Wallung. Seine sinnlichen Lippen auf ihrer Hand, sein warmer Atem. Dies am ganzen Körper zu spüren …

Ihre Gefühle für Emil schienen mehr zu sein als nur Schwärmerei, mehr auch als nur schöne Gefühle. Sie konnte es gar nicht benennen, spürte jedoch, dass Emil kein einfacher Mensch war. Ob sie ihm trauen konnte? Sie wusste einfach noch zu wenig über ihn.

Wie gut, dass Anna und sie für den nächsten Tag mit Helene Harders verabredet waren. Mit der Künstlergattin wollten sie noch letzte Hand an das Ladengeschäft legen, damit bis zur Eröffnung alles fertig wäre. Die Salonière kannte ihren attraktiven Vermieter schließlich und wüsste die Einladung vielleicht besser einzuordnen als sie selbst.

Zu Maries Enttäuschung konnte Helene ihr jedoch nicht wirklich weiterhelfen. Sie zeigte sich zwar entzückt über die Einladung, die sie ungemein romantisch fand, aber über Emil vermochte sie nichts weiter zu berichten.

»Ich weiß leider kaum etwas über ihn«, sagte sie. »In meinen Salons gibt es Menschen, mit denen man schneller ins Gespräch kommt, auch über persönliche Dinge, und andere, über die man nie etwas Privates erfährt. Franz von Seggerns Sohn gehört dazu. Alles, was ich über ihn wusste, weißt du auch: dass seine Familie ein Gut in Ostpreußen besitzt und Emil sich um ihre Immobilien in Hamburg kümmert.«

Marie seufzte enttäuscht. »Schade. Ich hatte gehofft, du wüsstest vielleicht etwas mehr.«

»Leider nein, aber das ist ja auch nicht schlimm«, meinte Helene. »Es gibt doch nichts Langweiligeres als einen Mann, den eine Frau sofort bis auf den Grund seiner Seele durchschaut. Meinst du nicht?«

»Da hast du wohl recht«, räumte Marie ein. »Das Leben ist ein Abenteuer. Ob das nun die Liebe oder die Eröffnung eines Geschäfts betrifft.«

»Stimmt. Lass uns weitermachen. Sonst werden wir nie mit allem fertig.« Helene griff nach einer der Stoffbahnen. »Ich finde, mit diesem hellblauen Seidentaft sollten wir die Nische hier am Fenster bespannen. Was meinst du?«

***

Vor der Sternwarte in Bergedorf herrschte ungemeiner Andrang. Wie Emil und Marie hatten sich noch zahlreiche andere Menschen dafür entschieden hierherzukommen – die Ankunft des Kometen für den heutigen Abend des 19. Mai 1910 galt als am wahrscheinlichsten.

»Ob wir da überhaupt hineinkommen?«, fragte Marie mit Blick auf die lange Schlange.

Emil sah sie mit dem für ihn so typischen irritierend direkten Blick an, grinste jungenhaft und sagte dann: »Aber natürlich. Du bist schließlich mit mir hier.«

Marie fand seinen Kommentar etwas selbstherrlich, doch da hatte er schon ihre Hand genommen und sie mit sich gezogen, an der Schlange vorbei. Empörte Rufe folgten ihrem Weg – und Marie konnte es verstehen. Emils Verhalten war wirklich unverfroren. Immer wieder drehte sie sich mit einem entschuldigenden Schulterzucken um.

Am Eingang mit dem Kassenhäuschen zwinkerte die junge Kartenabreißerin Emil zu und bedeutete ihm und Marie mit verschwörerischem Blick, die Sternwarte ohne Eintrittskarte zu betreten.

»Wieso das?«, wunderte sich Marie, als sie sich im Gebäude befanden.

»Sie lebt in einer unserer Wohnungen«, erklärte Emil. »Dafür schätzt sie mich sehr.«

Marie fragte sich, wie sehr genau die junge Schönheit und Emil einander schätzten – so vertraut, wie die Blicke zwischen ihnen waren. Eifersucht klumpte sich sauer in ihrem Magen zusammen.

Minuten später war das unangenehme Gefühl jedoch schon wieder vergessen. Sie stand mit Blick auf die Sterne neben Emil, so dicht, dass sie die Wärme seiner Haut durch ihr dünnes Sommerkleid spürte und die Bewegung seines Atems an ihrem Arm. Halley ließ sich zwar nicht blicken, aber das störte Marie nicht allzu sehr. Zu magisch war Emils Nähe, sie spürte, dass er sie unverwandt von der Seite ansah, hörte seine raue Stimme an ihrem Ohr. »Du bist schöner als jeder Stern da oben, meine Marie«, sagte er.

Sie drehte sich zu ihm und schloss die Augen. Gleich, dachte sie. Gleich würde er sie küssen.

***

Am 1. Juli 1910 war es endlich so weit: Der Tag der Eröffnung war gekommen. Anna und Marie hatten in der Nacht zuvor kaum ein Auge zugetan und sich bereits in den frühen Morgenstunden frisiert und angekleidet, um dann sofort zum Neuen Wall zu fahren. Da war er. Ihr Laden. Über der Tür prangte einladend das brandneue Schild »Parfümerie Douglas«, ein Geschenk von Berta, als sie am 24. Mai den Vertrag über die Nutzung der Namensrechte unterschrieben hatten. Johannes Harders hatte es für sie aufgehängt.

»Mir ist schlecht vor Aufregung«, stöhnte Anna.

»Mir geht es nicht viel besser«, gestand Marie.

Da bemerkte Anna plötzlich die beiden dunkel gekleideten Frauen von neulich Nacht auf der anderen Straßenseite. Die Nonne war diesmal nicht dabei, doch die Damen sahen hasserfüllt zu ihnen herüber. Unwillkürlich lief Anna ein Schauer über den Rücken, und sie wandte sich an ihre Schwester: »Marie, schau mal, diese beiden Frauen …« Doch als sie sich wieder der anderen Straßenseite zuwandte, waren die Gestalten schon wieder verschwunden.

»Wen meinst du?«, wunderte sich ihre Schwester.

»Ach, nichts«, sagte Anna. Es gab nun wahrhaft Wichtigeres zu beachten als diese seltsamen Damen.

Später, als sie mit Berta und der Familie Harders im Geschäft alles überprüft und Butler Konradi und Diener Fiete in ihre Sonderaufgaben eingeführt hatte, war Anna vor lauter Anspannung immer noch ganz blass.

»Haben wir auch wirklich an alles gedacht? Mal sehen.« Mithilfe ihrer Finger zählte Marie auf: »Im Laden ist alles fertig. Frau Fehlings Häppchen und die Franzbrötchen stehen in der Teeküche, ebenso der Champagner. Das Fläschchen von Monsieur Coty steht bereit …«

Anna, die ja den Großteil ohne Marie organisiert hatte, fühlte sich in besonderem Maße verantwortlich und war entsprechend angespannt. »Was, wenn niemand kommt? Wenn sich keiner für uns und die Parfümerie Douglas interessiert?«

»Da kann ich euch beruhigen«, versicherte Berta, die gerade zur Hintertür hereinkam und einen Schwall heiße Luft mit hereinbrachte. »Draußen vor der Tür stehen mindestens hundert Leute.«

Diese Ankündigung konnte Anna nicht beruhigen, im Gegenteil. »Hundert?«, vergewisserte sie sich panisch. »Die passen doch hier gar nicht alle rein.«

»*Mindestens* hundert«, korrigierte Berta. »Aber ihr könnt sie notfalls auch draußen begrüßen. Dann müssen sie den Laden eben grüppchenweise anschauen. Ein größeres Kompliment, als überfüllt zu sein, gibt es doch nicht.«

»Emil!« Marie, die ihren Vermieter und Verehrer nicht hatte kommen hören, war hocherfreut. »Ich bin so furchtbar aufgeregt.«

»Das gehört dazu«, meinte Emil und begrüßte sie mit einem etwas zu frivolen Kuss auf den Mund. Berta, Anna und Helene erhielten einen – für seine Verhältnisse sehr zurückhaltenden – Handkuss. »Ich kann euch nur sagen, dass dieser Andrang ein hervorragendes Zeichen ist. Ich bin heute schon seit einer Weile in der Stadt unterwegs, und die Eröffnung eures Geschäfts ist *das* Gesprächsthema schlechthin.«

Marie atmete tief durch. »Na, dann wollen wir mal.«

Kurz darauf öffneten die beiden Schwestern gemeinsam die Tür der Parfümerie Douglas. Berta und Emil standen schräg hinter ihnen, während Konradi und Fiete zeitgleich das Schaufenster vom Seidenpapier befreiten. Sofort drängte die Menge draußen nach vorne, jeder wollte möglichst rasch einen Blick ins Ladeninnere werfen – denn die Tür gaben seine beiden Inhaberinnen noch nicht frei.

Marie nickte Diener und Butler zu, die mit Champagner auf Silbertabletts herumgingen und jedem Gast ein Glas in die Hand drückten.

Anna ließ ihren Blick über die Menge schweifen. Ihr Vater stand ganz vorne und hob sein Glas. Ihre Stiefmutter suchte Anna in der Menge allerdings vergeblich – sie spürte, dass sich eine leise Enttäuschung in ihr breitmachte. Denn sosehr sie sich auch über Odile geärgert hatte und sosehr diese ihr mit ihrer ständigen Angst auf die Nerven ging, so sehr sehnte sie sich doch nach deren Anerkennung. Und nachdem Odile festgestellt hatte, dass die Welt wohl doch nicht zeitnah untergehen würde, hatte sie sich tatsächlich etwas gelöster gezeigt, und in Anna war die Hoffnung auf eine zumindest einigermaßen normale Mutter-Tochter-Beziehung aufgekeimt. Deshalb hatte sie sich auch entschieden, ihr die Gemeinheit mit dem ersten Ladengeschäft zu verzeihen. Und nun war sie nicht gekommen …

Doch sie wollte sich nicht mehr mit den düsteren Gedanken aufhalten, ließ ihren Blick weiterwandern – und entdeckte in der Menschenmenge die Ordensschwester, die neulich mit den beiden Frauen so böse in den Laden gestarrt hatte. Unwillkürlich zuckte sie zusammen und zwang sich, der Nonne keine weitere Beachtung zu schenken. Gleich darauf entdeckte sie jemanden, der sich hervorragend zur Ablenkung eignete: Ganz hinten stand ein groß gewachsener, braunhaariger Mann. Anna schluckte. Julius Karstadt war ebenfalls gekommen. Sie wusste nicht recht, ob sie sich darüber freuen oder empören sollte.

Er fing ihren Blick auf und kam etwas verlegen lächelnd heran. »Keine Angst, ich gehe gleich wieder. Aber da wir ja nun Nachbarn sind, gebietet es der Anstand, Ihnen alles Gute zu wünschen.«

Er reichte ihr eine Tüte, in der Anna zu ihrem Erstaunen Brot und Salz entdeckte.

»Brot und Salz, Gott erhalt's«, sagte er nach altem Brauch.

Sie konnte nicht umhin zu schmunzeln. »Schenkt man das nicht eigentlich zum Einzug in ein Wohnhaus?«, wunderte sie sich.

»Ja«, räumte Julius ein. »Aber von meinem Onkel weiß ich, dass man mehr Zeit in seinem Geschäft verbringt als zu Hause. Deshalb dachte ich, Sie können das Glück künftig hier gebrauchen.«

»Danke, Sie …«, begann Anna, da packte Marie sie am Arm.

»Komm, wir müssen die Leute begrüßen!«, erinnerte sie ihre Schwester.

»Sie können gern blei …«, setzte Anna an zu sagen, doch Karstadt war schon wieder verschwunden.

Zeit, um sich darüber zu wundern, warum ihr dies einen enttäuschten Stich versetzte, blieb Anna nicht: Ihre Schwester ergriff das Wort und hieß die Besucher willkommen.

»Meine Damen und Herren, liebe Freunde«, sagte Marie und sah dabei besonders Helene und Johannes Harders an, die mit ihren beiden fein herausgeputzten Töchtern Lucie und Hertha gekommen waren und ganz vorn in der ersten Reihe standen.

»Endlich ist es so weit. Der Traum der Carstens-Schwestern ist wahr geworden. Diesen Traum träumen wir beide, seit Berta Kolbe«, sie blickte die neben ihr Stehende von der Seite an, »seit Berta Kolbe mir, einem damals noch sehr kleinen Mädchen, die Welt der Düfte näherbrachte. Seitdem verbindet uns nicht nur die Liebe zu den Wohlgerüchen, sondern auch eine innige Freundschaft, und ich bin sehr glücklich, dass daraus nun eine Geschäftsbeziehung erwachsen wird. Berta, du hast uns vorgelebt, wie man als Frau geschäftlich seinen Mann steht, tausend Dank!«

Sie warf der Mentorin eine Kusshand zu, diese lächelte gerührt.

»In der Parfümerie Douglas wird es neben den berühmten und luxuriösen Feinseifen aus dem Hause Douglas auch jede Menge herrliche Düfte aus aller Welt geben«, ergriff Anna das Wort. »Meine Schwester Maria ist gemeinsam mit Berta Kolbe eigens auf die Weltausstellung in Brüssel gereist, um für Sie alle die wunderbarsten Wohlgerüche nach Hamburg zu bringen. Vor allem aber hat sie sich dort zu einer ganz besonderen Überraschung für Sie inspirieren lassen.«

Sie tauschte einen bedeutsamen Blick mit Marie. Die zog Cotys Parfümfläschchen aus der Rocktasche und hielt es empor in den blauen Hamburger Sommerhimmel. Die Sonnenstrahlen brachen sich darin, Cotys Schatz funkelte wie ein ganz besonderer Edelstein.

»Dieses Fläschchen«, rief Marie. »Dieses Fläschchen hat eine ganz besondere Geschichte.«

Sie löste das Rätsel nicht gleich auf, sondern blickte in die Menge, die sie schweigend und gespannt ansah. Inzwischen war es mucksmäuschenstill geworden.

»Sie dürfen nun nicht erschrecken«, sagte Marie zu den Umstehenden und schleuderte den Flakon Sekunden später mit aller Kraft auf die steinerne Türschwelle ihres Ladengeschäfts. Die Zuschauer schrien trotz der Warnung unversehens auf, einige Damen tuschelten empört miteinander. Die Nonne verzog angewidert das Gesicht und eilte kopfschüttelnd davon.

Doch Marie lächelte nur.

»Dieses Ritual mag Ihnen seltsam erscheinen«, sagte sie. »Vielleicht halten Sie mich auch für verrückt. Ich habe jedoch gleich zwei gute Gründe für diese Handlung. Der erste ist, dass Scherben ja Glück bringen – Sie alle kennen den spätmittelalterlichen Brauch des Polterabends. Daran möchten wir anknüpfen, in der Hoffnung, dass Fortuna unserer Parfümerie Douglas hold sein möge. Und damit sind wir auch schon beim zweiten Grund, warum ich dieses wunderbare Fläschchen zertrümmert habe. Es ist ein Geschenk vom weltberühmten Parfümeur François Coty, der es mir zu genau diesem Zweck gegeben hat.«

Sie hielt inne und blickte wieder in die Gesichter ihrer Zuhörer. Sie lauschten allesamt gebannt. »Auch Coty hat ein Fläschchen dieses Parfüms in einem französischen Kaufhaus zertrümmert, und ihm brachte es großes Glück. Er wurde dadurch noch berühmter – und der Duft auch. Wenn Sie gleich den Laden betreten, werden Sie den herrlichen Duft dieses Parfüms riechen, so, wie ihn auch die Leute in dem französischen Kaufhaus gerochen haben und ihn unbedingt haben wollten.«

Einige in der Menge lachten amüsiert.

»Ich wollte Ihnen damit zeigen, dass hinter sehr vielen Düften eine Geschichte steckt – oder vielleicht auch mehrere. Die Geschichte seiner Entstehung ist das eine. Und dann ist es die Geschichte des Dufts in Verbindung mit der Geschichte des Menschen, der ihn trägt. Ein Duft muss zu einem Charakter passen, ihn umschmeicheln und unterstreichen. Wir wünschen uns und Ihnen, meine Damen und Herren, dass Sie in unserem Hause viele wunderbare Duftgeschichten schreiben werden.«

»Bravo.« Der Beifall, der Maries Worten folgte, war frenetisch.

Für Hanseaten wahrlich ungewöhnlich, dachte Anna.

»Gut gemacht«, raunte sie ihrer Schwester ins Ohr. »Ich bin stolz auf dich.«

»Danke – ich war ganz schön aufgeregt«, gestand Marie.

»Meine Damen und Herren«, wandte sie sich wieder an die Menge, und unisono mit Anna sagte sie: »Hiermit erklären wir die Parfümerie Douglas für eröffnet.«

Anna ergänzte: »Wegen des großen Andrangs darf ich Sie bitten, sich mit der Besichtigung unserer Räumlichkeiten abzuwechseln – wir sind den ganzen Tag für Sie da.«

20

»Ich bestehe darauf«, hatte Emil gesagt, als er sie am Ende der Eröffnungsfeier ins Lichtspieltheater eingeladen hatte. Marie stand der Sinn zwar so gar nicht nach einem Film – sie war derart berauscht vom Erfolg ihres Geschäfts, dass sie am liebsten noch mit Berta und Anna am Neuen Wall gefeiert hätte. Doch sie wollte Emil auch nicht verärgern. Immerhin war er eigens aus Ostpreußen zur Eröffnung angereist, und sie hatte während des ganzen Tages kaum ein Wort mit ihm wechseln können. Jeder war darauf erpicht gewesen, mit ihnen zu sprechen, ihnen zu gratulieren und einen ganz besonderen Duft für sich zu finden. Die Hamburgerinnen und deren Gatten hatten ihnen die Flakons nur so aus der Hand gerissen – der Bestand von Cotys Parfüm war nach einer halben Stunde ausverkauft gewesen, und die Schwestern hatten Listen mit Nachbestellungen angelegt.

Also hatte sie nachgegeben, und als sie nun neben Emil auf den komfortablen Stühlen Platz nahm, war sie froh darüber, zugesagt zu haben. Zum einen genoss sie natürlich seine Nähe, zum anderen war sie wirklich neugierig auf den Film, eine Satire auf die Aufregung um den Halley'schen Kometen mit dem Titel *Die Welt geht unter*.

»Leider konnte ich dir den Kometen ja nicht zeigen –

obwohl ich dir doch gerne alle Sterne vom Himmel holen würde. Dafür sollst du ihn jetzt aber wenigstens auf der Leinwand sehen«, murmelte Emil an ihrem Ohr und schob seine Hand in die ihre.

Marie spürte wieder das vertraute Prickeln in sich aufsteigen, als er mit dem Daumen über ihren Handrücken streichelte, und konnte sich nur halb auf die Handlung konzentrieren. Nur am Rande bekam sie mit, dass darin sogar Kaiser Wilhelm II. an Deck seiner Jacht *Hohenzollern* zu bewundern war.

Auch Emil schien nicht seine volle Aufmerksamkeit auf die Leinwand zu lenken. Immer wieder spürte sie seinen Blick von der Seite, und schließlich wandte sie den Kopf, um ihm in die Augen zu sehen.

»Marie«, flüsterte er rau und beugte sich vor, um sie zu küssen. Als seine Lippen die ihren berührten, vergaß Marie den Film vollends.

***

Am nächsten Morgen standen die Carstens-Schwestern, die nun allenthalben »Douglas-Schwestern« genannt wurden, einträchtig nebeneinander in ihrer Parfümerie und bedienten den nicht enden wollenden Kundenstrom.

»Ich habe das Gefühl, dass wir nicht eine Sekunde Pause gehabt haben, seit wir heute Morgen geöffnet haben. Meine Füße haben noch nie so wehgetan«, stöhnte Marie, als sich am Nachmittag endlich einmal keine Kunden im Geschäft aufhielten und sie sich in der kleinen Sitzecke in der hellblauen Nische niederlassen konnte. »Aber ich war auch noch nie glücklicher.«

»Ich auch nicht«, strahlte Anna.

»Wenn es so weitergeht, müssen wir ein Lehrmädchen einstellen«, fuhr Marie fort.

»Langsam«, mahnte Anna. »Das wäre noch zu früh. Erst einmal müssen die Zahlen sich stabilisieren – die Anfangsbegeisterung wird irgendwann nachlassen.«

»Aber die sollten wir ausnutzen«, ergänzte Marie. »Wir müssen heute Abend unbedingt die Bestellungen machen und den Lieferanten mitteilen, dass wir schnell Nachschub brauchen.«

»Das kann ich gleich machen«, erwiderte Anna. »Ist ja gerade ruhiger.«

»Warte!« Marie packte ihre Schwester beim Arm. »Sieh mal, wer da kommt. Ist das nicht Marianne Ballin? Die Frau des Hapag-Chefs?«

Sie deutete auf eine hochgewachsene, elegante Dame Mitte fünfzig mit dunklen aufgesteckten Locken und einem aufwendig gearbeiteten, modernen und sehr großen Hut mit geschwungenem Rand, der mit einer überdimensionalen Schleife, Rosen und sogar Brillanten verziert war.

»Ich glaube, ja«, sagte Anna aufgeregt. »Ich habe sie einmal von Weitem bei einem Empfang gesehen.«

»Weißt du das gewiss?«, fragte Marie. »Wenn sie es ist, müssen wir sie mit Namen begrüßen.«

»Nein, ganz sicher bin ich mir nicht«, murmelte Anna. »Was machen wir denn jetzt?«

»Wir wagen es«, beschloss Marie. »Wenn sie es nicht ist, würde sich jede Frau geehrt fühlen, mit Frau Ballin verwechselt zu werden. Schließlich ist ihr Mann einer der bedeutendsten Herren des Deutschen Reichs.«

»Und ein enger Freund des Kaisers«, ergänzte Anna. »Papa hat berichtet, dass Kaiser Wilhelm sogar häufig bei den Ballins zu Gast ist.«

In diesem Moment öffnete die Dame die Ladentür.

Die Douglas-Schwestern eilten ihr entgegen. »Frau Ballin, welche Ehre«, rief Marie. »Wir freuen uns sehr, dass Sie uns besuchen.«

Die Reedersgattin winkte bescheiden ab. »Aber ich bitte Sie, meine Lieben. Das konnte ich mir doch nicht entgehen lassen. Ihr Ruf eilt Ihnen voraus. Oder sollte ich sagen: Ihre Düfte? Glauben Sie mir, ich besuche Sie nicht nur, weil mein Mann und Ihr Vater geschäftlich eng verbunden sind, sondern weil ich Ihre Entscheidung ausgesprochen mutig finde – und Sie auch ein wenig darum beneide.«

Marie und Anna wechselten einen erleichterten Blick. Sie hatten sich also nicht getäuscht. Vor ihnen stand tatsächlich die Frau des Hapag-Generaldirektors.

»Dürfen wir Ihnen eine Tasse Tee anbieten? Und etwas Gebäck?«, fragte Anna und komplementierte ihren Gast zu der Sitzecke im Erker, auf der sie sich eben noch mit ihrer Schwester ausgeruht hatte.

»Einen Tee gern«, nahm Marianne Ballin erfreut an.

»Earl Grey?«, schlug Anna vor.

»O ja, danke.«

Während Anna lief, um den Tee aufzubrühen, und Marie Marianne Ballin gegenüber Platz nahm, erklärte die stadtbekannte Dame: »Ich möchte unbedingt diesen Duft von Coty ausprobieren. Ganz Hamburg spricht davon, dass Sie ein Fläschchen bei der Eröffnung zertrümmert haben. Was für eine ungewöhnliche Geschichte.«

»Na ja, Coty ist auch ein durch und durch ungewöhnlicher Mann«, meinte Marie und berichtete ihr von ihrer Begegnung mit dem Parfümeur.

»Ich beneide Sie«, sagte Marianne Ballin wieder.

»Jetzt wird es aber Zeit, Ihnen endlich den Duft zu präsentieren«, rief Marie. »Wenn Sie mich ganz kurz entschuldigen, hole ich Ihnen *La Rose Jacqueminot* und einige weitere Düfte zum Probieren. Sie haben Glück, ein paar Fläschchen haben wir für besondere Anlässe zurückgehalten.«

»Wunderbar, ich bin sehr gespannt«, freute sich die Reedersgattin.

Kaum war Marie aufgestanden, kam Anna, um der noblen Kundin Tee einzuschenken.

»Ihre Einrichtung ist ganz wundervoll geworden«, lobte diese.

»Vielen Dank, ich gebe das Kompliment gern an das Künstlerehepaar weiter, das uns dabei sehr geholfen hat«, freute sich Anna und sah sich nach ihrer Schwester um. Die hielt die Flakons für Frau Ballin zwar bereits in der Hand, befand sich aber in einem offenbar unerfreulichen Gespräch mit einer blonden, schlanken Frau in einem Kostüm aus violetter Shantungseide, die soeben den Laden betreten hatte.

Anna spürte Ärger in sich aufsteigen. Was fiel Marie ein, diese Kundin zu bedienen und Marianne Ballin warten zu lassen? »Bitte entschuldigen Sie«, wandte sie sich verlegen an die Reedersfrau und ging los, um Marie das Tablett mit den Parfüms abzunehmen. In diesem Moment ließ Marie jedoch alles fallen! Ein Flakon zerbrach, zwei weitere rollten über den Boden.

»Sie hätten doch nicht extra einen weiteren Flakon für mich zerbrechen müssen«, versuchte Marianne zu scherzen, um die Situation zu entspannen, war aber schon aufgesprungen, um mit Anna zu der leichenblassen Marie zu eilen.

Die Blonde führte sich auf wie eine Furie. »Wie peinlich«, keifte sie. »Ich werde meinem Mann empfehlen, Ihnen wieder zu kündigen, wenn Sie sich wie ein Dorftrampel verhalten. Und die Rechnung für die Reinigung meines Kostüms werde ich Ihnen auch zukommen lassen. Eine Unverschämtheit.«

Marianne Ballin baute sich in ihrer vollen Größe vor der Blonden auf. »Was schreien Sie hier so herum?«, fragte sie kalt und hatte mit einem Mal gar nichts mehr mit der freundlichen und warmherzigen Frau gemein, als die Anna sie in den vergangenen Minuten erlebt hatte.

»Ich nehme an, Sie wissen, wer ich bin? Falls nicht, helfe ich Ihrem Gedächtnis gern auf die Sprünge. Ich bin Marianne Ballin, die Frau von Albert Ballin. Ich bin gekommen, um einen Duft für die Zarin auszusuchen, die zu meinen engen Freundinnen zählt. Und ich habe die Fräulein Carstens gebeten, für mich eines der Fläschchen zu zerschlagen. Denn davon, dass Fräulein Maria Carstens bei der Eröffnung eines mit voller Absicht zertrümmert hat, spricht die ganze Stadt.«

Wieder musterte sie die ungebetene Besucherin kalt von oben bis unten. »Ich gehe nicht davon aus, dass Sie wissen, in welche großen Fußstapfen Fräulein Carstens damit tritt?«

»Ich …«, stammelte die Blonde.

Marianne winkte ab. »Sparen Sie sich Ihre Erklärungen!«, sagte sie. »Und wenn ich mir die Bemerkung noch erlauben darf: Ihr Kostüm hat nicht einen Spritzer abbekommen.«

»Bitte entschuldigen Sie mich«, stieß die Blonde hervor und verließ fluchtartig den Laden.

Anna und Marianne sahen sich an und lachten leise.

»Der haben Sie aber die Meinung gesagt«, bemerkte Anna bewundernd.

»Normalerweise spiele ich mich nicht so auf«, versicherte Marianne. »Aber wenn es dem Zweck dient …«

»Was war das denn für eine furchtbare Person? Und

warum sagt sie, ihr Mann wolle uns kündigen?«, wandte sich Anna nun an Marie und bemerkte, dass ihre Schwester mit den Tränen kämpfte.

»Das war Emils Frau«, sagte sie tonlos.

Anna musste diese Information auch erst einmal verarbeiten, war aber immerhin in der Lage, Frau Ballin zu antworten, als diese sich erkundigte: »Wer ist Emil?«

»Unser Vermieter.«

»Emil von Seggern? Und er hat Ihnen den Hof gemacht?«, erriet die Reedersgattin zu Maries Entsetzen. »Auch ihm eilt ein gewisser Ruf voraus.«

Marie war zu schwach, es zu leugnen, und nickte. »Ich …«, setzte sie an, doch ihre Stimme versagte.

Anna sprang für sie in die Bresche: »Sie … wir wussten nicht, dass er verheiratet ist.«

»O meine Liebe, wie leid mir das tut«, rief Marianne Ballin und nahm Marie beim Arm. »Nun setzen Sie sich erst einmal, Sie sind ja ganz blass.« Sie führte Marie fürsorglich zur Sitzgruppe.

Auch Anna war vollkommen aufgelöst. Einerseits tat Marie ihr ungemein leid, und die Situation erinnerte sie an den Moment, an dem sie wegen Ferdinand so durcheinander gewesen war und Berta und Marie vor den Kopf gestoßen hatte. Andererseits war ihr die Situation furchtbar peinlich. Was musste Frau Ballin nur von ihnen denken! Hätte Emils Frau nicht zu einem anderen Zeitpunkt das Geschäft betreten können?

Doch Marianne Ballin schien ganz und gar auf der Seite der Schwestern zu sein. Sie kümmerte sich rührend um Marie und ließ sich alles erzählen. Dass Emil ihr den Hof gemacht und nie eine Ehefrau erwähnt habe. Dass er sie sogar noch ins Kino eingeladen und geküsst habe.

Marianne Ballin seufzte. »Ach, mein liebes Kind«, seufzte sie. »Enttäuschungen gehören zur Liebe und zum Leben dazu. Männer wie ihn gibt es immer wieder. Ich habe mit meinem Albert wirklich Glück. Aber dass Menschen, denen man eigentlich vertraut hat, einen enttäuschen können, das haben auch wir beide in unserem Leben oft genug erfahren müssen.«

»Was, wenn sie ihn wirklich dazu bringt, uns zu kündigen?«, fragte Marie bang.

Marianne schüttelte den Kopf. »Es kommt meistens weniger schlimm als zunächst befürchtet. Und außerdem: Warum sollte Emil das tun? Sie hinauswerfen? Er würde sich ja vor der ganzen Stadt blamieren.«

»Zudem haben wir einen Vertrag und einen erheblichen Teil der Miete im Voraus bezahlt. Das kann er gar nicht«, mischte sich Anna ein.

»Und wenn, dann werde ich Ihnen helfen«, versicherte Marianne ihnen. »Versprochen.«

Marie konnte nun nicht mehr verhindern, dass ihr eine Träne über die Wange kullerte. »Sie sind einfach großartig«, sagte sie. »Anfangs waren wir nur aufgeregt, weil Sie uns die Ehre erweisen, bei uns einzukaufen. Aber nun kann ich aus tiefstem Herzen sagen, dass es eine große Bereicherung ist, Sie kennengelernt zu haben.«

»Das Kompliment kann ich nur zurückgeben«, sagte Marianne lächelnd. »Aber Einkaufen ist ein gutes Stichwort. Deswegen bin ich ja hier, und was ich vorhin zu dieser garstigen Frau gesagt habe, meine ich wirklich ernst: Ich möchte einen Duft für die Zarin bei Ihnen kaufen.«

»Das ist … was für eine Ehre«, stieß Marie überwältigt hervor.

»Ich möchte ihr gern Cotys Duft schenken und dazu die

Geschichte der zertrümmerten Fläschchen erzählen. Seine und Ihre«, fuhr sie fort. »Die Zarin kennt Coty und schätzt seine Düfte.«

»Ja«, sagte Marie. »Darüber haben wir in Brüssel tatsächlich auch gesprochen. Wie klein die Welt doch ist.«

21

»Vielleicht weiß er gar nichts davon, dass sie bei uns war«, sagte Marie zu Anna, als sie wie so oft nach Ladenschluss noch beisammensaßen. Diese Tradition war das Rückgrat ihres Geschäftsalltags, ein wichtiger Raum, um sich auszutauschen und über Sorgen und Nöte zu sprechen. Normalerweise kam dann eine Dreiviertelstunde später Kutscher Gerhard, um die Schwestern die knapp vier Kilometer zur elterlichen Wohnung zu fahren. An diesem Abend warteten sie jedoch auf Berta, die beide mit ihrer Kutsche zu einem Opernbesuch abholen wollte.

»Hör mir zu, Marie«, sagte Anna und beendete das Zählen der Tageseinnahmen. »Seit fünf Tagen zuckst du jedes Mal zusammen, wenn sich die Ladentür öffnet. Seit fünf Tagen putzt du dich jeden Morgen besonders heraus, falls er doch noch kommen sollte. Aber selbst wenn er käme und selbst wenn seine Frau ihm nichts von ihrem Besuch bei uns erzählt haben sollte: Was würde das ändern? Das Schlimme ist doch nicht ihr Besuch, sondern die Tatsache, dass er ein verheirateter Mann ist – und dir das verschwiegen hat.«

»Du hast ja recht«, seufzte Marie und schob den Teller mit ihrem Franzbrötchen, das ihr Frau Fehling morgens mitgegeben hatte, lustlos zur Seite. »Irgendwie habe ich mich noch an den Gedanken geklammert, dass sich alles als Lüge erweist, was diese Frau gesagt hat.«

»Warum sollte sie in unser Geschäft kommen und sich als seine Frau ausgeben, wenn sie es nicht ist?«, bezweifelte Anna.

»Vielleicht wäre sie es gern und hat uns zusammen gesehen«, erwiderte Marie schwach.

»Gib dich keinen Illusionen hin«, riet Anna. »Laut Frau Ballin ist Emil ein stadtbekannter Schürzenjäger. Er wurde ertappt, und jetzt ist er zu feige, das aufzuklären. Du hast doch gesagt, er sei noch bis Ende des Monats in der Stadt, und wenn er in Hamburg war, ist er doch jeden Tag vorbeigekommen. Fünf Tage Nichterscheinen nach der Szene in unserem Geschäft sind schon ziemlich eindeutig, finde ich.«

»Du hast ja recht«, sagte Marie seufzend. »Ich wollte einfach die Hoffnung nicht aufgeben.«

»Das solltest du aber. Er ist ein Hallodri.«

Niedergeschlagen sahen die Schwestern sich an. »Wir scheinen einfach kein Glück in der Liebe zu haben«, murmelte Marie resigniert.

»Aber dafür im Geschäft«, hielt Anna dagegen. »Ich habe mir gestern die letzten Zahlen angesehen. Wir stehen wirklich gut da, heute lief es auch wieder bestens. Und ich habe noch etwas, das dich vielleicht aufheitern könnte.«

Sie zog ein Kuvert aus schwerem Papier hervor, auf dessen Rückseite ein goldfarbenes Monogramm eingeprägt war. MB.

»Marianne Ballin?«

»Erraten«, nickte Anna. »Sie bedankt sich für die Begegnung mit uns und lädt uns in ihr Sommerhaus in Hamfelde bei Trittau im Kreis Stormarn ein.«

»Wie reizend«, rief Marie. »Ich würde sie auch gerne wiedersehen. Unglaublich, wie sie für uns in die Bresche gesprungen ist. Mehr wie eine Freundin als eine Fremde.«

»Ja«, stimmte Anna zu. »Wir können das Geschäft unmöglich so lange allein lassen. Aber …«

»… wir sollten ihr auch nicht ganz absagen – das wäre unhöflich«, erriet Marie die Gedanken der Schwester.

»Und unklug«, ergänzte Anna. »Die Ehefrau von Albert Ballin schadet ganz bestimmt nicht.«

»Wir könnten ihr ja vorschlagen, sie an einem Wochenende in ihrem Sommerhaus zu besuchen«, schlug Marie vor. »Sie wird unsere Situation bestimmt verstehen.«

»In Ordnung, ich antworte ihr entsprechend«, sagte Anna.

In diesem Moment prallte etwas mit einem derart lauten Klatschen gegen die Schaufensterscheibe, dass die Douglas-Schwestern erschrocken aufschrien. Dann ein zweites Mal. Mit Entsetzen sahen sie, dass zwei riesige rote Farbflecken das Glas verunzierten.

Marie stürzte beherzt zur Ladentür, um sie wieder aufzuschließen.

»Sei vorsichtig!«, rief Anna aufgeregt.

»Ich will aber wissen, wer unser Geschäft mit Farbbeuteln bewirft!«, entgegnete Marie außer sich vor Wut.

Vor dem Gebäude stand Bertas Kutsche.

»Ich habe gesehen, wer das war!«, rief sie aufgeregt. »Sie sind da entlang! Zu Fuß. Steigt ein, vielleicht erwischen wir sie noch!«

Anna schloss rasch den Laden ab und folgte dann Marie, die bereits in die Kutsche gesprungen war. Der Fahrer bog in eine Seitenstraße ein und gab dem Pferd die Zügel.

»Da vorne!«, rief Berta, und die beiden Schwestern sahen durchs Fenster zwei Frauen auf eine Kutsche zulaufen.

»Das ist bestimmt Emils Frau!«, mutmaßte Marie wütend.

»Schneller, Karl-Heinz!«, schrie Berta durch das Fenster ihrem Kutscher zu. Doch mit einem waghalsigen Manöver – Anna, Marie und Berta wurden kräftig hin- und hergeschleudert – brachte Karl-Heinz die Kutsche so zum Stehen, dass sie dem anderen Gefährt den Weg versperrte.

Die Douglas-Schwestern und ihre Mentorin sprangen aus der Kabine und rissen die Tür der anderen Kutsche auf. Darin hatte offenbar jemand auf die Farbwerferinnen gewartet – eine Nonne saß bei den beiden Angreiferinnen!

»Sie!«, rief Anna zu Maries Erstaunen zornesentbrannt.

»Du kennst die Frauen?«, wunderte sich auch Berta.

»Ja, sie haben schon mehrfach vor unserem Laden herumgelungert«, erklärte Anna. »Auch bei der Eröffnung.« Dann wandte sie sich an die drei Frauen. »Warum haben Sie unser Geschäft besudelt? Was haben wir Ihnen getan?«

»Ich muss die Damen in Schutz nehmen«, meinte die Nonne. »Sie haben Ihr verruchtes Geschäft nur gebrandmarkt, weil sie ehrenwerte Christenmenschen sind.«

»Was ist bitte schön ehrenwert daran, anderer Leute Eigentum zu beschmieren?«, fauchte Marie.

»Sie verkaufen Teufelszeugs!«, entgegnete die Betschwester, nun ihrerseits sehr aufgebracht. »Jahwe sagte zu Moses: Beschaffe dir Aromen, du wirst daraus ein Parfüm zum Verbrennen machen, es wird gesalzen sein, rein und heilig … und Jahwe vorbehalten. Parfüm ist Gott vorbehalten! Nicht dahergelaufenen … Frauen!« Sie hatte sich regelrecht in Rage geredet und fuhr hastig fort: »Und in 1. Timotheus Kapitel 2, Verse 9 bis 10, schreibt der Apostel Paulus, dass Frauen sich in wohlanständiger Weise zu kleiden und zu schmücken haben.«

»Ja, im Gottesdienst. Das ist selbstredend. Paulus verbietet aber weder Schmuck noch, dass Christinnen schön sein oder gut riechen dürfen«, konterte Berta, und die Douglas-Schwestern wunderten sich ebenso über die Bibelfestigkeit der Freundin wie die drei angeblich frommen Attentäterinnen. »Und Gott liebt schöne Düfte! Im Hohelied heißt es: Ich pflückte meinen Balsam samt meinem Wohlgeruch. Berauscht euch, Geliebte!«, fuhr Berta unbeirrt fort.

»Aber der Pastor hat gesagt …«, setzte eine der beiden Pietistinnen an, doch Berta fiel ihr sofort ins Wort: »Oder in Jesaja 11, Vers 3: Und Wohlgeruch wird ihm sein die Furcht des Herrn. Er wird nicht richten noch Urteil sprechen. Aber *Sie* verurteilen Frauen, die den Menschen Wohlgerüche schenken. Sie haben keine Ahnung von der Bibel.« Und sie fuhr fort: »Wenn *Sie* nicht wegen Sachbeschädigung verurteilt werden wollen, geben Sie uns jetzt Ihre Anschrift. Wir schicken Ihnen die Rechnung für die Reinigung der Schaufensterscheibe. Sie werden diese umgehend begleichen. Und dann, nur dann, werden die jungen Damen von einer Anzeige absehen.«

Die drei weiblichen Moralapostel sahen einander eingeschüchtert an.

»Natürlich können wir auch sofort die Schutzmänner alarmieren und ihnen von Ihrem Überfall berichten«, mischte sich nun wieder Marie ins Gespräch ein.

Wenig später hatten die Schwestern die Reinigung der Scheibe in Auftrag gegeben und gingen neben Berta auf das Stadttheater in der Dammtorstraße zu.

»Die hast du mit ihren eigenen Waffen geschlagen, noch mal tausend Dank!«, sagte Anna anerkennend.

»Wieso kannst du eigentlich so viele Bibelsprüche auswendig?«, erkundigte sich Marie.

»Mein Onkel war Pastor«, erklärte Berta schmunzelnd. »Ich habe die Zitate allerdings etwas dem Anlass angepasst. Das haben die angeblich so bibelfestem Damen aber gar nicht bemerkt. Nun lasst uns nach all den Misstönen ein paar Wohlklängen lauschen.«

***

Obwohl sie dank ihres Vaters inzwischen ja selbst in großbürgerliche Verhältnisse aufgestiegen waren, staunten die Douglas-Schwestern angesichts all der Pracht, die sich ihnen bei ihrer Ankunft im Sommerhaus der Ballins in Hamfelde offenbarte.

»Es ist wunderschön«, hauchte Marie, als die Dienstboten das Gepäck auf ihre Zimmer gebracht hatten und sie gemeinsam mit der Hausherrin auf dem weitläufigen Rasen in weißen Korbmöbeln saßen und ihren Nachmittagstee genossen.

»Ja, es ist wirklich traumhaft. Ich bin ausgesprochen gern hier«, bekräftigte Marianne Ballin. »Vor allem, weil es ein Grundstück mit Geschichte ist.«

»Wer lebte denn hier, bevor Ihr Gatte es erworben hat?«, wollte Anna wissen.

»Ganz früher befand sich hier ein Mühlenbetrieb«, sagte Marianne, während der Diener hausgemachte Limonade einschenkte. »Dann hat es ein Kaufmann erworben und hier seinen Landsitz errichten und den Park anlegen lassen. Als mein Mann das Haus vor vier Jahren kaufte, ließ er das alte Herrenhaus umbauen.«

»Werden wir Ihren Gatten kennenlernen?«, fragte Anna.

»Aber sicher, heute Abend beim Abendessen. Er freut sich schon sehr darauf, Ihre Bekanntschaft zu machen.«

»Wir uns auch«, sagten die Schwestern wie aus einem

Munde. Von ihrem Vater hatten sie sich ausführlich über Ballin berichten lassen. »Mein Freund Albert musste früh lernen, auf eigenen Beinen zu stehen«, hatte er erzählt. »Er war siebzehn, als sein Vater starb und er in dessen Unternehmen, die Auswandereragentur Morris & Co, einstieg. So fing alles an. Dort hat er sich dann durch Fleiß und Engagement unentbehrlich gemacht und immer mehr Menschen, die auswandern wollten, Schiffspassagen nach Amerika oder England vermittelt. Das Geschäft lief gut, Ballin brachte es zu Wohlstand.«

»Und wie kam er dann zu Hapag?«, hatte Anna wissen wollen.

»Das ist noch gar nicht so lange her«, hatte Heinrich erwidert. »Erst wurde er 1886 Leiter der Passagierabteilung, zwei Jahre später kam er in den Vorstand, und seit 1899 ist er der sehr erfolgreiche Generaldirektor. Vor allem aber ist er ein grundanständiger Mann.«

»Unser Vater hat regelrecht von ihm geschwärmt«, sagte Marie nun zu Marianne.

Die lächelte glücklich. »Ja, das tun die meisten.« Sie wirkte mit einem Mal wie ein verliebtes Mädchen. »Mich eingeschlossen. Er ist wohl das, was man einen feinen Menschen nennt. Obwohl er aus einer angesehenen Rabbinerfamilie kommt, war es für ihn kein Problem, dass wir protestantisch heiraten. Wenn er dafür auch nicht konvertiert ist. Aber nun genug geschwärmt. Ich habe noch eine Überraschung für Sie.«

»Eine Überraschung?«, fragten die Douglas-Schwestern wie aus einem Munde.

»Ja.« Marianne lächelte geheimnisvoll. »Die Zarin hat mein Geschenk und meinen Brief inzwischen erhalten und ist äußerst angetan von der Geschichte und dem Duft. Sie ist auch sicher, dass ihre Töchter davon ganz begeistert sein werden. Und sie lädt Sie ein, mich und Albert nach Schloss Wolfsgarten zu begleiten, wenn die Zarenfamilie nach Deutschland kommt und dort den Kaiser trifft.«

Anna und Marie sahen sich sprachlos an. »Wir … wir werden die Zarin und ihre Töchter persönlich kennenlernen?«, stammelte Anna dann.

Marianne nickte schmunzelnd. »Genau so ist es«, sagte sie. »Wobei ich Sie vorwarnen muss: Die Familie des Zaren wird genau wie die des Kaisers stark abgeschirmt, und es gibt immer wieder einmal Änderungen im Protokoll. Aber die Chancen stehen gut, dass trotzdem etwas daraus wird.«

»Unglaublich«, hauchte Anna.

»Das hätte ich nie im Leben zu träumen gewagt – und das haben wir nur Ihnen zu verdanken«, sagte Marie bewegt. »Sie sind wirklich ein Engel.«

»Ich freue mich, wenn ich helfen kann.«

»Wie können wir uns denn vorbereiten?«, fragte Marie nervös. »Was wird von uns erwartet?«

»Nun«, sagte Frau Ballin und stellte ihre Teetasse ab. »Mit der Etikette sind Sie ja wohlvertraut. Was sich die Zarin von Ihnen wünscht, ist, dass Sie beide eine Attraktion für das Damenprogramm bieten. Sie könnten Düfte präsentieren – gern auch die etwas Unbekannteren – und deren Geschichten erzählen. Die Töchter der Zarenfamilie wachsen äußerst abgekapselt auf, die Zarin ist eine sehr ängstliche Frau.«

Marie zwinkerte Anna zu. »Das kommt uns bekannt vor.«

Als Marianne weitersprach, wurde den beiden Schwestern klar, dass es noch eine weitere Parallele zwischen der Zarin und ihrer Mutter gab: »Alix hat aus ihrem Heimatland fortgeheiratet. Sie wurde als Tochter des Großherzogs von Hessen in Darmstadt geboren.«

»Das habe ich gelesen«, erinnerte sich Anna.

»Die Zarin ist weder am Hof noch beim Volk sonderlich beliebt. Das liegt aber nicht nur an ihrer deutschen Herkunft«, berichtete Marianne. »Ein weiterer Grund ist, dass sie für ihre Position viel zu schüchtern ist. Bei Zeremonien beißt sie sich oft auf die Lippen – aus Angst, Fehler zu begehen. Ihr Französisch soll so schlecht sein, dass die Hofdamen noch Tage später über ihr Versagen Witze machen. Bei gesellschaftlichen Ereignissen zieht sie sich schnell zurück und flüchtet sich aus Unsicherheit in Migräneattacken.« Sie räusperte sich und fuhr dann fort: »Die Ängste der Zarin haben allerdings einen schrecklichen Grund.«

»Welchen denn?«, fragte Anna.

»Als Alix und Zarewitsch Nikolaus mit gerade mal fünfundzwanzig Jahren zum Kaiserpaar gekrönt wurden, gab es nach der Zeremonie ein Fest für die Bevölkerung in einem Park«, erzählte Marianne. »Dabei kam es zu einer Massenpanik – mit Tausenden von Toten und Verletzten.«

»Wie schrecklich«, kommentierte Marie betroffen.

»Deshalb freut Alix sich besonders auf die Präsentation zweier Landsmänninnen«, erläuterte die Reedersgattin. »Und da sie so wenig rauskommen, brennen auch ihre Töchter darauf, besondere Berichte aus dem … – nennen wir es mal echten Leben – zu hören.«

»Wir werden sie nicht enttäuschen«, versicherte Marie und atmete tief durch.

»Warum ist denn die Zarenfamilie eigentlich in Deutschland?«, erkundigte sich Anna.

»Sie machen einen achtwöchigen Kuraufenthalt«, erklärte Marianne, »und treffen Verwandte. Die Reise hat familiären Charakter.«

Anna nickte.

»Nun müssen wir nur noch organisieren, wer in der Zeit unser Geschäft übernimmt«, überlegte Marie, doch Marianne winkte ab. »Ich würde es schließen«, sagte sie. »Und ein Schild ins Schaufenster hängen, das über den Grund der Schließung informiert.«

Auf Annas Gesicht breitete sich ein Strahlen aus. »Eine wunderbare Idee. Eine bessere Werbung könnte es gar nicht geben. Ach, Frau Ballin, Sie sind einfach wunderbar.«

22

Die Ankündigung der Töchter, von Marianne Ballin eine Einladung zum Kaiser und zur Zarenfamilie erhalten zu haben, hatte im Hause Carstens für helle Aufregung gesorgt. Selbst Heinrich, den sonst nichts so leicht aus der Ruhe bringen konnte, wirkte recht nervös. Anna und Marie waren von morgens bis abends auf den Beinen: Tagsüber bedienten sie den nicht enden wollenden Kundenstrom ihrer Parfümerie, abends blieben sie teilweise länger, um gemeinsam Düfte auszuprobieren und zusammenzustellen. Dazwischen lagen Besuche bei der Schneiderin – Odile bestand darauf, dass ihre Töchter in bestem Licht erstrahlten. »Ihr dürft euch keinesfalls blamieren – der Kaiser, der Zar und die Zarin, Gott stehe euch bei. Was für eine Ehre!«

»Den Zaren und den Kaiser werden wir vermutlich nur aus der Ferne zu Gesicht bekommen, wenn überhaupt«, wandte Marie ein. »Schließlich sind wir für das Damenprogramm zuständig, damit die Zarin und ihre Töchter Abwechslung haben, während die Herren über Politik reden.«

Oft genug hatten die Schwestern wegen all der Vorbereitungen in den letzten Tagen das gemeinsame Abendessen verpasst – doch heute würden sie endlich wieder einmal früh genug zu Hause sein. »Ich kann es kaum erwarten, in den

Genuss von Frau Fehlings Küche zu kommen und ein mehrgängiges Mahl zu mir zu nehmen«, stöhnte Anna, als sie Seite an Seite zum Speisezimmer gingen.

»Das geht mir genauso«, lachte Marie. »Aber weil du ja immer so über deine Figur klagst – einige Kilos hast du bei all den Vorbereitungen ganz offensichtlich verloren.«

»Die landen heute bestimmt alle wieder auf meiner Hüfte«, scherzte Anna, als sie die Tür zum Speisesaal öffneten.

Ihre Eltern saßen schon bei Tisch.

»Die Zarenfamilie ist in Friedberg angekommen!«, rief Odile ihren Töchtern so dramatisch entgegen, als habe sie einen Kriegsausbruch zu verkünden. »Die Zeitungen sind voll davon!«

Die Schwestern und auch ihr Vater sahen sie gebannt an.

»Erzähl uns alles, was du weißt, Maman«, bat Marie. »Durch die ganzen Vorbereitungen kommen wir gar nicht mehr dazu, Wissen einzuholen.«

Odile genoss das Interesse ihrer Familie sichtlich.

»Man kann es sich vorstellen: Friedberg ist schon seit Monaten in heller Aufregung wegen des Zarenbesuchs«, begann sie. »Die Familie wird dort ja im Schloss von Großherzog Ernst Ludwig wohnen, also dem Bruder der Zarin. Er hat es für den Besuch extra umbauen lassen und nun die ganze Burg geräumt, um der Zarenfamilie genügend Sicherheit zu gewähren.« Sie seufzte. »Sie haben wohl schreckliche Sorgen vor einem Attentat. Also, für mich wäre das kein Leben. Passt bloß auf euch auf!«

Heinrich entgegnete: »Für uns sind diese Vorkehrungen ja nur gut. Dann wissen wir, dass unsere Mädchen ebenfalls sicher sind.«

Er hob sein Glas und prostete seiner Frau zu. »Wir haben

zwei gesunde Kinder, leben ein komfortables Leben, es geht uns gut … Was will man mehr?«

»Ja«, sagte Odile leise. »Was will man mehr?«

***

»Sie kommen!«

Am 11. November 1910 um zehn Uhr morgens standen die Douglas-Schwestern in dem Zimmer, das man ihnen nach ihrer Ankunft auf Schloss Wolfsgarten, wohin die Zarenfamilie nach ihrem Aufenthalt in Friedberg gereist war, am Vorabend zugewiesen hatte. Von hier aus beobachteten sie nun atemlos die Ankunft des Kaisers, der von der Zarenfamilie begrüßt wurde.

»Kneif mich mal«, flüsterte Marie.

»Ich kann es auch nicht glauben«, sagte Anna. »Wie schön sie alle sind. Und wie würdevoll.«

Die Zarin trug ein prachtvolles Nachmittagskleid in einem satten Lila. Marie war aber vor allem von den Kindern wie verzaubert: Der kleine Zarewitsch stand artig an der Hand seiner Mutter, die Mädchen trugen ihre langen Haare offen und hatten bestickte, bodenlange Kleider an.

In diesem Moment rollte die Kutsche, begleitet von Fanfarenzügen, heran. Der Zar und der Kaiser entstiegen dem Gefährt. Unvermittelt prustete Marie los.

»Marie«, tadelte Anna scherzhaft. »Man kichert doch bei der Ankunft des russischen Herrschers und des Kaisers nicht.«

»Nein«, lachte Marie. »Natürlich nicht. Wie ungehörig von mir. Wenn Maman das wüsste.«

Anna stimmte in ihr Lachen ein. »Was findest du denn so lustig?«, fragte sie dann.

»Ach, ich weiß auch nicht«, sagte Marie. »Die ganze Situation ist so seltsam. Und irgendwie habe ich mir den Zaren und den Kaiser auch anders vorgestellt. Irgendwie … spektakulärer.«

»Lass mich raten«, sagte Anna. »Mit Krone auf dem Kopf, besticktem Mantel und Pelzbesatz?«

»Genau so«, bestätigte Marie und gestand dann: »Besonders enttäuscht bin ich vom Kaiser. Er trägt ja nur einen Jagdanzug.«

»Das tut er als begeisterter Jäger oft, und er reist auch häufig in Jägerkleidung«, wusste Anna.

»Aber die Zarin ist hinreißend«, flüsterte Marie.

»Natürlich«, alberte Anna weiter. »Sie ist ja auch eine Deutsche.«

»Ach, du bist unmöglich.« Marie stieß ihre Schwester in die Seite.

»Sie ist wirklich wunderschön«, räumte Anna ein und spähte wie gebannt auf den Vorplatz. »Aber sie wirkt auch ein wenig streng.«

»Eher sorgenvoll«, fand Marie. »Man sieht ihr schon an, dass sie ein eher ängstlicher Mensch ist.«

***

In der Nacht fand Marie vor Aufregung keinen Schlaf. Gerade überlegte sie, ob sie sich über den Flur zu Anna schleichen sollte, da öffnete sich leise die Tür, und ihre Schwester kam herein. »Kannst du auch nicht schlafen?«, flüsterte sie.

»Nein«, erwiderte Marie. »Ich bin froh, dass du kommst.«

Sie schlug die Decke zurück, und Anna schlüpfte zu ihr ins Bett.

»Jetzt ein guter Tee und ein frisch gebackenes Franzbrötchen«, seufzte sie sehnsuchtsvoll.

»Ja, das wäre schön.« Marie lachte. »Aber wir können uns wohl kaum in die Schlossküche schleichen und danach suchen. Am Ende würden uns die zaristischen Wachen verhaften.«

»Wir könnten klingeln.« Anna starrte in Richtung des Metallstrangs, der aus der Wand ragte und darauf wartete, dass jemand daran zog.

»Und uns als die verwöhnten Gören aus Hamburg präsentieren?« Marie schüttelte den Kopf. »Lass uns lieber noch einmal überlegen, ob für morgen alles vorbereitet ist.«

»Ist es«, versicherte Anna. »Ich bin alles tausendmal durchgegangen.«

»Dann ist es ja gut«, seufzte Marie. »Nun muss es nur noch der Zarin und ihren Töchtern gefallen.«

***

Als ein Diener des Zaren Marie und Anna am nächsten Morgen durch die Gänge des Schlosses führte, hatten beide weiche Knie. In den Händen hielten sie je einen Holzkoffer, der mit Samtfutter ausgeschlagen und mit Dutzenden Parfümfläschchen gefüllt war.

Die Schwingtür wurde geöffnet, und in dem im prunkvollen Barockstil eingerichteten Raum dahinter erwartete sie die Zarin, zu deren Füßen ihr Sohn spielte. Neben ihr saß Marianne Ballin, und es war nicht zu übersehen, dass sich die beiden Frauen blendend verstanden.

Die jungen Großfürstinnen saßen auf zwei Sofas, ließen sich Tee und Süßigkeiten schmecken und blickten neugierig auf. Die Zarin lächelte Anna und Marie zu.

Alexandra, genannt Alix, war so ganz anders, als sie am Abend bei ihrer Ankunft gewirkt hatte – und viel offener und freundlicher, als die Gerüchte vermuten ließen. »Meine liebe Freundin Marianne hat mir die Geschichte der beiden Duftfläschchen erzählt«, sagte die Achtundvierzigjährige nach der Begrüßung. »Dem von Coty und dem von Ihnen. Was für eine köstliche Idee. Sie passt zu Coty. Ich mag ihn sehr.«

»Ja, er ist wirklich ein ganz besonderer Mann«, bestätigte Marie.

»Welchen seiner Düfte bevorzugen Sie?«, fragte die Zarin.

»Tatsächlich den, den er auf den Boden geworfen hat«, antwortete Marie. »Wegen seiner Geschichte, die nun auch zu meiner wurde, aber vor allem weil ich die Mischung aus Rose und Veilchen sehr liebe.«

Alix nickte. »Ich mag diese Duftkombination auch sehr.«

»Ich habe den Douglas-Schwestern schon verraten, dass Ihr Lieblingsduft derzeit *White Rose* ist«, berichtete Marianne Ballin.

»Ja, für mich ist er ein wunderbarer Sommerduft«, schwärmte die russische Fürstin.

»Die weiße Rose macht ihn edel, und der Geruch nach Himbeere und Zitrone verleiht ihm eine herrliche Leichtigkeit«, bestätigte Marie.

Sie blickte zu ihrer Schwester hinüber, die von den Töchtern der Zarin umringt war.

Alexandra folgte ihrem Blick. »Ich freue mich so, die Mädchen derart unbeschwert zu sehen«, sagte sie. »Es war eine schöne Zeit in Friedberg.«

»O ja, Mama, es war wunderbar«, schwärmte Großfürstin Olga, die Älteste, die in drei Tagen ihren fünfzehnten Geburtstag feiern sollte.

Anna fand insgeheim, dass Olga mit ihren leuchtenden Augen und ihren hüftlangen blonden Haaren die Schönste von allen war.

»Ja«, rief nun auch die neunjährige Anastasia und kletterte ihrer Mutter auf den Schoß. »Wir haben ganz viel Tennis gespielt, und wir durften sogar einkaufen gehen. Und der Zarewitsch hat ein Dreirad bekommen. Mit dem ist er die ganze Zeit herumgefahren.«

Alix lächelte und drückte ihre Tochter an sich. Nun reckte auch der kleine Zarewitsch seine Arme nach oben, um den Schoß der Mutter für sich zu beanspruchen. Seine Schwester machte ihm sofort Platz, Alix strich dem Kleinen besorgt über das Haar.

Anna bemerkte einen großen blauen Fleck auf der Stirn des Jungen und runzelte die Stirn.

»Ein Unfall mit dem Dreirad?«, fragte sie mitleidsvoll. In diesem Moment fing sie einen warnenden Blick von Marianne Ballin auf und verstummte augenblicklich. Sie schluckte. Hatte sie sich soeben falsch verhalten? Gegen die Etikette verstoßen? Für Sekunden lag eine merkwürdige, angespannte Stimmung über dem Raum. Anna wollte im Boden versinken. Was hatte sie nur falsch gemacht?

Schließlich sagte die Zarin, als hätte Anna nie nach der Herkunft des blauen Fleckens gefragt: »Durch die Läden zu gehen und einzukaufen war für die Mädchen ein ganz besonderes Erlebnis. Normalerweise kommen die Händler zu uns an den Hof.«

»Dann ist es für Eure Hoheiten sicherlich im Vergleich furchtbar langweilig, was wir vorbereitet haben«, fürchtete Marie, die inzwischen mit den anderen beiden Mädchen, Großfürstin Marija und Großfürstin Tatjana, herübergekommen war.

Anna war erleichtert, dass ihre Schwester nun das Wort ergriff. Ihr offensichtliches Fehlverhalten war ihr unglaublich peinlich, auch wenn sie immer noch nicht wusste, was genau sie eigentlich falsch gemacht hatte.

»Nein«, sagte Olga in diesem Moment und sah Marie sehr ernst an. »Nein, das ist ganz und gar nicht langweilig. Wir haben einmal Monsieur Coty getroffen, der hat immer von der Kopfnote und der Herznote gesprochen. Was meinte er denn damit?«

»Die Kopfnote ist das Erste, was man an einem Duft wahrnimmt. Die Herznote bildet den Duftkörper, also das Herz eines Dufts. Das bedeutet, dass vor allem sie dazu beiträgt, wie Ihr einen Duft wahrnehmt«, erklärte Marie. »Die Herznote entfaltet sich mit dem Abklingen der Kopfnote und ist wesentlich länger wahrnehmbar. Sie schafft im besten Fall eine harmonische Verbindung zwischen Kopf- und Basisnote und besteht häufig aus blumigen Akkorden von Rosen, Nelken oder Jasmin.«

»Und was ist die Basisnote?«, erkundigte sich Olga.

Anna übernahm die Erklärung. »Sie trägt und stabilisiert die gesamte Duftkomposition. Sie wirkt dank sogenannter Fixateure am längsten. Dafür werden würzig-holzige Aromen, beispielsweise Harze, Moschus, Vanille oder Lavendel, verwendet.«

»Es liegt auch an der Basisnote, dass Düfte an jedem anders riechen«, ergänzte Marie. »So kann es passieren, dass wir den neuen Duft bei einer Freundin unglaublich schön finden, an uns selbst dann aber überhaupt nicht mehr. Das liegt daran, dass sich die Basisnote aus dem Zusammenspiel der einzelnen Duftaromen und der eigenen Hautbeschaffenheit heraus entwickelt. Die Haut eines jeden Menschen hat einen unterschiedlichen Säuregehalt, und auch das Alter und unsere Ernährung spielen eine wichtige Rolle bei der Duftentwicklung.«

»Mama sagt immer, das Parfüm eines Menschen sei ausdrucksstärker als seine Handschrift. Ich habe meinen Duft noch nicht gefunden«, erklärte die Zarentochter. »Und ich hoffe, dass Sie mir dabei helfen können.«

Marie lächelte und sah das Mädchen an. »Dann werden wir uns mal auf die Suche begeben.«

23

Ganze drei Stunden verbrachten die Douglas-Schwestern mit der Zarin, ihren Kindern und Marianne Ballin, und sie verstanden sich prächtig. Von der Anspannung, die nach der Erwähnung des blauen Flecks kurz im Raum geherrscht hatte, war nichts mehr zu spüren gewesen.

»Ich würde gerne noch einen Spaziergang im Park machen«, sagte Alix. »Den Kindern wird etwas frische Luft guttun, bevor wir das Abendessen einnehmen.« Sie lächelte den Schwestern zu. »Ich würde mich freuen, wenn Sie uns begleiten.«

»Es wäre uns eine Ehre, Majestät«, stimmte Anna freudig zu.

»Können wir zum Prinzessinnenhaus gehen?«, fragte Olga, und die aufmerksame Marie bemerkte, dass ein Schatten über das Gesicht der Zarin flog.

»Bitte, Mama«, flehte die Großfürstin. »Wir waren in den letzten Tagen doch auch dort, und Prinzessin Elisabeth hätte es so gewollt.«

Anna warf Marie einen fragenden Blick zu, doch die zuckte nur mit den Achseln. Man würde sehen, wohin sie ihr gemeinsamer Spaziergang führen würde.

Alix und Marianne Ballin schritten den Kindern voran

durch den weitläufigen Park, die Zofen und Wachen folgten. Der kleine Zarewitsch hielt die Hand seiner Mutter. Anna fiel auf, wie fest Alix die Hand des Jungen umklammerte und dass sie ihm offenbar nicht gestattete herumzurennen.

Die Douglas-Schwestern gingen neben den Zarentöchtern und plauderten angeregt.

»Es war so ein schöner Nachmittag«, schwärmte Olga. »Die kleine Elisabeth hätte auch ihre Freude daran gehabt. Wir vermissen sie alle ganz schrecklich.«

»Ja«, stimmte Tatjana verträumt zu. »Wir haben so gerne mit ihr gespielt, als wir kurz vor ihrem Tod hier waren.«

Marie und Anna wechselten einen betretenen Blick. Sie kombinierten zwar, dass die beiden Schwestern von der verstorbenen Prinzessin, Tochter des hiesigen Gastgebers, Großherzog Ernst Ludwig von Hessen und bei Rhein, sprachen, kannten aber viel zu wenige Details, um in ein Gespräch einzusteigen. Sie wollten ja auch nichts Falsches sagen.

Doch zum Glück plauderten Olga und Tatjana munter weiter. »Mama hat sich damals furchtbar aufgeregt, weil Onkel Ernst Ludwig und Tante Victoria Melita sich scheiden ließen, das war im Dezember 1901. Sie mochte Tante Victoria nicht.«

Wieder wechselten Anna und Marie einen Blick. Sie wunderten sich, dass die Großfürstinnen derart offen über Familieninterna sprachen. Doch dann musste Anna daran denken, was die Zarin über den Besuch der Mädchen in den Geschäften gesagt hatte – sie sehnten sich offenbar nach Normalität und danach, über das zu sprechen, was ihnen gerade auf dem Herzen lag.

»Aber die kleine Elisabeth war wirklich ein Sonnenschein,

und so haben sie ja auch alle genannt. Prinzessin Sonnenschein«, sagte Tatjana traurig.

»Was ist denn passiert?«, wagte Marie nun doch zu fragen.

»Ach, es war ganz furchtbar«, berichtete Olga. »Als wir vor sieben Jahren, im Herbst 1903, zu Besuch waren, damals haben Prinzessin Alice von Battenberg und Prinz Andreas von Griechenland geheiratet, sind wir anschließend zusammen ins Jagdschloss Skierniewice bei Warschau gereist. Onkel Erni und Elisabeth sind mitgekommen, und wir haben uns so gefreut. Elisabeth war so alt wie ich.«

»Und ich habe sie immer verehrt und zu ihr aufgeschaut«, ergänzte die zwei Jahre jüngere Tatjana. »Wir haben so wunderbar zusammen gespielt, vor allem wir Größeren. Und dann wurde Prinzessin Sonnenschein plötzlich krank. Sie hatte auf einmal ganz schreckliches Bauchweh und richtig hohes Fieber. Es war ganz schlimm, die Ärzte konnten nichts tun.«

Olga schluckte und ergänzte leise. »Am nächsten Morgen war sie tot. Wir konnten es gar nicht fassen.«

»Ich erinnere mich noch daran, wie schrecklich das für Onkel Erni war. Er hat die Kleine so sehr geliebt«, sagte Tatjana. »Mama und er haben dann Kopfschmerzen bekommen. Und Elisabeth hatte einen silbernen Sarg auf einer Kutsche. Sechs weiße Pferde haben die gezogen. Sie wurde auf die Rosenhöhe gebracht, und alle haben so entsetzlich geweint.«

Die Schwestern schwiegen betroffen. Was für eine tragische Geschichte.

Inzwischen waren sie am Prinzessinnenhaus, einem kleinen barocken Jagdschloss, das von Rotbuchen, Eichen und Weißtannen umgeben war, angekommen.

»Das ist ja wunderhübsch«, versuchte Marie, die Stimmung aufzulockern.

»Nicht wahr?«, sagte die Zarin. »Mein Bruder hat es 1902 für seine Tochter gebaut. Sie hatte es im Traum gesehen und ihm davon erzählt. Als wir im Herbst darauf dann hier waren, hat die kleine Elisabeth auf ihrem Herd für die Großfürstinnen gekocht.« Sie lächelte Marija und Anastasia zu. »Wobei ihr beiden noch zu klein wart. Aber Olga und Tatjana haben wunderschön mit Elisabeth gespielt.«

»Der schmerzliche Verlust der Prinzessin tut uns unendlich leid«, kondolierte Anna.

Alexandra Fjodorowna nickte und tupfte sich mit einem spitzenbesetzten Taschentuch die Augen.

Anna bemerkte, dass sie dem Zarewitsch wieder einen besorgten Blick zuwarf. Dann fing sie sich und deutete an den Dreiecksgiebel. Marie und Anna hoben den Kopf. »Das ist ihr Emblem«, sagte die Zarin.

Anna las die Inschrift:

ES WAR EINMAL
SO FING DAS MÄRCHEN AN
DOCH AUS DEN KINDERWORTEN WURDE THAT
UND DIESES HÄUSCHEN IST NUN IMMER MEIN
UND FÜR MICH SELBST ERBAUT IM JAHRE
1900ZWEIN

Tatjana deutete auf das Beet vor dem Haus und berichtete: »Elisabeth war ganz traurig, dass wir ihre Pflanzen nicht bewundern konnten. Sie hatte vor dem Haus Rosen, Nelken, Reseden, Geranien, Radieschen, Erdbeeren, Stachelbeeren und Johannisbeeren gepflanzt. Aber es war ja Herbst und ziemlich nass und kalt. So wie jetzt.« Sie fröstelte.

»Ich erinnere mich noch, dass wir uns als Feen verkleidet hatten«, fügte Olga hinzu. »Und wie toll wir es fanden, dass Erwachsene hier keinen Zutritt haben.«

»Dann sollten wir wohl besser nicht hineingehen«, sagte Anna. »Schließlich sind wir auch erwachsen.«

»Ihnen hätte Elisabeth den Zutritt sicherlich erlaubt«, glaubte Tatjana. »Sie liebte schöne Düfte.«

Marie lächelte. Noch ein kleines Mädchen, das dem Zauber der Düfte erlegen war. Aber eines, das schon lange nicht mehr lebte und seine letzte Ruhe in einem silbernen Sarg gefunden hatte.

***

Die Schwestern standen noch ganz im Eindruck der Ereignisse des Vortags, als sie mit Marianne und Albert Ballin vom Bahnhof aus in Richtung Frankfurt reisten. Von dort aus würden die drei Frauen alleine weiterfahren, während Albert noch geschäftlich in der Stadt zu tun hatte. Marie war insgeheim froh, dass der berühmte Reeder nicht die gesamte Dauer der Reise mit ihnen verbringen würde. Sie mochte den Mann ihrer Freundin, fand ihn ob seiner großen Bedeutung und Prominenz aber auch ziemlich Furcht einflößend. In seiner Gegenwart würden sie nie so offen mit Marianne sprechen können. Und sie brannte darauf, mit ihr die Ereignisse des Vortags zu bereden.

»Wie ist es dir ergangen?«, fragte Marianne ihren Mann, als sie sich im Zug gegenübersaßen.

Ballin runzelte die Stirn. »Nun«, sagte er, »die angenehme Grundtonalität unserer Gespräche in Potsdam, bei denen auch Bethmann Hollweg anwesend war, hat sich fortgesetzt.«

»Die Treffen hatten ja einen betont privaten Charakter, das schreiben auch die Zeitungen«, wusste Marianne.

»Ja«, bestätigte Ballin. »Und sie schreiben auch, dass offenbar beide Reiche sehr auf eine Fortführung des Friedens aus sind und eine Feindschaft oder gar einen Krieg als verbrecherischen Wahnsinn empfinden würden. So berichten übrigens auch die russischen Zeitungen.«

»Wie gut, dass hier so viel Vernunft waltet«, freute sich Marianne, und auch Anna und Marie wechselten einen erleichterten Blick. Über einen Krieg hatten sie zwar beide nie nachgedacht, und er lag außerhalb ihrer Vorstellungskraft, aber es war doch gut zu hören, dass ein Mann wie Ballin offenbar keine Gefahr am Horizont sah.

***

Frankfurt war schnell erreicht, und die drei Frauen setzten ihre Reise allein fort.

»Nun erzählen Sie, wie hat es Ihnen beiden gefallen?«, fragte Marianne Ballin und lehnte sich aufseufzend in ihrem Sitz zurück.

»Es war ein unglaubliches Erlebnis, das ich nie vergessen werde«, platzte Marie, froh, endlich frei sprechen zu können, heraus. »Haben Sie vielen, vielen Dank, dass Sie uns das ermöglicht haben.«

»Das ist sehr gerne geschehen«, versicherte Marianne Ballin. »Und Sie haben Ihre Sache wirklich gut gemacht. Die Zarin war ganz begeistert von Ihnen.«

»Was für eine Ehre«, freute sich Anna und fügte dann zögernd hinzu: »Darf ich Sie etwas fragen, Frau Ballin?«

»Aber natürlich. Alles.«

»Sie haben sicherlich die Reaktion der Zarin auf meine

Nachfrage zu dem blauen Fleck an der Stirn des Zarewitsch bemerkt. Ich wüsste gern … nun, ich wüsste gern, was ich falsch gemacht habe.«

Marianne Ballin schüttelte den Kopf. »Sie haben nichts falsch gemacht. Die Zarin gilt als überängstlich – besonders was den Zarewitsch angeht. Auf Schloss Friedberg wurden im ganzen Schlossgarten alle Steinchen entfernt, damit er sich nicht verletzen kann.«

Sie schwieg nachdenklich und fuhr dann fort: »Und ich befürchte, das hat einen ganz bestimmten Grund.«

Anna und Marie lauschten gebannt.

»Ich habe einmal ein Telefonat von Alix mit dem Hofarzt mitbekommen«, gab Marianne nun mit gesenkter Stimme zu. »Ich wollte nicht lauschen, aber aus dem Gespräch ging hervor, dass der kleine Zarewitsch … Bluter ist.« Sie sah auf. »Bitte, das muss aber absolut unter uns bleiben. Das müssen Sie mir versprechen.«

»Selbstverständlich«, versicherte Marie erschrocken.

»Der arme Junge!«, seufzte Anna. »Dann kann jede kleine Verletzung zur tödlichen Gefahr werden.«

Marie nickte ernst. »Wollen wir hoffen, dass der Zarewitsch trotzdem ein langes, glückliches Leben mit seiner Familie führen darf. Er ist so ein süßer kleiner Junge.« Dann sagte sie: »Die Großfürstinnen haben uns von dem Tod der kleinen Prinzessin Elisabeth erzählt. Das ist ja wirklich furchtbar.«

»Ja, das war sehr traurig damals«, bestätigte Marianne. »Es gab dann noch die wildesten Spekulationen. Manche sagten, sie sei vergiftet worden.«

»Wie furchtbar«, rief Marie. »Was diese Familie bereits an Leid ertragen musste! Hoffentlich wendet sich das Schicksal nun für sie zum Besseren.«

»Ja«, seufzte Marianne. »Das wünsche ich ihnen auch. Sie hätten es verdient. Es sind wirklich entzückende Kinder.«

***

So aufregend die Zeit bei der Zarenfamilie auch gewesen war, freuten sich die Douglas-Schwestern doch sehr, ihre Heimatstadt und ihr Geschäft wiederzusehen. Deshalb ließen sie nach der Verabschiedung von Marianne Ballin am Hamburger Bahnhof zunächst nur ihr Gepäck vom Familienchauffeur in die Isestraße bringen. Sie selbst hatten beschlossen, zusammen durch den sanft fallenden Schnee zu Fuß durch die bereits vorweihnachtlich geschmückte Stadt zur Parfümerie zu gehen.

»Alle Leute wirken so gut gelaunt«, freute sich Marie. »Ich glaube, das Weihnachtsgeschäft wird ganz großartig.«

Als sie den Pferdemarkt passierten, wunderten sie sich darüber, dass das große Eckhaus an der Mönckebergstraße leer stand. In der hereingebrochenen Dämmerung starrten die dunklen Fenster wie große schwarze Augen.

»Wo ist denn der Teppichhändler Amann hin?«, zeigte sich Anna über das Verschwinden des Traditionshauses irritiert. Ihr Vater hatte hier die meisten Teppiche ihrer Wohnung bezogen.

»Der Amann ist bankrottgegangen«, ertönte eine Frauenstimme neben ihnen. Eine dicke Dame mit einem kleinen Hund schien Lust auf ein Pläuschchen mit den jungen Frauen zu haben. »Hier soll jetzt ein großes Kaufhaus entstehen.«

»Oh.« Annas Gesichtsausdruck verdunkelte sich. »Noch eins.«

»Das baut der Rudolph Karstadt, es wird bestimmt wunderbar. Ich war schon in seinen Häusern in Lübeck und Bremen. Ach, es ist so herrlich bequem, alles an einem Ort, kann ich Ihnen sagen. Das Beste für die Damen …« Sie kicherte. »Und für die Herren, die die Rechnung zahlen müssen.«

»Gibt es dort auch Parfüm?«, erkundigte sich Marie, obwohl sie wusste, dass es eine rhetorische Frage war.

»Aber natürlich. Tausend Düfte!«, versicherte die Frau. »Und manches Mal gibt es sicher auch Sonderangebote. Wir wollen die Herren der Schöpfung ja nicht zu sehr schröpfen.«

Sie lachte gackernd über ihren eigenen Scherz, doch die Douglas-Schwestern waren nicht in der Stimmung, mit einzustimmen.

Anna sah beklommen auf das düstere, verlassene Gebäude und fragte sich, ob ihr eigener Laden durch die neue Konkurrenz auch so enden würde. Mit einem Mal hatte sie ein furchtbar schlechtes Gefühl, und alle Freude, alle Leichtigkeit und alle Hoffnung hinsichtlich des bevorstehenden Weihnachtsgeschäfts waren verflogen.

TEIL ZWEI

1914

24

»Guten Morgen, Maman!« Schon als sie kurz nach Sonnenaufgang des 3. April 1914 den Salon betrat, war Marie klar, dass es kein angenehmes Frühstück werden würde. Ihre Stiefmutter hatte diesen Zug um den Mund, der immer hervortrat, wenn ihr etwas missfiel, wenn sie sich ängstigte oder wenn sie an irgendetwas litt. Und heute war dieser Zug ganz besonders ausgeprägt. Nachdem die Welt vor vier Jahren nicht untergegangen war und die Schwestern auch noch die Ehre gehabt hatten, die Bekanntschaft der Zarenfamilie zu machen, war Odile kurzfristig ein wenig entspannter geworden, hatte bisweilen sogar fast heiter gewirkt. Aber dann war sie doch wieder in ihren leidvollen Habitus zurückgefallen. So erwiderte sie Maries Morgengruß auch nur mit einem Seufzen und verkündete, dass sie unter Kopfschmerzen leide. Ihre Tochter zählte innerlich bis drei, und da ging die erwartete Tirade auch schon los.

»Ich bin vollkommen vereinsamt«, sagte Odile vorwurfsvoll.

Marie seufzte. Sie hatte eigentlich nur rasch frühstücken und dann ins Geschäft eilen wollen, denn sie war spät dran. Aber wenn ihre Stiefmutter in dieser Verfassung war, reagierte sie auf Hektik absolut allergisch.

»Abends sind wir doch wieder für dich da. Außerdem ist Vater ja nur noch eine Woche in London«, sagte sie, bemüht, sich ihre Ungeduld nicht anmerken zu lassen.

»Andere Frauen in meinem Alter haben *Enkelkinder*«, klagte Odile. »Nur mir bleibt dieses Glück verwehrt. Es war ein Fehler, dass ihr dieses Parfümgeschäft eröffnet habt. Ich habe es von Anfang an gesagt. Kein Mann will eine berufstätige Frau, Marie. Und dann auch noch in diesem … diesem … Metier. Jeder weiß doch, dass Menschen, die sich stark parfümieren, damit nur überspielen wollen, dass sie es mit der Hygiene nicht so genau nehmen. Das ziemt sich einfach nicht. Ihr werdet für immer allein bleiben, und ich werde niemals Enkel haben.«

Odile presste sich einen Zipfel ihrer Serviette vor die bebenden Lippen.

»Du hast recht, Maman«, sagte Marie ruhig. »Früher war es tatsächlich so, dass man mit schweren Parfüms üble Gerüche überdecken wollte. Aber das ist zweihundert Jahre her! Heute bevorzugt man leichte Düfte. Sie betonen sogar noch, dass die Frau, die sie trägt, etwas auf sich hält. Denk nur an all die Hochadeligen …«

In diesem Moment wurde die Tür aufgerissen. Marie hatte ihre Schwester schon an den Schritten erkannt und war im ersten Moment froh gewesen, Unterstützung zu bekommen. Doch als sie Anna sah, verflog die Erleichterung augenblicklich und wich großer Verblüffung. Marie schnappte nach Luft, und auf dem Gesicht ihrer Stiefmutter spiegelte sich blankes Entsetzen.

Anna trug einen der umstrittenen Hosenröcke von Paul Poiret!

Immerhin vergaß Odile ihr Leid wegen der ausbleibenden Enkelkinder vor lauter Empörung sofort.

»Anna«, stieß sie fassungslos hervor. »Ich dulde diese Art von … von …«, sie rang nach Worten, »von *Kleidung* nicht.«

»Guten Morgen, Maman«, sagte Anna unbeeindruckt und ging zur Anrichte, um sich von dem Rührei zu nehmen, das auf einer silbernen Servierplatte bereitlag. »Das ist die Mode da draußen, damit wirst du dich abfinden müssen.«

»Ich dulde das nicht in meinem Haus«, wiederholte Odile. »Und ich stehe mit meiner Meinung nicht alleine da. Der Vatikan verurteilt so etwas auf das Schärfste. Geh sofort auf dein Zimmer und zieh dich um!«

»Nein, das werde ich nicht tun, Maman«, entgegnete Anna, während sie sich mit ihrem Rührei an den Tisch setzte. »Wenn ich dich daran erinnern darf: Ich bin erwachsen.«

Marie schmunzelte. Wie selbstbewusst ihre kleine Schwester in den letzten Jahren geworden war! Früher hätte die zwar pragmatische – aber auch sehr harmoniebedürftige – Anna alles getan, um einem Konflikt mit ihren Eltern aus dem Weg zu gehen.

»Also, das ist doch …« Odile schnappte nach Luft, schob dann mit einer heftigen Bewegung ihren Stuhl zurück und verließ mit stürmischen Schritten das Zimmer.

»Musstest du sie so reizen?«, fragte Marie grinsend und biss im Aufstehen in ihr Marmeladenbrötchen. »Du wusstest doch ganz genau, dass sie sich furchtbar aufregen würde.«

Anna zuckte die Schultern. »Ich kann nicht mein ganzes Leben danach ausrichten, ob Maman sich aufregt oder nicht. Dazu findet sie doch ohnehin immer einen Grund.«

»Ja, aber in dem Fall ist sie damit nicht allein. Frau Ballin hat sich erst gestern wieder darüber amüsiert, wie sehr auch die deutsche Presse gegen jede neue Mode wettert«, bestätigte Marie.

»Das ist kein Grund, sich zu amüsieren, höchstens einer, um sich zu schämen«, erklang da scharf die Stimme ihrer Stiefmutter, die, von den Schwestern unbemerkt, wieder den Salon betreten hatte und in der Tür stand. »Hier. Hier steht es schwarz auf weiß.«

Sie schlug eine Zeitschrift auf und pikste mit ihrem manikürten Finger auf die von ihr angeprangerten Zeilen.

»Die Welt droht aus den Angeln zu gehen über die Hosentracht der Frau«, zitierte sie und sah ihre Töchter strafend an. »Aus den Angeln, hört ihr?«

Marie und Anna wechselten einen belustigten Blick. Sie konnten einander deutlich ansehen, dass es sie alle Mühe kostete, nicht laut herauszuplatzen.

»Ja, Maman, wir hören es«, sagte Marie, mühsam beherrscht.

Odile nahm es befriedigt zur Kenntnis und fuhr mit ihrer Rezitation fort: »Alle anderen öffentlichen Interessen scheinen gering gegen das Ereignis, dass … eine Reihe von Dämchen auf dem Rennplatz von Auteuil in der neuen Tracht Spießruten laufen musste.« Dann hob sie die Stimme und las die für sie besonders bedeutsame Stelle vor: »Im Vatikan ist man entsetzt über die neue Frauenmode, die Jupe-Culotte.«

»Das hast du mir schon gesagt«, entgegnete Anna. »Also, dass man im Vatikan entsetzt ist. Aber du darfst auch nicht Poirets großen Verdienst vergessen. Er hat das Korsett abgeschafft und damit viel für die Freiheit der Frau getan – und für ihre Gesundheit.«

Odile stieß missbilligend die Luft aus.

»Du bist doch sonst immer so besorgt um unser aller Gesundheit«, sagte Anna. »Aber die Tatsache, dass das Korsett seit Jahrhunderten uns Frauen die Luft abschnürt, scheint dich so gar nicht zu empören. Du solltest froh sein, wenn bald endgültig Schluss damit ist.«

»Auf ein Korsett zu verzichten ist ungehörig, ebenso wie die Eröffnung einer Parfümerie«, befand Odile. »Eine Frau, die kein Korsett trägt, kann gar keine Eleganz ausstrahlen. Sie ist nicht anmutig.«

»Da du mir aus einer Zeitschrift vorgelesen hast, werde ich deine Befürchtung durch ein anderes Zeitungszitat entkräften«, sagte Anna und griff nach der *Neue Frauenkleidung und Frauenkultur*, die sie gestern Abend auf dem Tisch hatte liegen lassen.

Marie warf ihr einen ungeduldigen Blick zu. »Wir müssen wirklich los, Anna.«

»Auf die paar Sekunden kommt es auch nicht an«, entgegnete die Schwester und zitierte: »Wenn wir die wunderhübschen Gestalten betrachten, die uns die Schöpfungen Poirets vorführen, die anmutigen Frauen, die mit dem hässlichen Wort *Mannequin* benannt werden, so müssen wir uns wundern, dass der Französin mit einem Schlage gelingt, wofür wir uns seit Jahren bemühen, das heißt, dass sie sich plötzlich ohne Korsett so gewandt und anmutig bewegt, als hätte sie nie eines getragen.« Sie schlug die Zeitschrift wieder zu und lächelte. »Du siehst, Maman, man kann sich also auch durchaus ohne Korsett anmutig und elegant bewegen.«

Odile schlug unwillig ihre Zeitschrift zu. »Aber …«

»Maman«, unterbrach Marie sie. »Unsere Kunden warten. Wenn es unbedingt sein muss, sprechen wir heute Abend weiter.« Damit verließ sie, gefolgt von ihrer Schwester, eiligen Schrittes den Salon.

In der Kutsche resümierte Anna: »Die neue Zeit ist für Maman nicht einfach zu verstehen.«

Marie zuckte mit den Schultern. »Na ja, besser, sie regt sich über dein Erscheinungsbild oder ausbleibende Enkel auf als über den Weltuntergang.« Vergeblich wartete Marie darauf, dass ihre Schwester über ihren Scherz lachte.

»Das stimmt«, begann Anna mit ernster Miene. »Mir macht aber etwas ganz anderes Sorgen.«

»Was denn?«, fragte Marie.

»Die Bilanzen sind nicht gut«, stieß Anna hervor.

Marie wusste, dass die Abverkaufszahlen seit etwa einem Jahr rückläufig waren. »Ist es noch schlechter geworden?«, fragte sie besorgt.

Anna nickte. »Karstadt und Tietz ziehen mit diesen neuen, riesigen Kaufhäusern einfach zu viele Kunden ab. Wir können uns nicht länger etwas vormachen: Es geht bergab mit uns.«

Marie seufzte. »In diesen gigantischen Einkaufstempeln findet man eben alles an einem Ort. Und Menschen lieben das, was ihrer Bequemlichkeit dient.«

»Allerdings«, bestätigte Anna. »Mit diesen Kaufhäusern können wir natürlich nicht mithalten.«

»Und unser Herr Ladenwegschnapper von nebenan hat erzählt, dass das Kaufhaus seines Onkels in der Mönckebergstraße sogar noch ausgebaut werden soll«, wusste Marie.

Anna sah ihre Schwester verstimmt an. »Du hast mit Karstadt gesprochen?«

»Ja, er hat uns den Laden damals doch nicht absichtlich weggenommen«, verteidigte Marie den jungen Kaufmann. »Und eigentlich ist er ein ganz höflicher Nachbar.«

»Trotzdem«, wandte ihre Schwester ein. »Ich würde ihm nicht zu viel erzählen, nachher landen gute Ideen, die wir haben, noch bei seinem Onkel.«

Anna wunderte sich darüber, wie sehr es sie verärgerte,

dass sich Marie mit dem schönen Nachbarn unterhielt. Wenn das Verrat war, so war sie selbst auch eine Verräterin, denn sie hatte beim Fegen vor dem Laden noch jedes Mal zumindest kurz mit dem Spross der Kaufhausdynastie gesprochen. Und tief in ihrem Inneren musste sie sich eingestehen, dass sie diese Gespräche heimlich herbeisehnte.

Marie beschwichtigte: »Ich verrate niemandem unsere Geheimnisse, keine Angst, Schwesterchen.«

»Ach, eigentlich haben wir die ja gar nicht«, gab Anna nun seufzend zu. »Die Leute wissen, wie es bei uns aussieht, der Reiz des Neuen ist weg.«

Marie nickte nachdenklich. »Vielleicht ist es genau das. So wichtig uns gerade auch in Hamburg ja die Traditionen sind – wir sollten etwas Neues bieten. Etwas, mit dem kein Kaufhaus aufwarten kann. Etwas Ungewöhnliches. Worüber man in der Stadt spricht.«

»Und was könnte das sein?«, fragte Anna.

»Das weiß ich nicht – noch nicht«, räumte ihre Schwester ein. »Aber durch die Begegnung mit Coty auf der Weltausstellung entstand damals die Idee, bei unserer Eröffnungsfeier ebenfalls ein Parfümfläschchen zu zertrümmern. Was wiederum Marianne Ballin in unseren Laden gelockt hat – und uns schließlich zur Zarenfamilie brachte.«

»Das ist wahr«, sagte Anna stirnrunzelnd.

»Und deshalb schlage ich vor, dass ich für zwei Wochen nach Frankreich fahre – auf der Suche nach etwas, das uns weiterbringt. Ich möchte neue, besondere Düfte und neue, spannende Geschichten finden. Die können wir dann zunächst einem exquisiten Kreis vorstellen. Das steigert die Nachfrage.«

»Keine schlechte Idee«, murmelte Anna nachdenklich. »Es gibt nur zwei Probleme: Zum einen ist die Frage, wie ich es ohne dich im Laden schaffen soll. Zum anderen weiß ich nicht, ob sich das Unternehmen eine solche Reise im Moment leisten kann.«

»Für beides weiß ich eine Lösung«, strahlte Marie.

»Und zwar?«

»Ich bin mir sicher, dass Helene begeistert wäre, in der Parfümerie auszuhelfen. Zumal ihre beiden Mädchen sich immer mehr für Düfte interessieren.«

»Ja, das ist eine hervorragende Idee«, befand Anna.

»Und zum anderen: Wenn das Unternehmen die Reise nicht bezahlen kann, dann müssen wir eben noch mal an Großmutters Erbe. Wir haben damals ja nicht alles Geld aufgebraucht«, fuhr Marie fort.

»Das stimmt«, sagte Anna. »Aber das war ja eigentlich unsere eiserne Reserve für Notfälle.«

»Dank Karstadt und Konsorten haben wir den ja nun«, meinte Marie. »Ich hätte auch noch eine weitere Idee.«

»Heute überschlägst du dich ja beinahe mit deinen Einfällen«, lachte Anna.

Marie grinste. »1911 hat die Firma Beiersdorf & Co. doch ihre neue Creme herausgebracht.«

»Die Nivea-Creme, richtig«, wusste Anna.

»Genau. Wie wäre es, wenn wir die ins Sortiment aufnähmen? Die gelben Döschen mit den Blumenverzierungen sind sehr hübsch, und Nivea heißt ›die Schneeweiße‹. Das passt doch zu uns.«

»Wieso passt es zu uns?«

»Na, weil der Name eine Bedeutung hat. Und das wollen wir unseren Kunden doch immer wieder zeigen. Dass hinter allem etwas Besonderes steckt oder eine Bedeutung, wenn man nur genau hinsieht.«

»Was das heißt, weiß doch niemand«, widersprach Anna.

»Und wir sprechen damit ein anderes Klientel an. Erinnerst du dich, was Coco Chanel uns seinerzeit gesagt hat?«

»Dass es ruhig etwas hochpreisiger sein darf und dass die Leute es exklusiv mögen?«

»Genau. Und damit sind wir doch lange gut gefahren.«

»Aber jetzt eben nicht mehr. Außerdem, viele Frauen sehen sich um und kaufen dann nichts. Diese preiswerten Döschen senken die Hemmungen, unseren Laden zu betreten, und dienen dann als Alibi, um nicht mit leeren Händen zu gehen«, ließ Marie nicht so leicht locker.

»Ich würde vorschlagen, dass du nun erst einmal deine Reise machst«, sagte Anna. »Wenn das, was du an Neuem aus Frankreich mitbringst, bei unseren Kunden nicht gut ankommt, können wir uns ja immer noch überlegen, unseren Kundenkreis auf andere Weise zu erweitern. Aber wenn wir das jetzt tun, dann machen wir zwei gegenläufige Dinge auf einmal.«

»Du hast recht«, gab Marie nach. »Wir versuchen es erst mal mit der Möglichkeit, unsere Exklusivität zu behalten.«

»Ich werde Johann sagen, dass er mich bei den Harders absetzen soll, zum Laden komme ich dann zu Fuß nach«, schlug Marie vor. »Ich frage Helene besser gleich, ob sie für mich einspringt, sonst sind all unsere Pläne hinfällig. Und für heute Abend will ich versuchen, mich mit Berta zu treffen. Vielleicht möchte sie mich ja nach Paris begleiten. Sie hat erzählt, dass sie dort noch viele Kontakte von früher hat.«

25

Als Anna am Neuen Wall aus der Kutsche stieg, erblickte sie vor dem Bekleidungsgeschäft des jungen Julius Karstadt zwei Schutzmänner mit Pickelhauben. Bei genauerem Hinsehen stellte sie erschrocken fest, dass die Schaufensterscheibe eingeschlagen worden war und im Inneren des Geschäfts ein heilloses Durcheinander herrschte. Ein Überfall? Ob Julius verletzt war? Sie wunderte sich, dass sie vor Erleichterung feuchte Augen bekam, als er hinter dem breiteren der beiden Polizisten auftauchte, mit niedergeschlagenem Blick, aber schön wie immer – und unversehrt.

Er drückte den Schutzmännern zur Verabschiedung die Hand. Da bemerkte er Anna.

»Guten Morgen, Fräulein Carstens«, grüßte er höflich.

»Guten Morgen«, erwiderte sie und konnte ein leises Zittern in ihrer Stimme nicht verhindern. Der Schreck saß einfach noch zu tief. Obendrein bemerkte sie, dass er ihren Hosenrock mit größtem Interesse musterte. Ob er ihm gefiel? Mit einem Mal wünschte sie, sie hätte am Morgen eines ihrer romantischen Kleider gewählt, für das er ihr schon einmal ein Kompliment gemacht hatte.

»Oberwachtmeister Fedder meinte, es gehe zurzeit eine Bande um«, erklärte der Kaufmann. »Von Bekleidung haben sie offenbar keine Ahnung. Die haben zwar alles durcheinandergebracht, jedoch selbst die wertvollsten Stücke liegen gelassen. Sie waren wohl auf der Suche nach Geld. Aber an meinem Tresor haben sie sich die Zähne ausgebissen.«

Anna dachte bei sich, dass sie sich unbedingt endlich ebenfalls einen Geldschrank anschaffen mussten. Das abgeschlossene Schreibtischschublädchen konnte man kaum als sicher bezeichnen. »Dann ist Ihr Schaden nicht allzu groß?«, vergewisserte sie sich.

»Nein, der Glaser ist bereits unterwegs, und mein Lehrjunge räumt schon auf«, beruhigte er sie. Dann ergänzte er zu Annas Erleichterung, während er seinen Blick etwas zu lange auf ihr ruhen ließ: »Steht Ihnen übrigens ganz wunderbar, Ihre Referenz an Monsieur Poiret.«

»Danke.« Anna strahlte. Kein Wunder, dass Julius sofort erkannte, dass ihr Hosenrock von Poiret war, der Karstadt-Neffe verkaufte Mode eben nicht nur, sie schien seine Leidenschaft zu sein.

»Kommt Ihre Schwester heute gar nicht?«, erkundigte er sich, was Anna seltsamerweise einen Stich versetzte.

Ihr Lächeln erstarb, und sie erklärte knapp: »Sie bereitet eine Paris-Reise vor.«

»Da würde ich auch gern einmal wieder hin«, entgegnete er schwärmerisch. »Waren Sie schon einmal dort?«

Anna nickte. »Zum Jahrzehntwechsel. Auf der Silvesterfeier haben wir Coco Chanel kennengelernt.«

»Wirklich?«, rief Karstadt verblüfft. »Das müssen Sie mir genauer erzählen.«

Anna, die seit dem Fiasko mit Ferdinand de Moor vor vier Jahren den Herren der Schöpfung abgeschworen hatte, wunderte sich darüber, wie gern sie Julius' Wunsch sofort nachgekommen wäre und dass die Vorstellung, noch mehr Zeit mit ihm zu verbringen, ihr Herzklopfen bereitete. Doch die erste Kundin wartete bereits vor der Parfümerie und blickte immer wieder ungeduldig zu ihr herüber. Wenn sie die Dame nicht verärgern wollte, war es nun höchste Zeit, ihren Pflichten nachzukommen. Und bei Julius musste jeden Augenblick der Glaser eintreffen. Daher lächelte sie ihm entschuldigend zu und sagte: »Leider muss ich nun mein Geschäft öffnen, und Sie haben ja auch noch jede Menge zu tun.« Sie machte eine weit ausholende Bewegung. »Aber ein anderes Mal gern. Ich freue mich darauf.«

Er erwiderte ihr Lächeln und sah sie abermals einen Moment zu lange an. »Ich mich auch.«

***

Helene Harders hatte begeistert zugestimmt, für die Dauer von Maries Paris-Reise in der Parfümerie für sie einzuspringen. Und am liebsten hätten ihre kleinen Töchter auch gleich noch mitgeholfen. Abends wollte Marie nun wie geplant Berta in einem persönlichen Gespräch fragen, ob sie Lust habe, in die Stadt der Mode mitzukommen. Und sie hatte Glück: Die Freundin erklärte am Telefon, sie habe abends nach ihrer Rückkehr aus der Seifenfabrik tatsächlich Zeit für ein Treffen. Sie freute sich über Maries Vorschlag, gemeinsam einen Spaziergang zu unternehmen. Sie verabredeten sich an der Villa Kolbe, um dann die Elbchaussee entlangzugehen.

»Das war eine hervorragende Idee von dir«, seufzte Berta genießerisch, als der Abend gekommen war. »Wenn man den ganzen Tag nur im Geschäft gefangen ist, tut frische Luft gut. Und morgen, wenn die Lippenstifte geliefert werden, arbeiten wir sicher bis tief in die Nacht.«

»Ich finde es mutig und ganz wunderbar, dass du deinen Traum nun endlich wahr machst«, freute Marie sich für ihre Mentorin. »Weißt du noch, wie wir das erste Mal darüber gesprochen haben?«

»Ich erinnere mich daran, als wäre es gestern gewesen, und dein Rat, es mit der Einführung von Lippenstift langsam angehen zu lassen, war genau richtig«, sagte Berta. »Es war gut, dass ich mich erst einmal als Unternehmerin gefestigt habe. Aber auch heute werden sich die Leute das Maul zerreißen …«

»Doch letztlich werden sich sehr viele dann selbst überzeugen wollen, wie sie damit aussehen«, zeigte sich die junge Parfümeriebesitzerin zuversichtlich.

»Davon gehe ich auch aus«, gab Berta zu.

Inzwischen waren sie am Grundstück des Groth'schen Vergnügungsetablissements angelangt. Aus dessen parkartigem Garten war beschwingte Tanzmusik zu hören.

Marie schloss verträumt die Augen und lauschte der sanften Melodie. »Bei solchen Wohlklängen kann man sich schon richtig vorstellen, wie schön es hier im Sommer sein wird.«

»Das stimmt«, sagte Berta und fügte leise schmunzelnd hinzu: »Früher waren die Klänge, die man an diesem Ort angeblich gehört hat, allerdings weniger schön.«

»Wieso? Was war hier früher?«, hakte Marie nach.

»Bis vor zehn Jahren stand an der Stelle dort ein schlichtes Fachwerkhaus, über hundert Jahre alt, das soll ein etwas verschrobener Schriftsteller gebaut haben«, erzählte die Ältere. »Im Volksmund hieß es ›das Gespensterhaus‹, weil es darin angeblich spukte.«

»Davon hat uns unsere Stiefmutter damals aus der Zeitung vorgelesen«, erinnerte sich Marie. »Sie war ganz aufgeregt.«

»Ja, der Spuk war eine Zeit lang in aller Munde«, bestätigte Berta. »Auch wenn das Haus völlig dunkel war, hörten Vorbeigehende nachts angeblich Rasseln und Stöhnen von drinnen. Sie machten dann, dass sie möglichst schnell von hier fortkamen. Das ist natürlich alles Unsinn, aber du weißt ja, wie die Leute sind.«

»O ja«, sagte Marie schmunzelnd.

Aber als die Musik in diesem Augenblick verstummte und nur das Rascheln des Abendwinds in den Ästen der dunklen Bäume zu hören war, erschauderte sie doch ein wenig.

»Groth hat das Spukhaus 1900 gekauft und vier Jahre später abreißen lassen«, berichtete Berta. »Seither scheinen die Gespenster ausgeflogen zu sein.«

»Apropos ausfliegen«, kam Marie nun zu dem eigentlichen Grund, warum sie ihre Mentorin um dieses Gespräch gebeten hatte. »Ich möchte nach Paris fahren, um neue Inspirationen für das Geschäft zu sammeln. Hättest du vielleicht Lust, mich zu begleiten? Natürlich erst, wenn die Lippenstifte verstaut sind.«

»Paris«, wiederholte Berta und wirkte mit einem Mal ganz nachdenklich. »Das war in einem anderen Leben …« Dann sah sie ihre Freundin lächelnd an. »Wenn ich es einrichten kann, bin ich sehr gerne dabei.«

***

Berta konnte es einrichten, und so kam es, dass sich die beiden Unternehmerinnen kaum einen Monat später tatsächlich auf der Reise nach Paris befanden. Einträchtig saßen sie nebeneinander und blickten aus dem Fenster ihres Zugabteils. Während die Landschaft draußen an ihnen vorbeiflog, sich Vegetation und Architektur langsam veränderten, ließ Marie die letzten Monate und Jahre Revue passieren. Was war alles geschehen, seit sie diese Strecke das letzte Mal gefahren war – damals in Begleitung von Anna und ihrem Vater. Die Schwestern waren, sosehr sie sich auch auf Paris gefreut hatten, bedrückt gewesen angesichts der Abfuhr, die Papa ihnen zuvor hinsichtlich ihrer geschäftlichen Pläne erteilt hatte – hatten in Paris aber neuen Mut geschöpft, nicht zuletzt dank der Begegnung mit der wunderbaren Coco Chanel, die nun immer mehr von sich reden machte. Und jetzt, vier Jahre später, hatten sie ihre Träume wahr gemacht, es gab die Parfümerie Douglas tatsächlich, und sie, Marie, hatte die Aufgabe, ihr neues Leben einzuhauchen. Sie konnte es kaum erwarten, Frankreich und seine Düfte zu erkunden und etwas von dem freigeistigen Lebensgefühl, das sie damals dort gespürt hatte, mit nach Deutschland zu bringen.

»Aufgeregt?«, fragte Berta, die die Gedanken ihrer jungen Freundin zu erraten schien.

»Ja, aber vor allem freue ich mich kolossal«, sagte Marie. »Paris ist für mich immer ein großes Abenteuer.«

Berta lächelte gedankenverloren. »Für mich auch.«

Gleich nachdem sie ihr Gepäck ins Hotel gebracht hatten, machte sich Berta auf den Weg zu einem Treffen mit einem Lippenstiftfabrikanten. Marie brach ihrerseits zu ihrer ersten Station auf: der Parfümerie Caron, einem der bedeutendsten französischen Parfümhäuser. Die Seine-Metropole hatte sich seit 1910 kaum verändert, fand sie.

Als sie die Ladentür zu Caron aufstieß, stockte ihr der Atem. Wohin sie auch blickte, sah sie Gold, Glas und Kristall. Staunend blickte sie sich um. Ihr Geschäft in Hamburg war ja schon ausgesprochen exklusiv eingerichtet. Aber mit dieser Pracht war es nicht zu vergleichen.

»Guten Tag, Mademoiselle, wie kann ich Ihnen helfen?«

Die Verkäuferin, die prachtvolle schwarze Locken hatte, trat ihr mit einem freundlichen Lächeln auf den Lippen entgegen und wirkte, als sei sie ein Teil der schönen Ausstattung.

»Bonjour«, sagte Marie in lupenreinem Französisch. »Mein Name ist Maria Carstens, ich bin Inhaberin der Parfümerie Douglas in Deutschland und auf der Suche nach neuen Düften und Inspirationen. Ich würde mich gerne bei Ihnen beraten lassen und dann in größerem Stil ordern.«

Das Lächeln der Schönen vertiefte sich. »Claire Boucher«, stellte sie sich vor. »Was für eine Freude, Sie bei uns begrüßen zu dürfen. Und Sie haben Glück. Unser Direktor, Monsieur Daltroff, ist heute persönlich im Hause. Wenn er Zeit hat, wird er Ihnen unsere Düfte gerne vorstellen.«

»Daltroff persönlich?«, vergewisserte sich Marie. »Das wäre natürlich eine besonders große Ehre.«

»Kommen Sie«, sagte die Verkäuferin, und mit einem kurzen Handzeichen winkte sie eine jüngere Brünette herbei, die freundlich strahlend die nächste Kundin übernahm. Marie wurde klar, dass diese große Parfümerie wie ein Uhrwerk funktionierte.

Claire Boucher führte sie durch eine mächtige, ebenfalls in Gold gehaltene Flügeltür in den angrenzenden Schauraum. Dort stand ein schlanker, dunkelhaariger Mann Anfang vierzig und unterhielt sich mit einem südländisch wirkenden Herrn im beigefarbenen Anzug.

»Monsieur Daltroff, entschuldigen Sie die Störung, Mademoiselle Carstens ist Inhaberin einer Parfümerie in Deutschland und sucht neue Düfte für ihr Sortiment«, erklärte die Schwarzgelockte.

Der berühmte Parfümeur musterte Marie erfreut, und sein Blick machte Marie nervös.

»Danke, Claire«, sagte Ernest Daltroff nun, ohne seinen durchdringenden Blick von Marie zu wenden. Die Verkäuferin verschwand augenblicklich.

»Ich bin Maria Carstens«, sagte sie rasch auf Französisch. »Ich führe mit meiner Schwester eine kleine Parfümerie in Deutschland und bin auf der Suche nach ganz neuen Düften für unsere Kundinnen.«

Kaum waren die Worte heraus, kam sie sich ungemein dumm vor. Schließlich hatte Claire genau dies soeben erklärt.

Doch Daltroff schien das nicht weiter zu irritieren. »Willkommen in der Welt von Caron, Maria«, sagte er und gab ihr einen formvollendeten Handkuss. »Sie kommen gerade richtig. Mein Freund Señor Castaño hat mir ein ganz besonderes Geschenk aus Puerto Rico mitgebracht.«

Er deutete auf einen Strauch ungewöhnlicher Blüten mit dicken, weißen – in der Mitte zartgelben – Blättern.

»*Plumeria alba* – Westindische Frangipani genannt«, erklärte Daltroff. »Ich hatte davon gehört und war schon länger auf der Suche nach diesen Blüten. Das war schwierig, denn sie wachsen nur in Südamerika an bis zu zehn Meter hohen Bäumen. Aber nun hat mir mein Freund Manuel diese Schätze geschenkt. Ich würde ihn kurz zur Tür bringen und bin dann für Sie da.«

»Gern. Auf Wiedersehen, Monsieur Castaño«, strahlte Marie, und der Herr aus Puerto Rico verbeugte sich höflich.

Als er mit dem Parfümeur den Schauraum verlassen hatte, musterte sie die Frangipaniblüten und begann neugierig, daran zu riechen. Ihr Duft stieg langsam und zart in Maries Nase. Er war angenehm, aber vollkommen fremdartig. Wie eine Reise in exotische Gefilde. Schließlich öffnete sie die

Augen, da sie sich beobachtet fühlte: In der Tür stand Daltroff und sah sie voller Zuneigung an.

»Oh, verzeihen Sie«, sagte Marie. »Wenn ich einen neuen Duft entdecke, vergesse ich alles um mich herum.«

»Ich erinnere mich an einen sehr jungen Mann, der auch immer so konzentriert an Pflanzen gerochen hat und der dann ebenfalls beschloss, sein Leben den Wohlgerüchen zu widmen«, sagte Daltroff versonnen.

»Kann es sein, dass dieser sehr junge Mann Ernest mit Vornamen heißt?«, hakte Marie schmunzelnd nach. »Und dass ihm bald der Ruf vorauseilte, einen ausgezeichneten Geruchssinn zu haben – und auch ein ausgeprägtes Erinnerungsvermögen für Düfte? Wie sagt man dazu im Fachjargon? Er war – er ist – ›eine Nase‹?«

»Eine Nase«, bestätigte Daltroff zufrieden, um dann geschmeichelt hinzuzufügen: »Sie haben sich über mich informiert.«

»Das musste ich nicht eigens«, versicherte Marie. »Das weiß man, wenn man mit den schönsten Düften handelt.«

Er deutete dann auf die Frangipani. »Ihr Duft ist nur ganz zart, aber betörend. Finden Sie nicht?«

»Doch, ganz genau. Und sehr exotisch.«

Daltroff lächelte. »Ich denke an eine neue Duftkombination. Frangipani in der Herznote.«

Er sah sie wieder mit seinem eindringlichen Blick an. »Ich vermute, dass ich Ihnen die Begriffe Kopfnote, Herznote und Basisnote nicht erklären muss?«

Marie schüttelte den Kopf. »Davon habe ich sogar einer Tochter der Zarin schon erzählt. Unsere Kundinnen lieben die Geschichten hinter den Düften.«

Daltroff nickte. »Was, denken Sie, wäre eine geeignete Basisnote für unsere Frangipani?«

»Oje«, rief Marie. »Ich kann zwar Kopf-, Herz- und Basisnote unterscheiden, liebe Düfte und kenne mich mit Parfüms aus. Aber ein Parfüm zu entwerfen, das traue ich mir dann doch nicht zu.«

»Sie würden das wunderbar machen, da bin ich mir sicher.« Dann versprach er: »Wir werden ganz neue Düfte für Sie finden.«

***

In der Mittagspause stand Anna vor der Parfümerie und atmete tief durch. Der Kundenansturm am Vormittag war unverhofft groß gewesen, sie hatte sich die Zunge wund geredet, um ihre Düfte anzupreisen. Leider hatte letztlich nur eine Dame etwas gekauft, und so kam zu der Erschöpfung bei Anna auch noch die Enttäuschung hinzu. Helene, die sich als wahres Verkaufstalent entpuppt hatte, war mit ihrem Mann und den Mädchen im Alsterpavillon Eis essen gegangen. Sie hatten Anna eingeladen mitzukommen, doch die hatte abgelehnt: Obwohl sie die Aussicht auf ein kühles Eis sehr verführerisch gefunden hatte und eigentlich auch ein wenig hungrig war, hatte sie nicht auch noch die Pause unter vielen Menschen verbringen wollen.

Außerdem würde sie ohnehin keiner Plauderei folgen können, zu groß waren die Sorgen um das Geschäft. Sie seufzte, schloss einen Moment die Augen und genoss das Gefühl der warmen Maisonne auf ihren Lidern.

»Sind Sie heute ganz allein über Mittag?«, ertönte eine wohlbekannte Stimme dicht neben ihr.

Sie riss die Augen auf, blickte direkt in Julius' grün gesprenkelte Augen und stellte fest, dass ihr Puls sich sofort beschleunigte.

»Ich, äh …«, stammelte sie, fasste sich dann und fuhr fort: »Ja, heute Morgen ging es zu wie im Taubenschlag, da tut ein wenig Ruhe jetzt gut.«

»Haben Sie denn etwas zu essen?«, erkundigte sich Karstadt. »Ich hätte selbst gemachte Kartoffelpuffer im Angebot. Sie sind herzlich eingeladen, mir in meiner bescheidenen Küche Gesellschaft zu leisten. Ich könnte auf Wunsch auch ganz still sein.«

Mit einem unverheirateten Mann, der ihr einst den Laden vor der Nase weggeschnappt und dessen Onkel in der Mönckebergstraße ein Kaufhaus eröffnet hatte, ein Mittagsessen zu zweit und ohne Zeugen in einem düsteren Hinterzimmer? Wenn das ihre Stiefmutter wüsste, dachte Anna und konnte sich ein Schmunzeln nicht verkneifen. Gleich darauf wurde sie wieder ernst und sagte – fast ein wenig feierlich: »Warum nicht? Danke sehr.«

26

Die Küche im Hinterzimmer erwies sich als kein bisschen düster, sondern sonnendurchflutet – und die Kartoffelpuffer mit Apfelmus waren köstlich. Nur das von Julius im Scherz gegebene Schweigegelübde hielten die beiden jungen Unternehmer nicht ein, sie unterhielten sich angeregt.

»Ihr Laden sieht ja wieder richtig ordentlich aus«, sagte Anna anerkennend. »Niemand würde denken, dass hier eingebrochen wurde.«

»Ja, mein Lehrjunge Norbert ist äußerst fleißig«, erklärte Julius. »Zum Glück, bei mir war heute Morgen nämlich, ähnlich wie bei Ihnen, endlich mal wieder ein erfreulicher Kundenansturm.«

»Hoffentlich haben Ihre Kunden nicht nur den Laden gestürmt, sondern auch die Kasse klingeln lassen. Bei uns hat leider nur eine Dame etwas gekauft«, berichtete Anna, deren Laune bei dem Thema wieder schlechter wurde. »Manchmal denke ich, die Leute lassen sich bei uns beraten, kaufen dann aber bei Ihrem Onkel und Konsorten.«

Julius verschluckte sich an seiner Zitronenlimonade, die er laut eigenen Angaben ebenfalls selbst gemacht hatte. Er atmete nach dem Hustenanfall tief ein und wirkte etwas verstimmt. Die Erwähnung seines Onkels hatte ihn offenbar aus dem Konzept gebracht.

In diesem Moment klingelte nebenan das Telefon, doch Karstadt junior schien es gerade wichtiger zu sein, sich zu verteidigen. »Ich kann nichts dafür, wer bei meinem Onkel einkauft«, sagte er mit einer Schärfe in der Stimme, die Anna zusammenzucken ließ. Mit einem Mal fühlte sie sich auf unangenehme Weise an ihren Ex-Verlobten Ferdinand de Moor erinnert. Was hatte er sie umschmeichelt, wie charmant war er gewesen, bis sie etwas tat, das ihm nicht passte – und er sich als grob und unfreundlich entpuppte. Ganz so, wie Julius sich auch gerade zeigte. Die Männer schienen alle gleich zu sein, dachte Anna und dass sie gut daran getan hatte, sich in den letzten Jahren vom anderen Geschlecht fernzuhalten. Sie sagte deshalb kühl: »Das habe ich auch nicht behauptet.«

Doch Julius ließ sich nicht beruhigen. »Ich habe nichts mit meinem Onkel zu tun. Nichts, verstehen Sie? Wir sind zwei unabhängige Geschäfte. Ist das denn so schwer zu begreifen?«

Anna wunderte sich immer mehr über sein Verhalten, vor allem aber wuchs ihre Verärgerung. Wie konnte er es wagen, so mit ihr zu sprechen!

Sie setzte zu einer Erwiderung an, als plötzlich der Lehrjunge in der Tür stand, der, von beiden unbemerkt, offenbar aus der Mittagspause zurückgekehrt war.

Anna sah erschrocken auf die Uhr. Tatsächlich schon so spät, wie schnell die Zeit verflogen war. Sie musste dringend zurück in ihren eigenen Laden. Sie erhob sich, während Norbert sagte: »Entschuldigen Sie, Herr Karstadt, aber Ihr Onkel ist am Telefon und sagt, es sei dringend. Es geht noch mal um Ihren Geschäftsführerposten im großen Haus.«

Annas Enttäuschung wuchs ins Unermessliche. Julius war also nicht nur unfreundlich, sondern auch noch ein Lügner. Hatte er nicht eben behauptet, er habe nichts mit seinem Onkel zu tun?

Julius schien nun endlich zu bemerken, wie all das auf sie wirken musste, und sah sie bestürzt und mit hochrotem Kopf an.

»Das hört sich jetzt ganz …«

Doch sie brachte mit letzter Kraft hervor: »Telefonieren Sie ruhig mit Ihrem Onkel – da Sie doch sonst so wenig mit ihm zu tun haben. Ich muss sowieso zurück in meinen Laden.«

Ohne sich noch mal umzudrehen – sie spürte, dass ihre Augen feucht wurden –, stürmte sie hinaus ins Sonnenlicht.

Wieso hatte sie erneut vertraut und so viele Gefühle zugelassen? Und was sollte aus ihrem Laden werden, wenn Marie in Paris keinen Erfolg hatte?

***

Sich in der Stadt der Mode angemessen zu kleiden, war ausgesprochen schwierig, fand Marie, die ein Kleid nach dem anderen aus dem Koffer gezogen und seufzend wieder zur Seite gelegt hatte. Obendrein erwies sich das Ankleiden ohne Zofe als nicht ganz einfach, wie sie feststellen musste. Für einen Moment bereute sie es, nicht auf ihre Stiefmutter gehört und Tinettes Begleitung abgelehnt zu haben. Odile hatte sich vor Empörung darüber, dass eine junge Dame ohne Zofe reiste, kaum halten können.

Zögernd griff sie nach dem einzigen Kleid, das sie noch nicht anprobiert hatte: Es war aus hellblauem Seidenatlas, über den ein hellgrauer Manteau aus mit Pailletten besetzter

Silberspitze fiel. Die Taille war hoch angesetzt, der Spitzenrock nach vorne geöffnet, sodass der Futterstoff bei jedem Schritt hervorblitzte. Für Hamburg war es ihr zu gewagt erschienen, aber für Paris? Prüfend hielt sie das Kleid vor sich und betrachtete es im Spiegel.

Fast eine Stunde hatte sie am Nachmittag noch mit Ernest Daltroff nach neuen Parfüms für ihre Kundinnen und Kunden gesucht – eine wunderbare Reise in die Welt der Düfte.

Und zu guter Letzt hatte er der überwältigten Marie vorgeschlagen, ihr morgen in seinem Labor zu zeigen, wie er ein Parfüm entwickelte. Marie hatte es kaum fassen können: Der berühmte Parfümeur Ernest Daltroff bot ihr, der kleinen Marie Carstens aus Hamburg, an, sie in die Welt der Parfümherstellung einzuweihen?

»Wir fangen gleich morgen früh an«, hatte er bestätigt. »Aber zunächst würde ich gern erfahren, wie eine junge Frau aus Hamburg zur eigenen Parfümerie kam. Heute Abend bei einem Diner?«

Bei dieser schönen Erinnerung klopfte es, und nach Maries Aufforderung betrat ihre Mentorin das Zimmer.

»Berta, du kommst genau richtig«, rief sie erleichtert. »Wie findest du dieses Kleid? Ich bin unschlüssig, ob es nicht zu gewagt ist.«

Berta musterte die Jüngere aufmerksam. »Es ist nicht gerade zurückhaltend, aber das soll es ja auch nicht sein«, sagte sie. »Immerhin bist du in Paris. Und es steht dir ganz hervorragend.«

Seufzend ließ sie sich auf Maries Bett nieder und sagte dann: »Entschuldige, dass ich mich den ganzen Tag nicht gemeldet habe, aber ich habe einen Bankier wiedergetroffen, den ich seit vielen, vielen Jahren nicht mehr gesehen habe –

und die Gespräche mit dem Lippenstiftfabrikanten haben sich auch hingezogen.«

»Das war bei mir mit den Parfümeuren ähnlich«, erklärte Marie, um dann erneut auf ihr Kleid zu deuten. »Ist es nicht doch zu extravagant?«

»Es ist extravagant, aber nicht zu sehr«, wiederholte Berta geduldig und sah Marie dann neugierig an. »Warum bist du denn so unsicher? Das kenne ich sonst nur von deiner Schwester. Wem möchtest du gefallen?«

»Monsieur Daltroff hat mich zum Essen eingeladen«, platzte Marie heraus, froh, ihre Aufregung mit jemandem teilen zu können. Sie spürte, wie ihr das Blut ins Gesicht schoss.

»Oh«, kam es von Berta. »Na, dann pass bloß auf. Französische Parfümeure können sehr charmant sein.«

»Das habe ich bemerkt«, schwärmte Marie. »Aber es ist mehr als das. Ach, Berta, es ist, als seien wir ... als seien wir Seelenverwandte. Wir haben uns so lange unterhalten – und so oft hatten wir exakt dieselben Erfahrungen und Meinungen. Es war fast wie ... Magie.«

Berta lächelte wohlwollend. »Das freut mich für dich. Komm, ich helfe dir mit den Haaren.«

Die Witwe steckte ihrer Freundin die Locken in einer weichen Welle zurück, so, wie Tinette es sonst tat, und so, wie sich auch die von Marie bewunderte Schauspielerin Lily Elsie immer frisierte. Zu guter Letzt schmückte Berta die Pracht mit einem blütenförmigen Silberkamm, der bestens mit Maries blondem Haar harmonierte.

Marie musterte sich zufrieden in Spiegel. Ihr gefiel, was sie sah. Die Wangen waren gerötet, ihre Augen strahlten.

»Ich weiß nicht, wohin Daltroff mich ausführen will, aber standesgemäß wird das Restaurant ja wohl sein«, meinte sie unsicher. »Ich habe immer noch die leise Sorge, dass ich es mit meiner Garderobe übertrieben habe.«

»Du siehst wunderbar aus«, wurde Berta nicht müde, ihrer Freundin Mut zuzusprechen.

Marie nickte, nun etwas zuversichtlicher: »Und selbst wenn das Kleid für das Restaurant zu extravagant wäre. Daltroff ist gewiss kein Mann, der sich daran stört, wenn ein Kleid ein klein wenig zu ausgefallen ist.« Dann warf sie einen Blick auf die Uhr.

»Es ist höchste Zeit, er wartet bestimmt schon im Foyer. Kann ich dich allein lassen?«

»Es ist das Privileg schöner Frauen, die Herren etwas warten zu lassen«, beruhigte Berta sie. »Und um mich mach dir mal keine Sorgen, ich habe auch ein Rendezvous – mit meinem Hotelbett.«

***

In der Parfümerie Douglas war am Nachmittag wieder frustrierende Leere eingekehrt. Kurz vor Ladenschluss kam noch eine Lieferung des französischen Grossisten an. Wer sollte all das nur kaufen? Trotz der Ankunft der neuen Ware entließ Anna Helene in den wohlverdienten Feierabend – sie wusste, dass deren Familie wartete, und wollte die Hilfsbereitschaft der Freundin nach ihrer vergeblichen Anwesenheit an diesem Nachmittag nicht noch länger beanspruchen. Außerdem hatte sie das dringende Bedürfnis, allein zu sein. Der Streit mit Julius hatte auch das letzte Fünkchen Heiterkeit weggefegt.

»Ich räume das nachher allein aus. Herzlichen Dank, meine Liebe«, sagte sie. »Grüß mir die Mädchen. Und deinen Mann natürlich auch.«

»Das werde ich«, versprach die Künstlergattin und verabschiedete sich mit einem raschen Kuss.

Kaum war die Freundin gegangen, ließ Anna sich auf einen Stuhl fallen und vergrub ihr Gesicht in den Händen. Wieder ein Nachmittag ohne nennenswerte Einnahmen. Und die Gedanken an Julius ließen sich auch nicht vertreiben.

Als Anna sich schließlich aufraffte, den Schlüssel zu holen, um abzuschließen, hörte sie, dass in ihrem Rücken die Tür aufging.

»Hast du was vergessen, Helene?«

Aber es war nicht die Freundin, die zu so später Stunde das Geschäft betrat, sondern eine dunkelhaarige, hochgewachsene Frau in einem weit geschnittenen Reformkleid: Die Dame trug offenbar kein Korsett. Und sie kam auch nicht einfach nur herein, nein, sie stürmte das Geschäft buchstäblich.

»Ich brauche einen Duft!«, rief sie Anna entgegen.

»Dann sind Sie hier genau richtig.«

»Es muss aber ein Duft sein, der meinen *Charakter* ausdrückt. Und zwar so, wie mein Mann ihn sieht.«

»Nun …« Anna musste ein Lächeln unterdrücken. »Da finden wir sicherlich etwas. Aber dazu müsste ich zunächst etwas über Sie, Ihren Charakter und die Sichtweise Ihres Mannes erfahren.«

Die Besucherin furchte die Stirn. »Oh, sowohl mein Mann als auch mein Charakter sind sehr komplex. Das zu beschreiben, würde bis in die Nacht dauern«, beschied sie Anna. »Zu dumm, dass Sie ihn nicht kennen. Er ist generell sehr anspruchsvoll, ein wahrer Ästhet. Und da muss seine Muse natürlich auch ästhetisch duften.«

»Oh«, machte Anna überfordert. »Dann würde ich vorschlagen, ich zeige Ihnen einige Flakons, die *meinem* Eindruck von *Ihnen* entsprechen.«

Sie nahm sie aus dem Regal und ließ ihre ungeduldige Kundin daran schnuppern.

Doch schon nach dem zweiten Fläschchen winkte die andere ab. »Ach, das hat so keinen Sinn«, rief sie. »Sie müssen mich und meinen Gatten wohl in der Tat besser kennenlernen, um mich angemessen beraten zu können. Wissen Sie, mein Mann ist Richard Dehmel, und ich bin nicht nur seine Frau, sondern auch die Inspiration für seine Werke. Er hat mich schon vielfach verarbeitet.«

Es war unschwer zu erkennen, dass der Dunkelhaarigen dieser Umstand ausnehmend gut gefiel.

Anna hatte Glück: Helene, die sich dank ihrer Salons und des engen Austauschs mit ihrem Mann in Hamburgs Künstlerkreisen bestens auskannte, hatte ihr schon von dem in Blankenese lebenden Paar erzählt. Die Freunde des Dichters, zu denen auch die Harders zählten, hatten nämlich anlässlich dessen fünfzigstem Geburtstag Geld gesammelt, um ihm ein nicht gerade kleines Geschenk zu machen: Ein Haus in Blankenese sollte es sein. Helene hatte so begeistert von Dehmel und dessen Frau erzählt, dass ihr sogar deren Vorname im Kopf geblieben war: Ida.

»Dann müssen Sie Ida Dehmel sein«, stellte sie fest.

»Genau so ist es«, sagte Ida zufrieden. Sie schien es für selbstverständlich zu halten, dass man ihren Namen kannte.

»Wissen Sie was?«, rief sie dann. »Ich habe eine Idee. Wir weihen morgen Abend unser neues Haus in Blankenese ein. Kommen Sie doch einfach vorbei! Dann wissen Sie, welcher Duft zu meiner Welt passt.«

»Es wäre mir eine Ehre«, freute sich Anna.

Neue Menschen kennenzulernen würde guttun – und vielleicht sogar dem Laden helfen.

»Wunderbar!« Ida Dehmel kramte eine von mehreren auf Bütten gedruckten Einladungskarten mit den genauen Daten der Feier hervor und überreichte sie Anna. »Dann ist es also ausgemacht. Bis dann!«

Sie küsste die überraschte Anna im Gehen auf die Wange. Die sah ihr schmunzelnd nach. Was für ein Auftritt! Er passte zur Muse eines so bekannten Poeten.

Nachdem sie den Laden abgeschlossen hatte, musste sich Anna unangenehmeren Dingen zuwenden: der Abrechnung des mauen Tagesumsatzes und vor allem dem Einräumen der neu gelieferten Ware.

Als sie die Einnahmen erfasst hatte und sich der Lieferung zuwenden wollte – sie konnte gar nicht recht einschätzen, wie spät es inzwischen war –, klirrte plötzlich die Schaufensterscheibe im Verkaufsbereich. Die Diebesbande!

Der Schreck fuhr ihr in alle Glieder, und sie konnte nicht verhindern, dass sie am ganzen Körper zu zittern begann. Gerade hatte sie die Einnahmen in der Kassette im Schreibtisch eingeschlossen – und der Hinterausgang des Ladens war durch die neue Ware versperrt. Sie saß in der Falle!

27

Ernest Daltroff stand in der Hotelhalle, und an seinen leuchtenden Augen erkannte Marie, dass sie hinsichtlich ihrer Kleiderwahl alles richtig gemacht hatte.

»Bezaubernd«, befand er, nachdem er sie einer eindringlichen Musterung unterzogen hatte. Wieder dieser unverwandte Blick. »Man müsste ein Parfüm für Sie entwerfen.«

»Zu viel der Ehre, Monsieur Daltroff«, erwiderte Marie verlegen.

Sie war erleichtert, als er das Gespräch beim gemeinsamen Abendessen auf etwas unverfänglichere Themen lenkte: Daltroff wollte alles über die Parfümerie Douglas wissen, und Marie freute sich über sein aufrichtiges Interesse.

»Und wie sind Sie auf den Namen gekommen?«, fragte er. »Sie heißen doch Carstens – auch ein sehr schöner Name übrigens.«

»Nun ja …« Marie nippte an ihrem Wein, der in einem reich verzierten Kristallglas funkelte. »Wir haben nach einem klangvollen Namen gesucht, der in Hamburg für etwas steht. Und das war bei Douglas der Fall. Er war bei uns von jeher ein anderes Wort für Qualität.«

Daltroff schmunzelte. »Und schon wieder haben wir ähnlich gedacht.«

»Inwiefern?«, wollte Marie wissen.

»Auch ich habe meine Parfümerie seinerzeit nach einem bereits bestehenden Geschäft im neunten Arrondissement benannt, das gut etabliert war und für Qualität stand. Es wurde damals von einer Frau mit dem Nachnamen Caron geführt – ich hatte also ganz ähnliche Verhandlungen wie Sie auch. Ich fand, der Name Caron klinge sehr Französisch, lasse sich aber auch im Ausland aussprechen. Die anderen Nationen haben es mit der französischen Sprache ja bisweilen etwas schwer.« Er zwinkerte ihr zu und hob dann sein Glas. »Wobei Sie meine Muttersprache außerordentlich gut beherrschen. Man könnte meinen, Sie sind eine Landsmännin.«

Wie seinerzeit schon Coco Chanel und dem Parfümeur Coty erklärte Marie nun auch ihm, dass ihre Maman aus Straßburg sei und sie sowie ihre Schwester in ihrer Muttersprache großgezogen habe.

Daltroff nickte, als habe er sich genau das schon gedacht.

»Es wundert mich nicht, dass Sie meine Sprache so gut sprechen«, verkündete er. »Das muss eigentlich so sein.« Marie sah ihn verblüfft an. »Wie meinen Sie das? Warum muss das so sein?«

»Wissen Sie, ich liebe meine Sprache. Wie sagt man so schön: Der Engländer sagt, wer kein Englisch kann, ist kein Mann von Welt, der Franzose sagt, wer kein Französisch kann, ist es nicht wert, dass man mit ihm spricht.«

Marie musste herzlich lachen, und Daltroff griff über den Tisch nach ihrer Hand – sie spürte ihr Herz rasen.

»Immer wenn ich Sie betrachte, habe ich den Duft der Frangipani im Sinn.« Er strich mit seinem Daumen sacht über ihren Handrücken, was ein wohliges Schaudern in ihr auslöste. »Ich habe eine Komposition im Kopf, die genau Ihr

Wesen beschreiben müsste. Neben der Frangipani brauchen wir unbedingt auch noch Veilchen.«

Marie sah ihn einmal mehr erstaunt an und vergaß für einen Moment sogar ihre Nervosität und das Gefühl, das seine Berührung in ihr auslöste. »Veilchen ist mein Lieblingsduft. Auch wenn ich ihn gerade nicht trage – ich habe ihn bewusst in Hamburg gelassen, als ich in das Land der Düfte gereist bin.«

»Dann wissen Sie nun, dass Sie eine gute Wahl getroffen haben«, sagte Daltroff.

Der Kellner kam an ihren Tisch. »Darf ich Ihnen noch etwas bringen, Monsieur Daltroff?«

Der Parfümeur sah Marie fragend an. Die schüttelte den Kopf und erwiderte zögerlich: »Also, wenn ich ganz ehrlich bin, würde ich viel lieber schon heute Abend mit Ihnen in Ihrem Labor experimentieren.«

Nun war es an ihm, sie verblüfft anzusehen. »Das ist ja wirklich nicht zu glauben mit uns beiden. Genau das habe ich mir insgeheim auch gerade gewünscht.«

***

Anna schaltete rasch das Licht im Hinterzimmer aus und versteckte sich, vor Angst zitternd, im Garderobenschrank. Die Tür ließ sie angelehnt, damit sie durch den Spalt hinausschauen konnte.

Wenig später betrat eine düstere Gestalt den Raum. Anna konnte anhand der Konturen und Körpergröße erkennen, dass es sich um einen Mann handeln musste. In der Hand hielt er eine Lampe, die er auf dem Schreibtisch abstellte, bevor er dessen Schubladen öffnete und in wilder Hast darin herumwühlte. Anna musste ein schmerzhaftes Stöhnen unterdrücken, als sie sah, wie ihre schön geordneten und sortierten Papiere durch den Raum und dann zu Boden segelten. Am liebsten wäre sie herausgestürzt, um den Fremden an seiner zerstörerischen Arbeit zu hindern, aber dazu hatte sie viel zu viel Angst.

Inzwischen hatte der Einbrecher bemerkt, dass es hier nichts Wertvolles zu holen gab. Mit einem verärgerten Knurren machte er sich daran, die einzige verschlossene Schublade aufzubrechen. Was, wenn ihn die geringe Summe in der Kassette enttäuschen würde? Würde er dann im Garderobenschrank weitersuchen?

Anna hielt die Luft an und stieß sie im nächsten Moment entsetzt wieder aus: Ein zweiter Mann hatte sich ins Zimmer geschlichen: Julius Karstadt! Nun bemerkte sie, dass er die große Bratpfanne in Händen hielt, mit der er ihr in der Mittagspause die Kartoffelpuffer zubereitet hatte. Ehe sie sein Auftauchen einordnen kannte, holte Julius mit der Bratpfanne aus und schlug sie dem Einbrecher über den Kopf, der mit einem Aufschrei hinfiel. Eine Pistole schlitterte über den Boden. Der Fremde war weniger benommen als erhofft, kam hoch auf die Knie und beugte sich in Richtung seiner Waffe. Womit er nicht gerechnet hatte, war die junge Frau, die nun aus dem Schrank gestürzt kam und ihm geistesgegenwärtig das Schießeisen wegschnappte – unmittelbar bevor seine eigenen Finger die Waffe erreicht hatten. Sie stieß den erstaunten Julius in den Verkaufsbereich und verschloss die Bürotür von außen, ehe sich der überrumpelte Einbrecher wieder aufrichten konnte. Der begann zu toben und die Ware vorm Hinterausgang umzuwerfen. Ungeschickterweise befand sich auch das Telefon im Büro.

»Wir müssen zu Ihnen und die Polizei rufen«, keuchte

Anna. »Das Fenster ist vergittert, aber die Hintertür hat der schnell frei.«

Doch in diesem Augenblick hörten sie eine Trillerpfeife.

Wenig später wurde der Einbrecher, ein grobschlächtiger Kerl mit Narbengesicht und kurz geschorenen Haaren, von drei Schutzmännern abgeführt. Dabei zischte er Anna zu: »Das wirst du noch bereuen, du Miststück!« Erschrocken wich sie zurück.

Während Julius draußen die zerbrochene Schaufensterscheibe notdürftig mit Brettern zunagelte, erklärte Oberwachtmeister Fedder Anna das schnelle Eintreffen der Kollegen damit, dass sie nach dem Überfall auf Karstadt juniors Laden die Straße unter schärfere Beobachtung gestellt hatten.

»Anders als wir dachten, handelt es sich nicht um eine Bande. Der Bursche ist Einzeltäter – und ein alter Bekannter«, sagte der Polizist. »Uwe Hauer, ein Seemann. Dem Spielteufel, Weibergeschichten und dem Schnaps verfallen. Wegen seiner Trunksucht findet der kaum noch eine Heuer.«

Julius kam gerade in dem Augenblick zurück, als Fedder Anna lobte: »Sie können stolz sein, den Taugenichts eingesperrt zu haben, Fräulein Carstens.«

Mit diesen Worten verabschiedete er sich, nicht ohne Anna zu ermahnen, weiterhin auf sich achtzugeben.

Als er fort war, sah Julius sie liebevoll an.

»Danke«, sagte er. »Wenn der Kerl an die Pistole gekommen wäre, dann gäbe es mich jetzt wohl nicht mehr.«

»Na ja, Sie haben sich ja schließlich zuerst für mich in Gefahr begeben«, winkte sie benommen ab. Ein Teil von ihr war wegen seines Benehmens am Mittag nach wie vor verunsichert und wütend, aber im Augenblick überwogen Erleichterung und Dankbarkeit. Ihr war immer noch ganz flau im Magen nach dem gefährlichen Erlebnis.

»Haben Sie das Klirren der Scheibe gehört?«

»Genau«, bestätigte er. »Eine Waffe zum Schutz des Ladens musste ich mir erst noch besorgen, vorhin konnte ich mir allerdings nur die da schnappen.« Er deutete auf die Bratpfanne auf dem Schreibtisch.

»Es wäre sicherer für Sie gewesen, die Polizei anzurufen und abzuwarten«, meinte Anna.

»Das kam nicht infrage. Ich wusste ja, dass Sie noch im Geschäft waren – und damit in unmittelbarer Gefahr.«

»Ach so?«, wunderte sich Anna.

Errötete Karstadt junior etwa gerade? Hastig erklärte er: »Ja, wie Oberwachtmeister Fedder schon sagte, nach dem Überfall gestern hat man besser Augen und Ohren offen gehalten. Und in Ihrem Hinterzimmer brannte ja noch Licht.«

Die Vorstellung, dass Julius von seinem Laden aus auf sie achtgab, versöhnte Anna etwas. Dennoch fiel es ihr nicht leicht, sich einfach so wieder zu öffnen. Dazu hatte der unschöne Streit zu viele Erinnerungen aufgewühlt, und sie wollte nicht noch einmal so enttäuscht werden.

»Um ehrlich zu sein«, fuhr er nun fort, »wollte ich mich ohnehin auf den Weg zu Ihnen machen, um mich zu entschuldigen. Dafür, dass ich heute Mittag so barsch zu Ihnen war. Es tut mir sehr, sehr leid, glauben Sie mir. Mein Unmut kam nicht durch Sie, sondern durch die Tatsache, dass alle unterstellen, mein Geschäft gehöre zu meinem Onkel. Dabei bin ich wirklich völlig selbstständig!«

»Aber der Anruf …«, hakte Anna nach.

»Mein Onkel probiert immer mal wieder, mich zu überreden, bei ihm als Geschäftsführer einzusteigen. Seine Frau kann keine Kinder bekommen. Und da mein Vater Carl vor sieben Jahren starb, bin ich für Onkel Rudolph so eine Art Ersatzsohn«, vertraute ihr Julius an. »Aber ich habe ihm schon bei der Eröffnung vor zwei Jahren gesagt, dass ich den Posten nicht antreten werde.«

»Sie wollten lieber etwas Eigenes auf die Beine stellen«, erkannte sie.

Er nickte erfreut. »Ganz genau.«

»Das war bei meiner Schwester und mir genauso. Und wenn sich das tausendmal nicht schickt für Frauen«, erzählte Anna. »Vielleicht hätten wir auch bei meinem Vater im Gewürz- und Kornhandel arbeiten dürfen. Das eigene Geschäft liegt einem aber doch mehr am Herzen.«

»Amen«, sagte er lächelnd.

In diesem Augenblick hörten sie die Kutsche der Familie Carstens vorfahren.

Anna erhob sich und taumelte kurz. Julius nahm sie fürsorglich am Arm und führte sie vor die Parfümerie. Er schloss für sie ab und reichte ihr den Schlüssel.

»Schlafen Sie gut«, sagte er und sah ihr liebevoll nach, bis die Kutsche davonfuhr.

In der Droschke kamen Anna die Tränen. Streit, Überfall, Versöhnung – das war wohl alles etwas zu viel gewesen. Rasch riss sie sich wieder zusammen. Keinesfalls wollte sie ihrer Stiefmutter mit verheulten Augen Rechenschaft über den Grund ihres aufgewühlten Zustands ablegen müssen.

***

Marie und Ernest Daltroff waren in dessen Labor angekommen. Fasziniert sah sie zu, wie er mit seinen Geräten hantierte. »Die blumige Herznote haben wir dank Frangipani ja schon«, stellte er nun fest. »Wir benötigen noch eine verführerische Kopfnote, sinnlich und ein wenig geheimnisvoll. Und als Basisnote … Vanille.«

Er lächelte ihr zu und deutete dann auf die Schale, in der eine leuchtende Frangipaniblüte neben der anderen lag.

»Wir müssen nun daraus einen Duftstoff gewinnen. Dafür gibt es mehrere Möglichkeiten, ich würde hier aber die Methode der Enfleurage wählen. Sie ist zwar die teuerste, aber auch die älteste – und diesen besonderen Blüten würdig. Schließlich wachsen sie nicht hier bei uns, sondern haben einen weiten Weg hinter sich.«

Marie nickte. Puerto Rico war ja wirklich nicht gerade um die Ecke.

»Die Parfümeure in Grasse arbeiten viel und gerne mit dieser Methode und nutzen sie vor allem, um Jasminduftstoffe zu gewinnen«, fuhr Daltroff fort. »Ich habe in dieser wunderbaren Stadt und ihren Blütenfeldern viel Zeit verbracht.«

»Dass Grasse so schön sein soll, habe ich bereits gehört«, berichtete Marie. »Ich möchte im Anschluss an meinen Paris-Aufenthalt auch noch dorthin reisen.«

Er griff nach einer braun gefärbten Flasche und goss eine dicke Flüssigkeit auf eine Glasplatte, die von einem Holzrahmen umgeben war.

»Was ist das?«, fragte Marie.

»Den Rahmen nennt man Chassis, und bei der Flüssigkeit handelt es sich um Schweineschmalz, das wir zuvor aufwendig gereinigt haben«, erklärte Daltroff. »Sie dürfen die Blüten nun ganz vorsichtig drauflegen.«

Marie nahm eine der Frangipaniblüten. »Sie ist wunderschön.«

»Ja, wunderschön«, murmelte Daltroff, sah dabei jedoch in ihr Gesicht. Dann griff er nach Maries Hand und führte sie zu dem Chassis, um die Blüte gemeinsam mit ihr in das Fett zu legen. »Sie können nun alle Blütenblätter hineingeben«, sagte er.

»Und was passiert dann?«

»Das Fett absorbiert die Duftstoffe. Wir lassen die Blüten mehrere Stunden darin liegen. Dann nehmen wir sie wieder heraus und ersetzen sie durch neue. Das geschieht mehrere Male.«

Marie sah ihn fragend an. »Aber wir haben doch alle Blütenblätter hineingelegt.«

»Wir haben noch mehr«, versicherte Daltroff. »Sie werden nur auf besondere Weise gelagert, damit sie frisch bleiben. Übrigens, um unsere kleine Lehrstunde noch etwas weiterzuführen: Die Methode, die wir gerade eben angewendet haben, ist einem anderen, ebenfalls sehr alten Verfahren nicht unähnlich – der Mazeration. Auch hier werden Blüten in gereinigtes Tierfett gegeben, aber in einem anderen Mengenverhältnis. So gewann man schon vor zweitausend Jahren Duftstoffe. Bei dieser Methode werden die Blüten ebenfalls nach einigen Stunden herausgenommen und durch neue ersetzt.«

»Und was machen wir in der Zwischenzeit?«, fragte Marie.

»Uns um die eigentlich wichtigen Dinge kümmern«, sagte Daltroff und beugte sich vor, um sie zu küssen.

***

Blinzelnd öffnete Marie die Augen. Der Raum war lichtdurchflutet. Die Sonne schien durch einen hellen, spitzenbesetzen Vorhang und erleuchtete die stark verschnörkelte Stuckdecke. Sie setzte sich auf und stellte fest, dass sie nackt war. Ihr lockiges Haar fiel ihr offen auf die Schultern, und sie spürte, dass die Sonnenstrahlen sich in ihm verfingen. Ihr Kinn und ihr Mund fühlten sich etwas wund an.

»Wie einem Gemälde entsprungen«, sagte Daltroff von der Tür her. Er hielt ein silbernes Tablett in den Händen. Zwei herrlich duftende Croissants, Erdbeermarmelade, zwei Tassen Kaffee, eine einzelne rote Rose.

Erschrocken bemerkte Marie, dass er, außer einer Unterhose, ebenfalls nackt war. Reflexartig zog sie das kühle, weiße Laken enger um sich. »Wie schade, dass du deine Reize verhüllst, *chérie.*« Daltroff küsste sie, nachdem er das Tablett abgestellt hatte, zärtlich auf den Mund. »Seit gestern weiß ich nämlich, dass du jede Menge davon hast.«

Marie errötete, und während sie verlegen an ihrem Kaffee nippte, kamen die Erinnerungen an die vergangene Nacht mit voller Wucht zurück. Als die Blüten im heißen Ölbad schwammen, hatte Daltroff sie geküsst, bis ihnen die Sinne geschwunden waren. Wie ein Rausch war es gewesen. Wie in Trance hatten sie irgendwann die Blüten entfernt und durch neue ausgetauscht, und als Daltroff sie gefragt hatte, ob sie mit ihm kommen wolle, hatte sie eingewilligt. Wie sie in seine Wohnung gekommen waren, konnte sie im Nachhinein nicht mehr genau sagen, nur dass es ein taumelnder Weg gewesen war, gesäumt von unzähligen Küssen. Und dann hatte sie sich ihm hingegeben. Und es hatte sich absolut richtig angefühlt.

»So still, *chérie?*«, fragte er, hob ihr Kinn und sah ihr in die Augen. »Bedauerst du unsere gemeinsame Nacht?«

»Nein«, flüsterte Marie und küsste ihn zaghaft. »Ich bin nur noch nicht ganz aus diesem Rausch erwacht.«

»Ich auch nicht«, gestand er und fütterte sie mit seinem Croissant. »Und gleichzeitig bin ich hellwach. Ich brenne darauf, weiter an dem Duft zu arbeiten, der nur für dich bestimmt ist. Schon dein Eigengeruch ist betörend. Man muss ihn mit dem passenden Parfüm nur noch verfeinern, krönen, ihm huldigen.« Er vergrub seine Nase in ihrer Halsbeuge.

»Huldigen?«, wiederholte sie, seine Berührung genießend.

»Ja, so, wie vor fünftausend Jahren auch die Ägypter ihrem Sonnengott Re gehuldigt haben, indem sie für ihn Duftstoffe verbrannten. Du bist meine Sonne, Marie.«

Marie schloss die Augen. Sie genoss alles. Diesen Mann, seine Worte, auch wenn es ihr manchmal fast zu viel war – er betete sie ja förmlich an. Das kannte sie nicht von Männern, weder von ihrer eigenen unglücklichen Erfahrung noch aus Berichten ihrer Freundinnen oder Beobachtungen, wie ihre Eltern miteinander umgingen. Andererseits war ihre Beziehung zu Daltroff von Anfang an anders gewesen, geprägt von einer fast unheimlichen Seelenverwandtschaft – und deshalb passten seine Worte dann doch wieder.

»Die Ägypter waren kluge Menschen«, flüsterte sie.

»Ja«, erwiderte er dicht an ihrem Mund. »Und die reichen Ägypterinnen pflegten ihre Haut mit Salben, die nach Rosmarin oder Zitrone dufteten.«

»Man hat mir beigebracht, dass der Begriff Parfüm vom lateinischen *per fumum* kommt, was ›durch den Rauch‹ heißt«, erzählte Marie. »Als kleines Mädchen musste ich dabei immer an die Pfeife meines Vaters denken – der Rauch roch nach Vanille.«

Daltroff musste lachen. »Es stimmt, dass sich der Begriff davon ableitet. Die Ägypter haben die Duftstoffe ja verbrannt, und dadurch entstand Rauch.«

»Zum Glück kann man die Düfte heute tragen, ohne sie

erst verbrennen zu müssen«, sagte Marie naserümpfend. »Ich finde das viel angenehmer.«

»Ich auch.« Erneut begann Daltroff, sie zu küssen. »Erst recht, wenn ich ein eigens für dich kreiertes Parfüm auf deine Haut tupfen kann.«

Sie hatten sich noch einmal geliebt, doch nun waren sie auf dem Weg in die Parfümerie. Es war nicht weit. Die Verkäuferin vom Vorabend begrüßte sie mit einem wissenden Lächeln, was Marie verlegen machte – es war nur allzu offensichtlich, dass sie die Nacht miteinander verbracht hatten.

Im Labor sank die Stimmung allerdings unter den Nullpunkt. Sie wurden von einer etwa fünfundzwanzigjährigen Französin mit strengem Gesichtsausdruck und Nickelbrille empfangen, die ihre dunklen Haare halblang und glatt frisiert trug.

Der Wortwechsel, der sich sofort zwischen ihr und Daltroff entspann, war zu schnell, als dass Marie ihn, trotz ihrer guten Französischkenntnisse, hätte ganz verstehen können. Aber sie begriff, dass die Frau ihn am vergangenen Abend gesucht habe und dass er nicht ständig einfach tun und lassen könne, was er wolle. Immer wieder blickte die Madame abfällig in ihre Richtung und sagte dann ein Wort, das Marie nicht kannte, das jedoch bestimmt nicht freundlich war.

Ihr war beklommen zumute. Das rauschende Gefühl der Liebe war verflogen. War die Fremde Daltroffs Frau? Seine Geliebte? Würde sie den gleichen Schmerz wie mit Emil nochmals erleben? Marie spürte, dass die Enttäuschung wie eine Welle über ihr zusammenschlug.

28

»Du bist eine Heldin«, befand Helene, als Anna am Morgen die Parfümerie aufschloss. Diese hatte ihr gerade den Grund dafür mitgeteilt, warum Julius Karstadt gestern Nacht noch ihre Schaufensterscheibe notdürftig zugenagelt hatte.

Da es Anna peinlich war, wenn man ihren Anteil am glimpflichen Ausgang der Einbruchsgeschichte so hervorhob, lenkte sie die Aufmerksamkeit rasch auf den gestrigen Besuch der Muse Ida Dehmel.

Helene lachte herzlich und erklärte, dass auch sie und ihr Gatte zu dem Fest eingeladen seien. »Ich kenne Ida gut, und das ist typisch für sie. Sie ist wirklich äußerst extrovertiert. Und sie fällt auf mit ihren Reformkleidern. Als ich einmal mit ihr über den Jungfernstieg gegangen bin, haben sich die Leute nach uns umgedreht.«

»Das lag sicher nur zum Teil an den Reformkleidern«, sagte Anna. »Wenn ich die trage, schauen die Leute schon auch, aber sicherlich nicht so sehr wie bei Ida Dehmel. Sie hat einfach eine ungeheure Ausstrahlung.«

»Das stimmt«, bekräftigte Helene. »Wie wunderbar, dass du auch zu ihrem Fest kommen wirst.«

»Und ich bin froh, dass ihr da seid«, gestand Anna. »Allein würde es mir dort vielleicht doch etwas mulmig werden.«

»Du wirst dich sehr wohlfühlen«, versicherte die Künstlergattin. »Das sind alles wunderbare und sehr interessante Leute, du wirst sehen.«

Daran zweifelte Anna nicht.

Den Vormittag über strömten die Kunden wie schon am Vortag in das Geschäft, die Kasse klingelte deshalb jedoch nicht: Die meisten kamen aus Sensationslust. Da der Glaser erst am Mittag Zeit hatte, kündeten die Bretter am Schaufenster noch davon, dass es hier offenbar einen Einbruch gegeben hatte.

Als die Mittagszeit hereinbrach und Helene sich in die Pause verabschiedete, linste Anna möglichst unauffällig zu Julius' Geschäft hinüber, sah jedoch nur seine alte Verkäuferin und den Lehrling Norbert. Wo Julius wohl blieb?

Als er gegen Ende der Mittagspause noch immer nicht aufgetaucht war, warf Anna noch einen letzten prüfenden Blick in den Spiegel, legte etwas Parfüm auf und ging zu Julius' Laden. Zu ihrer Enttäuschung traf sie am Geschäft nur Norbert an, der gerade die Ladentür verschloss, um seinerseits in die Mittagspause zu gehen. Augenblicklich spürte Anna Sorge in sich aufsteigen. Ob Julius noch Nachwirkungen des Überfalls spürte? War er deshalb zu Hause geblieben? Ging es ihm gut? »Guten Tag, Norbert, wo ist denn Herr Karstadt?«, fragte sie den Lehrjungen.

»Der Chef trifft heute eine Dame aus Stuttgart.«

Das versetzte Anna einen derartigen Stich in der Magengegend, dass sie gar nicht mehr recht zuhörte, als der Lehrling fortfuhr: »Aber Frau Matthiesen und ich schlagen uns hier wacker. Herr Karstadt wollte um drei Uhr mal anrufen. Kann ich was ausrichten?«

Er sah sie erwartungsvoll an, und Anna stammelte wie erwachend: »Was? Nein, nein, das hat keine Eile.«

Eine Dame aus Stuttgart also! Wie hatte sie sich auch einbilden können, dass so ein gut aussehender Mann nicht längst vergeben war?

Den Rest des Tages hatte Anna Carstens schlechte Laune und keinerlei Appetit. Auch auf die Einweihungsfeier des Poeten am Abend verspürte sie immer weniger Lust.

***

In Paris hatte Marie ganz ähnliche Sorgen wie Anna in Hamburg. Sie wollte das alles nicht noch einmal durchmachen müssen! Nicht die gleiche Enttäuschung erleben wie seinerzeit mit ihrem Vermieter Emil.

Andererseits, versuchte Marie sich gut zuzureden, wäre Ernest verheiratet, würde er sie ja nach einer gemeinsamen Nacht kaum mit hierherbringen, wo die Frau mit der Brille offenbar wie selbstverständlich ein und aus gehen konnte. Und er hätte sie auch nicht mit zu sich nach Hause genommen. Nein, das passte alles nicht zusammen. Sie beschloss, einfach abzuwarten, so schwer es ihr auch fiel.

Sie musste nicht lange warten. Minuten später verließ die bebrillte Dame das Labor. Daltroff sah ihr wütend nach.

»Wer war das?«, fragte Marie.

Er fuhr herum und blitzte sie an, als stehe es ihr nicht zu, diese Frage zu stellen, doch sofort wurde sein Blick wieder weicher.

»Félicie«, sagte er nur.

Natürlich. Sie hätte es sich denken können. In dem Bann, der ihn umgab, hatte sie vollkommen ausgeblendet, dass es eine Muse namens Félicie Wanpouille in seinem Leben gab. Aber von ihr schien zumindest in Liebesdingen keine Gefahr auszugehen. Und so, wie sie Ernest bisher erlebt hatte, war die eher streng wirkende Félicie auch nicht die Art von Frau, mit der er das Bett teilen würde. Dennoch war ein Streit zwischen ihnen nicht gut. Marie wusste, dass Félicie eine wichtige Geschäftspartnerin für ihn war und dass sie auch die Flaschen entwarf, in denen er seine Düfte präsentierte. Zum Beispiel hatten sie 1911 gemeinsam *Narcisse Noir* auf den Markt gebracht, das bei den Kundinnen der Parfümerie Douglas sehr beliebt gewesen war.

»Warum war sie so wütend?«, fragte Marie. »Meinetwegen?«

»Nein«, sagte Daltroff und fügte dann hinzu: »Doch. Indirekt. Sie war wütend, weil ich heute Morgen einen wichtigen Geschäftstermin versäumt habe, den sie nun alleine wahrnehmen musste.«

»Das tut mir leid«, sagte Marie betroffen. »Das wusste ich nicht.«

»Wie solltest du auch?« Daltroff lächelte zärtlich und küsste sie. »Das war allein mein Versäumnis.«

»Und was machen wir jetzt?«, fragte Marie.

Ernest sah sie verwundert an. »Das ist doch klar. Wir arbeiten weiter an deinem Duft.«

***

Das Lachen erklang in Blankenese bis auf die Straße. Auf dem Rasen vor dem zweiteiligen Haus mit dem spitzen Dach standen unzählige Menschen, ins Gespräch vertieft. Auf dem gewundenen Weg, der zum Gebäude führte, tanzte ein Paar eng umschlungen zu der Musik, die aus dem Inneren drang. Anna sah sich suchend um. Sie hoffte, in der Menge irgendwo Helene und Johannes zu entdecken, da sah sie Ida Dehmel auf sich zueilen. Sie trug ein weites, wehendes, über und über mit Perlen besticktes Gewand und küsste Anna zur Begrüßung rechts und links auf die Wange. »Wie schön, dass Sie da sind«, rief sie. »Kommen Sie mit, ich möchte Sie meinem Mann vorstellen.«

Leichtfüßig eilte sie vor Anna die Treppe hinauf, die ins Haus führte – dann war sie verschwunden. Anna blickte hierhin und dorthin, konnte ihre Gastgeberin aber nirgends mehr entdecken.

Langsam ging sie weiter. Überall wurden Gedichte rezitiert, und eine Gruppe sprach über das Ableben des dänischen Königs in einem Hamburger Nobelbordell. Hatten die Kunden in der Parfümerie darüber seinerzeit nur hinter vorgehaltener Hand getuschelt und hatte ihre Stiefmutter jegliche Diskussion über dieses Ereignis in ihrem Hause strengstens untersagt, so tratschte man hier offen und auch mit einer gewissen Sensationslust darüber.

»Sie sind neu hier, richtig?«, sagte in diesem Moment eine weibliche Stimme in ihrem Rücken.

Anna drehte sich um und sah sich einer sehr fülligen Dame mit winzigen roten Löckchen und neugierigen blauen Augen gegenüber.

»Das stimmt.«

»Woher kennen Sie die beiden denn?«

»Ida Dehmel kam gestern in meine Parfümerie und wollte einen Duft kaufen. Da hat sie mich eingeladen.«

»Eine solche Spontaneität ist typisch für Ida«, lachte die Frau. »Dafür lieben wir sie. Sie hat es ja nicht immer leicht gehabt.«

Anna stöhnte innerlich auf. Zu oft hatte sie diese Überleitung schon bei ihrer Stiefmutter gehört. Sie war meist der Einstieg in einen ausführlichen und von Skandalen gespickten Vortrag über eine abwesende Dritte.

»Ich nehme an, Sie kennen die Geschichte der beiden nicht?«

»Nein«, sagte Anna zurückhaltend. »Und ich glaube …«

Doch die Rothaarige ließ sich nicht aufhalten. »Sie waren ja beide schon einmal verheiratet«, teilte sie unbarmherzig mit. »Ida hat auch einen Sohn von ihrem ersten Mann. Dann haben die beiden sich ineinander verliebt und sind miteinander durchgebrannt. Stellen Sie sich das nur vor! Erst später haben sie sich von ihren Ehepartnern scheiden lassen.«

Obwohl sie es eigentlich gar nicht wollte, hörte Anna fasziniert zu.

»Sie haben dann eine ganze Weile ein Nomadenleben geführt und ihre Heimat beieinander gefunden, so hat Ida es mir gegenüber einmal formuliert. Doch dann wollten sie sesshaft werden.«

»Und warum ausgerechnet Blankenese?« Anna hoffte, dass dies eine harmlose Frage war, auf die es eine harmlose Antwort gab. Sie wollte den Tratsch nicht noch schüren.

Die Rothaarige zuckte die Schultern, als sei ihr der Grund für die Wahl des Wohnorts zu langweilig. »Nun, Richard hat in Altona einen Freund, den sie hier öfter besucht haben«, begann sie. »Dann haben sie immer auch einen Ausflug nach Blankenese gemacht. Sie fanden es schön und bekamen eine Wohnung, aus der Ida ein wahres Kunstwerk machte. Und dann haben seine Freunde ihm dieses Haus geschenkt. Ida Dehmel hat ja schon, als sie in Berlin wohnte, Salons für Künstler ausgerichtet – und das macht sie hier nun auch. Sie haben beste Kontakte nach Wien und Weimar. Herrlich, wie sich die Avantgarde hier versammelt«, sagte die Rothaarige, der es augenscheinlich bestens gefiel, dieser Avantgarde anzugehören.

Anna hörte kaum noch hin, ihre Gedanken drifteten wieder zu dem Thema, das sie schon seit der Mittagspause nicht mehr aus dem Kopf bekam: Julius hat sich mit einer Dame aus Stuttgart getroffen und dafür sogar seinen Laden im Stich gelassen!

Die untersetzte Rotgelockte, die sich namentlich noch nicht vorgestellt hatte, schien nicht zu erfassen, dass Anna ihr nicht mehr richtig zuhörte, holte Luft und fuhr fort: »Ida engagiert sich ja auch im Hamburger Frauenklub und ist Vorsitzende des Bezirksvereins Hamburg-Altona des Norddeutschen Verbands für Frauenstimmrecht. Ich finde aber nicht, dass wir Frauen uns einbilden sollten …«

»Da bist du ja, Liebes!«

Freudestrahlend kam ein großer Mann mit leicht verwuscheltem braunem Haar auf Anna zu. Das Blut schoss ihr ins Gesicht. Und wenn es Tausende Damen aus Stuttgart gab, nur derjenige, der ihren Schmerz verursacht hatte, konnte ihn wieder fortwischen: Julius Karstadt. Allein ihn zu sehen hob ihre Laune augenblicklich. Und da küsste er sie auf einmal so vertraut, als seien sie ein Paar! Verdattert starrte Anna ihn an.

»Ich habe überall nach dir gesucht, Schatz«, behauptete er augenzwinkernd. »Wo warst du denn? Sie entschuldigen uns?« Er nickte der Rothaarigen noch einmal zu, nahm Anna beim Arm und führte sie nach draußen in den Garten.

»Ich wusste nicht sicher, ob Sie mir dankbar sein oder eine Ohrfeige verpassen würden«, flüsterte er ihr zu, ohne sie loszulassen. Sie spürte seinen Atem auf ihrem Gesicht und ihr Herz hämmern.

Doch dann machte Julius, zu Annas Bedauern, einen Schritt zurück und sah sie besorgt an. Mit seinem nun so betrübten Blick aus den grünbraunen Augen wirkte er wie ein Schuljunge, der einen schlechten Aufsatz geschrieben hat und Schelte befürchtet. »Ich hoffe, Sie verzeihen mir meine Zudringlichkeit. Ich wollte Sie nur retten.«

Natürlich, dachte Anna. Die Dame aus Stuttgart. Wie hatte sie nur für eine Sekunde annehmen können … Aber seine Lippen hatten sich so wunderbar angefühlt! Eilends zog sie sich auf das vertraute Terrain der Neutralität zurück. »Nun«, entgegnete sie so gelassen wie möglich, »die Dame war schon anstrengend …«

»Wenn unsere Frau Lepadusch einmal in Fahrt ist, dann kann man sie nicht aufhalten«, erklärte der Kaufmann. »Lassen Sie mich raten, sie hat über die Kämpferinnen für das Frauenwahlrecht gelästert.«

Wider Willen musste Anna lächeln. »Sie fing gerade damit an.«

»Ich finde das Frauenwahlrecht wichtig«, sagte Julius ernst. »Die Damenwelt leistet so viel, da sollen sie auch mitentscheiden. Apropos: Ist Ihnen Ihr tapferer Einsatz von gestern Abend gut bekommen?«

Der schon, aber nicht, dass du heute eine Dame aus Stuttgart treffen musstest, dachte Anna. Doch laut sagte sie nur reserviert: »Danke, alles gut.«

»Anna«, ertönte in diesem Moment Helenes glockenhelle Stimme hinter ihr. »Da bist du ja. Wir haben schon überall nach dir gesucht.«

»Und ich habe euch gesucht«, erwiderte Anna und küsste ihre Freundin auf die Wange. Sie war erleichtert, nicht mehr mit Julius allein zu sein. »Und Johannes, wie schön, dich zu sehen.«

»Die Freude ist ganz meinerseits«, sagte der Künstler und wandte sich dann Julius zu, um ihn zu begrüßen.

»Schön, dass du es wirklich geschafft hast«, meinte er.

Anna wunderte sich etwas. Damit, dass der Kaufmann Julius Karstadt Verbindungen zur Hamburger Künstlerszene pflegte, hätte sie nicht gerechnet. Warum hatte Helene nichts gesagt?

»Ja, so konnte ich Fräulein Carstens vor Frau Lepadusch retten«, sagte Julius.

»Oh.« Helene sah ihre Freundin mitleidsvoll an. »Na, dann bist du ja gleich an die Richtige geraten.«

»Sie hat mir die ganze Geschichte der Dehmels erzählt«, berichtete Anna. »Wie sie sich kennengelernt haben – und dass sie damals beide noch verheiratet waren.«

»Was für eine Klatschbase«, fand Helene.

»Ruhe bitte!«, rief eine Stimme, die Anna als die Idas erkannte. »Liebe Freunde, Richard und ich möchten euch einige Gedichte vortragen und bei dieser Gelegenheit alle herzlich willkommen heißen. Bitte folgt mir in den Garten.«

Die Gästeschar drängte nach draußen, wo eine von weißen Rosen umkränzte Empore aufgebaut war. Die Dehmels nahmen auf dem bestickten Sofa Platz.

Richard Dehmel passte gut zu seiner Frau, fand Anna. Seine Haare waren leicht wellig, er trug einen Schnauzbart, und der Blick aus seinen hellen Augen hinter den runden Brillengläsern war von ungeheurer Präsenz. Seine Stimme war überraschend dunkel, als er las:

»Ein Mann:

Da du so schön bist, darf ich dich beschwören,
errege nicht mein leicht erregtes Blut.
Da du so schön bist, kann ich dir nicht wehren,
dass deine Hand zu lang' in meiner ruht.

Da du so schön bist, muss ich dich begehren,
denn alle Schönheit ist mir freies Gut.
Da du so schön bist, will ich dich zerstören,
damit es nicht ein andrer tut …«

Er rezitierte das ganze Gedicht auswendig und sah seine Frau dabei unverwandt an.

Sie erwiderte seinen Blick, und als sie das Wort ergriff, tat auch sie es, ohne in ihre Notizen zu schauen.

»Da du so stark bist, darfst du mich begehren,
doch meine Schönheit bleibt mein freies Gut.
Da du so stark bist, kannst du mich zerstören,
wenn dir die Tat nicht selbst zu wehetut.
Da du so stark bist, musst du mir beschwören,
dass du beschützen wirst mein schutzlos Blut.
Da du so stark bist, will ich dir nicht wehren,
dass deine Hand in meiner ruht …«

Die Zuhörer lauschten den Worten. Eine tiefe Stille lag über dem Garten. Keiner konnte sich dem Zauber dieses Augenblicks entziehen. Helene hatte ihren Kopf an Johannes' Schulter gelehnt, der sie umfangen hielt. Anna hingegen spürte Julius' Nähe, der bei ihr stand, doch sie verbot sich jeglichen romantischen Gedanken. Denn sein Herz gehörte ja wahrscheinlich der Stuttgarterin.

Warum, fragte sie sich, muss die Liebe immer und immer wieder so bitter schmecken?

29

Der Tag ihrer Abreise rückte näher, und Marie fragte sich beklommen, wie sie es ohne ihren Liebsten aushalten sollte. Erst vor einer halben Stunde hatten sie sich getrennt, und sie vermisste Ernest schon jetzt schmerzlich. Wie sollte es erst werden, wenn sie zurück in Hamburg war? Sie würden sich für eine lange Zeit nicht sehen. Ernest hatte nie darüber sprechen wollen. Immer wenn sie davon angefangen hatte, hatte er ihr seinen Finger auf die Lippen gelegt und gesagt, sie solle die schöne Zeit, die ihnen noch blieb, doch nicht mit düsteren Gedanken belasten und dass sie dann schon einen Weg finden würden.

Marie seufzte. Am liebsten hätte sie Hamburg den Rücken gekehrt und wäre für immer in die Stadt der Liebe gezogen. Aber natürlich konnte sie Anna nicht im Stich lassen. Inzwischen war sie fast am Ziel angekommen: Sie war auf dem Weg zu einem Treffen mit Helena Rubinstein. Ernest hatte es zu Maries großer Freude arrangiert. »Du musst Helena unbedingt kennenlernen«, hatte er derart geschwärmt, dass Marie schon fast eifersüchtig geworden war. »Sie ist eine sehr beeindruckende Frau, und ihr habt euch sicherlich viel zu sagen.«

Marie erkannte Helena Rubinstein sofort, als sie die Tür

zum Café aufstieß. Die Dreiundvierzigjährige trug ihr dunkles Haar straff nach hinten gekämmt und hatte es im Nacken zu einem Knoten geschlungen. Ihre dunklen Augen hatte sie geschickt betont, vor allem aber war es Helenas reine, ebenmäßige Haut, die sofort auffiel.

»Madame Rubinstein?«

Die Kosmetikerin sah auf und erhob sich strahlend.

»Mademoiselle Carstens«, sagte sie auf Französisch.

»Danke, dass Sie sich für mich Zeit nehmen«, sagte Marie.

»Na, so wie mein lieber Freund Ernest von Ihnen geschwärmt hat, konnte ich gar nicht anders«, erklärte die berühmte Kosmetikerin. »Er ist ja ganz vernarrt in Sie.«

»Das beruht auf Gegenseitigkeit«, beteuerte Marie.

Die beiden Frauen lachten herzlich, waren sich auf Anhieb sympathisch.

»Setzen wir uns«, schlug Helena vor. »Ich finde es wunderbar, dass immer mehr Frauen den Mut haben, ihren eigenen Weg zu gehen.«

»O ja, das geht mir ganz genauso«, bestätigte Marie. »Wobei ich glaube, dass meine Geschichte viel weniger aufregend ist als die Ihre.«

»Das ist ja kein Wettbewerb«, entgegnete Helena Rubinstein. »Es geht um den Mut und um die Entschlossenheit, sich durch nichts und niemanden von den eigenen Zielen ablenken zu lassen.«

»Das stimmt.« Marie lächelte. »Aber bei Ihnen hat das ja schon einiges an Entschlossenheit gebraucht.« Sie wusste, dass die junge Helena einst ihr Medizinstudium abgebrochen hatte, um nach Australien zu gehen und bei ihrem Onkel als Kindermädchen zu arbeiten. Und auch, dass sie zwölf Tiegel Kältecreme im Gepäck gehabt hatte, die sie großzügig an die Farmerinnen verteilte, die dann wiederum

Nachschub wollten, woraufhin Helena Cremes aus Polen importierte und verkaufte.

»Leicht haben es Frauen, die ihren Weg gehen wollen, doch nie«, sagte die Unternehmerin und fügte dann selbstbewusst hinzu: »Was mir half, war meine reine Haut. Der Traum jeder Frau aus dem australischen Busch. Das war natürlich die beste Werbung. Meinen Schönheitssalon in Melbourne haben sie regelrecht gestürmt. Allerdings gab es damals auch noch nicht viele Alternativen.«

»Dafür gab es die in London und Paris zuhauf«, sagte Marie, die wusste, dass Helena Rubinstein 1908 einen Schönheitssalon in London eröffnet hatte und dass das zweijährige Jubiläum des Pariser Salons unmittelbar bevorstand.

»Da haben Sie recht«, erwiderte die Kosmetikmagnatin.

»Aber inzwischen sind meine Produkte wirklich voll von meinem Wissen. Es war die richtige Entscheidung, 1905 mein Studium bei Dr. Berthelot wiederaufzunehmen. Bei ihm habe ich unglaublich viel gelernt. Er ist einer der besten Hautärzte überhaupt.«

Im weiteren Verlauf des Gesprächs vertraute sie Marie an, worauf sie bei der Gestaltung ihrer Filialen achtete, damit man sie weltweit wiedererkannte, und die junge Hamburgerin lauschte gebannt. Die Zeit verging wie im Flug, und es kam ihr viel zu früh vor, als Helena irgendwann auf ihre Uhr sah.

»Bitte entschuldigen Sie meine Unhöflichkeit«, sagte sie. »Aber ich muss mich schon wieder auf den Weg machen. Bis zur Feier meines zweijährigen Salonjubiläums gibt es noch viel zu tun.«

Marie nickte. »Selbstverständlich. Es ist ohnehin großartig, dass Sie sich so spontan Zeit für mich genommen haben.«

»Es war mir ein Vergnügen«, versicherte Helena Rubinstein. »Ich gehe davon aus, dass wir uns bei der Feier sehen? Ernest ist selbstverständlich eingeladen.«

»Ich freue mich darauf«, bestätigte Marie. »Er hatte ja ursprünglich vor, mich Ihnen an diesem Abend vorzustellen, meinte aber, dann seien Sie sicherlich so umringt, dass wir keine zwei Sätze wechseln können.«

Helena Rubinstein lachte. »Da hat er recht, fürchte ich.«

***

»Ich habe ihn gefunden! Endlich!«

Als Marie nach ihrem Treffen mit der berühmten Kosmetikerin wieder die Parfümerie Daltroff betrat, kam Ernest ihr schon im Verkaufsraum strahlend entgegen. »Beeil dich!«, drängte er und nahm ihre Hand. »Ich kann es nicht erwarten, den Duft an dir zu riechen.«

Er zog sie hinter sich ins Labor.

Marie lächelte. In den letzten Tagen war Ernest wie besessen gewesen. Das Parfüm, das er für sie komponiert hatte – und von dem sie fand, dass es noch nie einen bezaubernderen Duft gegeben habe –, hatte ihm nicht gefallen. Zumindest noch nicht ganz. Eine Komponente hatte ihn gestört, außerdem fehle etwas. Der Duft, so hatte er wieder und wieder geklagt, spiegle noch nicht vollständig ihr Wesen wider, geschweige denn seine Gefühle für sie. Ernest hatte sich in seinem Labor eingeschlossen, während sie die anderen Parfümhäuser von Paris besuchte, was ihm nicht gefiel. »Warum musst du dorthin?«, hatte er gefragt. »Du hast doch jetzt mich. Mehr brauchst du nicht.«

Doch Marie hatte charmant argumentiert, dass er selbstverständlich für immer ihr Lieblingsparfümeur sein würde, dass sie aber in Hamburg nicht ein Geschäft ausschließlich mit seinen Parfüms führen könne. Murrend hatte er klein beigegeben. Und nun hatte er es offenbar geschafft, seinen eigenen Ansprüchen zu genügen: Der Duft stand in einem wunderschön geschliffenen Flakon mit goldgefärbtem Deckel bereit – inmitten von Veilchen- und Frangipaniblüten.

»Für dich.« Er küsste sie.

»Es ist wunderschön«, sagte sie und nahm das Fläschchen behutsam in die Hand.

Er entkorkte den Flakon, tupfte die goldenen Tropfen auf ihr Handgelenk und hinter ihr Ohr. Sofort nahm er ihre Hand, führte sie zu seiner Nase, schloss die Augen, sog den Duft tief ein. Ein glückseliges Strahlen flog über sein Gesicht. »Das ist es«, rief er. »*Ma chérie,* wir haben es gefunden. Das ist dein Duft.«

Marie konnte ihm nur zustimmen. Dieses Parfüm war nicht einfach nur ein Duft. Sie hatte wirklich das Gefühl, dass es sie beschrieb, dass es ihren Charakter ausdrückte, auch die Züge, die sonst niemand sah.

Ernest hatte ihr Wesen erkannt. Sonst hätte er diesen Duft nicht komponieren können.

Sie hob den Blick und sah ihm in die Augen. Er wirkte unsicher, fragend, ungeduldig auf ihr Urteil wartend. Sie legte die Arme um seinen Nacken und küsste ihn. »Ich weiß nicht, was ich sagen soll, Ernest«, erklärte sie leise. »Du hast mich mit diesem Duft genau erfasst.«

Er schloss seine Arme enger um sie und erwiderte ihren Kuss. »Bleib bei mir, Marie«, murmelte er. »Geh nicht nach Grasse. Und vor allem: Geh nicht zurück nach Hamburg!«

Es war das erste Mal, dass er diesen Wunsch äußerte. Bisher hatte er immer abgelenkt, wenn sie die Sprache auf ihre baldige Abreise gebracht hatte.

»Du weißt, dass das nicht geht«, flüsterte sie. »Aber ich werde wiederkommen. Und du wirst nach Hamburg kommen. Unsere Wege werden sich für immer wieder und wieder kreuzen. Und wir haben ja nun den Duft, der uns verbindet.«

»Ja«, murmelte er. »Ich werde mein Kopfkissen jeden Abend damit betupfen.«

In diesem Moment fiel scheppernd eine Tür ins Schloss. Daltroff und Marie fuhren erschrocken auseinander.

»Félicie«, sagte Ernest, als er die Ursache für die Störung erkannte. »Was gibt es?«

»Ich muss etwas mit dir besprechen«, sagte die Art-Direktorin knapp und würdigte Marie, wie immer, keines Blickes. »Es ist wichtig.«

Er seufzte. »Ich komme gleich in dein Büro.«

»Warum ist Félicie eigentlich so feindselig mir gegenüber?«, fragte Marie später Claire, die schöne, schwarz gelockte Verkäuferin, die sie bei ihrer Ankunft in Paris gleich so herzlich empfangen hatte.

Diese zuckte die Achseln. »Ich nehme an, sie ist eifersüchtig.«

Das versetzte Marie einen Stich. Das Gefühl, dass zwischen Daltroff und Félicie doch mehr war, war sie in den letzten Tagen nie ganz losgeworden, hatte sich aber einzureden versucht, dass sie ruhig bleiben müsse und ihre schlechten Erfahrungen mit Emil nicht auf Ernest übertragen dürfe.

»Hat sie denn dafür einen Grund?«

»Das weiß niemand so genau«, gab Claire ehrlich zu. »Eine Zeit lang galt sie als seine Muse, aber du musst dir keine Sorgen machen. Es ist offenkundig, wie verliebt Ernest in dich ist. Es wird schwer für ihn sein, wenn du fort bist.«

Marie seufzte. »Für mich auch«, gestand sie.

»Kannst du nicht einfach bleiben?«, schlug Claire vor. »Ich könnte so kompetente Unterstützung hier im Geschäft gut gebrauchen.«

»Das ist sehr verlockend, aber ich kann meine Schwester in Hamburg nicht einfach im Stich lassen.«

»Das verstehe ich gut«, sagte Claire. »Wenn ihr euch liebt, werdet ihr einen Weg zueinander finden. Egal, wie groß die Entfernung auch ist.«

In ihrer Stimme war etwas, das Marie stutzig machte, es klang ein wenig so, als würde Claire nicht daran glauben. Doch sie schob den Gedanken rasch beiseite. Sie wollte auf keinen Fall anfangen, sich über alles Sorgen zu machen und alles zu hinterfragen, so, wie ihre Stiefmutter das stets tat. Marie war fest entschlossen, die letzten Tage mit Ernest noch zu genießen. Und zwar ohne jeden Zweifel und aus vollem Herzen.

***

Helene, die nach wie vor täglich im Laden aushalf, bemerkte, dass Anna immer stiller und blasser wurde.

»Es ist wegen Julius, nicht wahr?«, fragte sie, als sie die Ladentür absperrten, um an der Alster ihr Mittagessen einzunehmen.

Anna seufzte. »Ja. Ich befürchte, ich habe zu viele Gefühle für ihn entwickelt«, gestand sie endlich ein. »Aber ich habe ihn auch schon einmal von einer nicht so schönen Seite erlebt und möchte nicht die gleiche Enttäuschung erleben wie damals mit Ferdinand.«

»Das verstehe ich«, versicherte Helene, während sie den Neuen Wall hinunterschlenderten. »Aber ehrlich gesagt glaube ich, dass es ihm nicht anders geht als dir. Er wirkte nicht gerade glücklich darüber, dass du bei der Feier so kühl zu ihm warst.«

»Allzu unglücklich kann ihn das nicht gemacht haben.«

Anna blieb stehen und sah ihre Freundin an. »Er hatte den ganzen Tag mit einer Dame aus Stuttgart verbracht.«

Zu Annas Erstaunen lachte Helene nun. »Ja, das hat er. Und den heutigen Tag auch. Rudolph Karstadt hat außer Julius' Vater noch drei Brüder und fünf Schwestern. Diese Dame aus Stuttgart ist eine von Julius' vielen Cousinen. Sie hat dort in eine Schokoladendynastie eingeheiratet. Die beiden sind wie Geschwister aufgewachsen. Deshalb verbringt er gern Zeit mit ihr, wenn sie mal in Hamburg ist.«

»Das weißt du sicher?«, hakte Anna nach und lächelte erstmals seit Tagen wieder aus vollem Herzen.

»Absolut, ich kenne sie gut«, versicherte die Künstlergattin. »Aber wenn du mir nicht glaubst, frag ihn selbst. Da kommt er nämlich gerade.«

Augenblicklich erhöhte sich Annas Puls auf drastische Weise. Tatsächlich eilte in diesem Moment Julius die Alsterarkaden entlang. Er schien in Gedanken versunken und hatte die beiden Frauen offenbar noch nicht bemerkt.

»Julius!«, rief Helene und winkte, als er sich zu ihnen umdrehte. Strahlend kam er auf sie zu.

»Wie schön, euch zu sehen«, sagte er. »Ich habe gerade meine Cousine zum Bahnhof gebracht und wollte gleich nach dem Laden schauen. Ich habe Frau Matthiesen und Norbert viel zu lange im Stich gelassen.«

»Die sind auch gerade in die Mittagspause gegangen«, beruhigte ihn die Künstlergattin. »Aber ich habe eine Bitte: Ich habe etwas Wichtiges im Laden liegen lassen. Würdest du Anna zu Tisch begleiten?«

Überrascht strahlte Julius Anna an. »Wenn Sie nichts dagegen haben.«

»Ich würde mich freuen«, sagte die und erwiderte sein Lächeln etwas verlegen.

»War bei der Feier neulich alles in Ordnung?«, fragte er, als sie im Alsterpavillon saßen, und ließ die Speisekarte sinken. Anna bemerkte seine Unsicherheit, als er sagte: »Ich hätte Sie nicht derart überfallen sollen. Sie wirkten nach dem Kuss sehr abweisend.«

Sie bekam Mitleid mit ihm und beschloss, sich die Blöße zu geben, ihm ihre schmeichelhafte Eifersucht zu gestehen. »Das hatte einen anderen Grund. Ihr Lehrling hatte …«

»Anna!«, rief in diesem Augenblick eine wohlvertraute Stimme, die ihr einen Schauer über den Rücken jagte – der war allerdings alles andere als wohlig.

»Ferdinand«, erkannte sie schockiert.

Zu ihrem Entsetzen steuerte ihr ehemaliger Verlobter geradewegs auf ihren Tisch zu.

30

Es war, als wolle die Stadt der Liebe Marie den Abschied besonders schwer machen, als habe sie ihr schönstes Kleid angelegt, um sie noch einmal von Neuem in ihren Bann zu ziehen. Die Luft war mild und getränkt vom Duft der Rosen – Marie hatte das Gefühl, dass ihr Geruchssinn hier in Paris noch mehr verfeinert worden sei. Die Sonne funkelte auf der Seine, die Menschen saßen vor den Cafés, eine Tasse, Gebäck und eine Zeitung vor sich oder in eine angeregte Unterhaltung vertieft. Nirgendwo sah Marie mürrische Gesichter – außer bei dem Mann, der neben ihr ging. Ernests schlechte Laune stand in krassem Gegensatz zu der Fröhlichkeit, die überall in der Luft lag – und auch zu seinem sonstigen Charakter. So hatte Marie ihn noch nie erlebt.

Nicht einmal ein Kompliment für ihr Aussehen hatte er ihr gemacht, als er sie in ihrem Hotel abgeholt hatte – obwohl er sie sonst mit Schmeicheleien regelrecht überschüttete und sie sich heute besonders viel Mühe gegeben hatte. Sie trug ein hellblaues Kleid im Empirestil, von dem sie wusste, wie gut es die Farbe ihrer Augen betonte, und das über und über mit goldfarbenen Ranken und Blüten bestickt war. Und natürlich hatte sie sein Parfüm aufgelegt.

Doch all das schien er nicht zu bemerken, auf dem Weg

zu Helena Rubinsteins Salon war er kurz angebunden und mürrisch, antwortete auf ihre Versuche, ein Gespräch zu beginnen, geistesabwesend und einsilbig. Schließlich hatte Marie genug. »Was ist mit dir, Liebster?«, fragte sie und blieb stehen.

»Ich möchte nicht, dass du abreist«, stieß er hervor.

Marie seufzte und strich sacht über seine Wange. »Das möchte ich doch auch nicht«, versicherte sie ihm. »Aber ich habe keine andere Wahl. Wir haben schon mehrfach darüber gesprochen.«

»In Grasse wird man eine schöne Frau wie dich sicherlich herzlich willkommen heißen«, brummte er verstimmt.

»Ist es das, Ernest?«, fragte Marie und sah ihn eindringlich an. »Du bist eifersüchtig?«

»Natürlich bin ich eifersüchtig.« In einer dramatischen Geste hob er die Hände in die Luft und ließ sie dann wieder fallen.

Marie lachte zärtlich. »Aber dazu gibt es wirklich nicht den geringsten Anlass. Andere Männer sind mir egal. Nur du bist mir wichtig.«

Daltroff ließ sich nicht besänftigen. »Du glaubst ja nicht, wozu diese Männer in der Lage sind, wenn sie eine schöne Frau sehen«, beharrte er.

»Ich weiß mich zu wehren. Und darunter, dass wir uns so lange nicht sehen werden, leide ich ebenso wie du. Aber wir haben uns doch schon etwas überlegt. Du kommst mich in Hamburg besuchen, und ich werde, sobald es mir möglich ist, wieder nach Paris reisen.«

Insgeheim war sich Marie sehr wohl bewusst, dass das alles nicht so einfach werden würde. Es fing schon damit an, dass sie keine Ahnung hatte, wie sie Ernest bei ihren Eltern einführen sollte. Wobei ihre Stiefmutter vermutlich gar nicht so abgeneigt wäre – immerhin hatte sie deutlich zu verstehen gegeben, dass sie fürchtete, beide Töchter würden als alte Jungfern enden. Daltroff war ja schließlich das, was man eine gute Partie nannte. Allerdings war zwischen ihnen bisher keineswegs die Rede von Hochzeit gewesen – und das wäre auch viel zu früh, schließlich kannten sie sich erst seit knapp zwei Wochen.

»Lass uns die letzten Stunden, die uns noch bleiben, genießen«, sagte sie eindringlich. »Statt zu klagen, sollten wir uns lieber darüber freuen, dass wir einander gefunden haben. Dass wir die Liebe gefunden haben.«

Ein Lächeln huschte über Daltroffs Gesicht.

»Dass wir die Liebe gefunden haben«, wiederholte er und beugte sich vor, um sie zu küssen.

***

Anna spürte, dass sie einen hochroten Kopf hatte, als sie die Sätze herunterleierte: »Herr Karstadt, das ist Ferdinand de Moor, Reeder, Ferdinand, das ist Julius Karstadt, der Nachbar unserer Parfümerie.«

»Ja, euer Geschäft ist ja ein kolossaler Erfolg, sogar meine Mutter kauft bei euch ein«, räumte Ferdinand ein. »Ich gebe zu, ich habe euch damals unterschätzt.« Ihm war offensichtlich nach Plaudern zumute, denn er machte keine Anstalten, sich wieder zu verabschieden.

»Deine Frau Mama scheint ein weltoffener und moderner Mensch zu sein.« Anna konnte einfach nicht umhin, sich diese kleine Spitze zu gönnen. »Davon gibt es immer mehr.«

Ferdinand hob kurz eine Augenbraue, wechselte dann jedoch das Thema: »Aber in einem hast du unrecht. Ich bin kein Reeder geworden, sondern Offizier in der Marine Seiner Majestät. Wir müssen den Engländern mit ihrer Riesenflotte schließlich was entgegenhalten.«

Anna wurde etwas mulmig zumute, als er sich nun etwas provozierend an Julius wandte: »Der Meinung sind Sie gewiss auch, Herr Karstadt?«

»Ach, ich finde, der Größe einer Nation sind florierende Wirtschaftsbeziehungen zu den anderen Ländern zuträglicher als große Flotten und Waffen«, sagte Julius gelassen. Dennoch merkte Anna ihm an, dass ihm die Begegnung mit de Moor überhaupt nicht gefiel. Ob das nun an den Ansichten des anderen lag oder daran, dass er sich von de Moor gestört fühlte, konnte sie nicht sagen. Beunruhigt stellte sie fest, dass es offenbar auch in Ferdinand zu brodeln begann. Was für eine absurde Situation, dachte sie. Da saß sie nun zwischen den beiden einzigen Männern auf dieser Welt, die sie je geliebt hatte und von denen sie sich wegen derer Zornesausbrüche distanziert hatte, und nun schienen ebenjene Zornesausbrüche bei beiden unmittelbar bevorzustehen. Rasch sagte sie: »Florierende Wirtschaft ist ein gutes Stichwort. Du musst uns nun leider entschuldigen, Ferdinand, Herr Karstadt und ich müssen Geschäftliches besprechen.«

»Gewiss«, sagte der Marineoffizier mit mühsam unterdrückter Wut. »Ich hoffe, man sieht sich mal wieder.«

»Hamburg ist ein Dorf«, erwiderte Anna vage. »Bis dahin allzeit gute Fahrt.«

Dann wandte sie sich wieder an den Karstadt-Neffen und zwang sich zu einem Lächeln. »Verzeihen Sie, dass ich Ihr Gespräch mit Herrn de Moor unterbrochen habe. Aber ich hatte keine Lust auf eine Diskussion über die Übermacht der britischen Marine«, erklärte sie Julius.

»Ich auch nicht«, meinte er. »Nationalistischen Blödsinn

hört man in letzter Zeit zu oft. Sie waren mal mit ihm verlobt, nicht wahr?«

Anna war perplex. Hatte er Erkundigungen über sie eingezogen? Wusste er deshalb von ihrer Verlobung?

Sie beantwortete Julius' Frage: »Ja, ein Irrtum meinerseits. Er hat versucht, mich zu erpressen: Hochzeit oder Parfümerie«, erzählte sie offenherzig. »Ich sollte mich entscheiden, und das habe ich. Ende der Geschichte.«

»Ich bin froh über Ihre Entscheidung«, entgegnete Julius. »Die Vorstellung, dass Sie nicht meine Nachbarin geworden wären, ist schrecklich.«

»Das geht mir genauso«, gab Anna zu und entschied sich dann für einen Sprung ins kalte Wasser, nun, da sie wusste, dass die Stuttgarterin seine Cousine war – und weil sie sich eingestehen musste, dass sie sich ihrer Gefühle für Julius einfach nicht mehr erwehren konnte. »Und um Ihre Frage von vorhin zu beantworten: Ich war verstimmt, weil Ihr Lehrjunge meinte, Sie träfen eine Dame aus Stuttgart. Ich war eifersüchtig, dass sie Zeit mit Ihnen verbringen darf, während meine Nachbarschaft so leer ohne Sie wirkte. Ich wusste nicht, dass sie Ihre Cousine ist.«

Julius wirkte über diese offenen Worte zunächst erstaunt, doch sogleich spiegelte sich große Zuneigung in seinem Gesicht wider.

»Wäre es sehr ungehörig, wenn wir uns beim Vornamen nennen?« Zögernd griff er nach Annas Hand.

»Gerade ist mir ziemlich egal, was andere ungehörig finden und was nicht«, erklärte sie und stellte fest, dass ihre Stimme ganz rau war.

»Wunderbar«, entgegnete Julius lächelnd, während er immer noch ihre Hand hielt. »Würdest du dann auch mit einem ungehörigen Mann ein Luftschiff besteigen?«

»Ein Luftschiff?«, versicherte sich Anna verwirrt.

»Ja, meine Cousine war aus Anlass meines Geburtstags hier. Und sie hat Onkel Rudolph überzeugt, endlich nicht mehr darüber zu schmollen, dass ich den Posten bei ihm abgelehnt habe. Er hat mir daraufhin als Versöhnungsgeste eine Fahrt über die Stadt für zwei Personen geschenkt. Ich würde dich gern dazu einladen.«

»Oh, dann alles Gute nachträglich.« Anna hatte schon vor einiger Zeit gelesen, dass eine Luftschiffhalle in Fuhlsbüttel fertiggestellt worden war. Von dort aus flogen die Luftschiffe namens *Hansa* und *Victoria Luise* über die Stadt.

»Mein Vater hat uns erzählt, dass die Kosten für einen solchen Rundflug zweihundert Mark betragen«, erzählte sie und blickte auf ihre ineinander verschlungenen Hände.

»Eine teure Versöhnungsgeste, ich weiß. Aber glaub mir, mein Onkel kennt solche Sorgen, wie wir sie um unsere kleinen Läden haben, nicht mehr.« Sanft strich er mit dem Daumen über ihren Handrücken, und Anna wunderte sich, dass sie imstande waren, ein halbwegs normales Gespräch miteinander zu führen, während ihr Herz durch seine Berührung hämmerte, als wolle es aus dem Leibe springen. Es war, dachte sie, als bewege sie sich zeitgleich in zwei Parallelwelten.

»Wie hat er es bloß geschafft, so dermaßen erfolgreich zu werden?«, fragte Anna.

»Natürlich hat er auch mal ganz klein angefangen. Mein Onkel war jünger als ich jetzt, fünfundzwanzig Jahre alt, als er in Wismar sein Unternehmen gegründet hat: Das Tuch-, Manufactur- und Confectionsgeschäft Karstadt. Er hat von vornherein den Preis festgelegt, Handeln gab es bei ihm nicht. Das hat den Leuten gefallen.«

Anna nickte. Das konnte sie gut verstehen, sie mochte es

ebenfalls ganz und gar nicht, um einen Preis zu feilschen. Feste Zahlen waren viel verlässlicher und kalkulierbarer. Sie gaben Sicherheit.

»Drei Jahre später machte er seine erste Filiale in Lübeck auf, sagte er. »Auch dort kam das Warenhaus gut an, Heinrich und Thomas Mann waren geschätzte Kunden.«

»Hast du sie einmal kennengelernt?«, fragte Anna fasziniert. Nach wie vor interessierte sie sich, ebenso wie Marie, sehr für Literatur, und wann immer sie Zeit fand, suchte sie in der Bibliothek ihres Vaters nach neuer Lektüre. Manns Werke hatte sie natürlich alle gelesen. Sie liebte seine Erzählungen und Novellen; und den Familienroman *Die Buddenbrooks* hatte sie regelrecht verschlungen.

»Nein«, bedauerte Julius. »Ich war damals noch zu klein, um den literarischen Wert der beiden zu erkennen. Ich erinnere mich nicht mal an sie. Kann mich also nicht brüsten, bei dem großen Schriftsteller auf dem Schoß gesessen zu haben. Zumindest bisher nicht.«

Anna musste laut lachen. Sie liebte Julius' Humor.

»Und wie ging es dann weiter?«, fragte sie. »Mit deinem Onkel, meine ich?«

»Damals war mein Vater die meiste Zeit im Sanatorium, und da meine Mutter bereits kurz nach meiner Geburt gestorben ist, wohnte ich in Onkel Rudolphs Hamburger Haus. Ich weiß noch, dass er immer unterwegs war, um ein neues Geschäft nach dem anderen zu eröffnen. Braunschweig, Kiel, Eutin und so weiter. Und vor zwölf Jahren hat er dann die Läden seines Bruders Ernst übernommen, übrigens auch hier in Hamburg am Röhrendamm. Der war hoch verschuldet und hat es nicht mehr alleine geschafft. Ich hoffe, ich ende nicht ebenso. Aber was ist denn nun mit der Fahrt mit dem Luftschiff?«

»Ich glaube, das könnte spannend werden«, sagte Anna lächelnd.

Julius strahlte. »Von dort oben ist die Welt bestimmt eine andere.«

***

Marie eilte in Richtung von Bertas Hotelzimmer. Sie schämte sich, ihre Mentorin während des Paris-Aufenthalts so sträflich vernachlässigt zu haben. Als sie an deren Zimmertür klopfte, befürchtete sie, die Freundin sei vielleicht gar nicht da. Doch sie hatte Glück. Berta öffnete und freute sich offensichtlich.

»Marie, komm rein«, sagte sie und umarmte die junge Freundin. »Es tut mir so leid, dass ich dich seit Tagen nicht aufgesucht habe, aber diese Stadt weckt längst vergessene Gefühle. Ich bin wohl ein wenig durcheinander.«

»Mach dir nur keine Gedanken«, beschwichtige Marie. »Mir geht es genauso. Daltroff und ich sind jetzt ein Paar.«

»Donnerwetter«, staunte Berta. »Das musst du mir genauer erzählen. Setz dich doch!«

Und Marie begann zu erzählen. Von Helena Rubinsteins Einladung, von ihrer Liebe zu Ernest Daltroff, der geplanten Reise nach Grasse, die Stadt der Düfte – und dem Gefühl, Ernest schon jetzt zu vermissen. »Wie soll das erst in Deutschland werden?«

Auch Bertas Blick war ganz dunkel geworden, traurig irgendwie und gleichzeitig von einer tiefen Seligkeit. »Ich kann deine Gefühle nachvollziehen«, gestand sie. »Du weißt gar nicht, wie sehr.«

Marie sah sie fragend an. »Was meinst du?«

»Ich werde dir nun eine Geschichte erzählen, die weit in

die Vergangenheit führt und über die ich noch nie gesprochen habe«, erklärte Berta.

Marie sah sie gespannt an.

»Ich war noch ganz jung«, fuhr ihre Mentorin fort. »Und genau wie du war ich verzaubert von der Welt der Düfte und wollte sie besser kennenlernen. In jenem Sommer reiste ich mit meinen Eltern zu einem Kuraufenthalt nach Baden-Baden. Und dort lernte ich einen jungen Mann kennen, einen Franzosen, sechzehn Jahre jung. Er war mit seinem Vater dort.«

»Ebenfalls zur Kur?«

»Nein«, sagte Berta. »Soweit ich mich entsinne, kurte nur die Mutter, aber die Familie lebte im selben Hotel wie wir. Der junge Mann und ich waren die einzigen nicht Erwachsenen, und so kamen wir rasch miteinander ins Gespräch, vor allem auf unseren Spaziergängen durch die herrlichen Gärten. Er erzählte mir, dass er auf den Spuren seines Großvaters wandle, einem französischen Parfümeur, der 1842 Hoflieferant der Princesse Amélie de Furstenberg wurde. Das Parfüm, das er für sie kreierte, ist heute noch bekannt. Und die verbrachte ihre Sommer eben oft in ihrem Palais in Baden, wo sie der Großvater meines jungen Schwarms auch besucht hatte.«

»Du warst auch mal in einen Parfümeur verliebt?«, rief Marie begeistert.

Berta nickte. »Zu unserer Freude freundeten sich damals auch unsere Eltern an. Seine Familie lud uns ein, sie in Paris zu besuchen, und meine Eltern nahmen die Einladung gern an. Jacques, so hieß der junge Mann, und ich konnten unsere Spaziergänge fortsetzen. Er zeigte mir das Geschäft in der Rue de Rivoli, wo sein Großvater 1828 das Familienimperium begründet und Pomaden, Zahnpasten, Seifen, Toilettenaccessoires, Haarbürsten und Parfüms verkauft hatte. Er erzählte mir, dass sein Großvater die Düfte zunächst importierte und dann damit begann, sie selbst herzustellen. Er hatte ein kleines Labor, destillierte dort Kräuter und Pflanzen und stellte Parfüms her. Später stiegen seine Söhne ins Unternehmen ein, einer davon ist der Vater meines Jacques.«

In Maries Kopf arbeitete es. Es musste sich um eine bekannte Parfümeursfamilie handeln.

»Ich war bis über beide Ohren in ihn verliebt, und er war auch ganz reizend zu mir, schenkte mir Parfüm, machte mir Komplimente. Es gab aber auch Tage, da hatte er kaum Zeit für mich. Dann saß er mit einem weißen Kittel in seinem Labor, umgeben von Hunderten Fläschchen, in denen sich die verschiedensten Essenzen befanden, tauchte ständig weiße Papierstreifen hinein und machte sich Notizen.«

Als würde sie Daltroff beschreiben, dachte Marie ergriffen. Mit einem Unterschied: Ihr Liebster hatte sie bei all seinen Experimenten sehr wohl wahrgenommen.

»Er hatte immer die Idee eines Parfüms im Kopf und hat dann wie besessen daran gearbeitet, diese Idee Wirklichkeit werden zu lassen.«

»Das klingt ganz nach Ernest«, sagte Marie leise. »Aber wenn ich dich richtig verstehe, war diese Reise nach Paris für dich eine enttäuschende Zeit? Du hattest dir mehr erhofft, er aber war so gefangen in seiner Passion, dass er dich kaum beachtete?«

»Das war nur manchmal so«, erwiderte Berta und lächelte verträumt. »Doch wenn ich es dann endlich geschafft hatte, in sein Bewusstsein vorzudringen, lud er mich wieder zu langen Spaziergängen ein. Immer gingen wir durch Gärten und Parks, die voller Blumen waren und entsprechend dufteten. Er sagte so wunderbare Dinge zu mir, Marie. Und er schenkte mir ein tiefes Verständnis für die Welt der Parfümeure. Ich weiß die Worte noch, als hätte er sie erst gestern zu mir gesagt. Ein Parfüm solle sich nicht aufdrängen, sondern ein bestimmtes Gefühl übersetzen, zum Beispiel. Und ein erfolgreiches Parfüm sei eines, dessen Duft einem Traum entspricht.«

»Was für wunderschöne und wahre Worte«, flüsterte Marie.

»Ja«, bestätigte Berta. »Ich, das junge Mädchen von damals, war natürlich auch wie verzaubert, du kannst es dir vorstellen.«

»Warst du sehr verliebt?«

»O ja«, sagte Berta. »Bis über beide Ohren. Wir haben uns häufig getroffen, natürlich ohne das Wissen meiner Eltern, die das nie gestattet hätten. Er hat seine Parfüms auch an mir ausprobiert und aus der Fabrik Duftstreifen mitgebracht, an denen ich riechen sollte. Er wollte den Duft in den unterschiedlichsten Umgebungen erproben.«

Wie sehr erinnerte Marie auch das an ihren Ernest!

»Verrätst du mir auch, wer dieser geheimnisvolle Mann war?«, fragte Marie.

Bertas Lächeln vertiefte sich. »Ein Mann, dessen Name in aller Munde ist.«

Marie sah sie mit großen Augen an.

»Ich gebe dir einen Hinweis«, sagte Berta geheimnisvoll. »Er hat vor zwei Jahren einen neuen Duft herausgebracht, der eine Hommage an den Impressionismus ist. Er sammelt nämlich impressionistische Werke. Ihr habt den Duft im Sortiment.«

Marie überlegte. Hatte Ernest nicht von einem Parfümeur erzählt, der eine große Kunstsammlung besaß? Sie dachte intensiv nach, aber es waren in den letzten Tagen einfach zu viele Eindrücke und Informationen gewesen. Also ging sie im Geiste die Parfüms durch, die zwei Jahre zuvor erschienen waren.

»Bulgarische Rose mit einem Hauch von Moschus«, sagte Berta.

»*L'Heure Bleue*«, flüsterte Marie. »Die blaue Stunde.« Sie riss die Augen auf. »Berta, du … du warst in Jacques Guerlain verliebt?«

31

Berta bestätigte Maries Vermutung mit einem melancholischen Lächeln. Ja. Jacques Guerlain, *der* Jacques Guerlain, sei ihre unerfüllte Jugendliebe gewesen.

»Ich habe mich schon gefragt, warum du so tief in die Seele der Parfümeure blicken kannst, damals auf der Weltausstellung«, sagte Marie. »Jetzt verstehe ich das natürlich.«

»Wir waren allerdings nie wirklich ein Paar«, erinnerte sich Berta. »Ich war ein sehr verliebtes Mädchen, und er ein charmanter junger Mann, von dem ich nie erfahren sollte, ob er meine Gefühle erwiderte oder nicht. Unsere Begegnungen fanden wie … in einer eigenen Welt statt, wir waren von einer Art Kokon umhüllt, den ich damals für gegenseitige Liebe hielt. Aber heute, nach all den Jahrzehnten und mit etwas mehr Lebenserfahrung, bin ich mir nicht mehr sicher, woraus dieser Kokon gesponnen war. Vielleicht weniger aus Liebe, sondern eher aus den Fäden der Düfte. Leidenschaft für Parfüms auf seiner und jugendliche Bewunderung für ihn auf meiner Seite.«

»Wie ging es weiter?«, fragte Marie gespannt.

»Er hat damals sein erstes Parfüm kreiert, das er *Ambre* nannte. Er sagte, ich hätte ihn dazu inspiriert. Du kannst dir vorstellen, wie mir das geschmeichelt hat, ich war ja so jung.«

Das schmeichelt nicht nur einer ganz jungen, sondern auch einer etwas älteren Frau, dachte Marie, aber sie sprach es nicht aus. So vieles von dem, was Berta erzählte, erinnerte sie an sie selbst, an Daltroff und an die Intensität ihrer Begegnung. Nur wusste sie ja, dass Bertas Liebe nicht von Dauer gewesen war – schließlich hatte sie später Gustav Kolbe geheiratet. Der Gedanke bedrückte sie, als bedeute das Ende von Bertas Liebe zu Guerlain auch das Ende ihrer Beziehung zu Daltroff, als seien es die gleichen Handlungsstränge einer Liebesgeschichte, nur mit unterschiedlichen Figuren zu unterschiedlichen Zeiten. Aber vielleicht gab es ja einen guten Grund für das Ende dieser Liebe?

Berta gab nun zu: »Und du hast recht, von Jacques Guerlain habe ich all das gelernt, was ich an der Weltausstellung an dich weitergegeben habe. Schon damals hat er die Kunst geliebt, weshalb wir zusammen auch etliche Ausstellungen besucht haben. Und dann musste ich zurück nach Deutschland reisen. Wir versprachen, dass wir uns schreiben und uns wiedersehen würden, aber dazu kam es nie.«

»Kein einziger Brief, nichts?«, vergewisserte sich Marie bestürzt.

»Ich habe ihm dreimal geschrieben, aber nie eine Antwort erhalten«, sagte Berta. »Natürlich habe ich trotzdem seinen Weg aus der Ferne verfolgt. Vier Jahre später ist er dann in das Familienunternehmen eingestiegen, er hat geheiratet, eine Familie gegründet, soll sehr zurückgezogen gelebt haben.«

Marie nickte. Kein glückliches Ende. Aber andererseits, versuchte sie sich zu trösten, waren sich Berta und Guerlain ja nie nähergekommen. Anders als bei Daltroff und ihr. Sie waren wirklich ein Paar.

»Du wirkst bedrückt«, sagte Berta. »Nun hast du Angst,

dass meine Geschichte die deine ist, nicht wahr? Aber davor musst du dich nicht fürchten. Jede Liebe ist anders, jeder Mensch ist anders, jede Begegnung ist anders, auch wenn sich die Begleitumstände ähneln mögen. Bei mir war es nicht die wirkliche Liebe, sondern nur die Schwärmerei eines jungen Mädchens.«

»Deine wirkliche, echte Liebe war Gustav.«

»Ganz genau«, bestätigte Berta. »Und wäre ich mit Guerlain zusammen gewesen, hätte ich ihn nicht kennengelernt. Gustav wird für immer meine große Liebe bleiben, egal, was danach kommt. Das Leben ist ein großer Regisseur, Marie, und es hat immer einen Plan. Vertrau darauf.«

Die Jüngere nickte.

»Stell dir vor, Guerlain und ich wären ein Paar geworden, dann gäbe es heute keine Parfümerie Douglas«, erinnerte ihre Mentorin sie. »Wenn dein Daltroff mein Gustav ist, dann wird eure Liebe ihren Weg finden. Und wenn dein Daltroff mein Guerlain ist, dann hast du die wahre Liebe nur noch nicht gefunden.« Plötzlich senkte Berta den Blick und lächelte verschüchtert wie ein junges Mädchen. »Und vielleicht bekommt man manchmal sogar noch eine Chance für eine *zweite* große Liebe.«

»Was meinst du?«, wunderte sich Marie.

»Es gab damals einen anderen jungen Mann in Paris, der mich nur zu gern getröstet hätte wegen Guerlain. Er hieß Marcel Lambert, seine Tante war Parfümeurin, daher kannte er diesen besonderen Menschenschlag nur zu gut. Doch er selbst arbeitete in einer Bank, und das war mir jungem Ding nicht romantisch genug.«

»Und den hast du jetzt wiedergetroffen?«, ahnte Marie.

Berta nickte fast verschämt. »Ja, nach all den Jahren. Und das Leben zeigt mir nun, dass ein Bankier sehr wohl romantisch sein kann. Er ist auch Witwer. Ich möchte ihm diesmal eine Chance geben, Marie. Ich hoffe, du bist mir nicht böse. Aber ich habe Fräulein Habermann gebeten, die Seifenfabrik noch eine Weile ohne mich zu leiten. Herr Eisenreich war zwar etwas pikiert, nun auch noch auf eine jüngere Frau hören zu müssen, aber er wird es überleben.«

Gerührt nahm Marie die Hände der Freundin. »Natürlich gönne ich dir dein Glück von Herzen. Und wenn es mit euch klappt, werden wir uns trotzdem immer wiedersehen – entweder zu Hause in Hamburg oder hier in Frankreich.«

Berta drückte fest Maries Hände, und beide hatten feuchte Augen. »Marcel möchte mir morgen sein Gut in Rambouillet zeigen – deshalb kann ich dich auch nicht zum Rubinstein-Jubiläum und nach Grasse begleiten. Aber wenn du in der Stadt der Düfte bist, frag unbedingt nach Marcels Tante, der alten Parfümeurin Madame Lambert. Grasse ohne ihr Parfümgeschäft kann ich mir nicht vorstellen.«

»Was ist daran so besonders?«, wollte Marie wissen.

Doch Berta winkte mit einem geheimnisvollen Lächeln ab. »Lass dich überraschen!«

***

Der Chauffeur der Familie Karstadt setzte Julius und Anna mit dem Automobil vor dem Luftschiffhafen in Fuhlsbüttel ab. Die in Eisenkonstruktion errichtete Doppelhalle war von beeindruckender Größe.

»Gigantisch!«, staunte Anna.

»Das muss sie sein«, erklärte Julius. »Sonst würden die riesigen Luftschiffe ja nicht reinpassen.«

An den Stirnseiten gab es jeweils zweiteilige Schiebetore.

»Jeder Flügel ist fast dreißig Meter hoch und genauso breit«, wusste der Kaufmann.

Schließlich kamen sie bei dem fahrbereiten Luftschiff LZ 13, genannt *Hansa,* an, und Anna war baff über die schiere Größe des Zeppelins, der wie eine riesenhafte helle Zigarre vor ihnen aufragte.

»Von Weitem sah der nie so groß aus«, erzählte sie Julius. »Ich habe zwar gelesen, dass die *Hansa* fast hundertfünfzig Meter lang ist, aber so richtig erfasst man die Größe erst, wenn man davorsteht.«

Kurz darauf wurden sie und die anderen – allesamt offensichtlich gut betuchten – Fahrgäste von Luftschiffkapitän Wilhelm Dörr begrüßt. Der Zweiunddreißigjährige wünschte allen »eine wunderschöne Fahrt mit vielen unvergesslichen Eindrücken«.

Das Innere der Fahrgastgondel erinnerte ein wenig an einen Raum auf einem Luxusdampfer. Es gab verschnörkelte Säulen, und an beiden Fensterreihen standen sich bequeme Korbstühle jeweils in Zweierpaaren gegenüber.

Sanft begann das Luftschiff immer höher zu steigen, und Anna sah fasziniert aus dem Fenster. Bald schwebten sie über der Innenstadt, und Alster und Elbe sorgten dafür, dass Hamburg von oben aussah wie ein von Wasser unterbrochenes Labyrinth.

Begeistert erkannte sie zahlreiche Gebäude, von denen sie wusste, dass darin Freunde und Kunden lebten.

»Da unten in dem Elbschlösschen wohnt die Reederstochter Fräulein Nieland«, rief sie. »Und das da ist Bertas Villa. Dahinten leben die Ballins und dort drüben die Harders.«

Mit vor Eifer geröteten Wangen wandte sie den Kopf zu Julius und bemerkte, dass er längst nicht mehr aus dem Fenster, sondern – mit ähnlicher Faszination – sie ansah.

Er griff nach ihrer Hand, beugte sich zu ihr hinüber, immer näher kam sein Mund dem ihren, und dann, endlich, fanden sich ihre Lippen. Mit Bestürzung stellte Anna fest, dass sich die Welt durch diesen Kuss erstmals vollständig und perfekt anfühlte. Julius schien von ganz ähnlichen Glücksgefühlen übermannt zu sein, jedenfalls verschwendete auch er keinen Gedanken daran, was die anderen Passagiere von der öffentlichen Tändelei des jungen Pärchens halten würden, sondern zog Anna noch enger an sich, um sie noch inniger zu küssen.

***

Ernest und Marie hatten Schwierigkeiten, den zum Jubiläum feierlich geschmückten Salon der Helena Rubinstein zu betreten, denn die Gäste standen dicht an dicht, Champagner und Häppchen in der Hand und in angeregte Gespräche vertieft. Die Stimmung im Salon spiegelte genau dieses ganz besondere Flair wider, das heute über der Stadt lag.

»Wie prachtvoll hier alles eingerichtet ist«, staunte Marie und sah sich mit großen Augen um. »Überall diese wunderschönen Gemälde an den Wänden.«

»Sie liebt Kunst«, wusste Daltroff. »Und ihr ist daran gelegen, Künstler zu unterstützten. Außerdem lässt sie sich gerne porträtieren.«

»Das sieht man.« Marie betrachtete ein imposantes Gemälde. »Aber ich würde sie auch gerne persönlich wiedersehen und ihr Glück wünschen.« Suchend sah sie sich um und entdeckte die Unternehmerin umringt von einer Traube von Menschen – jeder wollte mit ihr sprechen, jeder ein persönliches Wort mit ihr wechseln, genau wie Helena und Ernest es vorausgesagt hatten.

»Ich glaube, da brauchst du viel Geduld«, urteilte Ernest. »Aber schau, dort drüben ist ihr Gatte – und ihre beiden Kinder.« Er deutete auf einen hochgewachsenen Mann, der eben mit einer Amme und zwei kleinen Kindern das Geschäft seiner Frau betrat.

»Die beiden sind ja entzückend«, fand Marie.

»Ja«, lächelte Daltroff. »Eigentlich würde die Gesellschaft wohl erwarten, dass eine Mutter so kleine Kinder bei der Amme lässt – aber Helena ist eine sehr modern denkende Frau, und deshalb dürfen sie beim Fest zumindest kurz dabei sein.«

Ihr Mann offenbar ebenfalls, wenn er ihr dabei auch noch den Rücken stärkt, dachte Marie bei sich. Helena Rubinstein wirkte wirklich nicht wie eine Frau, die sich von irgendjemandem – und sei dieser Jemand auch ihr eigener Mann – etwas vorschreiben ließ.

»Ernest!« Ein untersetzter Herr mit Brille und kugelförmigem Bauch steuerte auf sie zu, begrüßte Daltroff herzlich und Marie mit einem Handkuss.

»Darf ich vorstellen?«, sagte der Parfümeur. »Das ist Marie Carstens aus Deutschland. Marie, mein alter Freund Jean-Claude Toursel. Wir kennen uns bereits seit Kindertagen.«

»Und haben uns nie aus den Augen verloren«, ergänzte Toursel. »Umso mehr überrascht es mich, dich heute hier zu sehen. Wenn ich mich recht entsinne, hast du auf deiner ewigen Jagd nach dem richtigen Duft nie Zeit für solche Veranstaltungen.«

»Mit der richtigen Frau an meiner Seite schon«, lächelte Daltroff. »Fräulein Carstens hat Helena kürzlich kennengelernt. Sie staunt nun darüber, wie sie das alles unter einen Hut bringt – das Muttersein und das Leben als Unternehmerin.«

»Das ist typisch Helena«, lachte der sympathische Franzose. »Schon während sie das erste Mal guter Hoffnung war, eröffnete sie in Wellington einen Salon, und der kleine Roy Valentine war gerade auf der Welt, als sie auch schon den nächsten Salon aufmachte – diesmal in London.«

»Sie kennen sich gut?«, fragte Marie neugierig.

»Gut ist zu viel gesagt. Aber wir freuen uns immer, wenn wir einander sehen, und nehmen Anteil am Leben des anderen«, erklärte er.

»Jean-Claude ist für den Einkauf der Kosmetika in den Galeries Lafayette zuständig.«

»Oh, das ist aber eine spannende Aufgabe«, rief Marie. »Als ich mit meiner Schwester vor vier Jahren an Silvester in Paris war, haben uns die Galeries regelrecht verzaubert. Ein Einkaufstempel auf zehn Stockwerken! Aber die riesige neue Glaskuppel ist noch beeindruckender.«

»Ja, wir haben nun eine Fläche von achtzehntausend Quadratmetern«, verriet Jean-Claude stolz. »Und, das dürfte besonders für Sie spannend sein: Im August eröffnet unsere völlig umgebaute Parfümabteilung. Das wird ein Paradies der Düfte. Sie sollten unbedingt zur Einweihung kommen!«

»Das hört sich wunderbar an«, fand Marie, während sich Daltroffs Stirn schon wieder umwölkte. »Marie reist morgen nach Grasse und dann zurück nach Deutschland«, sagte er knapp.

»Wie schade«, bedauerte Jean-Claude und sah forschend zwischen Marie und Daltroff hin und her.

»Ich komme aber wieder«, versprach Marie und blickte

Ernest in die Augen. »Oft. Und die Einweihung der neuen Parfümabteilung ist doch ein hervorragender Anlass.«

»Dann ist es also abgemacht?«, fragte Jean-Claude lächelnd. »Sie kommen zur Einweihung?«

»Ja«, sagte Marie und sah dabei immer noch Ernest an. »Ich komme zur Einweihung.«

***

Anna hatte tief und so gut wie selten zuvor geschlafen. Sowohl beim Wegdämmern als auch beim Aufwachen hatte sie glücklich gedacht: »Julius liebt dich, und ihr seid ein Paar.« Doch als sie bestens gelaunt den Salon betrat, um das Frühstück einzunehmen, blickte sie in die entsetzten Mienen ihrer Stiefmutter, die am Frühstückstisch saß, und von Zofe Tinette, die neben ihr stand – beiden Frauen war die Todesangst ins Gesicht geschrieben.

»Was ist passiert?«, fragte Anna.

»Ach, Kind, es ist schrecklich«, flüsterte Odile mit belegter Stimme. »Es geht um in unserem Haus.«

»Es spukt?«, vergewisserte sich Anna ungläubig. »Wie kommt ihr denn da drauf?«

»Tinette hat eine weiße Gestalt auf dem Flur gesehen – kurz nach Mitternacht.«

»Einbrecher?«, befürchtete die diesbezüglich leidgeprüfte Anna.

Doch die leichenblasse Tinette schüttelte den Kopf. »Ich habe mit dem Herrn Konradi und Fiete alle Fenster und Türen überprüft. Die waren unversehrt und verschlossen«, erklärte sie. »Die Gestalt war auch weiß – und hat so komisch geschimmert. Wie ein …« Ihre Stimme brach, und sie schluchzte auf.

»Wie das Gespenst aus dem Haus an der Elbchaussee«, murmelte Odile mit zitternder Stimme. »Da ist es derart umhergegangen, dass man das Gebäude am Ende abreißen musste. Und ausgerechnet jetzt ist dein Vater in Berlin.«

»Ich bin mir sicher, es gibt eine ganz natürliche Ursache für das, was Tinette gesehen hat«, versuchte die sachliche Anna, ihre aufgebrachte Stiefmutter zu beruhigen.

Doch Odile schüttelte nur verzweifelt den Kopf und sah ihre Stieftochter an, Panik im Blick. »Nein, mein Kind«, sagte sie. »Nein. In diesem Haus spukt es. Daran gibt es nicht den leisesten Zweifel.«

»Ich lüge nicht, ich habe diese weiße Gestalt so deutlich gesehen wie jetzt Sie!«, mischte sich Tinette ins Gespräch ein, was zeigte, wie aufgewühlt sie war – normalerweise sprach sie nur, wenn man sie dazu aufforderte.

»Ich werde Herrn Konradi, Fiete und Frau Fehling bitten, abwechselnd Wache zu halten«, schlug Anna vor.

32

In der Mittagspause kam Julius in die Parfümerie. Anna wäre am liebsten sofort auf ihn zugeeilt und in seine Arme gesunken – und sie sah ihm an, dass es ihm genauso ging. Aber da sie nicht allein waren, hielten sie sich zurück. Helene wusste bisher nichts davon, dass sie nun ein Paar waren. Als die Salonière sich jedoch einmal umdrehte, strich Julius Anna sanft über den Handrücken. Augenblicklich bekam sie eine Gänsehaut und sehnte den Moment herbei, in dem sich Helene endlich verabschieden würde, um in die Mittagspause zu gehen. Doch ausgerechnet heute ließ sich die Künstlergattin Zeit, bis Anna schließlich der Geduldsfaden riss.

»Machst du heute keine Pause, Helene?«, fragte sie.

Die Freundin, die gerade die Parfümflakons neu anordnete, drehte sich erstaunt zu ihrer Freundin um, öffnete den Mund, um etwas zu sagen, schloss ihn dann wieder und lächelte wissend. »Doch«, beteuerte sie. »Ich wollte mich gerade auf den Weg machen. Da habe ich vor lauter Putzen doch die Zeit vergessen. Bis später.«

Sie warf Anna eine Kusshand zu und verschwand.

Drinnen zog Julius Anna in seine Arme und küsste sie leidenschaftlich. »Ich habe dich so vermisst«, sagte er dicht an ihrem Mund. »Keine Sekunde möchte ich mehr ohne dich sein.«

Anna erwiderte seinen Kuss, gab sich dem Rausch der Gefühle hin, die auf sie einstürzten. Schließlich löste er sich von ihr, und sein Blick war ganz dunkel, als er mit rauer Stimme sagte: »Wir sollten etwas essen. Wenn du nicht augenblicklich aufhörst, mich zu küssen, dann …«

Er sprach nicht weiter, das wäre unschicklich gewesen, aber Anna wusste ganz genau, was er meinte. Dann würden die Gefühle sie vollkommen übermannen.

Sie räusperte sich. »Frau Fehling hat mir heute Morgen Eierkuchen mitgegeben. Du bist herzlich eingeladen.«

»Da sage ich nicht Nein«, entgegnete er strahlend.

Anna zog ihn in die Küche, die sich rechts neben den Lagerräumen befand, und machte sich an dem Korb, den die Köchin ihr mitgegeben hatte, zu schaffen. Da schlang er von hinten die Arme um sie und küsste sie auf den Nacken. Sie erschauderte. »Anna«, murmelte er.

»Wollten wir nicht etwas essen?«, fragte sie, und auch ihre Stimme war belegt.

»Stimmt, das wollten wir.« Schweren Herzens ließ er sie los und setzte sich an den Tisch. Anna musste lachen. Dort saß er, die Hände verschränkt vor sich auf der Tischplatte, und sah sie treuherzig an. Sie stellte zwei Teller, zwei Gläser, Eierkuchen und Erdbeermarmelade auf den Tisch und setzte sich zu ihm.

»Ich verspreche, dass sich meine Hände und mein Mund in den nächsten Minuten ausschließlich dem Eierkuchen widmen werden«, gelobte er feierlich.

Anna schmunzelte und lenkte das Gespräch auf den angeblichen Spuk in der Isestraße 89.

»Meine Stiefmutter denkt, es gehe bei uns um wie seinerzeit im Gespensterhaus an der Elbchaussee«, berichtete Anna.

»Na, das wäre dann aber harmlos«, winkte Julius ab. »Diedrich Groth hat das Gebäude vor vierzehn Jahren gekauft. Er ist ein guter Freund meiner Großmutter. Als er das Spukhaus 1904 hat abbrechen lassen, löste sich auch das Rätsel um die Gespenster.«

»Wie denn?«, fragte Anna neugierig.

»Man fand ein vernageltes Fenster. Dessen Verkleidung ließ Luftströme durch – und die verursachten bei der geringsten Erschütterung eigenartige Geräusche. Genau die hielten manche Passanten für Spuk.«

»Wusste ich doch, dass es so eine Erklärung gibt«, freute sich Anna. »Das wird meine Stiefmutter beruhigen. Wahrscheinlich hat unsere Zofe nur eine Gardine im Mondlicht flattern sehen.«

***

Grasse war eine Offenbarung. Marie hatte das Gefühl, als setze sich die im Hinterland der Côte d'Azur gelegene Stadt aus Millionen von Düften zusammen, die sich zu einem einzigen betörenden Wohlgeruch vereinten. Die Düfte strömten aus den unzähligen Parfümerien, die die gepflasterten Straßen säumten, entfalteten ihren Zauber auf den großen Holztischen, die auf den Trottoirs standen und auf denen Flakons zum Verkauf angeboten wurden. Zudem hatte Marie den Eindruck, als strömten auch von außen intensivste Gerüche in die Stadt. Sie wusste, dass sich dort endlose Blumenfelder erstreckten. Marie hatte vor, ausgedehnte Spaziergänge ins Umland zu unternehmen, doch zunächst wollte sie die Parfümerie Galimard besuchen.

Das Traditionshaus war unschwer zu finden, und Marie wurde von einer fröhlichen Verkäuferin mit kastanienbraunen Locken empfangen. »Wie schön, dass Sie die weite Reise auf sich genommen haben, um uns zu besuchen«, sagte sie herzlich, küsste Marie nach französischer Art die Wangen und stellte sich als Amélie Cotilliard vor. »Wie viel Zeit haben Sie mitgebracht?«

»Ich habe heute keine weiteren Termine«, erklärte Marie.

»Wunderbar«, freute sich Amélie. »Dann würde ich Sie zunächst durch unser Haus führen.«

»Gern, ich bin schon sehr gespannt.«

»Das ist unser Verkaufsraum.« Die Französin zeigte Marie ein großes Zimmer, in dem sich ein hübscher Flakon an den anderen reihte. Das geschliffene Glas der kleinen Flaschen wetteiferte mit den prachtvollen Kronleuchtern, die, von der Sonne erleuchtet, an der Decke funkelten.

»Er ist hinreißend.«

Amélie lächelte. »Unser Unternehmen ist das älteste Parfümhaus Frankreichs. Und wie schon im 17. Jahrhundert Gestank mit Parfüm überdeckt wurde, hat der Vorfahre unseres heutigen Direktors, Jean de Galimard, Graf von Seranon, Parfüms entwickelt, um von den schlechten Gerüchen in der Stadt abzulenken.«

»Hier roch es früher schlecht?«, wunderte sich Marie.

Inzwischen waren sie im Labor angekommen, in dem es ganz ähnlich aussah wie in Daltroffs heiligen Hallen – allerdings waren die verkorkten Fläschchen mit den verschiedenen Essenzen hier anders aufgereiht und nahmen eine ganze Wand ein.

»Nun, im Mittelalter war Grasse alles andere als die Hauptstadt der Düfte«, erklärte Amélie. »Damals war das Gerben von Leder die Haupteinnahmequelle. Leder aus

Grasse war annähernd so berühmt wie heute seine Parfüms. Aber das Gerben von Leder roch nicht gut.«

»Und das hat die Menschen, die hier lebten, gestört?«, fragte Marie.

»Nun ja«, lachte die Verkäuferin, »die Gerber waren mehr oder weniger daran gewöhnt. Aber der strenge Geruch hat den Kunden nicht gefallen. Aus dem Leder wurden vor allem feinste Handschuhe gefertigt – exklusive Stücke für die bessere Gesellschaft. Dieser Anspruch passte nicht zum Geruch des gegerbten Leders.«

Marie stimmte in Amélies Lachen ein. »Man kann es sich bildlich vorstellen. Wie die Damen und Herren Handschuhe aus edelstem Leder überstreifen, um dann entsetzt die Nase zu rümpfen und sich die Handschuhe wieder von den Händen zu reißen.«

»Ganz genau. Und da kam Monsieur Galimard, der ebenfalls ein erfolgreicher Gerber war, auf die Idee, in unseren Gärten Blüten zu pflücken – Lavendel, Jasmin, Rosen, Wilde Orange und Mimose –, daraus duftende Bäder zuzubereiten und die Handschuhe darin zu baden, sodass sie sich mit dem Duft vollsaugen konnten.«

»Duftende Handschuhe«, murmelte Marie. »Was für eine zauberhafte Idee.«

»Das finde ich auch«, stimmte Amélie zu. »Wobei es dazu eine düstere Anekdote gibt, die allerdings in Italien spielt. Die Alten hier im Dorf erzählen sich, dass ein Florentiner namens René Gifte mischte, in denen er die Handschuhe tränkte, und dass Caterina de' Medici ihn einige Male aufsuchte, um sich parfümierte, vergiftete Handschuhe aushändigen zu lassen, mit denen sie unliebsame Zeitgenossen aus dem Wege räumte.«

»Wie unheimlich«, befand Marie.

»Ja. Ich habe allerdings nie überprüfen können, ob die Geschichte stimmt. Bleiben wir also lieber in Frankreich und bei unserem Hause. Dort ging es nämlich sehr erfolgreich weiter. Ab Mitte des 18. Jahrhunderts hat Monsieur Galimard dann auch Parfüms und Pomaden an den Hof Ludwigs XV. geliefert.«

»Und das war dann der Beginn der Erfolgsgeschichte«, fasste Marie zusammen.

»Ganz genau. Die Faszination ist seither höchstens noch gewachsen.«

»Kein Wunder, dass man in dieser herrlichen Umgebung auf solch wunderbare Ideen kommt. Ich habe das Gefühl, im Paradies zu sein.«

»Und dieses Gefühl endet nie«, versicherte Amélie. »Ich lebe nun schon so lange hier – und ich möchte nie wieder fort. Waren Sie schon auf den Blütenfeldern rund um die Stadt?«

Marie schüttelte den Kopf. »Das habe ich mir für morgen vorgenommen.«

»Leider haben Sie die Mairose knapp verpasst.«

»Ich kenne den Duft«, sagte Marie. »Er ist himmlisch.«

»Das finde ich auch. Aber es ist gar nicht so einfach, ihn einzufangen, denn die Mairose duftet nur wenige Stunden. Am besten pflückt man sie ganz früh am Morgen und destilliert sie gleich am Nachmittag.«

»Beim Destillieren habe ich noch nie zugesehen. Im Grunde werden die Blüten dabei gekocht, oder?«

»Genau. Man erhitzt sie mit dem Wasser, und durch den Dampf werden die Duftstoffe nach oben transportiert. Das Kondensat daraus fangen wir auf. Es besteht aus den gewonnenen ätherischen Ölen und dem Wasser. Das wird in einem speziellen Gefäß, der Florentiner Flasche, getrennt.«

»Manchmal bedauere ich es, dass ich die Parfüms nur verkaufe«, gestand Marie. »Ich finde die Möglichkeit, aus all diesen Blüten die Essenzen zu gewinnen, faszinierend. Diese jahrtausendealte Tradition, das Ringen und die ewige Suche nach dem perfekten Duft – das ist alles so spannend.«

»Ja«, sagte Amélie nachdenklich. »Das ist eine unglaubliche Aufgabe. Eine Passion, eine Leidenschaft. Etwas, das einen nie loslässt.«

»Das klingt, als wären Sie auch gern Parfümeurin geworden?«, fragte Marie.

Amélie seufzte. »Das war tatsächlich immer mein Traum.«

»Und warum haben Sie ihn nicht verwirklicht?«

»Das war irgendwie immer die Sache der Männer«, erwiderte die andere leise. »Und auch wenn Sie sagen, dass Sie ebenfalls gern Parfümeurin geworden wären – ich finde es ganz großartig, dass Sie sich als Frau mit Ihrer Schwester selbstständig gemacht und ein eigenes Geschäft eröffnet haben. Ich gehe davon aus, dass es in Deutschland nicht viel anders ist als hier und es vor allem die Männer sind, die Geschäfte eröffnen und zur Arbeit gehen?«

»In Deutschland ist das vielleicht sogar noch mehr der Fall als hier«, bestätigte Marie. »Und es war auch nicht ganz einfach. Aber wenn man von etwas wirklich überzeugt ist, dann lohnt es sich auch, dieser Überzeugung – oder nennen wir es vielleicht Bestimmung – zu folgen.«

Nachdem Amélie ihr diverse Düfte vorgeführt und Marie ihre Bestellung aufgegeben hatte, fiel der Hamburgerin etwas ein.

»Sagen Sie, kennen Sie zufällig eine alte Parfümeurin namens Lambert?«

»Und wie ich die kenne«, schmunzelte Amélie. »Ich kann Ihnen ihre Adresse geben.«

Wenig später folgte Marie der Wegbeschreibung Amélies durch die Stadt, in der jeder einzelne Aussichtspunkt noch imposanter war als der vorige. Nicht umsonst trug Grasse den treffenden Beinamen »Balkon des Mittelmeers«. Als die junge Hamburgerin schließlich vor der alten Parfümerie stand, musste sie nicht einmal auf dem Zettel mit der Adresse nachsehen. Das kleine Geschäft übte eine geradezu magische Anziehungskraft auf sie aus. In den beiden Schaufenstern war je ein gläsernes Regal angebracht, auf dem ein zauberhafter Parfümflakon neben dem anderen stand. Die Flaschen waren offenbar sehr alt, sehr kunstvoll gearbeitet und etwas verstaubt. Ein Blick ins Innere des Geschäfts war ob der dicht an dicht stehenden Gefäße nicht möglich.

Marie öffnete die Ladentür und trat ein. Wenn man aus dem grellen provenzalischen Sonnenlicht kam, wirkte drinnen alles sehr düster, und es dauerte einen Moment, bis Maries Augen sich daran gewöhnt hatten. Dann aber erkannte sie die greise Dame mit dem weißen Haarknoten.

Die Alte saß auf einem zerschlissenen Sessel vor ihrer Theke und sah Marie so freundlich entgegen, als hätte sie sie bereits erwartet. »Willkommen.«

»Danke.« Marie kam schüchtern näher.

Die Alte sah sie still an. »Sie sind nicht von hier«, stellte sie fest.

»Nein«, bestätigte Marie. »Ich komme aus Deutschland. Ich bin auf Empfehlung einer Freundin Ihres Neffen hier.«

»Marcel?«, rief die Alte erfreut. »Wie schön. Dann sehen Sie sich nur in aller Ruhe um, Mademoiselle.«

Marie entdeckte völlig ungewöhnlich geformte Flakons, teilweise waren sie mit Duftnamen beschriftet, von denen sie noch nie gehört hatten. Sie bestaunte die Kristallschliffe, die Verzierungen, die Ziselierungen.

»Wo haben Sie das nur alles her?«, fragte sie, völlig im Bann dieser Wunderwelt.

»Ich habe sie gesammelt, mein Leben lang«, erzählte die Alte. »Seit ich ein kleines Mädchen bin.«

»Das war bei mir auch so«, sagte Marie. »Seit ich ein Kind war, faszinieren mich die Düfte und ihre Geschichte. Deshalb finde ich Ihre Sammlung ganz besonders aufregend.«

»O ja. Hinter jedem dieser Fläschchen steckt eine spannende Geschichte – oder gleich mehrere. Die ihres Schöpfers, die ihres Dufts, die Geschichte desjenigen, der den Flakon vor mir besaß, und jene, die mich mit diesem Fläschchen verbindet.«

Geradezu zärtlich ließ sie ihren Blick über die Flakons gleiten. »Ich liebe diese alten Fläschchen«, sagte sie. »Viele gibt es nur ein einziges Mal. Mit diesen neuen Flakons, die Poiret gerade auf den Markt bringt, kann ich nichts anfangen.«

Marie nickte. Das ging ihr ganz genauso. Auch wenn sie fand, dass Poirets Kleidung etwas für sich hatte und Frauen wie ihrer Schwester Anna gut stand – den Apfel- oder Kürbisformen seiner wuchtigen Flakons konnte sie wenig abgewinnen.

Die Fläschchen hier im Lädchen waren zumeist halb leer, in manchen befanden sich sogar nur einige wenige Tropfen Parfüm. »Sind diese Düfte auch alt?«

»Ja«, sagte die Alte. »Teilweise sind es meine eigenen Kreationen.«

Nun erhob sie sich ächzend aus ihrem Sessel.

»Ich will Ihnen noch etwas zeigen. Kommen Sie mit.«

Sie ging Marie voraus, an der Theke vorbei in ein überraschend lichtdurchflutetes Zimmer. Dort stand ein Flügel, und an den Wänden hingen zahlreiche Bilder, die Marie sofort in ihren Bann zogen. Es waren Gemälde der Landschaft von Grasse, riesige Farbfelder, wahre Farbexplosionen. »Sie sind unglaublich«, staunte Marie. »Wer hat sie gemalt?«

»Ich.« Die Alte lächelte.

»Sie? Aber dann sind Sie eine echte Künstlerin! Diese Bilder gehören in eine Galerie!«

»Nur ein Freizeitvergnügen«, winkte Madame Lambert bescheiden ab. »Ebenso wie die Musik.«

Sie setzte sich an den Flügel und begann zu spielen. Marie schloss die Augen. Etwas ähnlich Anrührendes hatte sie noch nie gehört. Die Bilder und nun die Musik – sie vermittelten ihr das gleiche Gefühl, das in ihr aufstieg, wenn sie ein perfektes Parfüm roch.

Als die Greisin ihr Spiel beendet hatte, schwiegen die beiden Frauen für eine Weile. Marie war es, als lägen die Melodien noch in der Luft, vermischten sich mit den Bildern an den Wänden und dem leichten Duft der Parfüms, der aus dem Verkaufsraum herüberdrang, zu einem einzigen Gesamtkunstwerk.

»Viele Parfümeure sind auch Musiker oder Maler – oder beides«, sagte Madame Lambert schließlich leise. »Das ist sich alles so nah. Wie der Musiker auf seinen Tasten, spielt der Parfümeur auf der Klaviatur der Düfte. Und wie der Maler aus seiner Farbpalette die intensivsten Bilder zaubert, bedient sich der Parfümeur der verschiedenen Duftnoten, um ein Parfüm zu schaffen.«

»Ganz ähnliche Worte hat mir vor einigen Jahren eine sehr gute Freundin gesagt, der ich viel zu verdanken habe«, erzählte Marie, und ihre Tage mit Berta auf der Weltausstellung standen ihr wieder lebendig vor Augen. Wie sehr wünschte sie der mütterlichen Freundin, dass sie hier in Frankreich ein neues Glück mit dem Neffen dieser zauberhaften alten Parfümeurin finden würde.

»In der Mitte des letzten Jahrhunderts gab es in England einen Mann namens Septimus Piesse, der eine Art Tonleiter der Düfte erfand und auch Duftoktaven definierte«, wusste die Alte zu berichten. »Er ordnete die Düfte in verschiedene Gruppen und mischte sie miteinander. Diese Mischung, also das Parfüm, nannte er eine Melodie.«

»Man kann also einen Duft auch hören«, schlussfolgerte Marie.

»Ja. Man kann einen Duft hören, so, wie auch jede Person eine Melodie hat. Per-Sona bedeutet nichts anderes als *durch den Ton.*«

Sie schloss die Augen und spielte weiter. »Hören Sie gut zu. Denn was ich Ihnen nun spiele, das ist die Melodie Ihres Lebens.«

Als die Töne verklungen waren, kehrte wieder jene Stille ein, die den Raum schon zuvor beherrscht hatte. Dann bat die alte Frau Marie, ihr von sich zu erzählen. Und so berichtete die Hamburgerin von ihrer Begegnung mit Berta, von ihrem Wunsch, eine Parfümerie zu eröffnen, von der Realisierung dieses Wunschs, von den Problemen, die sie in der letzten Zeit gehabt hatten. Und dass sie nach Frankreich gereist war, um etwas zu finden, das den Zauber der Düfte, wie sie ihn empfand, auch ihren Kunden zugänglich machte. Einen besonderen Duft, ein besonderes Parfüm …

»Bei Ihnen habe ich viel Inspiration gefunden«, bedankte sich Marie. »Wir werden unseren Kundinnen von der Verbindung mit der Musik und der Malerei erzählen. Und sie erlebbar machen.«

»Und auch mit der Literatur«, erinnerte die Alte. »Es gibt ganz wunderbare Werke über die Welt der Düfte.«

Sie hielt inne und sah Marie nachdenklich an. »Es ist kein Zufall, dass Sie heute in mein Geschäft gekommen sind«, stellte sie zufrieden fest und fuhr dann fort: »Die Düfte, die Parfüms und die Malerei sind mein Leben. Aber dieses Leben neigt sich dem Ende zu, und ich bin auf der Suche nach jemandem, dem ich mein Lebenswerk übergeben kann.«

»Nicht doch«, sagte Marie, der es immer ein wenig peinlich war, wenn ältere Menschen begannen, über den Tod zu sprechen – sie wusste dann nie, was sie erwidern sollte.

Doch Madame Lambert hob abwehrend die Hand. »Sie möchten mir sagen, dass ich sicherlich noch ein langes Leben vor mir habe, und vielleicht haben Sie damit recht. Aber ich möchte nicht das Gefühl haben, weiterleben zu müssen, weil ich meine Angelegenheiten nicht geregelt habe. Das will ich jetzt tun – und wenn mir Gott dann noch ein paar weitere Jahre hier auf Erden schenkt, ist es umso schöner.«

Sie sah Marie eindringlich an. »Sie wissen, worauf ich hinauswill?«

»Ich kann es mir denken – aber kaum glauben«, erwiderte die leise.

»Wir sind zwei Suchende, und wir haben beieinander das gefunden, was wir suchen. Sie haben das gefunden, weshalb Sie nach Frankreich gereist sind. Und ich habe jemanden gefunden, dem ich meine Sammlung und meine Bilder überlassen kann. Wenn Sie das möchten.«

»Ich … ich weiß gar nicht, was ich dazu sagen soll.«

»Sie brauchen nichts zu sagen. Ich verstehe Sie auch so.«

33

In der Nacht erwachte Anna durch einen gellenden Schrei. Noch ganz benommen schaltete sie die Nachttischlampe an, warf sich ihren Morgenmantel über und verließ hastig das Schlafzimmer. Sie hörte aufgeregtes Stimmengewirr aus Richtung Küche. Dort standen ihre Stiefmutter, Hausdame Fräulein Witt, der Butler und Diener Fiete an der verschlossenen Tür.

»Nun machen Sie doch auf, Frau Fehling«, rief Butler Konradi laut. »Wir sind keine Gespenster.«

»Frau Fehling, bitte öffnen Sie, hier ist Anna!«

Schließlich hörten sie den Schlüssel im Schloss, und ganz langsam öffnete sich die Tür.

So hatte Anna die resolute Köchin noch nie gesehen: Sie war kreidebleich und zitterte vor Angst.

»Ich habe die weiße Gestalt gesehen. Sie war im Treppenflur«, erklärte sie mit ungewohnt leiser Stimme.

»Ich wusste es! Der Spuk ist doch echt«, schluchzte Odile.

Ein Stück weit konnte Anna die Panik ihrer Stiefmutter sogar verstehen. Sie schien seit Jahren gar nicht mehr in der Lage zu sein, das Haus zu verlassen, und jetzt zeigte sich ihr einziger Rückzugsort von etwas Unheimlichem bedroht. Anna musste sich eingestehen, dass sie die Aussage der sonst so vernünftigen Frau Fehling ernster nahm als die von Zofe Tinette. Die hatte sich seit gestern Abend in ihrem Zimmer eingeschlossen und war offenbar selbst durch den Schrei der Köchin – oder gerade deswegen – nicht mehr herauszulocken gewesen.

In diesem Augenblick hörten sie ein Geräusch an der Wohnungstür, und alle zuckten erschrocken zusammen, Odile schrie sogar auf.

»Wer kann das sein, nachts halb eins?«, flüsterte Diener Fiete kreidebleich.

»Die Toten kommen zurück«, wisperte Odile, und Anna befürchtete, ihre Stiefmutter könne jeden Moment in Ohnmacht fallen. »Vielleicht meine Schwiegermutter Margaretha.«

Da war ein Schlüssel im Schloss zu hören.

»Ach, Unsinn, Gespenster brauchen keinen Schlüssel«, meinte Anna, schritt forsch in Richtung Tür und ließ sich auch durch den entsetzten Aufschrei ihrer Stiefmutter nicht aufhalten. »Kommen Sie, Herr Konradi«, forderte sie den Butler auf, doch der kräftige Mann folgte ihr nur zögerlich.

Anna war gerade an der Eingangstür angekommen, da wurde selbige aufgerissen. Ihr Schrei erschrak die Wartenden erneut zu Tode – doch es war ein Freudenschrei.

»Marie!«, rief Anna begeistert und fiel ihrer Schwester um den Hals. Neben der Heimkehrerin stand ein genervter Kutscher, der offenbar Maries zahlreiche Koffer von der Droschke bis hierher in den dritten Stock hochgetragen hatte.

»Du bist ja schwer beladen«, stellte Anna fest. »Hast du ganz Paris leer gekauft?«

»Das ist nur ein winziger Teil, die meisten neuen Parfüms kommen per Post. Im Laden ist aber noch mehr Gepäck«, erklärte Marie mit vielversprechendem Lächeln. »Wir waren gerade schon rasch dort. Der nette Droschkenfahrer hier war so freundlich, es da für mich abzustellen. Du wirst staunen.«

Der Mann blickte grimmig drein und mischte sich dann barsch ins Gespräch ein: »Wenn ich dann um mein Salär bitten dürfte?«

»Natürlich, entschuldigen Sie – die Wiedersehensfreude …«, sagte Marie. Sie gab dem Mann ein derart hohes Trinkgeld, dass er mit einem Mal beste Laune zu haben schien.

Nachdem er gegangen war, bemerkte Marie die bleichen Gesichter der anderen.

»Was ist denn das für ein Auflauf mitten in der Nacht?«, fragte sie irritiert. »Ihr wusstet doch nicht, dass ich komme? Ihr guckt, als hättet ihr ein Gespenst gesehen.«

»Ach, du liebes Kind, das ist es ja eben. Es spukt bei uns«, wimmerte Odile, und dann fiel die verzweifelte Frau, der Berührungen sonst eher unangenehm waren, ihrer verdatterten Tochter um den Hals.

»Es … spukt?«, wiederholte die ungläubig.

»Fräulein Tinette hat gestern kurz nach Mitternacht eine weiße Gestalt im Treppenhaus erspäht«, erläuterte der Butler.

»Und vorhin habe ich sie auch gesehen«, ergänzte Frau Fehling.

»Was sollen wir denn jetzt bloß tun?«, fragte Odile in die Runde.

Anna versuchte, sie zu beruhigen. »Ich werde Juli… Herrn Karstadt, das ist unser Nachbar am Neuen Wall, bitten, morgen Nacht hier mit mir Wache zu halten. Seit der Diebstahlserie hat er eine Pistole im Laden.«

Sie hätte sich auf die Zunge beißen mögen, denn nun starrten sie alle entsetzt an.

»Was für eine Diebstahlserie?«, rief ihre Stiefmutter in neuerlicher Panik.

»Da ist man einmal fort …«, wunderte sich auch Marie. »Ich glaube, du hast mir einiges zu erzählen, Annalein.«

***

Am nächsten Tag betrat noch kurz vor Ladenschluss ein äußerst nobel gekleideter Herr mit seiner Gattin die Parfümerie. Helene erkannte den Mittvierziger mit Kinnbart: »Herr Hofrat, wie schön, dass Sie uns die Ehre erweisen«, begrüßte sie den Kunden. »Was führt Sie nach Hamburg?«

»Eine Tagung von Neurologen mal wieder«, erklärte er mit deutlichem Wiener Akzent. »Nun wollte sich meine Frau einen neuen Duft suchen. Machen Sie jetzt in Parfüm, liebe Frau Harders?«

»Heute ist mein letzter Tag, ich habe nur meine Freundin Marie Carstens während ihrer Paris-Reise vertreten. Sie und ihre Schwester hier haben den Laden vor vier Jahren gegründet. Anna, Marie, das ist Hofrat Professor Friedländer, einer der bedeutendsten Psychiater und der wichtigste Experte für Hypnose.«

»So wichtig bin ich gar nicht«, winkte Friedländer ab. »Küss die Hand, meine Damen. Ihre Parfümerie ist äußerst einladend gestaltet.«

Die Douglas-Schwestern strahlten. »Danke sehr.«

»Vielleicht können Sie mir helfen«, meldete sich nun Frau Friedländer zu Wort. »Mein altes Parfüm langweilt mich.«

»Da finden wir bestimmt etwas«, versicherte Marie.

Tatsächlich verließen die Friedländers das Geschäft wenig später mit gleich zwei neuen Parfüms.

Anna freute sich, dass heute Sonnabend war und sie das Geschäft früher schließen konnten, um zusammen mit den Harders alles auszupacken und aufzubauen, was Marie mitgebracht hatte.

Johannes betrachtete staunend die Leinwände der alten Frau Lambert. »Aber das ist ja fabelhaft«, kommentierte er. »Diese Werke sind ganz und gar außergewöhnlich.«

Während Johannes und Marie mit den Bildern beschäftigt waren, wickelten Helene und Anna voller Entzücken ein Fläschchen nach dem anderen aus. »Das sind wahre Kunstwerke«, seufzte die Salonière ehrfurchtsvoll. »Wie wollen wir sie präsentieren?«

»Die alte Dame in Frankreich hatte einen Teil von ihnen ins Schaufenster gestellt«, sagte Marie. »Ich denke, das sollten wir auch tun.«

Anna nickte. »Am besten in dem Fenster, in dem immer unsere Werbung hängt.«

»Ich finde aber, dass diese Flaschen, diese Bilder und überhaupt dieses ganze Ereignis viel mehr Aufmerksamkeit verdient haben«, überlegte Helene. »Wir sollten eine Veranstaltung für Madame Lamberts Schätze organisieren.«

»Das ist eine hervorragende Idee«, rief Anna. »Eine Veranstaltung, bei der du von deiner Reise erzählst. Bei der wir unsere Düfte präsentieren. Und natürlich diese wunderbaren Bilder.«

»Ein Konzert müsste es auch geben.«

Das Ehepaar Harders wechselte einen Blick. »Ich könnte spielen«, sagte Helene dann zögernd. »Das habe ich früher oft getan – Improvisationen –, und Johannes hat zu meinen Melodien gemalt.«

»Wie wunderbar«, rief Marie. »Ich wusste gar nicht, dass du spielen kannst.«

»Das ist auch lange her. Also nicht, dass ich es nicht mehr könnte«, fügte die Künstlergattin rasch hinzu. »Aber dass ich spiele und Johannes dabei malt, das haben wir nicht mehr gemacht, seit die Kinder auf der Welt sind. Wir kommen einfach nicht mehr dazu.«

»Dann ist das ja eine wunderbare Gelegenheit«, freute sich Anna.

»Wir hatten das doch ohnehin schon lange vor – im Grunde seit der Eröffnung«, erinnerte Helene. »Dass wir einmal einen Salon in der Parfümerie veranstalten.«

»Du hast recht«, sagte Marie. »Das haben wir uns ganz zu Anfang einmal überlegt – aber dann hat sich so viel ereignet, dass unsere Pläne in Vergessenheit geraten sind.«

»Wir sollten unbedingt auch die Literatur mit einbeziehen«, meinte Helene. »Dann haben wir alle Künste beisammen.«

»Die Literatur hat die alte Dame auch erwähnt«, sagte Marie. »Sie sagte, es gäbe da ganz wunderbare Passagen über Düfte.«

»Ich habe auch schon einige Ideen«, erklärte Helene. »Lass mich das nur machen. Wann rechnet ihr mit den Parfümlieferungen aus Frankreich? Davon müssen wir ja abhängig machen, wann die Veranstaltung stattfinden soll?«

»Spätestens in einer Woche«, sagte Marie.

»Dann machen wir das doch am Sonntag genau in zwei Wochen. Bis dahin ist Zeit genug«, schlug Johannes vor.

»Eine gute Idee«, freute sich Anna.

Später erklärte sie ihrer Schwester, wie sehr sich ihrer Ansicht nach die Investition in die Reise gelohnt hatte. »Noch vor vier oder fünf Wochen war ich verzweifelt, weil unser Geschäft nicht mehr florierte. Dafür scheint es nun eine

Lösung zu geben. Ich bin überzeugt, dass all die wunderbaren Dinge und Ideen, die du mitgebracht hast, Erfolg haben werden.«

Marie nickte ernst. »Die wenigsten Dinge geschehen zufällig. Das habe ich in Frankreich gelernt.«

»Du hast dich auf deiner Reise verändert«, sagte Anna leise. »Das habe ich gleich gemerkt. Du wirkst erwachsener. Tiefer. Nachdenklicher. Aber irgendwie auch … strahlender.«

»Mir ist dort so vieles klar geworden«, murmelte Marie. »Dass alles im Leben miteinander zusammenhängt. Außerdem bin ich … ich bin der Liebe begegnet.«

»Ich wusste es.« Anna klatschte in die Hände. »Wer ist es?«

»Er ist ein Parfümeur. Ernest. Ernest Daltroff«, antwortete Marie mit Wehmut in der Stimme. »Er hat mich regelrecht verzaubert und mir so viel über die Welt der Düfte beigebracht.«

»Daltroff?«, fragte Anna überrascht. »*Der* Daltroff? Dessen Parfüms wir führen?«

»Genau, der Daltroff«, bestätigte Marie. »Er hat ein Parfüm für mich entworfen. Es heißt *Marie*.«

»Das Parfüm, das du trägst!«, ahnte Anna. »Ich habe mich schon gefragt, was es ist. Der Duft passt perfekt zu dir.«

»Das fand er auch«, erklärte Marie mit sehnsüchtigem Lächeln. »Und ebenso die alte Dame. Sie hat nach meinem Duft ein Stück improvisiert und für mich gespielt. Das Parfüm spiegle meine Persönlichkeit wider, meinte sie.«

»Ja«, bestätigte Anna. »Ja, das tut es. Wie wird es mit euch weitergehen?«

Marie seufzte. »Ich werde, so oft es geht, nach Paris reisen. Und er wird nach Deutschland kommen. Im August bin ich zur Eröffnung der neuen Parfümabteilung in die Galeries Lafayette eingeladen.«

Annas Miene verfinsterte sich.

»Warum schaust du denn so böse? Ich werde natürlich nur fahren, wenn wir hier einen Ersatz haben. Falls es einen Aufschwung geben sollte, können wir ja ein Lehrmädchen einstellen und …«

»Darum geht es nicht. Ich habe Angst, dass der Nationalismus und Kriegshunger irgendwann verhindern, dass wir frei reisen und handeln können«, sagte Anna. »Papa hat in London zunehmende Ressentiments gegen Deutsche gespürt.«

»Ach, Leute, die nur die eigene Nation lieben, gab es doch schon immer.«

Anna schüttelte den Kopf. »Nicht so viele wie jetzt! Julius hat erzählt, dass immer mehr Menschen sich einen Krieg wünschen.«

»Julius?«, hakte Marie nach. »Karstadt und du – ihr duzt euch? Nun bist du mir aber eine Geschichte schuldig, glaube ich.«

Anna nickte, und beim Gedanken an ihren schönen Nachbarn lächelte sie wieder. »Ja, du solltest vielleicht besser wissen, wie wir zueinander stehen«, gab sie zu. »Er kommt ja nachher mit, um unsere Wohnung zu bewachen.«

***

Kurz vor Mitternacht saßen Marie, Anna und Julius auf drei Stühlen auf dem Flur des dritten Stocks des Gebäudes Isestraße 89. Auf dem Tischchen neben dem jungen Herrenausstatter lag eine Pistole bei einem Teller frischer Franzbrötchen und drei Tassen mit dampfendem Tee.

»Eigentlich kann man ein Gespenst nicht erschießen«, gab Marie zu bedenken. »Das ist ja schon tot.«

»Wenn da überhaupt was war, dann jemand aus Fleisch und Blut«, meinte Anna. »Ich glaube nicht an Geister.«

»Ich auch nicht, aber eure Stiefmutter kann besser schlafen, wenn wir das überprüfen«, sagte Julius mit gedämpfter Stimme.

»Wunderbar, wie du ihr erzählt hast, dass der Spuk an der Elbchaussee damals eine ganz natürliche Erklärung hatte«, lobte ihn Marie. »Sie hat dich gleich in ihr Herz geschlossen. Endlich ein Mann im Haus.«

»Und eine Pistole«, ergänzte Anna, die sich insgeheim sehr freute, dass sich ihr Liebster so gut mit ihrer Schwester verstand und sich die beiden nunmehr ebenfalls duzten.

Plötzlich hörten sie, wie in der Familienwohnung eine Zimmertür aufgeschlossen wurde. Sie erschraken, als genau in diesem Moment die Standuhr im Wohnzimmer Mitternacht schlug. Und kaum war der letzte Schlag ertönt, konnte Marie nur mit Mühe einen Schrei unterdrücken. Sie zeigte ans Ende des Flurs. Dort stand eine weiße Gestalt!

»Wer sind Sie?«, rief Julius und richtete die Waffe auf das Wesen.

»Maman!«, erkannte Anna erstaunt.

Odile schien sie gar nicht zu bemerken. Julius ging, gefolgt von den Töchtern, den Flur hinab.

»Maman!«, rief nun auch Marie, doch ihre Stiefmutter starrte nur ins Leere. »Sie schlafwandelt«, flüsterte sie.

Julius hatte Odile Carstens erreicht. Er berührte sie vorsichtig am Arm, da starrte sie ihn wie erwachend und in entsetzter Panik an. Sie stieß einen langen Angstschrei aus und sackte ohnmächtig zusammen. Annas Liebster konnte sie gerade noch auffangen.

34

Am nächsten Morgen wartete Chauffeur Johann vor der Isestraße 89. Marie und Anna wollten ihre Stiefmutter zu dem Fahrzeug führen, doch Odile verharrte zitternd und mit Atemproblemen im Eingang. »Ich … ich kann nicht«, keuchte sie.

Kaum war sie in der vergangenen Nacht aus ihrer Ohnmacht erwacht, waren ihr das Schlafwandeln und der Zusammenbruch vor Julius Karstadt furchtbar peinlich gewesen. Sie konnte es nicht fassen, dass sie selbst das Gespenst war, das sie so geängstigt hatte. Zunächst hatte sie deshalb zugestimmt, einen Experten aufsuchen. Doch jetzt starrte sie zu dem Automobil hinüber, als läge ein unüberwindbarer Graben zwischen ihr und dem Fahrzeug.

»Doch, Maman, du schaffst das«, insistierte Marie zuversichtlich. »Dr. Friedländer kann dir helfen.«

»Seine Hypnose ist völlig schmerzfrei«, versprach Anna ihr. »Er wird herausfinden, woher deine Ängste kommen.«

»Wenn du weiter schlafwandelst, kann das lebensgefährlich werden«, erinnerte Marie sie.

»Dr. Friedländer ist eine Koryphäe auf dem Gebiet«, warb Anna. »Wir haben so großes Glück, dass er zurzeit in der Stadt ist – und bereit, dich in seinem Hotel zu empfangen.«

»Also gut.« Odile atmete tief durch, setzte am Arm ihrer Töchter einen Fuß vor den anderen und ging langsam auf das Automobil zu. Dann begann sie jedoch zu keuchen und zu wimmern. »Ich … keine Luft«, rief sie, panisch fiepsend. »Bringt mich zurück«, flehte sie und begann zu weinen.

»In Ordnung«, beruhigte Anna sie. Sie führten sie rasch die vier Schritte zurück ins Haus, wo Odile wieder Luft bekam und dann hilflos an Maries Schulter weinte.

»Das macht nichts, Maman«, versicherte Anna und strich ihrer Stiefmutter voller Mitleid über den Arm. »Ich werde Dr. Friedländer um einen Hausbesuch bitten.«

***

»Deine Eltern sind also beerdigt worden? Wo bist du jetzt?«

»Bei meinem Onkel in Hamburg.«

»Hat er ein schönes Haus?«

»Kein Haus, eine Wohnung. Aber sie ist sehr groß. Ich schaue in seinem Salon in den Kamin«, erwiderte Odile, und ihre Stimme klang kindlich. »Ich frage mich, ob Sankt Nikolaus da wirklich durchpasst.« Sie kicherte.

»Dann ist es bei deinem Onkel immer schön?«, hakte Dr. Friedländer nach. Der bekannte Neurologe und Psychiater hatte Odile Carstens im Beisein ihrer Töchter und ihres aus Berlin zurückgekehrten Mannes, der der Prozedur hatte zustimmen müssen, hypnotisiert.

Nun befragte er die in Trance befindliche Frau zu ihrer Kindheit in Elsass-Lothringen, zum Unfalltod ihrer Eltern – und wie sie im Alter von fünf Jahren zu ihrem Onkel nach Hamburg gekommen war.

»Nein«, sagte Odile und begann plötzlich zu wimmern. »Es ist nicht immer schön. Einmal kommt Onkel Harald zum Kamin, als ich hineinschaue. Er sagt … er sagt, ich muss ihn anfassen. Das geht wie mit der Eiscreme, sagt er. Und dann …«

Die Tränen liefen Odile übers Gesicht, und ihre Töchter starrten sie in blankem Entsetzen an, während ihr Mann die Hände im Gesicht vergrub.

»Es … tut so weh …«, brachte Odile weinend hervor.

»Aber eines Tages kam ein netter Mann, und Sie sind vom Onkel fort. In Sicherheit. Und es kamen kleine Mädchen zur Welt«, lenkte Dr. Friedländer auf ein schöneres Thema.

Nun lächelte Odile. »Ja, Heinrich beschützt mich. Und meine Mädchen. Sie sind mutig.«

Während der Hofrat ihre Stiefmutter aus der Hypnose weckte und sie sich danach offenbar an nichts mehr von dem erinnerte, was sie im Trancezustand gesagt hatte, pressten sich ihre beiden Töchter die Hände vor die Münder, um die Schluchzer zu unterdrücken. Heinrich Carstens sah auf, und auch sein Gesicht war tränennass.

»Dieses Schwein«, knurrte der Vater schließlich, nachdem er für längere Zeit, in betretenes Schweigen gehüllt, mit seinen Töchtern in der Bibliothek gesessen hatte. Dr. Friedländer hatte dringend zu einer Psychoanalyse geraten. Er hatte ihnen Dr. Claußen, einen Kollegen in Hamburg, empfohlen. Dieser werde Odile in vielen Sitzungen an den Missbrauch in der Kindheit heranführen und ihr helfen, Schritt für Schritt zu versuchen, ihn zu verarbeiten. Ein Erfolg könne allerdings nicht garantiert werden.

»Dieser Harald war ein Dreckschwein, das hab ich immer geahnt«, wiederholte der Vater.

»Du wusstest es?«, fragte Marie erschrocken.

»Nicht sicher«, widersprach Heinrich. »Ich ahnte, dass da

in der Kindheit etwas Schlimmes gewesen sein muss. Deshalb hatte ich auch immer Geduld mit ihr. Aber wenn ich sie danach fragte, hat sie empört verneint. Ich dachte, der Grund sei vielleicht Scham, aber nach heute denke ich, dass sie es komplett verdrängt hat. Ihr Onkel war ja schon schwer krank, als ich Odile kennenlernte. Er ist wenige Wochen vor unserer Hochzeit gestorben. Besser so. Wenn er jetzt noch leben würde – ich wüsste nicht, ob ich ihn …«

Er schwieg, und seine Töchter drückten mitleidsvoll seine Hände.

»Ihr seid der Sonnenschein eurer Mutter. Verzeiht ihr, dass sie euch mit ihrer Angst das Leben schwer gemacht hat.«

»Natürlich«, brachte Marie mit belegter Stimme hervor. »Was sie durchgemacht hat … Ich schäme mich so, dass wir sie in ihren Ängsten oft nicht ernst genommen, ja, sie sogar verspottet haben. Hätten wir doch nur gewusst …«

»Ihr dürft euch keine Vorwürfe machen«, beruhigte Heinrich sie. »Ihr wart so jung, und es ist nicht die Aufgabe der Kinder, ihre Eltern aufzufangen. Jetzt allerdings braucht sie uns. Und so schwer uns das fällt, gerade jetzt müssen wir für sie lächeln. Unsere Normalität wird ihr helfen. Also kommt, Mädchen, erzählt mir von dem tollen Salon, den ihr in eurem Laden plant.«

Beide Töchter schafften ein tapferes Lächeln.

***

Die Menschen kamen in Scharen. Es waren so viele, dass die Massen nicht einmal annähernd in der Parfümerie Platz fanden.

»Ihr müsst etwas unternehmen«, rief Marianne Ballin, die

auf Maries Einladung hin ebenfalls zum Salon mit dem Titel *Düfte der Ferne, Noten des Herzens* gekommen war und das Geschäft soeben von der Hintertür aus betreten hatte. »Die Gäste sind verärgert.«

»Oje!«, stöhnte Marie bestürzt. »So war das ja nicht gedacht. Da wollten wir etwas Schönes bieten, und stattdessen ziehen wir den Ärger unserer Kundinnen auf uns.«

»Dort draußen streiten sich mehrere Damen, wer die treuere Kundin sei«, berichtete nun auch Helene Harders. »Sie wollen, dass ihr herauskommt und entscheidet, wer hineindarf.«

Auch Anna wurde panisch. »Wie soll das denn gehen? Wenn wir die eine hineinlassen, verscherzen wir es uns mit der anderen. Vielleicht war diese ganze Veranstaltung doch keine so gute Idee.«

»Aber natürlich war sie das«, widersprach Julius, der seit der Fahrt mit dem Luftschiff, wann immer er konnte, an Annas Seite war. »Im Gegenteil. Je größer der Ansturm, desto besser. Und wenn die Kundinnen das Gefühl haben, etwas zu verpassen, erst recht.«

»Aber wie sollen wir denn eine Auswahl treffen?«

»Das solltet nicht ihr tun«, bestätigte Julius. »Das übernehmen Johannes und ich.«

»Und was wollt ihr ihnen sagen?«

»Dass die Damen Carstens wegen der Vorbereitungen unabkömmlich sind, dass die Veranstaltung aber fortan jeden Sonntag wiederholt wird, solange Interesse besteht. Und dass diejenigen, die Freikarten für eine der kommenden Veranstaltungen annehmen und auf die heutige verzichten, eine Überraschung erhalten.«

»Karten? Aber wir haben keine Karten!«, wandte Anna ein, während Marie befürchtete: »Am Ende gehen heute alle, weil sie eine Überraschung wollen, und wir stehen ganz alleine da.«

»Ich habe eine Idee«, sagte Johannes. »Wir haben doch von den Bildern, die wir ausstellen, Postkarten anfertigen lassen, die die Kundinnen als Werbung mitnehmen sollten. Wir nehmen diese Drucke einfach als Einladungskarten. Das blaue Bild für nächste Woche, das Lavendelfeld für übernächste …«

»Und die Mairosen für den Salon in drei Wochen«, ergänzte Anna. »Das ist großartig. Dann müssen wir nur noch hoffen, dass es funktioniert und nicht tatsächlich alle wieder gehen.«

»Lasst uns mal machen«, beruhigte Julius sie. »Wir wissen die Damen schon zu nehmen.«

»Na, na!« Anna warf ihm einen gespielt eifersüchtigen Blick zu, zwinkerte dann jedoch. Sie kannte seinen Humor ja inzwischen.

Mit viel Charme und Schäkerei gelang es den beiden Männern tatsächlich, die erhitzten Gemüter vor dem Geschäft zu beruhigen, wie die vier Frauen durch das Schaufenster beobachten konnten, während sie letzte Hand an die Vorbereitungen legten.

Und dann ging es los. Die Besucher strömten herein, mit neugierigen Mienen, bestaunten die Bilder an den Wänden ebenso wie Madame Lamberts Parfümfläschchen, die Johannes in weiser Voraussicht mit einer Glasscheibe vor neugierigen Händen geschützt hatte.

Dann ergriff Marie das Wort. »Meine Damen und Herren«, sagte sie feierlich. »Vor wenigen Wochen bin ich aus Frankreich zurückgekehrt – dem Land der Düfte. Ich war wie verzaubert, und ich habe auf dieser Reise sehr viel gelernt, an dem wir Sie heute teilhaben lassen möchten. Die wichtigste Lektion war, dass Parfüms mit allen schönen Künsten in Verbindung stehen, dass viele Parfümeure auch Maler oder Musiker sind. Deshalb haben wir für Sie eine Ausstellung organisiert – mit Bildern, auf denen eine ganz besondere Parfümeurin die Düfte der Provence gemalt hat. Diese Frau, Madame Lambert, von der übrigens die wunderbaren Parfümfläschchen stammen, lehrte mich, dass man Düfte auch hören kann, und deshalb wird meine liebe Freundin Helene Harders nun für Sie spielen, während meine Schwester Anna und ich Ihnen verschiedene Düfte präsentieren, die wir aus Frankreich für Sie mitgebracht haben. Damit unser Geruchssinn sich neutralisieren kann, wird Frau Harders Sie zwischendurch in die Welt der Duftliteratur entführen. Außerdem ist natürlich für das leibliche Wohl gesorgt.«

Die Besucher applaudierten, Helene setzte sich ans Klavier und begann zu spielen. Marie und Anna gingen mit den Flakons herum und reichten Duftproben. Je ein Duft für jedes Musikstück.

Als Helene geendet hatte, lag eine ganz besondere Stimmung über dem Raum, und Marie hatte das Gefühl, dass es gelungen war, ein Stück des französischen Zaubers nach Hamburg zu bringen.

»Nun wollen wir uns eine Weile der Literatur hingeben«, kündigte sie an. »Und ich möchte mit den Worten eines ganz besonderen Mannes beginnen. Jacques Guerlain sagte einmal: Ein erfolgreiches Parfüm ist eines, dessen Duft einem Traum entspricht.« Sie dachte lächelnd an Berta, die immer noch bei Guerlains Bankier in Frankreich weilte, und fuhr dann fort: »Die Guerlain-Parfümeure widmeten ihre Parfüms oft ganz besonderen Frauen, die sie zu diesen Düften inspirierten und denen sie mit ihren Kreationen einen duftenden Ausdruck ihrer Bewunderung überbrachten.«

Kurz überlegte Marie, ob sie erzählen sollte, dass auch sie eine solche Widmung erfahren hatte, so, wie sie schon mehrfach darüber nachgedacht hatte, ob sie das Parfüm *Marie* zum Verkauf anbieten wollte. Doch irgendwie hütete sie diesen Schatz wie ein Pfand ihrer Liebe eifersüchtig. Stattdessen sagte sie: »Die Parfümeure widmeten die Düfte nicht nur Damen, zu denen sie eine ganz besondere Beziehung hatten, sondern auch Berühmtheiten. Adeligen, Heldinnen, Damen aus Kunst, Kultur oder Literatur, die ihre Epoche repräsentierten. *Eau de Cologne Impériale* von 1830 wurde zum Duft der Kaiserin Eugénie und brachte Guerlain den begehrten Titel Offizieller Parfümeur Ihrer Majestät ein.« Sie nickte Anna zu, die daraufhin nach frischem Zitrus duftende Papierstreifen verteilte. »Angeblich soll dieser Duft der Kaiserin auch gegen ihre starken Kopfschmerzen geholfen haben«, erzählte Marie. »Wenn Sie also einmal unpässlich sein sollten, können wir diesen Duft nur empfehlen.«

Die anwesenden Damen schnupperten begehrlich an den Papierstreifen. »Übrigens trugen auch Königin Victoria, Isabella von Spanien und die Kaiserin Elisabeth von Österreich Guerlain, Sie können also wenig falsch machen.«

Dann räumte sie den blauen Sessel für ihre Freundin. Helene rezitierte und zitierte und schlug dann lächelnd das mit himmelblauem Samt bezogene Buch zu, in das sie die Texte geschrieben hatte. »Nun habe ich Sie mit diesen wunderbaren Worten in die ganze große, weite Welt des Parfüms geführt«, sagte sie. »Wir haben uns viel in Frankreich aufgehalten – doch es ist keineswegs so, dass immer nur wir Deutschen von den Franzosen profitierten, was die Düfte angeht. Es war auch umgekehrt. Aber davon wird Ihnen Anna Carstens berichten, während wir für Sie eine Duftprobe vorbereitet haben.« Helene und Anna gingen mit Duftstreifen herum, und diesen Geruch erkannten die Damen sofort. »*Kölnisch Wasser.*«

»Richtig«, lobte Anna. »Und ausgerechnet dieser Duft aus Köln trug dazu bei, in Frankreich eine neue Epoche einzuläuten. Lange Zeit liebte man dort schwere, moschusartige Düfte – auch deshalb, weil sie unangenehme Gerüche, die im 17. Jahrhundert noch überall in der Luft lagen, am besten überdecken konnten. Die Mätresse des französischen Königs Ludwig XV., Madame Dubarry, entdeckte das *Kölnisch Wasser* und leitete damit einen Wandel hin zum leichteren Parfüm ein. Und langsam wurde es auch mit der Hygiene besser«, sie erntete einige Lacher, »sodass der Siegeszug der leichteren Düfte begann.«

Zwei Stunden dauerte die Veranstaltung, an deren Ende lang anhaltender, rauschender Applaus stand. Die Kundinnen überschütteten Anna, Marie und Helene mit Komplimenten. Es gab kaum eine, die ohne ein Fläschchen Parfüm nach Hause ging. Als die Frauen gegen zehn Uhr abends den Laden abschlossen, wechselten sie erschöpfte, aber zufriedene Blicke. So konnte es weitergehen. Für Marie jedoch lag ein Schatten über der Veranstaltung. Sie hatte bemerkt, dass einige Kunden, vor allem die mitgebrachten Herren, bei den Lobgesängen auf Frankreich eher pikiert reagiert hatten. Der unangenehme Hauch des Nationalismus wehte leider gerade überall durch das Reich. Allmählich begann auch Marie, Julius' Befürchtungen, es könne Krieg geben, ernster zu nehmen.

35

Anna hatte die Mittagspause genutzt, Julius endlich von der Therapie ihrer Stiefmutter zu erzählen – und dem schrecklichen Grund für deren Ängste. Sie wollte ihm so etwas Wichtiges nicht vorenthalten, außerdem war er ja dabei gewesen, als sie Odiles Schlafwandeln entdeckt hatten.

»Wie furchtbar«, murmelte er nach Annas Erzählung bestürzt. »Das arme kleine Mädchen …«

»Und ich habe ihr nur Vorwürfe gemacht, dass sie nie mit uns das Haus verlassen hat – und immer so ängstlich war«, warf sich Anna erneut vor. »Aber ich habe wirklich nichts geahnt. Zum Glück ist sie bei Dr. Claußen in guten Händen.«

»Ja«, murmelte Julius nachdenklich. »Manchmal erfassen wir vielleicht nicht, was unsere Familienmitglieder alles durchgemacht haben.«

»Du denkst an deinen Onkel«, erriet Anna.

Er nickte. »Würdest du mich einmal in sein Kaufhaus begleiten? Ich wollte mit dir … für dich … mich da mal umsehen.«

Sie sah ihn erstaunt an, hakte aber nicht nach. Dass er an seinem Zorn gegen den Einkaufstempel seines Onkels arbeiten wollte, fand sie jedenfalls eine gute Idee.

Und so schlenderte sie am Spätnachmittag an Julius' Seite durch das 1912 eröffnete Kaufhaus an der Mönckebergstraße. Sie musste sich eingestehen, dass es wirklich ein Erlebnis war. Deutschlands erste große Einkaufspassage am Jungfernstieg kam ihr in den Sinn: »Das erinnert mich ein wenig an Sillem's Bazar. Nur, dass es viel größer ist.« Staunend betrachtete sie die breiten Treppenaufgänge, die in strahlendes Licht getauchten Verkaufsräume und die verlockenden Auslagen. »Da können wir nicht mithalten«, seufzte sie. »Bei so viel Prunk keimt die Angst um den eigenen Laden wieder auf.«

»Muss sie nicht.« Er zog sie in seine Arme und sah ihr in die Augen, ungeachtet der Tatsache, dass sie sich in aller Öffentlichkeit befanden. »Eure Sonntagsveranstaltungen sind Stadtgespräch, und du sagst doch selbst, dass ihr darüber nachdenkt, ein Lehrmädchen einzustellen, weil ihr es gar nicht mehr schafft, die Kunden alle mit der gewohnten Fürsorge zu bedienen.«

»Du hast ja recht«, seufzte Anna, während sie inzwischen in der Abteilung angekommen waren, in der Karstadt hinreißenden Schmuck präsentierte. »Die Einnahmen sind ja wieder deutlich gestiegen.«

Julius nickte und seufzte dann ebenfalls. »Meine Bilanzen sind dagegen eher verheerend. Viele Kunden gehen wegen der Namensgleichheit davon aus, der große Schuppen hier sei die Erweiterung von meinem bescheidenen Lädchen. Ich muss mir auch dringend neue Anreize überlegen, wieder mehr Kunden anzulocken. Ich will ja schließlich eine gute Partie bleiben.« Er zwinkerte Anna zu, die schmunzelte.

»Soll ich mal einen Blick in deine Bücher werfen?«

»Das wäre lieb«, sagte Julius dankbar, der wusste, dass Anna in der Parfümerie auch die Buchhaltung erledigte.

»Ich befürchte leider, mein Buchhalter ist nicht der Hellste. Er sagt immer nur: ›Das wird schon, das wird schon.‹ Aber ich merke doch, dass immer weniger Kunden kommen. Er hat früher für Tietz gearbeitet, der hat ihn aber ersetzt. Inzwischen kann ich mir vorstellen, warum.«

»Habe ich da etwa den Namen meines größten Konkurrenten gehört?«, fragte eine donnernde Stimme hinter ihnen.

Julius und Anna fuhren herum, und obwohl sie ihn noch nie gesehen hatte, wusste Anna, dass dieser Mann, der da vor ihr stand, Rudolph Karstadt war. Er hatte graues, schütteres Haar, einen imposanten Schnauzbart und trug einen grauen Anzug. Rudolph Karstadt strahlte eine Autorität aus, die keinen Zweifel daran ließ, dass er der Herr im Hause war.

»Onkel Rudolph«, sagte Julius, und in diesem einen Wort lag die ganze Vielschichtigkeit ihrer Beziehung.

»Julius«, erwiderte der Patriarch mit kühler Stimme, doch Anna sah die Wärme in seinen Augen, die sich in den folgenden Worten bestätigte. »Möchtest du mir nicht deine reizende Begleitung vorstellen?«

»Onkel Rudolph, das ist Anna Carstens, ihr gehört die Parfümerie Douglas am Neuen Wall.«

Karstadt runzelte die Stirn – Anna mutmaßte, dass er den Umstand, dass eine Frau ein Unternehmen leitete, irritierend fand – und fragte: »Gibt es einen besonderen Grund, dass ich euch in der Schmuckabteilung antreffe?«

Julius öffnete den Mund und schloss ihn wieder, ohne etwas zu sagen.

»Wenn du die junge Dame um ihre Hand bitten möchtest, wirst du dich sicherlich des Verlobungsrings deiner Großmutter entsinnen«, fuhr Karstadt fort. »Sie wäre sonst furchtbar enttäuscht. Meine Empfehlung, gnädiges Fräulein, die Pflichten rufen.« Er deutete einen Handkuss an und eilte von dannen.

Anna und Julius sahen zunächst ihm verblüfft nach und dann einander an. »Mein Onkel kennt mich gut. Ich wollte dich tatsächlich unauffällig durch die Schmuckabteilung führen, um herauszufinden, was dir gefällt – und dich dann später damit überraschen«, sagte Julius etwas enttäuscht. »Und jetzt hat er es mir verdorben.«

Anna verschlug es die Sprache. Das war offenbar ein Heiratsantrag, wenn auch ein etwas schräger und verunglückter. Ihr Herz raste, die Knie wurden ihr weich.

»Ich hatte es mir so schön ausgemalt«, klagte Julius. »Nach allen Regeln der Kunst wollte ich dir einen Antrag machen.«

Die Romantikerin in Anna wollte in Tränen der Rührung ausbrechen, doch die Pragmatikerin überlegte, wie sie die Situation retten konnte. Sie musste den enttäuscht wirkenden Julius trösten, und das gab ihr wiederum Sicherheit in dieser für sie immer noch teilweise undurchschaubaren Welt der Liebe.

»Ach, ein normaler Antrag hätte gar nicht zu uns gepasst. Ich finde ihn sehr schön«, flüsterte sie und streichelte seine Wange.

»Moment.« Julius machte kehrt und zog Anna zu der Verkaufstheke, an der eine lächelnde Verkäuferin stand, die die ganze Szene interessiert verfolgt hatte. »Ein bisschen richtig möchte ich es doch noch machen. Du suchst dir jetzt einen Ring aus, mein Liebling.«

»Aber der Ring deiner Großmutter …«, wandte sie ein. »Dein Onkel wird enttäuscht sein. Und deine Großmutter auch.«

»Ich bin schon immer eigene Wege gegangen«, sagte Julius. »Und dann bekommst du eben zwei Verlobungsringe.«

Anna strahlte, war aber zugleich furchtbar verlegen.

»Nun, welcher gefällt dir?«, fragte Julius.

»Ich möchte, dass du mir einen aussuchst«, sagte Anna. »Ich vertraue deinem Geschmack, und du sollst mich ja damit schön finden.«

»Gut, dann schließ die Augen!«

Anna tat, wie ihr geheißen, sah aber durch halb geschlossene Lider, dass die Verkäuferin auf ebenjenen Ring deutete, der ihr besonders gut gefallen hatte. Sie hatte ihren Blick offenbar bemerkt. Rasch schloss sie die Augen wieder. Dann nahm Julius ihre Hand, führte sie ein paar Meter weiter und hieß sie dann, die Augen wieder zu öffnen.

Er kniete vor ihr. Hielt ihr den Ring entgegen und fragte feierlich: »Anna Carstens, möchtest du meine Frau werden?«

***

Während Anna die Mittagspause mit Julius verbracht hatte, fand ihre Schwester in der Post der Parfümerie endlich den lang ersehnten Brief aus Frankreich. Sie hatte Ernest die Anschrift des Geschäfts gegeben, um Fragen ihrer Stiefmutter zu vermeiden und die Briefe nicht immer erst abends zu erhalten. Am liebsten hätte sie den Umschlag sofort aufgerissen, doch die Pause war zu Ende – und es warteten schon wieder einige Kundinnen sowie eine über das ganze Gesicht strahlende Anna vor dem Geschäft. Marie warf ihrer Schwester einen fragenden Blick zu, doch die flüsterte nur »später« und wandte sich der ersten Kundin zu.

Bis zum Abend hatte Marie sicherlich ein Dutzend Mal

nach dem Brief in ihrer Rocktasche getastet, aber keine Gelegenheit gehabt, ihn zu lesen. Der Ansturm riss und riss nicht ab. Die Käuferinnen gierten nach den neuen Düften, oder sie wollten Karten für die inzwischen berühmt gewordenen Veranstaltungen. Am kommenden Sonntag hatte sich Richard Dehmel zu einer Lesung mit dem Titel *Poesie der Düfte* bereit erklärt.

Es war eine Stunde nach der üblichen Ladenschlusszeit, als die Schwestern endlich die Tür schlossen und sich erschöpft auf der hellblauen Sitzecke niederließen.

»Puh«, machte Anna. »Das kann so nicht weitergehen. Wir brauchen dringend eine Lösung.«

»Wir könnten Helene fragen«, schlug Marie vor. »Sie arbeitet sehr gerne hier.«

»Ich habe das schon einmal angesprochen«, sagte Anna. »Sie hilft gerne aus, will sich aber nicht fest verpflichten. Wegen der Mädchen – aber auch, weil sie durch die Salons bei uns wieder Freude am Klavierspielen gefunden hat.«

»Dann brauchen wir tatsächlich ein Lehrmädchen«, murmelte Marie stirnrunzelnd. »Bei den Kundinnen macht sich schon Ärger wegen der langen Wartezeiten breit. Und das kann ja nicht Sinn der Sache sein: Da kommen sie nun endlich wieder – und kehren uns dann den Rücken, weil wir sie nicht mit der gewohnten Qualität beraten können.«

»Du hast recht«, seufzte Anna. »Auch wenn mir natürlich das Herz blutet – ausgerechnet jetzt, da die Umsätze gerade erst ganz langsam nach oben gehen, sollen wir gleich Geld ausgeben.«

»So ist das nun einmal im Geschäftsleben«, sagte Marie. »Aber nun erzähl mir doch endlich, warum du so strahlst. Ich nehme an, es hat etwas mit dem Brillanten zu tun, der da an deinem Ringfinger funkelt.«

Anna nickte und streckte die Hand von sich, um den Verlobungsring wohlgefällig zu betrachten. »Julius hat mir heute einen … ganz besonderen … Heiratsantrag gemacht.«

»O Anna, ich wusste es!« Marie fiel ihrer Schwester strahlend um den Hals. »Ich freue mich so für dich.«

»Danke.« Anna berichtete der amüsierten Marie, wie es sich zugetragen hatte. »Und du?«, fragte sie dann. »Immer noch kein Brief von Ernest?«

»Doch. Heute kam er an.«

»Und du sagst kein Wort?«, rief Anna. »Was schreibt er denn?«

»Ich habe keine Ahnung.« Marie zog den verschlossenen Umschlag aus der Tasche.

»Du hast ihn noch nicht geöffnet?«, fragte Anna verblüfft.

Marie schüttelte den Kopf. »Wann denn? Du weißt ja, was hier den ganzen Tag los war.«

»Worauf wartest du dann noch? Nun lies endlich. Ich räume hier auf.«

Das ließ sich Marie nicht zweimal sagen. Mit fliegenden Fingern riss sie den Umschlag auf, und sofort strömte ihr der Duft entgegen, den Ernest für sie entworfen hatte.

Paris, im Juni 1914

Meine geliebte Marie,
was musst Du in den vergangenen Wochen gelitten und wie verzweifelt auf ein Schreiben von mir gewartet haben. Außer meinem ersten Brief hast Du keinen einzigen erhalten. Ich habe heute herausgefunden, dass all die Briefe, die ich Dir geschrieben habe, nie abgeschickt worden sind. Ich habe sie zu den anderen Schreiben, die unser Haus verlassen, auf den Stapel gelegt und sie gestern bei einer Mitarbeiterin in deren

Schreibtisch gefunden. Gut jedenfalls, dass ich es bemerkt habe, und gut auch, dass Du Deine Briefe zu mir nach Hause schickst. Dort kommen sie sicher an. Meine Schreiben an Dich werde ich künftig selbst zur Post bringen.

Marie ließ den Brief sinken. Vor Erleichterung kamen ihr beinahe die Tränen. Alles war gut, wenn man von der Tatsache absah, dass eine eifersüchtige Mitarbeiterin – Marie hegte keinen Zweifel daran, dass es sich um Félicie handelte – versuchte, sie auseinanderzubringen.

Ich hoffe nur, dass Du Dir nicht allzu viele Sorgen gemacht und nicht an meiner Liebe gezweifelt hast, meine Liebste. Meine Sehnsucht nach Dir ist ungemein groß, und ich würde zu gern gleich in den Zug steigen und zu Dir fahren – allein, die viele Arbeit lässt es nicht zu, und so hoffe ich, dass Du noch an Deinem Plan festhältst, im August zur Eröffnung des neuen Tempels der Düfte in den Galeries Lafayette zu mir zu kommen. Ich kann es kaum erwarten und zähle die Sekunden, bis ich Dich endlich, endlich wieder in die Arme schließen kann.
In aller Liebe,
Dein Ernest

»Was schreibt er?« Anna hatte das Geschäft inzwischen in Ordnung gebracht und setzte sich wieder neben ihre Schwester.

»Es ist alles gut«, sagte Marie. »Oder zumindest fast. Er hat mir mehrere Briefe geschrieben, die aber von seiner eifersüchtigen Muse zurückgehalten wurden.«

»Wie gemein«, rief Anna.

Marie nickte. »Aber immerhin, jetzt wissen wir davon und können das umgehen. Alles andere wird sich finden.«

36

Die Suche nach einem Lehrmädchen erwies sich als gar nicht so einfach. Zwar stellte sich eine Reihe junger Damen auf Arbeitssuche vor, und manche wirkten auch ganz vielversprechend, doch in der Praxis erwiesen sie sich alle als nicht tauglich.

»Ihnen fehlt das Gefühl für den Zauber des Parfüms«, fasste Marie ihren Eindruck gegenüber Anna zusammen, nachdem sie auch dem zehnten Mädchen eine Absage hatten erteilen müssen. »Sie können die Stimmung nicht vermitteln, die wir hier im Salon haben wollen.«

»Oder sie haben kein Gefühl, was für ein Duft zu welcher Kundin passt«, ergänzte Anna. »Zwar sind es Lehrmädchen und müssen noch viel lernen, aber ein gewisses Grundgespür sollten sie doch mitbringen.«

»Diese Birte Kröger hatte das alles«, erinnerte Anna an die junge Frau, die sich zuletzt vorgestellt hatte. »Aber die war zu verträumt – und an der Registrierkasse völlig begriffsstutzig.«

»Vielleicht sollten wir kein Lehrmädchen einstellen, sondern gleich eine Verkäuferin. Wir könnten versuchen, eine Kraft bei der Konkurrenz abzuwerben«, schlug Marie vor. »Es muss ja vor August eine Hilfe her – Julius wird nach der

Hochzeit schließlich mit dir verreisen wollen, und ich möchte zu gerne nach Paris.«

»Stimmt«, murmelte Anna. Daran hatte sie noch gar nicht gedacht.

Am Freitagmorgen war der Andrang vor der Parfümerie größer denn je.

»Es ist eine Katastrophe«, sagte Anna und deutete nach draußen.

»Allerdings.« Auch Marie wurde beim Anblick der Massen, die bis auf die Straße standen, ganz anders. »So schlimm war es nicht mal vor Weihnachten.«

In diesem Moment drängte sich Helene Harders mit ihren beiden Töchtern durch die Hintertür herein. »Das ist ja nicht zu glauben«, rief sie. »Es muss daran liegen, dass sich die Salons hier als feste Größe der Hamburger Gesellschaft herumgesprochen haben. Ich würde sagen, wir öffnen sofort. Ich bleibe mit Lucie an der Kasse, ihr beide beratet, Hertha reicht den Kundinnen, die warten müssen, Getränke.«

»Kann Lucie die Kasse allein übernehmen?«, schlug Anna vor und lächelte dem Mädchen zu. »Du bist ja schon so groß und vernünftig.«

Lucie sah sie verunsichert an. »Das traue ich mich nicht«, sagte sie schüchtern. »Es sind so viele Menschen, und alle haben es eilig. Was ist, wenn ich mich verrechne?«

»Es spricht für deine Vernunft, dass du uns das sagst«, lobte Anna. »Mach dir keine Gedanken. Deine Mutter bleibt mit dir an der Kasse.«

»Dann stellen wir uns mal dem Ansturm.« Marie eilte zur Tür, um aufzuschließen, Minuten später herrschte im Geschäft ein großes Gedränge, und obwohl Lucies kleinere

Schwester Hertha tapfer Getränke ausschenkte, wurde bei einigen Kundinnen Unmut laut.

»Unfassbar, dass wir hier so lange warten müssen«, empörte sich eine Braungelockte, und eine dicke Blonde pflichtete ihr bei: »Hier wird man behandelt wie ein dahergelaufenes Schulmädchen. Ich gehe zu Karstadt, da kommt man wenigstens gleich an die Reihe. Und die Auswahl ist auch besser.« Sie warf Marie einen giftigen Blick zu und verließ das Geschäft.

»Und ich zu Tietz«, verkündete die Braungelockte und stapfte gewichtigen Schritts ebenfalls hinaus.

Marie sah sich überfordert um. Wie sollte sie der Lage nur Herr werden? Sie wandte sich an die nächste Kundin, eine blonde junge Frau um die zwanzig. Ihre Kleidung wirkte zwar adrett, aber etwas abgetragen. Eigentlich sah sie nicht so aus, als könne sie sich Parfüm leisten. Marie entdeckte in ihrem Gesicht eine Spur von Verzweiflung.

»Wie kann ich Ihnen helfen, Mademoiselle?«, fragte sie dennoch mit ihrem freundlichsten Lächeln.

»Ich habe mich eher gefragt, ob *ich* nicht *Ihnen* helfen kann«, sagte die junge Frau. »Mein Name ist Eugenie Schalt. Ich suche eine Anstellung als Verkäuferin. Ich habe bei Tietz und Karstadt gearbeitet.«

»Oh, das tut mir leid, selbst wenn Sie bei Dralle gearbeitet hätten, könnten wir Sie nicht sofort …«, begann Marie, da fiel ihr das Mädchen aufgeregt ins Wort: »Oh, das habe ich. Und ich habe hervorragende Referenzen auch von ihm. Es ist nur so, dass es bei Dralle gerade nicht sonderlich gut läuft. Aber er veranstaltet auch keine so aufregenden Salons wie Sie.«

Marie rieb sich etwas überfordert das Kinn. Dieses Fräulein Schalt schien sich ja bestens auszukennen.

»Ich könnte die Kasse übernehmen, dann kann Ihre Kollegin mit beraten.«

Maries Gedanken rasten. Was sollte sie tun? Einer Wildfremden vertrauen und sie an die Kasse lassen?

Andererseits hatte sie im Augenblick eigentlich keine Wahl.

»Ich weiß, was Sie denken«, sagte diese, »und ich kann Sie verstehen. Aber ich kann mich bei all dem Gedränge schlecht mit dem Kasseninhalt davonmachen, und Sie können gern meine Taschen durchsuchen, bevor ich gehe …«

»Der Duft gefällt mir auch nicht«, hörten sie da lautstark eine dürre Frau jammern, und Anna warf einen verzweifelten Blick herüber. Sie bediente die hagere Dame schon eine gute Viertelstunde, und das hielt den ganzen Betrieb auf.

»Oh, Madame, dieses Parfüm gefällt Ihnen nicht?«, mischte sich da spontan Eugenie Schalt ein. »Darf ich das Fläschchen dann bitte, bitte haben? Es ist das letzte von Carons *Violette Précieuse*, das hier auf Lager ist. Dieser wunderbar blumige Duft ist leider nicht nur bei den adeligen Damen von Paris so beliebt, er ist auch hier fast ausverkauft.«

Die dürre Frau sah die Jüngere missbilligend an.

»Nein, das ist *mein* Fläschchen!«, sagte sie dann besitzergreifend und wandte sich an Anna. »Ich nehme es, packen Sie es mir ein!«

»Wie schade«, rief Eugenie mit gespielter Enttäuschung und zwinkerte Marie zu.

Die musste lachen. Eugenies Art gefiel ihr, und im jetzigen Gedränge erschien ihr die erfahrene Verkäuferin geradezu wie ein rettender Engel.

»Wunderbar«, flüsterte Marie ihr zu. »Dann fangen Sie mal an.«

Eugenie Schalt blieb, bis Anna am Abend die Ladentür absperrte. Sie hatten auf die Mittagspause verzichtet und durchgearbeitet. Die neue Verkäuferin hatte sich so gut eingefügt, dass es wirkte, als sei sie immer schon da gewesen. »Vielen Dank für Ihre großartige Hilfe«, sagte Anna herzlich und schüttelte der Blonden die Hand. »Ich würde sagen: Sie sind eingestellt. Sie haben sich großartig bewährt.«

Eugenie Schalt strahlte.

»Und ihr habt das auch ganz wunderbar gemacht«, wandte sich Anna an die beiden Harders-Mädchen. »Da habt ihr euch euren Lohn natürlich auch verdient. Kauft euch etwas Schönes davon.«

Sie drückte Lucie und Hertha je ein paar Münzen in die Hand.

»Und wir würden euch gerne noch zum Essen einladen, als Dankeschön für euren Einsatz«, sagte Marie.

»Sei mir nicht böse, aber ich würde das gern auf ein anderes Mal verschieben«, lehnte Helene ab. »Die Mädchen sind ungemein müde und ich auch. Ich will ja auch morgen früh wieder pünktlich bei euch sein, um euch zu unterstützen. Morgen ist Sonnabend, da wird vermutlich noch mehr Betrieb sein als heute.«

»Eine vernünftige Entscheidung«, stimmte Fräulein Schalt zu. »Ich gehe davon aus, dass Sie mich morgen dann auch brauchen werden?«

»Das wäre wunderbar«, sagte Anna. »Nun entschuldigt mich, ich habe Julius versprochen, einen Blick auf seine Bilanzen zu werfen. Und wenn wir nicht essen gehen, kann ich ihm diesen Wunsch ja endlich erfüllen.«

Mit einem Seufzen schloss Anna wenig später die Bücher und sah Julius betrübt an. »Deine Befürchtungen waren richtig. Das geht im besten Fall noch zwei Monate gut«, sagte sie traurig.

Julius, der inzwischen auch offiziell bei Annas Vater um deren Hand angehalten und von Heinrich Carstens begeistert als künftiger Schwiegersohn willkommen geheißen worden war, furchte die Stirn. »Ich kenne niemanden, der ein besseres Gespür für Zahlen hat als du, meine Liebste, und wenn du dem Ganzen nun auch keine Chance mehr gibst …«

»Rein von den Zahlen her nicht«, sagte sie langsam. »Aber vielleicht fällt uns doch noch etwas ein, um dein Geschäft zu retten. Bei uns blieben die Umsätze ja auch aus, und nun haben wir eine Steigerung von zwanzig Prozent im Vergleich zum Vorjahr. Trotz Tietz und Karstadt.«

»Weil du Ideen hattest« sagte er. »Weil Marie nach Frankreich gereist ist. Weil ihr Veranstaltungen mit Richard Dehmel macht. Weil ihr außergewöhnlich seid. Weil *du* außergewöhnlich bist.«

Sie ging um den Schreibtisch herum, setzte sich auf seinen Schoß und legte ihre Stirn an die seine, während er die Arme um sie schlang und sie fest an sich zog.

»All das kannst du auch, Julius. Und Mode ist genauso faszinierend wie Parfüm. Denk daran, wie Poiret Paris revolutioniert. Und Coco Chanel. Ich könnte dir helfen, vor allem durch Marie haben wir ja Beziehungen. Wenn du willst, sprechen wir mit Ernest Daltroff, wenn er zu Weihnachten nach Hamburg kommt.«

»Irgendwie habe ich das Gefühl, es allein schaffen zu müssen«, sagte er. »Wenn andere mein Geschäft retten, dann kann ich auch gleich bei meinem Onkel einsteigen. Denn dann wäre es ja der Erfolg der anderen, von dem ich profitiere.«

»Niemand ist allein. Und das ist auch gut so. Allein hätte ich unser Geschäft auch nicht retten können.«

»Doch, das hättest du. Du schaffst alles, was du wirklich willst.«

»Du auch, mein Liebster.« Sie küsste ihn zärtlich. »Und damit du es weißt, meinetwegen musst du dir keine Gedanken machen. Es ist deine freie Entscheidung. Wenn du dein Geschäft weiterführen und um es kämpfen möchtest, stehe ich an deiner Seite und helfe dir. Solltest du dich aber entscheiden, doch noch bei deinem Onkel einzusteigen, stehe ich dir auch nicht im Weg.«

»Erst mal kannst du mir mit einer großen Lieferung Küsse helfen«, murmelte er an ihren Lippen.

Lachend machte sie sich los. »Wir kommen noch zu spät ins Theater.«

»Wagner wird Klarheit in meine Gedanken bringen«, sagte er.

»Wagner? Klarheit? Ausgerechnet? Und dann noch mit *Lohengrin?*«, bezweifelte sie.

»Ich mag Wagner wirklich nicht, er ist mir zu wuchtig, aber wenn Großmutter mir die Kultur nahebringen will und Karten schenkt …«, sagte Julius. »Und heute Abend freue ich mich sogar darauf. Und das nicht nur, weil du bei mir bist.«

»Sondern?«, fragte sie gespielt streng. »Welche Dame kommt denn noch?«

»Keine Dame«, lachte er. »Ich denke nur wirklich, dass diese Musik alle Gedanken aus meinem Kopf drängen wird. Neben Wagners Bombast ist kein Raum für etwas anderes. Und vielleicht weiß ich dann nach Ende des Konzerts, was ich tun muss. Aber vorher muss ich erst mal das hier tun.«

Er öffnete seinen Tresor und zog einen Ring, ein Kunstwerk aus Perlen und Rubinen, hervor.

»Wunderschön«, befand Anna, als er ihn ihr über den Finger geschoben hatte. »Von deiner Großmutter?«

»Ja, und du musst jetzt ganz tapfer sein«, sagte er. »Sie möchte eine große Verlobungsfeier in der Villa Karstadt für uns ausrichten – weil sie sich so für ihren Lieblingsenkel freut. Es soll sogar ein Feuerwerk geben.«

Anna sah ihn verblüfft an. Und ihr war, wie es ihr Verlobter ja bereits erwartet hatte, mulmig bei dem Gedanken, im Mittelpunkt eines solchen gesellschaftlichen Ereignisses zu stehen.

37

Eine Stunde später saßen sie nebeneinander in der Loge der Familie Karstadt. Anna lehnte den Kopf an Julius' Schulter. Es tat so gut, hier neben ihm zu sitzen, seine Nähe und seine Liebe zu fühlen, seinen Duft einzuatmen. Seine Lippen auf ihrer Schläfe zu spüren und seine Hand in der ihren. Sie folgte der Musik mit geschlossenen Augen, gab sich ihr ganz hin.

Doch dann, am Ende der Vorstellung, entstand Unruhe im Saal. Störgeräusche waren zu hören, und sie spürte, dass Julius an ihrer Seite erschrocken zusammenzuckte und scharf die Luft einsog. Anna riss die Augen auf, dann sah sie es.

Auf der Bühne stand ein erboster Mann mit hochrotem Gesicht. In der Hand hielt er eine Gerte, mit der er erbarmungslos auf den Dirigenten einpeitschte, der für den Schlussapplaus aus dem Orchestergraben gekommen war. Im Saal brach Tumult aus, einige Zuschauer versuchten, auf die Bühne zu kommen, um dem Dirigenten, von dem Anna wusste, dass er Otto Klemperer hieß, zu Hilfe zu eilen. Im Orchestergraben wurden die Köpfe der Musiker sichtbar, die sehen wollten, was es mit dem Tumult auf sich hatte, und einige der Sänger, die ebenfalls auf der Bühne standen, stürzten nach vorne, um dem Orchesterleiter zu helfen. Die Hauptdarstellerin brach in Tränen aus.

»Um Himmels willen!«, rief Anna entsetzt, als die Gerte des Angreifers mit voller Wucht die Wange des Dirigenten traf und dieser daraufhin in den Orchestergraben stürzte.

»Raus hier!« Julius ergriff ihre Hand und zog seine Verlobte ins Foyer, wo eine eifrig diskutierende Menge zusammenstand und sich über das Geschehene austauschte. Zeitgleich stürmten mehrere Schutzmänner von draußen herein und kamen Minuten später mit dem sich heftig sträubenden Angreifer wieder zurück.

»Das ist doch der frischgebackene Ehemann der Hauptdarstellerin, Elisabeth Puritz-Schumann«, rief ein Zuschauer.

»Ja«, bestätigte ein erschöpft aussehender Schauspieler, von dem Anna sich fragte, warum er sich hier vorne und nicht in der Garderobe aufhielt. Gleich darauf erhielt sie die Antwort: Der Mann wollte sich mit seinem Wissen brüsten.

»Unsere Schönheit hat nach Ansicht des Ehemanns eine Affäre mit dem Dirigenten«, erzählte er den gespannt lauschenden Zuschauern. »Er hat ihn sogar zum Duell aufgefordert, aber unser Dirigent hat abgelehnt.«

»Widerlich, wie der hier eine Privatvorstellung gibt«, fand Julius.

»Lass ihn doch«, meinte Anna amüsiert. »Er wollte bestimmt schon immer mal die Hauptrolle spielen, und nun hat er sie für ein paar Minuten. Und so findest nicht mal du Wagner langweilig, gib's zu!«

Julius lachte. »Lass uns gehen, Liebling.«

»Hast du genug Wagner bekommen, um zu wissen, was du nun tun wirst?«

Er nickte. »Dem Rat meiner Großmutter folgen«, sagte er und nahm ihre Hand. »Entscheidungen gut bedenken und mindestens eine Nacht darüber schlafen. Ich will mir bis zu unserer Verlobungsfeier Zeit lassen.«

***

»Ich bin schon ein wenig aufgeregt«, gestand Marie. Sie saß auf Annas Bett, während die Schwester sich mithilfe von Zofe Tinette für die große Feier in der Villa Karstadt fertig machte.

»Was glaubst du, wie es mir geht?«, fragte Anna zurück, während Tinette ihr rotbraunes Haar bürstete. »Alle Augen werden auf mich gerichtet sein. Na ja, immerhin bin ich durch die viele Arbeit kaum mehr zum Essen gekommen.«

»Ja«, bestätigte Marie. »Gertenschlank bist du geworden. Das liegt aber bestimmt nicht nur an der Arbeit, sondern auch an der Liebe. Deine strahlenden Augen sind noch schöner als das hinreißende Kleid. Die Gäste werden dahinschmelzen.«

»Dafür duftest du hinreißend«, versuchte Anna, sich in ihrer Aufregung in Humor zu flüchten, während Tinette begann, ihre Haare zu flechten. »Nach dem Parfüm deines Schatzes. Und Montag geht es für dich ja endlich zu ihm.« Sie lächelte ihrer Schwester im Spiegel zu. »Und dann wird *er* dahinschmelzen. Ich kann das Kompliment nämlich nur zurückgeben, Mariechen. Du bist eine wahre Schönheit.«

»Schade, dass Maman sich noch nicht in der Lage fühlt, mit zu eurer Feier zu kommen«, meinte Marie.

»Ja, aber immerhin gibt sie seit den Sitzungen mit Dr. Claußen zu, dass ihre Ängste sie daran hindern, das Haus zu verlassen. Keine Ausreden mehr. Die Therapie wirkt«, versicherte Anna im Brustton der Überzeugung. »Und zur kirchlichen Trauung im November will sie auf jeden Fall mitkommen, das ist ihr großes Ziel.«

»Papa hat aus Lübeck angerufen«, erklärte Marie. »Er wird pünktlich zur Feier eintreffen.«

»Mariannes Mann wird wohl gerade noch rechtzeitig aus Berlin anreisen«, meinte Anna und fügte mit besorgter Miene hinzu: »Ich hoffe, er bringt gute Nachrichten von seinem Besuch im Kaiserpalast mit.«

»Bestimmt«, entgegnete Marie. »Wegen so eines blöden Attentats in Sarajevo beginnen wir Deutschen bestimmt keinen Krieg mit Russland oder den Engländern. Das würde doch nur beider Länder Wirtschaft zerstören.«

***

Die Hamburger Villa der Familie Karstadt an der Elbchaussee war feierlich geschmückt. Alle Freunde der Douglas-Schwestern waren anwesend, allein ihre Mutter ließ sich, wie angekündigt, ein – hoffentlich – letztes Mal entschuldigen, und ihr Vater musste jeden Augenblick direkt vom Bahnhof eintreffen. Rudolph Karstadt und Heinrich Carstens hatten sich schon im Vorfeld der Feierlichkeiten kennengelernt und bestens verstanden. Karstadt senior hatte sogar den Wunsch geäußert, der Vater der künftigen Gattin seines Lieblingsneffen solle ihn ab jetzt mit Gewürzen und Tee beliefern. Marie und Anna waren gleichermaßen von Julius' Großmutter begeistert – wie sehr erinnerte die gutmütige alte Dame sie an die unvergessene Margaretha Carstens.

»Hast du dich inzwischen entschieden?«, fragte Anna ihren Julius, als sie sich nach dem großen Abendessen zum Nachtisch am Büfett trafen. Dort gab es kandierte Früchte, zahllose Törtchen, Sorbet und verschiedene Sorten Mousse au Chocolat – eine Zusammensetzung, die nicht nur die Augen der Harders-Töchter zum Leuchten brachte.

»Ich werde nicht beim ersten Wind umfallen«, sagte Julius. »Ich habe beschlossen, weiter meinen Weg zu gehen und nicht aufzugeben. Das habt ihr mir vorgelebt.«

»Ich wusste es«, sagte sie triumphierend.

»So gut kennst du mich inzwischen?«, fragte Julius.

»Das sollte ich«, bestätigte sie. »Ich will dich schließlich heiraten.«

Da näherte sich ihnen ein ernst dreinblickender Rudolph Karstadt. »Auf ein Wort, Julius!« Er bat seinen Neffen zu einer Sitzgelegenheit am Fenster.

Der wechselte einen Blick mit Anna.

Rudolph bemerkte es und lächelte. »Deine künftige Gattin darf gern dabei sein. Was ich zu sagen habe, geht alle Familienmitglieder an.«

Anna und Julius sahen ihn gespannt an.

Rudolph Karstadt beugte sich vor und senkte die Stimme: »Ich bin in Schwierigkeiten, Julius. In unserem Hamburger Kaufhaus ist etwas faul. Ich habe mir die Bücher genau angesehen, da gibt es klar erkennbare Unstimmigkeiten. Und das ist noch nicht alles.«

Er beugte sich noch weiter vor. »Die Listen stimmen nicht mit unseren Lagerbeständen überein. Es verschwindet Ware. Wertvolle Ware.«

Julius runzelte die Stirn. »Bist du dir da ganz sicher?«

»Es gibt nicht den leisesten Zweifel. Ich brauche deine Hilfe, mein Junge«, sagte er eindringlich. »Du weißt ja, dass ich mit dem Unternehmen auch in andere Städte expandieren wollte. Ich bin bereits entsprechende Verpflichtungen eingegangen. Je älter ich werde, desto mehr merke ich, dass ich nicht überall gleichzeitig sein kann. Du bist der einzige Mensch, dem ich gänzlich vertrauen kann. Deshalb möchte ich meine Bitte wiederholen, dass du als Geschäftsführer das

Hamburger Haus übernimmst – allerdings unter neuen Bedingungen.«

»Und die wären?«

»Du bekommst mehr Mitarbeiter. Einen Stellvertreter, der dir das operative Geschäft abnimmt. Und darüber hinaus einen Geschäftsführer für deinen Laden am Neuen Wall, sodass du den notwendigen Freiraum bekommst und ihn nicht aufgeben musst.«

Julius runzelte nachdenklich die Stirn und starrte schweigend auf seine Füße.

Anna wartete gespannt auf seine Reaktion.

Schließlich sagte er ernst: »Danke für deine Offenheit, Onkel Rudolph. Ich möchte ihr gern mit der gleichen Ehrlichkeit antworten.«

Er sah Karstadt senior direkt in die Augen, holte tief Luft und stieß hervor: »Ich helfe dir. Aber auch du musst zuvor etwas wissen.«

Dem Älteren war die Erleichterung deutlich anzusehen, zugleich lag dennoch Anspannung in seinem Gesicht.

Was würde sein Neffe ihm eröffnen?

Auch Julius beugte sich nun vor, und Anna stellte mit liebevollem Lächeln fest, wie ähnlich sich die beiden Männer in so vielen Details waren. »Meinem Geschäft geht es nicht gut«, sagte er rundheraus. »Die vielen großen Warenhäuser haben mich an den Rand des Ruins getrieben. Die Kunden denken außerdem wegen der Namensgleichheit unserer beider Unternehmen, wir gehören zusammen, und gehen dorthin, wo es eine größere Anzahl an Waren gibt – in dem Glauben, mir treu zu bleiben.«

Auf Rudolph Karstadts Gesicht spiegelte sich aufrichtige Betroffenheit. »Das tut mir ehrlich leid. Das wusste ich nicht. Aber aus Sicht der Kunden ist es logisch.«

Julius nickte. »Deshalb habe ich in den letzten Tagen ernsthaft darüber nachgedacht, dein Angebot anzunehmen, doch in die Geschäftsführung bei dir einzusteigen.«

»Dann war das also ohnehin dein Wunsch?«, fragte Rudolph erfreut. »Das trifft sich ja hervorragend.«

Doch Julius schüttelte den Kopf und erklärte wahrheitsgemäß: »Nein, ich habe Anna gerade gesagt, dass ich mich dagegen entschieden habe.«

»Oh«, stieß Rudolph Karstadt enttäuscht hervor.

»Das war allerdings noch unter anderen Voraussetzungen. Ich hätte mir selbst nicht mehr ins Gesicht sehen können. Da sage ich mich großspurig von meinem Onkel los, um etwas Eigenes auf die Beine zu stellen – und dann komme ich beim ersten Sturm reumütig zurückgekrochen. Aber wenn du meine Hilfe brauchst …«

»Ja«, sagte Karstadt ruhig. »Die Lage ist nun eine andere. Ich brauche dich. Dringend. Und dafür, dass dein Geschäft unter diesen Voraussetzungen Schwierigkeiten hat, brauchst du dich wahrlich nicht zu schämen. Das wäre jedem so gegangen. Im Gegenteil, du hast gezeigt, dass es dir gelingt, ganz ohne meine Unterstützung ein eigenes Unternehmen aufzubauen und vier Jahre zu halten. Du kannst stolz auf dich sein.«

»Nun ja.« Julius lächelte etwas bemüht. »Stolz bin ich nicht gerade – aber das ist mal wieder ein gutes Beispiel dafür, dass das Leben seine eigenen Pläne mit uns hat.«

»O ja. Diese Erfahrung habe ich auch schon oft gemacht«, bestätigte sein Onkel. »Du sagst also Ja?«

»Unter einer Bedingung.« Julius sah Anna an. »Dass meine künftige Frau nichts dagegen hat. Und dass sie mir dabei hilft, die Fehler in den Bilanzen zu finden. Das kann nämlich keiner besser als sie.«

»Einverstanden«, sagte Anna und hob ihr Glas.

»Schaut mal, wer da kommt«, rief Karstadt senior da plötzlich. »Der gute Ballin.«

Er marschierte direkt auf Mariannes Gatten zu und schüttelte ihm euphorisch die Hand. Doch Anna bemerkte sofort, dass mit dem Reeder etwas nicht stimmte, mit einem derart besorgten Gesichtsausdruck hatte sie ihn noch nie gesehen. Und kaum hatten die beiden Männer ein paar Worte gewechselt, wies Rudolph Karstadt eine ähnlich düstere Miene auf.

»Da stimmt was nicht«, vermutete nun auch Julius.

Schließlich nickten sich die beiden Männer zu, und Rudolph wandte sich laut an die Gäste.

»Meine liebe Familie, liebe Gäste«, rief er. »Mein Freund Albert Ballin bringt leider schlechte Nachrichten aus Berlin.«

Marie war zu Julius und Anna gekommen und nahm in instinktiver Angst die Hand ihrer Schwester.

»Kurz nach der Kriegserklärung Österreich-Ungarns an Serbien wurde, wie ihr wisst, auch Russland in Kampfbereitschaft versetzt. Deutschland hat dem Zarenreich nun seinerseits den Krieg erklärt. Vor zwei Stunden hat unsere Regierung die Generalmobilisierung angeordnet.«

Ein entsetztes Raunen ging durch die Menge.

Nun meldete sich mit todernster Miene der Reeder zu Wort: »Dabei wird es nicht bleiben. Frankreich und England werden sich auf die Seite Russlands schlagen. Für unseren Handel ist das schon jetzt eine Katastrophe.«

Marie wurde von Schwindel erfasst. Krieg? Würde sie Ernest nun nie wiedersehen? War Berta, die immer noch in Paris weilte, als Deutsche in Gefahr? Und was, wenn man Annas Julius einziehen würde? Oder ihren Vater?

TEIL DREI

1919–1920

38

Der Frühling hatte Schwierigkeiten, sich durchzusetzen. Als Marie und Anna Carstens am 21. März 1919 auf ihre Parfümerie am Neuen Wall zugingen, tänzelten Schneeflocken um sie herum, und ihr Atem bildete beim Sprechen kleine Wolken.

»Fast drei Jahre«, sagte Marie betreten, während sie zum ersten Mal seit einer gefühlten Ewigkeit den Schlüssel aus ihrer Handtasche hervorkramte, um den Laden zu öffnen.

Irgendwann im Frühsommer 1916 hatten sie aufgegeben. Es war keine Zeit mehr für schöne Düfte gewesen.

Als Marie den Schlüssel gedreht hatte, bemerkte sie, dass ihre Schwester traurig zum Geschäft im übernächsten Haus hinüberblickte. »Zu vermieten«, informierte ein Schild in dem Schaufenster, das sonst nichts zum Schauen bot. Marie drückte tröstend Annas Hand, denn sie wusste, dass der Anblick des leer stehenden Gebäudes sie an deren Verlobten erinnerte. Aber was erinnerte Anna nicht an Julius? Eigentlich brauchte sie keinen Anlass, daran zu denken, dass er gegen Ende des Krieges als vermisst erklärt worden war. Im Dezember hatte Rudolph Karstadt einen französischen Privatdetektiv beauftragt, nach Spuren zu suchen, in der Hoffnung, seinen Neffen in einem französischen Kriegsgefangenenlager wiederzufinden. Doch mit jedem Tag, an dem keine Erfolgsmeldung kam, war klarer geworden: Julius Karstadt war tot. In diesem verfluchten Krieg gefallen!

»Komm!«, drängte Marie und stieß die Ladentür auf. »Weiter!«

Sie betraten das Innere des Geschäfts. Staub flirrte im hereinströmenden Tageslicht. Der Duft der Parfüms war verflogen. Wie alle verlassenen Häuser roch es inzwischen nach sich selbst.

Doch die Fläschchen standen nach wie vor in ihren Regalen, als hätte es keinen grausamen Krieg gegeben, in dem Unzählige ihr Leben lassen mussten. Als warteten sie nur darauf, dass sie wieder geöffnet würden – ein Neubeginn des leichten, des freien, des unbekümmerten Lebens.

In stummer Eintracht begannen die Schwestern, die Flakons abzustauben. Zunächst nur die Marken deutscher Hersteller, doch schließlich nahmen sie sich auch die französischen Düfte vor, die seit Herbst 1914 versteckt in zweiter Reihe der Lagerregale warteten. Irgendwann hatten die Kundinnen sie selbst nicht mehr heimlich unterm Ladentisch kaufen wollen. Je mehr Tote es gab, desto mehr übertrugen sich die von den Regierungen ersponnenen Feindschaften auf die Zivilisten. Das Flair des *savoir-vivre* war vom Massenmorden erstickt worden.

Als Marie ein Fläschchen *Le Parfum de la Dame en Noir* von Lenthéric in die Hände fiel, kamen ihr die Tränen. Diesen Duft hatte sich 1910 bei ihrem Besuch in Wolfsgarten die Zarentochter Olga ausgesucht. Olga, das strahlende, fröhliche Mädchen in seinem langen Kleid, das nun tot war.

Im vorigen Sommer war die gesamte Zarenfamilie in Jekaterinburg von russischen Revolutionären ermordet worden. Um Konterrevolutionären keine Symbolfiguren zu lassen, hatten die Bolschewiki in Moskau die Hinrichtung der Familie Romanow beschlossen.

Marianne Ballin hatte den Carstens-Töchtern die schrecklichen Einzelheiten erzählt: Der in einem Haus inhaftierten Zarenfamilie und ihrer Dienerschaft wurde mitgeteilt, dass sie zu ihrem Schutz in den Keller gebracht würden, da es in dieser Nacht zu Schusswechseln in der Stadt kommen könne. Die Zarin beschwerte sich beim Revolutionskommandanten Jurowski über den kargen Raum und bat um zwei Stühle, auf denen sie dann mit ihrem kranken Sohn Alexej Platz nahm. Die anderen Anwesenden wies Kommandant Jurowski an, sich in zwei Reihen aufzustellen, angeblich für ein von der Revolutionsregierung von Moskau gefordertes Foto – dort seien Gerüchte über die Flucht der Zarenfamilie aufgetaucht. Denen wolle man mit der Aufnahme Einhalt gebieten. Dann führte er statt des angekündigten Fotografen jedoch ein elfköpfiges Erschießungskommando herein. Jurowski eröffnete dem Zaren, dass die Regierung ihre Hinrichtung beschlossen habe. Der fragte nur noch: »Was?«, da erschoss ihn Jurowski auch schon. Alle anderen anwesenden Schützen feuerten daraufhin auf die ihnen vorher zugewiesene Person. Um übermäßiges Blutvergießen zu vermeiden, sollte direkt auf das Herz gezielt werden. Alexandra starb auf dem Stuhl sofort, wenige Sekunden später der kleine Zarewitsch. Da die Kugeln, die auf die restliche Familie abgefeuert wurden, abzuprallen schienen, gingen die Schützen dazu über, die Opfer mit dem Bajonett zu erstechen. Die Spießwaffen blieben jedoch zum Teil in den Miedern der Mädchen stecken. Die Zarenkinder und die Kammerfrau hatten während der Internierung im Alexanderpalast nämlich Familienschmuck in die Mieder eingenäht oder Kissen mit wertvollem Inhalt angefertigt. Daher dauerte es angeblich fast zwanzig Minuten, bis auch die letzte Zarentochter tot war. Die sterblichen Überreste der Familie wurden zu einem Bergwerksschacht in einem Wald etwa fünfzehn Kilometer außerhalb von Jekaterinburg gebracht.

In ihre düsteren Gedanken versunken, zuckten die Douglas-Schwestern erschrocken zusammen, als es plötzlich an der Ladentür klopfte.

Vor der Parfümerie stand eine edel gekleidete Frau mittleren Alters. Wie Marie trug sie ihr Haar nach der neuesten Mode kinnlang, es schmiegte sich unter einem eng anliegenden Hut um Kinn und Ohren.

»Berta!«, erkannte Marie durch das Glas der Ladentür fassungslos die Freundin, die sie seit fast einem halben Jahrzehnt nicht mehr gesehen hatte. Die Seifenfabrikantin war unmittelbar nach Kriegsbeginn zusammen mit ihrer neuen Liebe, dem französischen Bankier Marcel, in die neutrale Schweiz geflohen.

Sie eilte zur Tür, schloss auf, und beide Schwestern fielen der Freundin um den Hals.

»Wie schön, euch hier zu treffen«, freute sich Berta. »Wollt ihr wiedereröffnen?«

»Ja, zum neunjährigen Jubiläum«, bestätigte Anna. »Das ist zwar eine ungerade Zahl – aber was ist zurzeit schon noch gerade?«

»Das schmeckt nach zu Hause«, seufzte Berta schwärmerisch, als die Mädchen sie zu Tee und Frau Fehlings Franzbrötchen ins Hinterzimmer eingeladen hatten – wie einst, in helleren Tagen.

»Werden du und Marcel denn nun ganz nach Hamburg ziehen?«, erkundigte sich Marie hoffnungsvoll, doch zu ihrer Enttäuschung schüttelte Berta den Kopf. »Wir bleiben in der Schweiz. Ich bin nur hier, um Fräulein Habermann endgültig Prokura zu erteilen. Marcel hat in Zürich Arbeit bei einer großen Bank gefunden, und ich organisiere Veranstaltungen zugunsten der Armen. Er würde in Deutschland nur gehasst werden. Und für mich als Deutsche wäre es in Paris sehr gefährlich.«

»Meine Rede!«, stieß Anna besorgt hervor. »Aber Marie will unbedingt nächste Woche hinfahren, um ihren Ernest zu suchen. Vielleicht kannst du sie ja zur Vernunft bringen.«

»Du musst in der Tat davon ausgehen, dass dir dort keine Herzlichkeit entgegenschlagen wird«, wandte sich Berta an Marie.

»Ich klinge aber wie eine Französin, Ernest hat immer gesagt, man würde mir nicht anmerken, dass ich in Deutschland aufgewachsen bin«, argumentierte Marie. »Dank unserer Maman haben wir doch dauernd Französisch gesprochen.«

»Du willst wegen Daltroff nach Paris? Dann hat er überlebt?«, vergewisserte sich Berta.

»Das weiß ich nicht«, erwiderte Marie betrübt. »Auf meine Kontaktversuche hin hat die Zentrale von Caron erst gar nicht und dann nur vage reagiert. Sie meinten, er sei zurzeit nicht zu sprechen. Nun weiß ich nicht, ob er tot ist – oder ob er mit einer Deutschen keinen Kontakt mehr haben will.«

»Ich denke, wenn er gefallen wäre, würden sie es kommunizieren. Vielleicht gilt er ja als vermisst, und sie wollen noch niemanden beunruhigen«, versuchte Berta, die Freundin zu trösten. »Wie gut jedenfalls, dass immerhin euer Vater zurückgekehrt ist. Ich habe mich so gefreut, als ihr das geschrieben habt.«

Anna nickte ernst. »Allerdings befürchten wir, dass er oft

schlimme Schmerzen hat, auch wenn er es tapfer vor uns verbergen will. Seit dem Torpedotreffer im Skagerrak hat er ja ein steifes Bein.«

Berta zögerte, als wolle sie keine alten Wunden aufreißen, fragte dann aber doch: »Von Julius Karstadt kam kein Lebenszeichen mehr?«

Anna schluckte nur, Marie antwortete für sie: »Seit drei Jahren nicht.«

»Vielleicht haben mein Julius und Maries Ernest sich sogar in der Schlacht gegenübergestanden«, brachte Anna mit belegter Stimme hervor.

Ihre Schwester und Berta schwiegen betreten.

***

»Die beiden Herren scheinen großen Gefallen an uns zu finden«, raunte Marie Anna zu, die darauf jedoch nur mit einem müden Lächeln reagierte. Nach dem Gespräch mit Berta hatten sie am Rathausmarkt die Bahn bestiegen. Der Chauffeur der Familie war im Krieg eingezogen worden, und die Carstens-Töchter waren gezwungen gewesen, selbstständig in die Stadt und zurück zu fahren. Inzwischen waren sie so daran gewöhnt, dass sie Gerhard Jensen auch nach seiner glücklicherweise unversehrten Rückkehr nur noch selten um Fahrten baten.

Der jüngere der Männer in der Bahn, ein Brünetter mit kurz geschorenem Haar, das von einem der modernen hellen Hüte mit schwarzem Band gekrönt wurde, konnte die Augen nicht von Maries nackten Waden lassen – und sie konnte nicht anders, als verführerisch mit den Beinen zu wippen. Der Jüngere sah sie bedeutungsvoll an und blickte dann wieder auf ihre Beine.

»Marie«, zischte Anna tadelnd. »Musst du das auch noch herausfordern?« Da die nächste Haltestelle schon ihr Ausstieg war, erhob sie sich und ging zur Wagentür.

Marie warf dem jungen Mann einen nonchalanten Blick zu, zuckte die Achseln und folgte ihrer Schwester dann zum Ausgang. Draußen hakte sie sich bei Anna unter, und die beiden Frauen gingen den Weg, der ihnen von Kindesbeinen an vertraut war. »Findest du es wirklich so schlimm, dass ich ein bisschen mit den jungen Herren schäkere?«, fragte Marie.

»Ich wundere mich nur«, entgegnete Anna.

»Berta hat doch vorhin gesagt, wir sollen uns des Lebens wieder freuen und auf keinen Fall der Liebe abschwören«, erinnerte Marie ihre Schwester.

»Aber sie meinte damit wohl eher deinen Parfümeur«, erwiderte diese. »Du begibst dich doch eigens für ihn in große Gefahr.«

»Schon …«, sagte Marie kleinlaut und senkte den Blick.

Anna blieb stehen und sah ihrer Schwester prüfend ins Gesicht.

»Aber?«, hakte sie nach. »Da gibt es doch ein Aber?«

Marie nickte und sah nun fast ängstlich auf. »Ich schäkere mit anderen, weil ich hoffe, dass es dann nicht so wehtut, wenn …« Sie stockte. »Wenn er doch gefallen ist. Oder es nach all den Jahren nicht mehr mit Ernest und mir klappt.«

Sie ließ ihren Blick über die Stelle schweifen, wo der Isebekkanal in die Außenalster mündete – ein vertrauter Anblick, der ihr Sicherheit gab und das Gefühl, zu Hause zu sein.

»Setzen wir uns einen Augenblick«, schlug Anna vor und deutete auf die Bank, die am Hang bei den vielen Booten stand und auf der die Schwestern im Lauf der Jahre schon häufig ihre Gedanken miteinander geteilt hatten. Es war hier schön wie eh und je, so als hätte nicht über fünf Jahre ein verlustreicher Krieg getobt.

»Ist es, weil Daltroff deine Briefe nicht beantwortet hat?«, mutmaßte Anna nun.

»Ja, es kann ja sein, dass der eine oder andere nicht durchging – oder seine Muse sie wieder abgefangen hat«, nickte Marie. »Aber so gar kein Lebenszeichen … Vielleicht hat er inzwischen ein Problem damit, dass ich eine Deutsche bin – nach all dem Kriegsleid.«

»In jedem Fall wirst du in Paris endlich Antworten bekommen«, meinte Anna. »Nichts ist schlimmer als die Ungewissheit.«

Marie wusste, dass ihre Schwester in dieser Hinsicht wahrlich leidgeprüft war.

»Und selbst wenn er sich wirklich von dir lossagen sollte, wäre das für dich doch immer noch leichter zu ertragen, als wenn er gestorben wäre.«

Sie konnte nachvollziehen, wie sehr Anna darunter litt, dass es für ihren Verlobten keine Hoffnung mehr gab.

»Julius hätte bestimmt auf keinen Fall gewollt, dass du den Rest deines Lebens allein verbringst.«

»Daran kann ich jetzt noch nicht denken«, erklärte Anna. »Falls ich mich je wieder auf eine neue Liebe einlassen sollte, wird das viel Zeit brauchen. Aber zumindest deine Unklarheit, die wird bald ein Ende haben. Sorgen mache ich mir natürlich trotzdem wegen deiner Reise.«

»Ich passe schon auf mich auf«, versprach Marie. »Ich hoffe nur, ihr kommt im Laden ohne mich zurecht.«

Anna lächelte. »Zumindest Lucie wird begeistert sein, wenn du nicht da bist.«

»Na, das ist ja mal ein schönes Kompliment«, erwiderte Marie mit gespielter Empörung.

»Du weißt doch, wie ich es meine. Sie brennt darauf, sich endlich beweisen und Verantwortung übernehmen zu dürfen. Und ihre Schwester Hertha war ja auch schon immer sehr gern bei uns im Geschäft, die träumt schon so lange von der Wiedereröffnung und davon, uns in Zukunft helfen zu dürfen. Unsere Patentöchter werden sich freuen, wenn wir ihnen signalisieren, dass wir sie brauchen.«

Vor zwei Jahren hatten Helene und Johannes Harders in Anbetracht des Krieges beschlossen, ihr Testament zu machen, und die Douglas-Schwestern gebeten, sich im Falle ihres Ablebens ihrer Mädchen anzunehmen. »Wir könnten uns niemand Besseres vorstellen, der sich um die beiden kümmert, sollte uns durch diesen Krieg etwas zustoßen«, hatte Helene erklärt.

Anna und Marie hatten gerührt zugesagt.

»Tja, wenn ihr alles auch ohne mich schafft,«, sagte Marie, und ein wenig Angst vor ihrer eigenen Courage war aus ihrer Stimme herauszuhören, »dann steht meiner Reise nach Paris wohl tatsächlich nichts mehr im Wege.«

39

Marie war noch aus einem anderen Grund bange vor der Rückkehr nach Frankreich gewesen: Dieses Land – und vor allem Paris – war für sie immer der Inbegriff von Freiheit und Weite gewesen. Es hatte für die Leichtigkeit des Seins gestanden, die *joie de vivre*, für Lebenslust und Freiheit. Was, wenn der Krieg der Stadt all das genommen hatte? Doch gleich nach ihrer Ankunft stellte sie fest, dass sie sich zumindest in dieser Hinsicht keine Sorgen hätte machen brauchen. Paris hatte sein wunderschönstes Kleid angelegt und quoll über vor Lebensfreude. Auf den Straßen herrschte buntes Treiben, Fußgänger, Pferdekutschen und Automobile liefen und fuhren durcheinander, in den halb offenen Autobussen standen gut gelaunte Menschen und plauderten miteinander.

Eigentlich hatte sie vorgehabt, gleich nach ihrer Ankunft die Parfümerie Caron aufzusuchen, doch sie zögerte. Aus Angst vor dem, was sie erwarten würde, entschied sie, sich etwas Zeit zu geben. Morgen war auch noch ein Tag. Heute wollte sie sich einfach treiben lassen. Durch Paris schlendern, dieses unbeschreibliche Lebensgefühl einatmen, Kraft schöpfen. Sie beschloss, ins Café de la Paix zu gehen und den vergangenen glücklichen Tagen mit Ernest nachzuspüren.

Wie oft hatte sie hier mit ihm gesessen, unter der großen Markise, an den runden weißen Tischen mit den gusseisernen Füßen, seine Hand gehalten und in seine dunklen, tiefgründigen Augen geblickt, während er ihr ein Kompliment nach dem anderen gemacht hatte.

Auch heute, an diesem wunderbaren Maitag, war das Café voll besetzt mit Liebespaaren. Man schäkerte viel offener miteinander als früher, stellte sie fest.

Wie schon bei ihrer ersten Reise hierher vor zehn Jahren bewunderte Marie die Pariserinnen auch jetzt wieder für ihr Stilgefühl und ihre Eleganz. Besonders beeindruckte sie die Frau am Nachbartisch: Sie trug einen eng anliegenden, weißen Hut, der an der Seite mit prachtvollen Federn geschmückt war. Diese wiederum schmiegten sich an die Wange der Dame. Ihre Lippen waren tiefrot geschminkt, um ihren Hals war eine Perlenkette geschlungen, um ihre Schultern lag, trotz des warmen Maitages, eine weiße Pelzstola, die einen reizvollen Gegensatz zu ihrem dunklen, ohrlangen Haar bot. Sie trank Champagner und verspeiste unglaublicherweise Pfannkuchen mit Bergen von Kaviar.

Dabei gelang es der Dunkelhaarigen auch noch, ihrem Begleiter, den Marie nur von hinten sehen konnte, immer wieder ein strahlendes Lächeln zuzuwerfen und angeregt mit ihm zu plaudern.

Ein anderer junger Mann küsste die nackte Schulter seiner Freundin, die ihr Haar zu einem Bubikopf geschnitten hatte. Dieser Kurzhaarschnitt war Marie in Hamburg bisher noch nicht begegnet.

Spontan beschloss sie, zum Friseur zu gehen. Fast schien es ihr wie ein symbolischer Akt. Mit ihren Haaren, die in den letzten Jahren getreu der Mode ohnehin immer kürzer geworden waren, sollte auch der alte Ballast von ihr abfallen.

Sie bereute es nicht, als sie, nach getanem Werk der Friseurin, in den Spiegel blickte. Die Dame darin war moderner, selbstbewusster, selbstständiger, freier und auch jünger als die sorgenvolle Frau, die sie in den letzten Jahren Morgen für Morgen angesehen hatte, wenn sie sich frisierte.

Plötzlich wurde sie von einem enormen Glücksgefühl durchströmt. Alles würde gut werden, daran gab es nun nicht mehr den geringsten Zweifel, und mit einem Mal hatte sie auch keine Angst mehr davor, die Parfümerie von Ernest Daltroff aufzusuchen. Es gab keinen Grund, das noch länger hinauszuzögern.

Der Verkaufsraum der Parfümerie Caron strahlte noch die gleiche verschwenderische Eleganz aus wie 1914; das Gold funkelte an den Decken und das Parfüm verheißungsvoll in seinen Flakons. Und da war auch Claire, die schöne Claire mit ihren pechschwarzen Locken, ein wenig gealtert inzwischen, aber immer noch von jener natürlichen Grazie, die Marie schon bei ihrer ersten Begegnung so fasziniert hatte. Doch anders als damals empfing sie Marie nicht strahlend und mit offenen Armen, sondern Eiseskälte überzog ihr Gesicht, als sie die Deutsche erkannte. »Mademoiselle Carstens«, sagte sie, so, als seien sie erst gestern auseinandergegangen – und zwar im Streit. »Was machen Sie denn hier?«

»Es freut mich, Sie wiederzusehen, Claire«, erwiderte Marie statt einer Antwort. »Ich habe viel an Sie gedacht in den letzten Jahren. Wie ist es Ihnen ergangen?«

»Wie soll es mir schon ergangen sein – in einer Welt, die Ihre Landsleute vollkommen aus den Fugen gebracht haben«, erwiderte die andere eisig.

»Claire«, sagte Marie flehend und machte einen Schritt auf die Verkäuferin zu. Doch die Französin wich sofort zurück und behielt auf diese Weise den Abstand zwischen ihnen bei. Also versuchte Marie, sie mit Worten zu erreichen.

»Dieser Krieg war furchtbar. Aber er hat doch zwischen uns beiden nichts verändert.«

»Alles hat er verändert!«, widersprach Claire energisch. »Ich will Ihnen nicht die Details dessen erzählen, was der Krieg aus meinem Leben gemacht hat – das geht Sie nichts an. Aber das weiß ich: Ich möchte nie wieder etwas mit Ihresgleichen zu tun haben.«

Maries Herz krampfte sich zusammen. Als sie aus Deutschland abgereist war, hatte sie befürchtet, hier und da durchaus auf Ablehnung oder gar Feindseligkeit zu stoßen, zumal Berta sie ja noch gewarnt hatte. Aber an dieser Stelle und in diesem Maße hätte sie nie damit gerechnet.

Sie schluckte und hatte Mühe, die Worte herauszubringen, als sie fragte: »Und Daltroff? Ernest? Wo ist er? Kann ich …?« Sie deutete mit einer hilflosen Geste auf die goldene Tür, von der sie wusste, dass sie ins Labor führte, an seinen Platz, in seine heilige Hallen.

Doch Claire hob abwehrend die Hand. »Monsieur Daltroff ist nicht hier.« Es klang wie ein Peitschenhieb. »Und wäre er hier, würde er Sie ganz sicher nicht empfangen wollen. Und nun verlassen Sie bitte augenblicklich unser Haus!«

Es dauerte lange, bis Marie wieder einigermaßen zu sich fand. Nachdem sie aus dem Geschäft getaumelt war, war sie stundenlang durch die Straßen geirrt und hatte ihre Umgebung nur schemenhaft wahrgenommen. Dort drüben, in diesem efeuüberwucherten Säulengang, hatte er sie doch geküsst? Und waren sie diesen Weg nicht Hand in Hand entlanggegangen? Plötzlich hörte sie Musik. Fröhliche, beschwingte, mitreißende Musik. Sie folgte den Klängen und fand sich schließlich auf einem Festplatz wieder. Auf einer kleinen, überdachten Empore stand ein Geiger und spielte sich die Seele aus dem Leib. Auf dem Platz davor tanzten Zweierpaare. Frauen mit Frauen, Männer mit Frauen. Einen schnellen, wilden Tanz. Shimmy. Und obwohl ihr das Herz so schwer war, musste Marie lächeln. Sie beschloss, sich ihr freies, ihr weites, ihr großartiges Paris nicht von Claire Boucher ruinieren zu lassen. Wie gerne hätte sie es mit ihrem Liebsten genossen, wie gerne hier mit ihm getanzt. Ihre Gedanken wanderten zurück zu der unerfreulichen Begegnung mit der Verkäuferin. Ernest sei nicht da, hatte sie gesagt. Und auf einmal realisierte Marie, was diese Worte bedeuten mussten, und ihr Herz begann zu rasen. »Nicht da« bedeutete eine kurz- oder längerfristige Abwesenheit. Aber »nicht da« bedeutete nicht gefallen. Und wenn Ernest tot wäre, hätte Claire sicher nicht die Gelegenheit versäumt, ihr mit dieser Tatsache wehzutun und ihren Landsleuten die Schuld daran zu geben! Doch nach der ersten Erleichterung kamen Marie Zweifel. Wenn er am Leben war, wieso hatte er sie dann nicht gesucht? Warum ihre Briefe nicht beantwortet? Und selbst wenn diese verloren gegangen wären: Weshalb war er dann nicht nach Hamburg gekommen, um sie aufzusuchen?

***

Anna hatte das Gefühl, dass das Leben langsam wieder aufwärtsging. Die Gespräche mit Berta und Marie hatten ihr gutgetan – und dass ihre Schwester nun aktiv geworden und nach Frankreich gefahren war, versetzte auch sie in eine andere Grundhaltung. Während Anna in ihr Geschäft am

Neuen Wall eilte, beschloss sie, wieder mehr am Leben teilzunehmen und alte Kontakte aufleben zu lassen.

Am vorigen Montag hatten sie den Laden ohne große Feierlichkeiten wiedereröffnet. Für Festivitäten war die Stadt noch nicht wirklich bereit – die Kriegsfolgen hungerten die Bevölkerung weiterhin aus. Zum Glück herrschte aber ganz allmählich dennoch wieder etwas Betrieb in der Parfümerie.

»Ich wüsste nicht, was ich ohne Sie machen sollte, Fräulein Schalt«, wandte sich Anna im Laufe des Nachmittags an ihre Verkäuferin. »Sie haben in der kurzen Zeit, die wir geöffnet haben, schon wieder bewiesen, wie viel Sie von Ihrer Arbeit verstehen.«

Gerade hatte eine ausgesprochen zufriedene Fürstin von Bismarck den Laden verlassen, nachdem sie zuvor darauf bestanden hatte, von Fräulein Schalt und nicht von der Inhaberin persönlich bedient zu werden. Eugenie Schalt hatte Anna zwar einen unsicheren Blick zugeworfen, doch die hatte ihr nur lächelnd zugenickt.

»Danke«, erwiderte die junge Verkäuferin. »Man gewöhnt sich tatsächlich daran. Wenn ich überlege, wie unsicher ich am Anfang im Umgang mit all den feinen Dingen und all den feinen Damen war … Ich hatte ständig Angst, etwas herunterzuwerfen oder in ein Fettnäpfchen zu treten.«

»Das hat man Ihnen aber nicht im Geringsten angemerkt«, versicherte Anna und dachte an jenen Tag vor fünf Jahren zurück, als Eugenie Schalt in ihren Laden gestolpert war und sie vor dem totalen Chaos gerettet hatte.

»Ich habe es Ihnen damals nur nicht verraten, sonst hätten Sie mich vielleicht nicht genommen«, gestand Fräulein Schalt. »Außerdem half es mir in meinen ersten Tagen in der Parfümerie, dass so viel los war und dass ich gar keine Zeit zum Nachdenken hatte. Aber hätte ich damals eine Fürstin von Bismarck vor mir gehabt, ich hätte keinen Ton herausgebracht. Ich hoffe nur, Sie sind mir nicht böse, dass sie mich Ihnen vorgezogen hat.«

»Im Gegenteil«, beruhigte Anna sie. »Ich bin sehr stolz auf Sie, Fräulein Schalt. Man ist immer so gut wie sein Verkaufspersonal.«

»Mir macht die Arbeit hier auch großen Spaß, und ich habe das Gefühl, dass ich immer mehr hineinfinde«, sagte Eugenie. »Manchmal habe ich schon einen Duft im Kopf, wenn ein Mensch nur das Geschäft betritt.«

»Oh, das kenne ich«, erklärte Anna. »Und das sind dann meistens wirklich die allerbesten Düfte für diese Kundin. Die Intuition trügt einen selten. Das ist eine Gabe, Fräulein Schalt, die Sie kultivieren sollten.«

»Das werde ich, Fräulein Carstens«, entgegnete die Verkäuferin feierlich.

In diesem Augenblick betrat Marianne Ballin den Laden. Sie küsste die hocherfreute Anna auf die Wangen.

»Wie schön, dass Sie uns aufsuchen«, begrüßte Anna die mütterliche Freundin, die wie immer durch ein ausgesprochen gepflegtes Aussehen beeindruckte und heute ein schwarzes Stilkleid von Jeanne Lanvin trug.

»Sie sehen fantastisch aus«, befand Anna aufrichtig.

Obwohl die beiden Frauen sich nun schon so lange kannten und in tiefer Freundschaft verbunden waren, hatte Marianne Ballin ihr nie das Du angeboten; und mittlerweile konnte sich Anna auch nicht mehr vorstellen, die andere jemals beim Vornamen zu nennen. Der Intensität ihrer Freundschaft tat das allerdings keinen Abbruch. Doch machte Anna sich Vorwürfe, nicht mehr für die andere da gewesen zu sein, denn Marianne Ballin hatte eine harte Zeit hinter sich: Vor vier Monaten war ihr Mann Albert gestorben, und drei Wochen später hatte die Spanische Grippe das Leben ihrer geliebten Adoptivtochter Irmgard gefordert. Anna wollte Marianne gerade nach deren Befinden fragen, als diese sagte: »Ich habe beschlossen, wieder mehr am Leben teilzunehmen und mich endlich mit neuen Düften einzudecken. Albert und Irmgard hätten das von mir erwartet.« Sie lächelte tapfer.

»Genau das habe ich mir vorhin auch vorgenommen«, sagte Anna. »Wir hatten offenbar den gleichen Gedanken.«

Eine halbe Stunde später konnte Marianne Ballin sechs Flakons ihr Eigen nennen und Anna ein Schmunzeln nicht unterdrücken, als sie wie in der guten alten Zeit bei einer Tasse Earl Grey Tee in der Fensternische beisammensaßen. »Was amüsiert Sie so?«, fragte Marianne und lächelte.

»Ich muss nur gerade an Ihren ersten Besuch hier denken«, sagte Anna. »Marie hatte gerade furchtbaren Liebeskummer, und Sie haben die bis dahin verheimlichte Gattin ihres Schwarms wunderbar in die Schranken gewiesen.«

»Sie hatte es verdient«, meinte Frau Ballin. Dann wurde ihre Miene ernst, und sie sagte: »Und Sie machen auch einen gefassteren Eindruck als bei unserer letzten Begegnung.«

Anna nickte. »Ich habe endlich wieder Appetit.«

Augrund von Julius' Verschwinden war ihr lange Zeit der Sinn nicht nach Essen gestanden. Ganz zaghaft kehrten jedoch die Lebensgeister zurück. Und inzwischen speiste man bei den Carstens auch wieder besser. Not hatte man hier aber ohnehin nie leiden müssen, selbst während des Krieges und der Seeblockade durch die Alliierten.

»Das ist gut«, freute sich Marianne. »Man muss sich dem Leben stellen und ihm in die Augen sehen.«

»Sie haben das viel schneller getan als ich«, sagte Anna,

und erneut machte sie sich Vorwürfe, dass sie nicht mehr für ihre mütterliche Freundin da gewesen war in jener schweren Zeit. Zwar hatte sie unendliches Mitgefühl gehabt, das aber nicht zum Ausdruck bringen können, und so hatte sie bei der Beerdigung von Bertas Tochter stumm abseitsgestanden und nicht kondoliert. Wie ein emotionaler Krüppel hatte sie sich in jenen Monaten gefühlt und befürchtet, sie werde zusammenbrechen, wenn sie ein wie auch immer geartetes Gefühl zuließe – und sei es nur Mitgefühl für ihre Freundin.

»Sie müssen mir verzeihen«, sagte sie nun. »Ich wollte Ihnen so viel sagen damals, ich wollte Ihnen eine Stütze sein. Aber ich konnte es nicht. Ich war so sehr gefangen in meiner eigenen Trauer.«

»Machen Sie sich keine Gedanken«, tröstete Marianne sie. »Wenn jemand weiß, wie man sich in solcher Zeit fühlt, dann bin ich es. Und es ist ja auch nicht so, dass Sie gar nicht für mich da gewesen wären. An beiden Beerdigungen, der für meinen Mann und der für meine Tochter, haben Sie ja teilgenommen. Und ich glaube, mehr hätte ich in jenen Tagen auch nicht ertragen. Haltung bewahren ist einfacher, wenn da keine Menschen sind, die einem nahestehen und Mitgefühl zeigen.«

»Ich weiß genau, was Sie meinen.«

»Wissen Sie, was mich in jenen Tagen ganz besonders umtrieb, ist die Tatsache, dass Albert, mein patriotisch-monarchistischer Albert, den Krieg ja kommen gesehen und vor ihm gewarnt hatte«, fuhr Marianne fort. »Dieses maßlose Wettrüsten zwischen Deutschland und Großbritannien konnte er sehr wohl einordnen, und anders als so viele andere ist er eben nicht kampfeslustig in den Krieg gezogen. Er wurde nicht müde, deutlich zu machen, welche unfassbaren Schäden dieser Irrsinn anrichten würde. Hinsichtlich des

Todes so vieler Menschen natürlich, aber auch für Wirtschaft und Handel. Und als der Krieg dann verloren war, auch da hat er noch nicht nachgegeben.«

»Das wusste ich alles nicht«, sagte Anna betroffen. »Ich kannte seine Denkweise nicht. Für mich war er immer nur der ausgesprochen erfolgreiche Generaldirektor der Hapag und eine sehr beeindruckende Persönlichkeit.«

»Doch, er hat den Krieg gehasst«, bekräftigte Marianne. »Und er war so unglaublich mutig. Als sich die Niederlage abzeichnete, war er es, der die Abdankung der Hohenzollernherrschaft und die Aufnahme von Friedensverhandlungen forderte. Er trat für eine Stärkung der Verantwortung des Parlaments ein – und für die Einführung des allgemeinen und gleichen Wahlrechts. So wollte er dem aufkeimenden Bolschewismus Einhalt gebieten.«

»Aber er war doch mit dem Kaiser befreundet«, wandte Anna ein.

»Natürlich. Aber das ändert nichts daran, dass genau diese Handlungsweise in diesem Moment notwendig gewesen wäre.«

»Aber …« Anna wusste nicht, wie weit und wie tief sie fragen konnte, ohne in der anderen Wunden aufzureißen. Andererseits wusste sie aus eigener Erfahrung, dass es da nichts aufzureißen gab. Die Wunde war ohnehin noch offen, und man dachte zu jeder Zeit und in jedem Moment an den Geliebten.

»Fragen Sie ruhig«, ermunterte Marianne sie, die ihr ihren inneren Konflikt anzusehen schien.

»Ihr Mann ist doch direkt nach dem Krieg gestorben?«, fragte Anna.

»Nun, ein paar Tage lagen schon noch dazwischen, und in diesen Tagen ereignete sich so viel, dass es ein ganzes Leben ausfüllen könnte. Die Hapag wurde besetzt, und Albert sollte als Kapitalist verhaftet werden. Er hat in dieser Zeit unermüdlich gearbeitet, er wollte etwas gegen die Not in der Bevölkerung tun. Die Sorgen ließen ihn nicht schlafen, und dann …«

Sie senkte den Blick.

»Ich weiß«, sagte Anna rasch. Albert Ballin hatte eine Überdosis Schlaftabletten genommen, was zu einem Magendurchbruch führte, der tödlich endete. Er war an dem Tag gestorben, an dem Wilhelm II., wie von Ballin gefordert, den Thronverzicht erklärte, an dem Tag, an dem die Republik ausgerufen wurde. Die Hamburger Gerüchteküche hatte gebrodelt. Es sei ein schrecklicher Unfall gewesen, sagten die einen. Ballin habe sich das Leben genommen, weil er Jude sei, weil er nie wirklich dazugehört habe, immer ein Außenseiter geblieben sei, die anderen.

Anna sah Marianne mitleidsvoll an. Es war ihre Entscheidung, ob sie über den Tod sprechen wollte oder nicht. Und tatsächlich ergriff Marianne das Wort. »Albert hat seine Heimat von ganzem Herzen geliebt und sprach mit Begeisterung Hafenplatt. Aber er war dennoch irgendwie immer ein Fremder. Da war ein winziges Stück, was uns von den anderen trennte, ein kleines, aber entscheidendes Stück.«

Nachdenklich nippte sie an ihrem Tee und fuhr dann fort: »Das war allerdings so winzig und fein, dass es wirklich kaum wahrnehmbar war. Vor allem nicht in Zeiten, als der Kaiser häufig zu uns zu Besuch kam und die Hamburger regelrecht um Alberts Aufmerksamkeit buhlten. Er war schließlich der Türöffner zum Monarchen.«

Auch für mich, dachte Anna mit einem Anflug schlechten Gewissens, doch hatte sie immerhin nie um Ballins Aufmerksamkeit gebuhlt.

»Ich glaube, Ihr Mann war zu modern für diese Stadt – die ist doch sehr in ihren Traditionen verankert«, sagte Anna spontan.

Marianne sah sie überrascht an. »Da haben Sie ihn gut charakterisiert, obwohl Sie ihn ja kaum kannten.«

Anna zuckte die Achseln. »Manchmal muss man jemanden gar nicht gut kennen, um etwas Wesentliches von ihm zu begreifen.«

»Weise Worte.«

»Aber immerhin war er doch so anerkannt, dass man ihn als Reichskanzler haben wollte«, fügte Anna hinzu. »Mein Vater hat mir damals davon berichtet.«

Marianne nickte. »Und es wäre gut für das Deutsche Reich gewesen. Aber er konnte einfach nicht mehr. Die letzten Jahre hatten zu sehr an ihm gezehrt, und Albert war kein Mann, der irgendetwas nur mit halber Kraft tat. Dann ließ er es lieber ganz sein. Und ich glaube auch … nein, ich weiß …«

»Ja?« Anna sah sie abwartend an.

»Er wollte das Judentum nicht ins Schussfeld bringen in dieser spannungsgeladenen Situation. Das Amt und die Person eines Reichskanzlers können ja gar nicht unumstritten sein.«

»Ein kluger Gedanke – wenn auch ein trauriger.«

Marianne seufzte und hob ihre Tasse. »Aber nun haben wir genug in der Vergangenheit gegraben und Trübsal geblasen. Hatten wir nicht vor, uns wieder dem Leben hinzugeben?«

»Ja«, bestätigte Anna. »Haben Sie Lust auf ein Glas Sekt? Wir haben unsere Wiedereröffnung noch gar nicht gefeiert. Das würde ich nun gern mit Ihnen nachholen.«

»Es ist mir eine Ehre«, sagte die Witwe gerührt.

Wenig später stießen die beiden Frauen miteinander an.

»Auf das Leben. Und auf die Männer, die dabei nicht mehr an unserer Seite weilen können«, sagte Frau Ballin.

»Auf den Neuanfang!«, ergänzte Anna.

40

Marie erkannte die Französin mit dem braunen, bis auf die Schultern fallenden Haar und der runden Brille beim Betreten des Hotel-Foyers sofort: Félicie Wanpouille. Der Schreck fuhr ihr in alle Glieder. War Ernests rechte Hand ihretwegen hergekommen? Anders konnte es eigentlich nicht sein, denn sonst müsste es sich schon um einen sehr großen Zufall handeln. Bestimmt hatte die erboste Claire ihrer Chefin von dem impertinenten Besuch der Deutschen erzählt, und sie kam nun, um ihre Wut an ihr auszulassen. Dass sie, Marie, im gleichen Hotel abgestiegen war wie fünf Jahre zuvor, hatte Félicie sich wohl gedacht. Anders als Claire Boucher war Félicie Wanpouille ja schon damals sehr unfreundlich zu ihr gewesen, sodass sie ihr nun wohl mit noch größerem Hass begegnen würde als die Verkäuferin. Marie verspürte den starken Drang zu fliehen und überlegte gerade, auf welchem Wege sie das Hotel am besten unbemerkt wieder verlassen könnte, da hatte die andere sie bereits entdeckt und kam auf sie zu. Zu Maries Erstaunen lächelte sie.

»Mademoiselle Carstens«, sagte sie freundlich. »Ich habe auf Sie gewartet.«

»Ich …«, setzte Marie an, um gleich darauf wieder zu verstummen. Sie wusste einfach nicht, was sie sagen sollte.

»Setzen wir uns?«

Marie nickte stumm, im Geiste gerüstet für die Schimpftirade, die sicherlich gleich kommen würde. Zu ihrem Erstaunen lächelte die Französin aber weiterhin verbindlich und bestellte zwei Gläser Pastis.

»Sie mögen Pastis?«

»Ich … ich weiß nicht«, erwiderte Marie schwach.

»Er wird Ihnen schmecken«, prophezeite die Ältere. Dann beugte sie sich vor und kam zur Sache. »Ich habe Ihren Besuch heute Morgen mitbekommen. Und auch, wie Madame Boucher mit Ihnen gesprochen hat. Es tut mir sehr leid. Das war nicht richtig. Sie hätte nicht so unfreundlich zu Ihnen sein dürfen. Bitte entschuldigen Sie, dass Ihnen das in unserer Parfümerie passiert ist.«

Marie sah sie verblüfft an. Das hatte sie nicht erwartet.

Félicie bemerkte ihr Erstaunen. »Stimmt etwas nicht?«, fragte sie.

»Doch, doch. Ich bin nur …« Sie entschied sich zur Offenheit. »So überrascht ich vorhin von Claires Ablehnung war, so bin ich es nun von Ihrer Freundlichkeit. Bei meinen letzten Besuchen hier hatte ich nicht den Eindruck, dass Sie mich … sonderlich mögen.«

Félicie Wanpouille schüttelte den Kopf. »Im Gegenteil. Sie taten ihm gut!«

»Aber …«

»Sie meinen, weil ich schlecht gelaunt war«, sagte Félicie. »Das hatte nichts mit Ihnen direkt zu tun! Ich war nur wirklich verärgert, weil Ernest wieder einmal wichtige Termine vergessen hatte. Das passiert ihm ständig, vor allem, wenn er inspiriert ist. Und damals war er inspiriert und verliebt auf einmal – dann ist es ziemlich schwierig, ihn in einen Geschäftsalltag einzubinden.«

»Ach so.« Marie wagte es nun, Daltroffs Muse mit einem Lächeln zu bedenken. »Dann würde ich Ihnen gern die Frage stellen, die mir am meisten auf der Seele brennt.« Sie holte tief Luft und stieß dann hervor: »Lebt er denn noch?«

»Ob er noch lebt?« Ruckartig stellte Félicie Wanpouille ihren Pastis ab. »Das wissen Sie nicht?«

»Nein.« Marie schluckte. »Im Krieg haben wir natürlich nichts voneinander gehört, und auf die Briefe, die ich ihm danach geschrieben habe, kam keine Antwort. Ich hatte mich bisher nicht getraut, nach ihm zu suchen – aus Angst, dass ich dann feststellen könnte, dass er tot ist. Solange ich das nicht weiß, ist er noch da, solange ich das nicht weiß, gibt es noch Hoffnung.« Sie redete sich verzweifelt in Rage.

»Er lebt«, unterbrach Félicie ihren Wortschwall. »Er lebt, und es geht ihm gut.«

Marie starrte sie an. Die Botschaft drang nur langsam zu ihr durch. Er lebte. Es ging ihm gut. Die Jahre der Ungewissheit waren vorbei.

»Hören Sie, was ich Ihnen sage?«, fragte Félicie eindringlich.

Als sei sie aus einem langen, schweren Traum erwacht, nickte Marie. Sie strahlte glücklich. Er lebte. Alles andere war erst einmal zweitrangig.

»Ihre Briefe hat er, soweit ich weiß, nie bekommen. Wir haben aber herausgefunden, dass Madame Boucher schon damals Ihre gegenseitige Korrespondenz hat verschwinden lassen.«

Marie war verblüfft. Also Claire. Und sie hatte Félicie in Verdacht gehabt. Félicie, die nun vor ihr saß und so freundlich war.

»Deshalb habe ich sie dann auch zu ihm nach Hause geschickt«, sagte Marie.

»Er hat die Wohnung im Krieg aufgegeben und ist zu seiner Mutter gezogen«, erklärte Félicie. »Er kann Ihre Briefe also gar nicht erhalten haben.«

»Oh«, machte Marie. »Aber warum hat er sich dann nicht von sich aus gemeldet?«

Félicie senkte den Blick, und es war ihr anzusehen, dass ihr das, was sie Marie zu sagen hatte, unangenehm war.

»Wissen Sie, Ernest ist ein Mensch, der sehr im Moment verankert ist. Er ist, wie soll ich das beschreiben … Er fällt ständig von einem Rausch in den nächsten. Wenn er einen neuen Duft entdeckt, eine Inspiration, dann gibt es nichts anderes für ihn. Bis dann ein wieder neuer Duft kommt und eine neue Inspiration. Das ist mit Menschen nicht anders.«

»Er hat mich vergessen?«, fragte Marie.

Félicie schüttelte den Kopf. »Nein. Vergessen hat er Sie nicht, und das wird er auch nie. Sie waren für ihn ungemein wichtig – das werden Sie auch immer bleiben.«

Félicie nahm erneut einen Schluck der weißgelben, milchigen Flüssigkeit, Marie hingegen rührte ihren Pastis nicht an. Noch nicht. Stattdessen sah sie die Muse abwartend an.

»Ernest nimmt die Dinge intensiver wahr als andere Menschen, deshalb ist er auch ein so großartiger Künstler. Das bedeutet aber, dass das, was er im Moment erlebt, andere Dinge, die in diesem Moment nicht so nah und nicht so präsent sind, überlagert. Verstehen Sie, was ich meine?«

Marie nickte langsam, nahm nun doch einen Schluck von dem Pastis und verzog das Gesicht.

Félicie lachte. »Beim ersten Mal geht es allen so. Seit Absinth verboten ist, ist Pastis aber sehr beliebt. Soll ich Ihnen etwas anderes bestellen?«

»Nein danke.« Marie winkte ab. Sie würde ohnehin nichts

herunterbekommen. Das waren einfach zu viele Eindrücke, zu viele Informationen, zu viele Gefühle auf einmal.

»Hat Ernest … hat er eine neue Freundin?«, brachte sie hervor.

Félicie zuckte die Achseln. »Immer wieder mal. Aber ich glaube, nichts Ernstes.«

Wie es auch mit ihr nicht ernst gewesen war, dachte Marie beklommen, auch wenn Félicie freundlicherweise etwas anderes sagte, um, so vermutete Marie, sie zu trösten.

»Und …«, sie räusperte sich. »Und wo ist er jetzt? Claire sagte nur, er sei nicht hier?«

»Das stimmt. Er ist in Amerika.«

»In Amerika? Was macht er denn da?«

»Nun, gemeinsam mit Coty hat man ihn 1918 zur Bronx International Exposition of Science, Arts and Industries nach New York eingeladen«, erzählte Félicie. »Und dort hat er auch tatsächlich den Preis für das fortschrittlichste Unternehmen gewonnen. Das war die Eintrittskarte zum amerikanischen Markt, der ihm seither zu Füßen liegt.«

Und die Amerikanerinnen bestimmt auch, schoss es Marie durch den Kopf, aber sie sprach es nicht aus. Stattdessen sagte sie: »Ich freue mich über seinen Erfolg. Er hat es verdient.«

»Sie sind großmütig«, fand die andere. »Ich war dazu nicht immer in der Lage.«

Sie schwiegen. Im Grunde, dachte Marie, waren Félicies Worte das Eingeständnis, dass sie und Ernest durchaus einmal mehr verbunden hatte. Aber es wäre nicht angebracht gewesen, danach zu fragen.

»Einer seiner ganz großen Erfolge ist im Moment *Tabac Blond*«, sagte Félicie. »Ich nehme an, dass Sie sich in nächster Zeit wieder mehr für ausländische Märkte öffnen werden – und ich kann Ihnen diesen Duft nur empfehlen. Er ist besonders bei den modernen Frauen beliebt, die sich gegen die eingestaubten Konventionen auflehnen, in der Öffentlichkeit rauchen und Männerkleidung tragen.«

Sie nahm noch einen Schluck Pastis und sagte dann: »Hat sich das Bild der Frau bei Ihnen in Deutschland nach dem Krieg auch so verändert?«

»Ja«, erklärte Marie. »Natürlich. Alle Frauen mussten im Krieg lernen, selbstständig zu sein. Und dann kamen die Männer zurück, und viele Frauen mussten die Selbstständigkeit wieder aufgeben. Immerhin haben wir nun endlich das Wahlrecht. Also, um Ihre Frage zu beantworten: Ja, die Frauen haben sich auch in Deutschland verändert, aber nicht so stark wie hier in Paris. Den Bubikopf sieht man dort eher selten, und Frauen in Männerkleidung erst recht.«

»Aber dennoch ist durchaus etwas von diesem neuen Lebensgefühl auch bei Ihnen zu spüren?«, versicherte sich Félicie.

»Ja«, bestätigte Marie. »Die Entwicklungen aus Frankreich haben sich schon immer später auch in Deutschland durchgesetzt, sei es nun politisch, gesellschaftlich oder auf dem Gebiet der Mode.«

»Dann wird auch *Tabac Blond* in Deutschland Furore machen«, war Félicie überzeugt. »Es ist der Duft dieses neuen Lebensgefühls.«

»Ja, darin war Ernest schon immer gut«, sagte Marie traurig. »Darin, ein Gefühl mit einem Duft zu beschreiben.«

»Ich hoffe, dass die Note, die er für Sie kreiert hat, für Sie nun keinen bitteren Beigeschmack bekommen hat«, sagte Félicie mitfühlend.

Marie schüttelte langsam den Kopf. »Es ist ein Duft aus

einer anderen Zeit. Und es ist seltsam. Ich habe all die Jahre auf Ernest gewartet, sogar seinen Tod gefürchtet. Jetzt, da ich weiß, dass es ihm gut geht, kann ich ihn endlich loslassen. So, als hätte ich den Duft unserer Liebe all die Jahre sorgsam in dem Flakon aufgehoben, nur dann und wann daran gerochen, aber ihn nicht herausgelassen. Damit er nicht weniger wird, sich nicht verflüchtigt. Durch die Begegnung mit Ihnen habe ich den Flakon geöffnet und das Parfüm hinausgelassen. Durch die vielen Erinnerungen hier riecht es im Moment sehr intensiv, aber ich weiß, dass es sich zu verflüchtigen beginnt.«

»Das haben Sie sehr schön formuliert. Treffend«, sagte Félicie anerkennend. »Und es passt zu Daltroff.«

»Ja«, sagte Marie. »Ja, es passt zu Ernest. Zur Freiheit. Zu Paris. Und zu diesen Jahren.«

»Und Sie passen gut in diese Zeit. Und nach Paris«, fand Félicie.

Marie sah auf. »Danke. Ich habe Ihre Stadt immer geliebt. Diese Freiheit und die Weite. Aber ich hatte große Angst vor der Rückkehr, davor, dass mich diese Stadt nicht mehr mit so offenen Armen empfangen würde wie früher.«

»Und das tat sie ja auch teilweise nicht.«

»In anderen Bereichen aber umso überraschender und herzlicher«, sagte Marie nachdenklich. »Das hat das Leben mich schon oft versucht zu lehren: dass vieles nicht so ist, wie es zunächst scheint.«

»Da sprechen Sie wahre Worte«, murmelte Félicie. Sie beugte sich vor, trank ihren Pastis aus und erklärte dann: »Ich muss mich leider auf den Weg machen. Ich habe noch eine Verabredung.«

»Selbstverständlich«, sagte Marie rasch. »Ich möchte Sie nicht aufhalten. Vielen Dank, dass Sie gekommen sind und mir alles erzählt haben. Sie wissen ja gar nicht, was Sie damit für mich getan haben.«

Félicie lächelte und winkte dem Kellner, um die Rechnung zu begleichen. Dann sah sie Marie nachdenklich an. »Wissen Sie was?«, fragte sie schließlich. »Kommen Sie doch einfach mit.«

»Zu Ihrer Verabredung?«

»Ja.« Félicie nickte. »Ich bin in den Salon von Gertrude Stein eingeladen. Das ist eine große Kunstsammlerin und Schriftstellerin. Bei ihr trifft sich die Pariser Avantgarde, ihr Haus steht immer offen, und es geht dort sehr familiär zu. Wenn Sie Glück haben, ist Picasso da oder Henri Matisse. Die beiden sind sich zum ersten Mal in ihrem Salon begegnet. Vielleicht beehrt uns auch F. Scott Fitzgerald mit seiner Anwesenheit. Und heute ist ein amerikanischer Journalist und Schriftsteller bei ihr zu Gast, ein gewisser Ernest Hemingway.«

»Picasso?«, fragte Marie wie elektrisiert. »Sie meinen Pablo Picasso?«

»Ganz genau«, sagte Félicie lachend.

»Und da kann ich einfach so mitkommen?«

»Ja«, bestätigte Félicie. »Da können Sie einfach so mitkommen.«

»Dann lasse ich mir das natürlich nicht entgehen«, freute sich Marie. »Danke für die Einladung.«

41

Anna hielt sich an ihren Vorsatz, ebenso wie Marianne wieder mehr am Leben teilzunehmen. Und so sagte sie zu, als Johannes und Helene Harders sie baten, sie zu einem Tanzabend zu begleiten. Fühlte sie sich beim Ankleiden noch unsicher – zu ihren rotbraunen Haaren legte sie ein glänzendes Stirnband an, dessen Federn sich um ihre Wange schmiegten, das Kleid bedeckte gerade einmal die Knie, und die langen Perlenketten um ihren Hals unterstrichen den Hauch von Extravaganz –, so war sie, als sie schließlich bei der Feier ankam, erleichtert. Die meisten anderen hatten sich noch mehr herausgeputzt, auch Helene hatte sich nicht lumpen lassen und sah mit dem halblangen Haar einfach hinreißend aus.

Ida und Richard Dehmel bildeten wie erwartet den Mittelpunkt und hatten eine große Gruppe interessiert lauschender Zuhörer um sich geschart, doch allzu sehr stand den Menschen gar nicht der Sinn nach langen Gesprächen, wie Anna rasch feststellte. Heute ging es darum, zu feiern, zu genießen und vor allem: zu tanzen. Der Champagner floss in Strömen, und der Foxtrott, zu dem eine junge Band auf der Bühne anheizte, ging derart in die Beine, dass es kaum jemanden auf seinem Stuhl hielt. Auch Anna verspürte Lust zu tanzen, doch sie hatte keinen Partner. Johannes war mit seiner Frau auf die Tanzfläche verschwunden, Richard Dehmel tanzte mit Ida. Verlegen nahm sie einen Schluck Champagner und kam sich mit einem Mal furchtbar deplatziert vor. Vielleicht kann man gar nicht so einfach beschließen, wieder am Leben teilzunehmen, dachte sie. Vielleicht muss man das erst wieder lernen.

Sie sah sich um. Wie so oft ließ sie sich gern von der Mode ablenken. Doch der Gedanke, wie wunderbar sie hier mit Julius hätte sitzen und die Kleidung der Anwesenden kommentieren können, versetzte ihr einen Stich.

»Anna«, sagte da eine männliche Stimme, die ihr auch nach all den Jahren noch einen Schauer über den Rücken jagte. Allerdings war es kein allzu angenehmer. »Darf ich mich zu dir setzen?«

Sie drehte sich um – und da stand er vor ihr: Ferdinand de Moor! Seine Augen waren noch genauso leuchtend blau wie damals, allerdings sahen sie inzwischen sehr müde aus. Das Haar trug er mittlerweile, ganz dem Anlass und der Mode entsprechend, eng an den Kopf frisiert. Fliege und dunkler Anzug, weißes Hemd. Er war elegant wie eh und je, doch sein Gesicht war abgemagert – und Anna sah, dass er links eine Armprothese zu tragen schien. Er bemerkte ihren erschrockenen Blick und zuckte mit den Schultern.

»Wie schön, dich nach all den Jahren wiederzusehen«, sagte er.

»Wie geht es dir?«, fragte sie etwas hilflos.

»Habe letzten Herbst meine Frau verloren – die Spanische Grippe«, erklärte er, als vermelde er einen Schaden an seinem Automobil. Doch Anna fiel auf, dass seine Hände zitterten. Ihm schien der Verlust näher zu gehen, als er zeigen wollte. »Hatte eine Pechsträhne seit letztem Jahr. Ich habe noch mitbekommen, dass du dich mit Karstadt junior verlobt hast. Aus der Hochzeit wurde aber nichts?«

Anna schüttelte den Kopf. Sie hatte keine Lust herumzudrucksen und sagte genauso knapp, wie Ferdinand den Tod seiner Frau vermeldet hatte: »Julius ist gefallen.«

Er sah sie erstaunlich mitleidsvoll an.

»Möchtest du vielleicht ein Glas Wein mit mir trinken?«, bot er Anna an, und da seine Sprache leicht verschliffen war, fragte sie sich, das wievielte Glas dies für ihn wohl wäre. »Wie war sie so?«, fragte sie. »Deine Frau, meine ich?«

»Schön, liebenswert, fürsorglich – sie hatte ein heiteres Wesen, jeder, einfach jeder mochte sie«, sagte er und lächelte versonnen. »Sie hieß Magdalena. Aber uns war nicht viel Zeit miteinander vergönnt. Wir lernten uns erst im Frühsommer 1914 kennen und verlebten einige wunderbare Wochen miteinander.« Er nahm einen tiefen Schluck aus seinem Glas und fuhr dann fort: »Dann kam der Krieg, und am Abend bevor ich mich melden musste, habe ich sie gebeten, meine Frau zu werden. Sie hat Ja gesagt, und ich war der glücklichste Mann der Welt. Ihre Liebe hat mir Kraft gegeben. Wenn wir in den Seeschlachten gekämpft haben, dann war es so gut zu wissen, dass sie zu Hause auf mich wartet. Dass wir heiraten werden. Dass es jemanden gibt, für den es sich lohnt zu überleben.«

Anna bemerkte, dass er in einer Mischung aus Liebe und Schmerz sprach. Es war die gleiche Mischung, die sie empfand, wenn sie an Julius dachte.

»Während meines ersten Heimaturlaubs heirateten wir«, fuhr er fort. »Es war eine kleine Hochzeitsfeier – nur im engsten Familienkreis. Den Umständen entsprechend eben. Aber umso glücklicher. Meine Frau kam aus sehr einfachen Verhältnissen, und eigentlich hatte ich befürchtet, meine

Eltern würden eine solche Verbindung niemals dulden. Anfangs waren sie auch argwöhnisch. Doch als sie Magdalena dann das erste Mal getroffen hatten, waren alle Zweifel weggewischt. Auch meine Eltern hat sie mit ihrem strahlenden Wesen für sich eingenommen.«

Ferdinand schluckte. Es fiel ihm offenbar schwer, weiter über seine Frau zu sprechen.

Anna wagte zunächst nicht, etwas zu sagen, doch als das Schweigen sich ausdehnte, brachte sie sich leise wieder in Erinnerung: »Was ist dann geschehen?«

Ferdinand sah auf, und sie las in seinen Augen einen bodenlosen Schmerz, von dem sie selbst nur allzu gut wusste, wie er sich anfühlte. »Wir haben uns nicht oft gesehen im Krieg«, sagte er abschließend. »Als ich letzten November dann alles überlebt hatte, den Krieg, den Matrosenaufstand – da erfuhr ich, dass Magdalena an dieser verfluchten Grippe gestorben ist. Und mit ihr unser erstes Kind, das sie erwartet hat.«

»Es tut mir wirklich leid«, sagte Anna und legte eine Hand auf seinen Unterarm.

Er zuckte erneut die Schultern, verlegen auf einmal, wohl, weil er ihr einen so tiefen Einblick in seine Gefühlswelt gewährt hatte. In den Augen des Mannes, der vor fünf Jahren noch auf die strenge Einhaltung der Geschlechterrollen gepocht hatte, schimmerten Tränen – in aller Öffentlichkeit.

»Ihr hättet euch gemocht, obwohl ihr sehr unterschiedlich seid.«

»Inwiefern?«, fragte Anna.

»Das beginnt schon mit dem Aussehen«, erklärte Ferdinand. »Magdalena sah irgendwie immer … romantisch aus. Sie hatte lange blonde Locken, trug gern spitzenbesetzte Kleider, war ganz zierlich.«

»Vermutlich hätte auch sie das Haar inzwischen kinnlang getragen.«

»Vielleicht. Wobei ich es mir nicht vorstellen kann. Sie war im Gegensatz zu dir ausgesprochen anschmiegsam und anhänglich, Entscheidungen sollte ich für sie treffen. Ihr wäre es niemals in den Sinn gekommen, ein eigenes Geschäft zu eröffnen. Aber wahrscheinlich hätte sie dich gerade deshalb aus ganzem Herzen bewundert. So war sie.«

Er lächelte zärtlich und wischte sich die Augen. »Sie gab jedem das Gefühl, etwas ganz Besonderes zu sein.«

»Ich weiß, wie dir zumute ist«, murmelte Anna und nahm seine Hand. Ein Zeichen der Mitmenschlichkeit und des Mitgefühls, mehr bedeutete die Geste für sie nicht.

Ferdinand jedoch schien sie misszuverstehen. Er hob den Blick: »Ich würde so gern vorwärtsgehen. Ich weiß, dass sie es so gewollt hätte. Sie hätte gewollt, dass ich glücklich bin. Vielleicht muss man ja manchmal rückwärtsgehen, um vorwärtszukommen?«

Anna wurde schwindelig. Das war ihr zu viel. Sie konnte ihm nicht als Hoffnung dienen, das war trotz ihres Mitgefühls unmöglich. Hilflos sah sie sich um, da nahte Rettung von völlig unerwarteter Seite: Julius' Onkel kam aufgeregt durch den Raum auf sie zugestochen.

»Herr Karstadt«, rief sie erstaunt.

Sie hatte ihn nicht mehr gesehen, seit er im Dezember in die Isestraße 89 gekommen war, um ihr die traurigen Nachforschungsergebnisse seines Privatdetektivs persönlich mitzuteilen.

»Ihr Vater sagte mir, dass ich Sie hier finde«, erklärte der Kaufhausmagnat hastig, Ferdinand schien er nur am Rande wahrzunehmen. »Kann ich Sie kurz unter vier Augen sprechen? Es ist dringend.«

»Gewiss.« Anna sprang auf. »Entschuldige mich bitte, Ferdinand.«

»Natürlich«, sagte ihr erster Verlobter, doch es wirkte verletzt.

Sie folgte Karstadt senior vor die Tür. Draußen ergriff er in einer für ihn untypischen Geste ihre Hand und sagte:

»Bitte machen Sie sich jetzt noch keine allzu großen Hoffnungen.« Dann atmete er aus und sagte: »Ich habe einen Hinweis erhalten, dass Julius überlebt haben könnte.«

Anna starrte ihn fassungslos an, dann gaben ihre Knie nach.

***

Es war schon dunkel, als Marie und Félicie den Jardin du Luxembourg durchquerten und kurz darauf die Wohnung von Gertrude Stein in der Rue de Fleurus 27 erreichten.

»Sie dürfen sich nicht wundern«, sagte Félicie. »Gertrude lebt dort mit ihrem Bruder, aber auch mit ihrer Freundin Alice Toklas. Die beiden sind ein Paar. Gertrude Stein ist homosexuell.«

»Ah«, machte Marie, die, obwohl sie sich für einen offenen Geist hielt, trotzdem nicht wusste, was sie darauf antworten sollte. Es war aber nicht so sehr die Tatsache, dass sich hier zwei Frauen liebten, sondern dass Félicie, die sie vor ihrem Wiedersehen eher für streng und prüde gehalten hatte, so offen darüber sprach.

»Erschreckt Sie das?« fragte Félicie und sah sie prüfend an.

»Eigentlich nicht«, sagte Marie wahrheitsgemäß. »Dass Sie das so offen ansprechen, beweist einmal mehr, wie viel freier und weiter hier in Paris alle sind.«

Der Salon erwies sich als eingeschossiger Pavillon, der in einem Innenhof stand und an den sich ein Studio anschloss. An den Wänden hing eine Reihe großartiger Bilder. Gertrude Stein war sehr voluminös, ihr kantiges Gesicht mit der großen Nase wirkte eher maskulin, und ihr zurückgestecktes Haar verlieh ihr einen sehr strengen Ausdruck. Doch weder sie noch ihre Partnerin Alice schienen sich darüber zu wundern, dass Félicie jemanden mitgebracht hatte. Alice war eine dunkelhaarige Mittvierzigerin mit Damenbart und noch größerer Nase als Gertrude, und während sich ihre Partnerin mit Félicie und einem Mann unterhielt, begann sie auf Marie einzureden – ein schwindelerregender Monolog über die Kunst, dem Marie trotz ihrer brillanten Französischkenntnisse irgendwann kaum noch folgen konnte. So beschränkte sie sich darauf, dann und wann bestätigend zu nicken und ansonsten höflich zu lächeln. Als Alice nach einer gefühlten Ewigkeit schließlich sagte, sie müsse sich mal um die Getränke kümmern, atmete Marie erleichtert auf.

»Damit sind Sie sozusagen die Ehefrau«, raunte ihr eine sympathische junge Dame zu.

»Die Ehefrau?«, fragte Marie irritiert. »Wie meinen Sie das? Ich bin nicht verheiratet.«

Die andere lachte. »Das macht nichts. Dann sind Sie eben das Anhängsel. Alice kümmert sich immer um die Ehefrauen und die Anhängsel, während Gertrude sich sozusagen mit den Hauptpersonen unterhält.«

»Ah«, sagte Marie etwas hilflos.

Die andere schien ihre Verlegenheit zu spüren und stellte sich vor: »Ich bin übrigens Hadley Richardson aus St. Louis, Ernest Hemingway ist mein Verlobter.«

Sie deutete auf den gut aussehenden, aber müde wirkenden, dunkelhaarigen jungen Mann, auf den Gertrude gerade einredete.

Eine Amerikanerin, dachte Marie, das erklärte ihr schlechtes Französisch.

»Wir kommen gerade aus Italien, da hat er sich von seinen Kriegsverletzungen erholt«, plauderte sie weiter, doch das trug eher noch mehr zu Maries Verunsicherung bei.

»Der Arme, und mein Land ist schuld«, sagte sie kleinlaut.

»Sie sind Deutsche?«, hakte Hadley nach. »Mein Verlobter möchte Ihr Land möglichst bald besuchen. Er ist Korrespondent für mehrere Zeitungen.«

»Ich sehe, Sie haben sich schon gut miteinander bekannt gemacht«, freute sich Alice, die mit einem kleinen Tablett zurückkam. Darauf standen mehrere Schnapsflaschen. »Möchten Sie Himbeere? Oder Mirabelle? Oder Apfel?«, fragte Alice und sah Marie an.

»Oh«, entfuhr es ihr. »Ich habe vorhin bereits einen Pastis getrunken. Nicht, dass es etwas viel …«

»Das sollten Sie sich aber nicht entgehen lassen«, entgegnete Alice bestimmt. »Wir sind für unsere Schnäpse berühmt – die Fruchtnote ist noch besonders stark zu schmecken.«

»Sie sollten wirklich kosten«, ermutigte sie auch die sympathische Hadley.

»Dann gerne Himbeere«, sagte Marie.

»Wir wollen mit den anderen anstoßen«, beschloss Alice und trat zu ihrer Partnerin, die sie jedoch kaum beachtete, sondern Hemingway gerade eindringlich darlegte, seine Texte dürften nicht »inaccrochable« sein. Obwohl sie fließend Französisch sprach, verstand Marie das Wort nicht – und Gertrude Stein schien den Begriff zu lieben. Inaccrochable, sagte sie ein ums andere Mal, das gehe nicht, das könne man nicht machen. Weder als Schriftsteller noch als Maler. Mit einer weit ausholenden Geste, die den ganzen Raum umfasste, erklärte sie, keines der Werke, das hier hinge, sei inaccrochable.

»Was meint sie damit?«, fragte Marie schließlich Alice, die daraufhin erklärte, ianccrochable bedeute, dass ein Buch oder Kunstwerk zu anzüglich oder anstößig sei, um Käufer zu finden. Für Gertrude müsse ein Text oder ein Werk so eingängig und verständlich sein, dass der Leser es begreifen könne.

»Sie selbst schreibt auch«, erklärte Hadley. »Alice tippt die Manuskripte ab.« Leise, sodass die anderen es nicht hören konnten, fügte sie hinzu: »Und mein Verlobter liest Korrektur, weil sie selbst dazu keine Lust hat. Die Texte sind ziemlich lang, sich kurz zu fassen gehört nicht zu Gertrudes Stärken.«

Das merkt man auch im gesprochenen Wort, dachte Marie amüsiert, aber sie sprach es nicht aus, dazu war sie viel zu fasziniert von diesem Salon, den Werken, den Bildern, den Menschen und der Stimmung. Nur dass weder Picasso noch Fitzgerald sich an diesem Abend blicken ließen, bedauerte sie etwas. Zu gern hätte sie die beiden kennengelernt. Wieder sah sie sich um, und auf einmal hatte sie Gertrudes Aufmerksamkeit. »Ihnen gefallen die Bilder?«, fragte sie.

»O ja.« Marie war versucht, ihr von ihren Erfahrungen hinsichtlich der Verbindung zwischen Düften und der bildenden Kunst zu berichten, aber sie traute sich nicht. Sie hatte das Gefühl, dass man Gertrude Stein nichts erzählte, wenn man nicht explizit dazu aufgefordert wurde, sondern dass diese es war, die das Wort ergriff. Und tatsächlich fuhr Stein schon fort, während sie Maries aufwendige Kleidung etwas streng musterte. »Sie müssen Bilder sammeln. Das hier sind Cézanne, Monet, Renoir, Daumier und Gauguin, wir haben sie bei dem Galeristen Ambroise Vollard gekauft. Sie brauchen Bilder von Künstlern aus Ihrer Generation. Und Sie müssen aufhören, sich schöne Kleider zu kaufen. Sie können sich entweder schöne Kleider kaufen oder Bilder.«

»Oh«, sagte Marie verblüfft. »Vielen Dank für den Ratschlag.«

»Das hat sie mir auch schon einmal ans Herz gelegt«, erklärte Hadley, »oder besser hat sie es Ernest empfohlen, nicht wahr, Liebling?«

»Sicher.« Hemingway lächelte seiner Verlobten liebevoll zu. »Aber du kannst ohnehin tragen, was du willst.«

Die beiden blickten sich in tiefem Einverständnis an, und es versetzte Marie einen leichten Stich. Eine solche Innigkeit hatte es zwischen Ernest und ihr einst auch gegeben. Sie sah Félicies Blick auf sich gerichtet und wusste, dass die andere ganz genau nachempfinden konnte, was gerade in ihr vorging.

»Picasso hat mich porträtiert«, sagte Gertrude Stein, und Marie musste daran denken, wie Ernest Daltroff ihr erzählt hatte, Helena Rubinstein wünsche sich so sehr ein Porträt des Künstlers, doch er habe sich ihr bisher immer wieder verweigert.

Gertrude Stein schien da mehr Glück gehabt zu haben. Doch zu dieser Dame sagte man offenbar auch nicht so einfach Nein.

***

Rudolph Karstadt hatte Anna fürsorglich wieder nach drinnen zu einem Tischchen geführt, auf einen Stuhl gesetzt und ihr ein Glas Wasser verabreicht. Dann begann er zu erläutern: »Monsieur Marais, mein Privatdetektiv, hat sich wider Erwarten noch mal gemeldet. In Verdun müssen seit der Kapitulation deutsche Kriegsgefangene die Schlachtfelder säubern. Straßen und Wege werden wiederhergestellt und neu angelegt, Eisenbahnlinien instand gesetzt und Stellungsgräben aufgefüllt. Abertausende Tonnen Stahl werden laut Marais aus dem Boden geholt, Blindgänger entschärft und die Erde entgiftet. Zwei deutsche Soldaten sind dabei wohl von einer Mine getötet worden, einer hat schwer verletzt überlebt. Er leidet unter Gedächtnisverlust, jetzt ist er aufgewacht. Woran er sich erinnert, ist, dass seine Familie … recht wohlhabend ist – und mehrere große Kaufhäuser in Deutschland besitzt!«

Anna zitterte wie Espenlaub. Es war rein statistisch äußerst unwahrscheinlich, dass es sich beim dem solchermaßen beschriebenen Verletzten nicht um Julius handelte!

»Ich werde nach Verdun fahren und ihn mir ansehen«, kündigte Karstadt mit bebender Stimme an.

»Ich möchte mitkommen«, stieß Anna sogleich hervor.

Karstadt senior erwiderte ihren Blick besorgt. »Aber Anna, Verdun, das ist …«

Doch sie schnitt ihm das Wort ab: »Herr Karstadt, Sie verschwenden Ihre Zeit, wenn Sie mir das ausreden wollen! Ich werde auf jeden Fall nach Verdun fahren. Mit oder ohne Sie.«

42

Obwohl es nun keinen Zweifel mehr daran gab, dass es für sie und Ernest keine Zukunft geben würde, fühlte Marie sich frei und leicht wie schon lange nicht mehr. »Ich finde das eigentlich gar nicht so erstaunlich«, sagte Félicie, mit der sie sich zum Frühstück verabredet hatte. »So eine lange Ungewissheit kann ja auch an einem zehren.«

Marie nickte. »Du hast vermutlich recht.« Die Frauen waren nach ihrem gemeinsamen Besuch bei Gertrude Stein zum Du übergegangen. »Und ich glaube, es spielt auch eine Rolle, dass ich inzwischen weiß, dass er am Leben ist und es ihm gut geht. Denn nur, weil ich ihn loslasse, bedeutet das ja nicht, dass meine Liebe zu ihm endet. Ich gebe diese Liebe lediglich frei. Ich muss sie nicht besitzen. Das entspricht ja sowohl Ernests Charakter als auch dem Wesen der Liebe.«

»Das hast du schön beschrieben«, sagte Félicie. »Mir ist ohnehin aufgefallen, dass du ein ausgesprochen großes Talent darin hast, Dinge treffend zu formulieren. Vielleicht solltest du es auch einmal mit der Schriftstellerei versuchen?«

»Als Schülerin von Gertrude Stein?«, fragte Marie kichernd, und Félicie stimmte in ihr Lachen mit ein.

»Es ist schön, dass wir uns besser kennengelernt haben«, fand Marie. »Diese Begegnung hat mich sehr bereichert und mich vor allem eben das gelehrt: dass vieles nicht so ist, wie es auf den ersten Blick scheint.«

»Soll ich Ernest etwas von dir ausrichten, wenn er wieder in Paris ist?«

Marie überlegte. »Lieber nicht. Du musst es ihm vielleicht nicht gerade verheimlichen, aber auch nicht von selbst die Sprache darauf bringen. Ich glaube, damit würde ich mir die Freiheit, die ich gerade wiedergewonnen habe, sofort wieder nehmen.«

»Weshalb?«

»Weil ich insgeheim darauf hoffen würde, dass er sich danach bei mir meldet. Und dann würde das Warten von vorn beginnen.«

»Ich verstehe dich gut«, sagte Félicie. »Dann werde ich diese Geschichte für mich behalten.«

»Danke.« Marie lächelte der Muse zu. »Aber ich würde mich freuen, wenn *wir* uns einmal wiedersehen. Ich werde sicherlich noch oft nach Paris kommen. Ich fühle mich hier einfach wie zu Hause. Und umgekehrt bist du natürlich auch jederzeit bei uns in Hamburg willkommen.«

Die beiden Frauen verabschiedeten sich herzlich voneinander. Sie hätten sich noch viel zu sagen gehabt, aber Marie war in Eile: Sie hatte sich mit Coco Chanel verabredet und es kaum glauben können, dass diese sich tatsächlich die Zeit für sie nahm.

Sie besuchte Chanel in deren Villa Bel Respiro in Garches bei Paris, und als sie den langen Weg auf das Gebäude mit den spitzen Gaupen und dem großzügigen Eingangsbereich zuging, dachte sie, wie gut dieses Haus zu Coco passte – und dass es die gleiche Eleganz ausstrahlte wie die Modeschöpferin.

Die inzwischen fünfunddreißigjährige Coco kam ihr schon in der Tür entgegen und küsste sie auf die gleiche Weise auf die Wangen wie vor über neun Jahren. Sie trug das Haar kürzer als damals, ein elegantes, dunkles Kleid in dem für sie so typischen Stil und um den Hals die charakteristischen Perlenketten.

»Du hast dich überhaupt nicht verändert«, begrüßte sie Marie herzlich. »Ich bin so gespannt, wie es dir ergangen ist. Komm herein!«

»Ich kann es gar nicht glauben, dass du dich noch an mich erinnerst – und Zeit für mich hast«, sagte Marie. »Es ist schließlich so lange her, du bist inzwischen so vielen Menschen begegnet und eine Berühmtheit geworden.«

»Es gibt Begegnungen, die bleiben einem ein ganzes Leben in Erinnerung«, sagte Coco lächelnd. »Ich habe das Paar Schuhe mit dem gebrochenen Absatz aufgehoben – auch wenn ich sie nicht mehr trage. Wir drei Frauen, wie wir da zusammensaßen und Pläne schmiedeten, das hat schon einen ganz eigenen Charme gehabt.«

»Das stimmt«, bestätigte Marie.

»Ich habe da neulich drüber nachgedacht. Über das, was wir in der Kindheit erleben und an was wir uns ein Leben lang erinnern.«

»Das sind oft einfach nur Dinge, die sich im Alltag ereignet haben und die gar keine große Bedeutung hatten«, meinte Marie und schmunzelte. »Ich erinnere mich zum Beispiel noch daran, dass unser Kutscher Gerhard sich einmal in den Finger geschnitten hat. Und dass Großmutter mir immer die Nase putzen wollte.«

Coco lachte. »Bei mir sind es ähnliche kleine Dinge. Obwohl meine Kindheit nicht glücklich war, habe ich schöne Erinnerungen an diese Zeit, die mich immer weiter- und weitertragen.« Dann sagte sie: »Ich freue mich wirklich sehr über deinen Besuch – ich habe nämlich etwas, das dir gefallen könnte.«

Sie waren inzwischen in dem großzügig geschnittenen Wohnzimmer angekommen, und Coco bat sie, in einer Fensternische Platz zu nehmen, die einen herrlichen Blick auf den prachtvollen Garten eröffnete.

»Was denn?«, fragte Marie neugierig.

»Ich entwickle ein eigenes Parfüm«, erklärte Coco. »Kein geringerer als Ernest Beaux will mir helfen, einen Duft für mich zu entwerfen.«

»Das ist ja wunderbar«, rief Marie aufgeregt. »Das verkaufen wir natürlich bei uns im Geschäft. Ich bin sicher, unsere Kundinnen werden völlig begeistert sein.«

Doch Coco hob abwehrend die Hand. »Da muss ich dich leider, leider enttäuschen. Es wird nur ganz wenige Fläschchen geben, hundert Stück, um genau zu sein. Es sollen Weihnachtsgeschenke für meine engsten Kundinnen sein.«

»Wie schade«, bedauerte Marie. »Aber so, wie du uns damals vorausgesagt hast, dass es mit unserem Geschäft klappen wird, sage ich dir nun voraus, dass dein Parfüm ein riesiger Erfolg werden und dass es schon bald mehr als nur hundert Fläschchen geben wird. Ich hoffe, dass du dann an mich denkst.«

»Versprochen«, erwiderte Coco lächelnd.

»Ich würde deinen Duft zu gern einmal riechen«, sagte Marie.

»Ich habe dummerweise kein Fläschchen hier«, erwiderte Coco. »Ich hätte daran denken sollen. Aber die Grundlage für diesen Duft kennst du bestimmt: Es ist *Bouquet de Catherine.*«

»Ich liebe diesen Duft«, sagte Marie hingerissen. »Und zugleich macht er mich immer ungemein traurig, weil er mich an das Schicksal der Zarenfamilie erinnert.«

Coco nickte bekümmert. »Ernest hat *Bouquet de Catherine* als weibliches Pendant zu seinem ersten großen Erfolg, dem *Bouquet de Napoleon*, herausgebracht. Das war eine Hommage an Katharina die Große zum dreihundertjährigen Bestehen der Romanow-Dynastie. Letzte Woche habe ich durch Ernest Beaux sogar jemanden aus dieser Familie kennengelernt – Großfürst Dmitri Pawlowitsch Romanow«, erzählte Coco und fügte mit einem Augenzwinkern hinzu: »Ein sehr aufregender Mann, kann ich dir sagen. Ich bin froh, dass Ernest ihn mir vorgestellt hat.«

Wie sich wieder einmal alles fügte, dachte Marie. Und wie klein die Welt doch war. Sie hatte die Zarenfamilie kennenlernen dürfen. Die Erinnerung an sie lebte nun durch Cocos Geschenk an ihre Kundinnen fort und wurde in die Zukunft getragen. »Düfte sind Erinnerungsträger.« Das war ein Satz aus ihrer Kindheit, der bisher ihr gesamtes Leben geprägt hatte. Ebenso wie das Wissen, dass jeder Duft eine Geschichte hatte. So hatte nun auch Cocos neuer Duft eine Geschichte, trug den Zauber des Zarenreichs und die Tragik seines Untergangs in sich. Er erzählte aber auch von der jungen Unternehmerin, deren Weg in einem Waisenhaus begonnen hatte, wo sie das Nähen lernte, und die nun, Jahre später, eine erfolgreiche Modedesignerin und eine Freundin der Familie Romanow war. All das steckte in dem Parfüm, und all das würde sich mit der Geschichte seiner Trägerinnen verweben.

»Du bist so still?«, fragte Coco.

»Ach«, sagte Marie erklärend, »ich musste an die Zarenfamilie denken. Und dass ihre Geschichte durch deinen

Duft ja auch irgendwie weitergetragen wird. Wie wird dein Parfüm denn heißen?«

Coco lächelte. »*N° 5*.«

»*N° 5*?«, fragte Marie. »Das ist … ungewöhnlich.«

»Ich *bin* ungewöhnlich«, unterstrich Coco. »Auch mein Flakon wird anders aussehen als die anderen. Schlichte, gerade Formen. Das gilt auch für die Verpackung.«

»Das ist nur folgerichtig. Du setzt deinen Stil fort. Aber warum ausgerechnet *N° 5*? Es gibt ja keine eins, zwei, drei und vier.«

Coco lachte. »Es war die fünfte Duftprobe, die Beaux mir vorgestellt hat. Und obendrein lanciere ich meine Kollektionen jeweils am fünften Tag des fünften Monats. Die fünf scheint meine Glückszahl zu sein.«

***

Anna war so aufgeregt wie selten zuvor in ihrem Leben. Morgen sollte es zusammen mit Rudolph Karstadt nach Verdun gehen – und übermorgen würde sie vielleicht Julius … Nein, sie wollte nicht daran denken, sich nicht zu viele Hoffnungen machen – auch wenn es schwerfiel. Es gab noch so viel zu planen und zu erledigen.

»Kann ich Sie denn wirklich den Rest der Woche mit Lucie allein lassen?«, fragte Anna, als sie sich im Laden von Fräulein Schalt verabschiedete.

»Aber selbstverständlich«, bestätigte Eugenie. »Lucie ist eine hervorragende Kraft, und auch ihre kleine Schwester Hertha macht sich gut, wenn sie zum Aushelfen kommt.«

»Und beide bewundern Sie sehr, Fräulein Schalt. Wenn viele Kundinnen da sind, kann man Lucie voll einsetzen, aber erfahrungsgemäß ist es am Mittwochnachmittag etwas ruhiger. Und dann können Sie den beiden eine kleine Lehrstunde erteilen – natürlich vor allem Lucie.«

»Wenn Sie Ihrem ehemaligen Lehrmädchen zutrauen, selbst auszubilden …«, sagte Fräulein Schalt stolz.

»Und ob ich Ihnen das zutraue!«, erwiderte Anna.

Eugenie bedankte sich gerührt und sagte dann leise: »Sie wissen, was ich Ihnen für Verdun wünsche.«

Am nächsten Morgen wurde Anna von ihrer Stiefmutter und der Köchin verabschiedet. Um acht Uhr in der Früh sollte Rudolph Karstadts Chauffeur sie in der Isestraße abholen.

Frau Fehling drückte Anna mit feuchten Augen ein Körbchen in die Hand, aus dem es verführerisch nach Zimt roch.

»Franzbrötchen?«, vergewisserte sich Anna.

»Ganz frisch«, erklärte die Köchin. »Ich bin eigens um vier Uhr aufgestanden. Ich weiß ja nicht, wie viel Essen die Franzosen haben.«

»Nach unserer Kapitulation haben sie wahrscheinlich mehr als wir«, mutmaßte Odile. »Die Frage ist nur, ob sie einer Deutschen etwas abgeben.«

Sie nahm die Hände ihrer jüngeren Tochter und blickte ihr liebevoll ins Gesicht – und weit weniger panisch, als dies früher bei einer derartigen Reiseankündigung der Fall gewesen wäre.

»Du weißt ja, dass ich mir mal wieder schreckliche Sorgen mache – und wovor ich dich alles warnen möchte«, sagte sie auf Französisch, und es klang sogar ein wenig selbstironisch. »Deshalb spare ich es mir. Nur so viel: Nutze unsere Sprache! Und ich werde dafür beten, dass sich unsere Hoffnungen diesmal erfüllen.«

Anna umarmte ihre Stiefmutter gerührt. Wie gut Odile ihre Therapie tat!

Da kam schwerfällig ihr Vater auf seiner Krücke den Flur hinab.

Anna lief ihm entgegen und umarmte ihn. »Papa, du sollst dich doch schonen!«

»Na, so ramponiert kann ich gar nicht sein, dass ich meine Tochter nicht vor so einer gefährlichen Reise verabschiede«, sagte er und scherzte tapfer: »Komm mir heil zurück, Kleines, sonst bin ich ernsthaft verstimmt.«

Anna lachte unter Tränen.

Wenig später saß sie bei Herrn Karstadt senior in der Kutsche zum Bahnhof und sah aus dem Fenster auf ihr kleiner werdendes Zuhause. Sie hoffte so sehr, dass alles gut gehen und sie heil zurückkehren würde – mit Julius!

43

Bevor es wieder nach Deutschland gehen würde, hatte Marie noch etwas Wichtiges zu erledigen: Sie wollte unbedingt erneut nach Grasse reisen, um nach Madame Lambert zu sehen, jener Greisin, die ihr vor einem halben Jahrzehnt die Bilder und Parfümflakons – sowie einen ganzen Koffer voller Lebensweisheiten – mit auf den Weg gegeben hatte. Mit dem Kriegsausbruch war natürlich auch der Kontakt zu der Parfümeurin abgebrochen, und Marie hatte ein wenig Angst vor der Reise nach Grasse. Wie wahrscheinlich war es, dass sie Madame Lambert noch lebend antreffen würde? Sie hatte damals schon ein biblisches Alter gehabt, und der Krieg mit all seinen Entbehrungen hatte sicherlich auch bei ihr seine Spuren hinterlassen. Aber selbst wenn sie nicht mehr leben würde, hatte sich Marie gedacht, dann schuldete sie es ihr, zumindest ihr Grab zu besuchen. Doch wenn die liebenswürdige Dame noch am Leben sein sollte – was, wenn sie ihr mit einer ähnlichen Ablehnung, mit einem ähnlichen Hass begegnen würde wie Claire? Sie konnte es sich eigentlich nicht vorstellen, denn Hass passte nicht zu Madame Lamberts Wesen, Hass war eng und kalt und starr, und die weise Parfümeurin war durch das Leben so ungemein offen und warmherzig und beweglich geworden oder geblieben. Doch der Krieg hinterließ Spuren bei den Menschen, und diese Lektion hatte Marie gelernt: dass man sich in anderen täuschen konnte. In beide Richtungen. Auf positive, aber auch auf negative Weise.

Grasse hatte sich, wie Marie feststellte, kaum verändert in all den Jahren, in denen sie nicht mehr dort gewesen war. Über den Gässchen lag der gleiche Charme, der Duft flog von den Blumenfeldern und aus den Türen der Parfümhäuser in die Stadt, die Stimmung war friedlich und voller Wärme. Ihr erster Weg führte Marie zu dem einstigen Ladengeschäft der Alten, auch wenn sie wusste, dass die Wahrscheinlichkeit, die Parfümeurin hier anzutreffen, denkbar gering war – schließlich hatte sie ihr Geschäft damals aufgelöst –, aber ein wenig Hoffnung hatte sie dennoch. Die zerschlug sich allerdings sofort, als Marie in die Straße einbog, in der sich der Laden befunden hatte. Dort, wo Madame Lambert einst ihre Parfüms präsentiert hatte, bot nun ein Patissier seine Backwaren zum Verkauf an. Es duftete verführerisch nach frisch Gebackenem, und das Geschäft schien gut zu laufen, die Menschen strömten in Scharen hinein. Marie zögerte. Sollte sie die Bäckerei ebenfalls betreten und dort nach der alten Dame fragen?

Angesichts der vielen Menschen, die dort bedient werden wollten, entschied sie sich dagegen. Zum einen war sie zu ungeduldig, um lange zu warten, zum anderen wollte sie vor so vielen Menschen nicht von ihrer Suche berichten. Und sie wusste ja auch, wo Madame Lambert lebte. Noch vor Kriegsausbruch hatte die Alte ihr geschrieben, dass sie in eine hübsche Wohnung in der Avenue de Provence gezogen war. Doch als sie an dem großen und etwas heruntergekommenen Mietshaus ankam, erlebte sie eine bittere Enttäuschung:

Auf den Klingelschildern an der Haustür suchte sie den Namen Lambert vergeblich. Das konnte nur eines bedeuten, dachte Marie, denn in diesem Alter wechselte man nicht mehr so einfach den Wohnsitz. Eine plötzliche und überbordende Trauer ergriff von ihr Besitz. Hatte sie Daltroff einfach loslassen können, hatte sie nun das Gefühl, als sei mit dem Tod der alten Frau ein Kapitel ihres Lebens endgültig zugeschlagen worden. Ein wichtiges, bedeutendes und prägendes Kapitel.

Seufzend ließ sie den Blick schweifen. Benzingeruch mischte sich mit dem für Grasse so typischen Blütenduft, und mit einem Mal wusste Marie, was sie zu tun hatte: Sie würde auf den Blütenfeldern außerhalb der Stadt einen Strauß für Madame Lambert pflücken und ihn auf ihr Grab legen – so sie es denn finden würde. Und fände sie es nicht, beschloss Marie, dann würde sie den duftenden Blumengruß am Abend, wenn die Bäckerei ihre Pforten geschlossen hatte, vor das Schaufenster stellen.

Langsam wanderte sie aus der Stadt hinaus. Draußen empfing sie duftende Weite, schier endlos erstreckten sich die Blütenfelder – eine Explosion von Farben und Düften. Tief, ganz tief atmete Marie den Duft ein. Ließ sich dann auf der kleinen Bank am Fuße des Mairosenfelds nieder, auf der sie mit Madame Lambert seinerzeit gesessen hatte. Der knorrige Olivenbaum warf seinen Schatten über die Bank, davor waren die hellrosa Blüten der Duftrosen zu bewundern, dahinter öffneten die ersten Lavendelblüten zaghaft ihre Knospen, und Marie wusste, dass hier in wenigen Wochen alles in ein sattes Lila getaucht sein würde. Und ganz hinten erstreckte sich auf ihrem Hügel die sonnenbeschienene Stadt Grasse. Marie seufzte und schloss für einen Moment die Augen.

»Ich habe gewusst, dass Sie wiederkommen würden«, sagte eine vertraute Stimme hinter ihr.

Marie fuhr herum, sprang auf und starrte die Frau an, nach der sie gesucht hatte und die nun so unvermittelt vor ihr stand. »Madame Lambert!«

Am liebsten wäre sie ihr um den Hals gefallen, doch sie wagte es nicht. Immerhin lagen so viele Jahre zwischen der jetzigen und der ersten Begegnung. Viele Jahre und ein Krieg, der aus Freunden Feinde gemacht hatte. Auch aus ihnen? Marie lächelte die alte Dame zaghaft an. Dann bückte sie sich, pflückte eine Blume und reichte sie ihr verlegen. »Ich freue mich so, Sie zu sehen, Madame«, sagte sie. »Ich habe Sie gesucht.«

Die Alte nahm die Blume, und ein feines Lächeln zog über ihr Gesicht, ein Lächeln, das auch ihre Augen erreichte und diese zum Leuchten brachte.

»Setzen wir uns«, sagte sie und deutete auf die Bank.

»Wie ist es Ihnen ergangen in all den Jahren?«, fragte Marie.

»Nun, wie es einem eben so ergeht im Krieg«, antwortete Madame Lambert. »Er hat in mir auch Erinnerungen wachgerufen, schlimme Erinnerungen an den Krieg meiner Jugendzeit, 1870. Auch damals kämpfte Frankreich gegen Deutschland, und dieser Krieg hat mir meinen Vater genommen. Und im Grunde auch die Mutter. Sie hat den Tod ihres Mannes nie verwunden – und war mit der Versorgung von sieben kleinen Kindern vollkommen überfordert. Sie wurde verbittert, und ich als Älteste musste schon früh viel Verantwortung übernehmen.«

»Sie Arme«, bedauerte Marie.

»Ach, es ist so lange her«, winkte die Alte ab. »Und es hat mich stärker gemacht.«

»Ich hatte Angst vor unserer Begegnung«, gestand Marie.

»Warum?«

»Ich wusste nicht, ob Sie mich jetzt vielleicht hassen«, brach es aus der Jüngeren hervor. »Weil ich doch – zumindest zur Hälfte – eine Deutsche bin. Und weil es diesen furchtbaren Krieg gab. Und nun sagen Sie mir auch noch, dass es ein Deutscher war, der Ihren Vater getötet und Ihre Familie ins Unglück gestürzt hat.«

»Aber das hat doch mit Ihnen nichts zu tun«, sagte die Alte und griff nach Maries Hand. Marie blickte auf ihre beiden ineinander verschlungenen Hände, die alte und die junge. Die Haut der alten Dame fühlte sich wie Pergament an. »Und auch nichts mit uns und unserer Verbindung. Wir Frauen machen die Kriege nicht, sie nehmen uns nur unsere Väter, Söhne und Ehemänner.«

»Eigentlich habe ich mir gedacht, dass Sie so denken«, stellte Marie erleichtert fest. »Aber ich habe in Paris auch eine andere Erfahrung machen müssen. Bei einer Frau, bei der ich nicht damit gerechnet hätte. Na ja, dafür war eine andere sehr nett zu mir, und auch das kam unerwartet.«

»Ja, das Leben steckt voller Überraschungen«, sagte Madame Lambert. »Und man kann sich sehr in Menschen täuschen. Das musste ich auch oft erleben.«

»Wie geht man damit um?«, fragte Marie. »Ich dachte eigentlich bisher immer, eine gute Menschenkenntnis zu haben und mich auf mein Gefühl verlassen zu können, aber ich wurde in der letzten Zeit so oft überrascht … Ich weiß teilweise gar nicht mehr, wie ich eine Begegnung einordnen soll. Sehen Sie … Gerade bei Ihnen hatte ich eigentlich keinerlei Zweifel daran, dass Sie den Krieg nicht zwischen sich und mich stellen werden. Aber nach dem, was mir widerfahren ist, war ich mir selbst hier nicht mehr sicher.«

Die Alte nickte. »Man ist nie davor gefeit, sich in Menschen zu täuschen. Aber oft ist es auch gar nicht so, dass diese Menschen einen willentlich getäuscht haben. Oft haben sie sich einfach nur verändert im Lauf der Zeit. Wurden selbst enttäuscht, sind bitterer geworden.«

»Ja, das ist wohl die Gefahr«, pflichtete Marie ihr bei. »Dass man durch die Summe der gemachten Erfahrungen verbittert und sich immer mehr verschließt.«

Madame Lambert hob die Blume an die Nase. »Wissen Sie, für mich ist das wie mit der Religion. Ich besuche zwar regelmäßig die Messe, aber die wahre Gottesliebe findet für mich nicht in der Kirche statt, sondern im alltäglichen Leben. Im täglichen Ringen darum, ein guter und mitfühlender Mensch zu sein.«

»Das ist ein schöner Gedanke.«

»Und dazu«, fuhr die alte Dame fort, »gehört es auch, jemandem zu verzeihen. Und natürlich erst recht, andere nicht für etwas verantwortlich zu machen, für das sie gar nichts können. Genau das hätte ich getan, wenn ich unsere Freundschaft in den Schatten eines Mordes stellen würde, den Ihre Landsmänner begangen haben, als Sie noch gar nicht auf der Welt waren.«

»Ich danke Ihnen«, sagte Marie. »Für Ihre Worte, für Ihre Freundschaft und für Ihre Verbundenheit. Als ich Ihren Namen nicht mehr auf dem Klingelschild fand, dachte ich, Sie sind … fort.«

Madame Lambert lächelte milde. »Nein, stellen Sie sich vor, ich hatte plötzlich Lust, auf meine alten Tage noch umzuziehen. Wir haben in unserer Stadt so viele Wohnungen mit schöner Aussicht, das wollte ich mir endlich auch einmal gönnen.«

»Wunderbar«, freute sich Marie.

»Und nun erzählen Sie mir«, flüsterte die Alte neugierig. »Wie geht es Ihnen in Deutschland? Ich hoffe, meine Flakons und Bilder haben den Krieg gut überstanden?«

»O ja«, sagte Marie. »Wir haben alles gehütet wie unseren Augapfel und gerade wieder eröffnet.«

Madame Lambert lächelte. »Daran habe ich nie gezweifelt. Ich wusste vom ersten Augenblick an, dass mein Lebenswerk bei Ihnen in guten Händen ist.«

Sie schnupperte erneut an der Blume und fragte dann: »Aber Ihre französische Liebe zu Monsieur Daltroff ist zu Ende, nicht wahr?«

»Ja«, erwiderte Marie. »Ja und nein. Ich bin nach Frankreich gekommen, um nach Ernest zu suchen. Ich wollte Klarheit finden, nachdem ich all die Jahre nichts von ihm gehört hatte. Nun weiß ich zumindest, dass es ihm gut geht – ohne mich.«

»Und die Zeit, die Sie gemeinsam hatten, die kann Ihnen niemand mehr nehmen. Begegnungen bleiben uns für immer. Sie sind weise, Marie. Manch eine Frau wäre nun sicherlich verbittert und würde mit ihrer Verbitterung einen Schatten auf das Vergangene werfen.«

Marie sah sie dankbar an. »Ich hatte eine gute Lehrerin.« Dann beugte sie sich vor und gab der Alten einen Kuss auf die Wange.

***

Anna saß mit Rudolph Karstadt und dessen Privatdetektiv, Monsieur Marais, in einem Geländewagen, der sie zum Militärkrankenhaus von Verdun bringen sollte. Nach einer Zwischenübernachtung in Stuttgart hatten sie heute in aller Frühe ihre Zugfahrt in die Kleinstadt im Nordosten Frankreichs am Ufer der Maas fortgesetzt. Marais, der sie dort am Bahnhof abgeholt hatte, war ein kugelförmiger kleiner Mann, der sich an diesem ungewöhnlich heißen Maitag ständig mit einem Taschentuch den Schweiß von der Stirn tupfte.

Sie fuhren vorbei an einer beklemmenden Mondlandschaft voller Explosionskrater, in der von Wäldern größtenteils nur Baumstümpfe übrig waren: dem Schlachtfeld von Verdun.

»Zeitweilig wurden hier über viertausend Geschütze eingesetzt«, berichtete Marais. »Durchschnittlich zehntausend Granaten und Minen gingen stündlich runter. Laut den überlebenden Jungs war das eine ohrenbetäubende Geräuschkulisse. Beim Explodieren kamen Unmengen Erde hoch, etliche Soldaten wurden bei lebendigem Leib begraben. Nicht alle konnten rechtzeitig aus dem Erdreich befreit werden.«

Anna wurde übel bei der Vorstellung, dass sich ihr Julius inmitten dieses Wahnsinns befunden hatte.

Doch Marais kannte keine Gnade und erzählte weiter: »Gab hier ja fast nie Feuerpausen, deshalb haben sie die vielen Toten und Verletzten gezwungenermaßen zwischen den Fronten liegen lassen. Besonders im Sommer hat es deshalb bestialisch gestunken. Die Soldaten mussten häufig stundenlang ihre Gasmasken tragen und mehrere Tage ohne Nahrung auskommen. Der Durst muss schlimm gewesen sein – angeblich haben viele verseuchtes Regenwasser aus Granattrichtern getrunken – oder ihren eigenen Urin.«

Anna vergrub das Gesicht in den Händen. Diese Hölle war ein ganzes Universum weit von ihrer Parfümerie entfernt.

Sie war froh, als das Fahrzeug vor dem Militärkrankenhaus hielt und Marais sie und Karstadt senior auf das provisorisch wirkende Barackengebäude zuführte.

»Ich muss Sie warnen«, sagte Marais. »Der zuständige Arzt, ein gewisser Herr Bretodeau, wird nicht gerade freundlich sein. Er selbst hätte mir den Patienten nicht gemeldet, obwohl ich bereits vor zwei Monaten nach Julius gefragt hatte. Aber eine Nonne, die hier als Seelsorgerin arbeitet, Schwester Jeanne, hat mitbekommen, dass der junge Deutsche ohne Gedächtnis sich an seine Familie mit ihren Kaufhäusern erinnert. Da fiel ich ihr wieder ein, und sie hat mich schließlich ohne das Wissen des Arztes benachrichtigt. Sie meinte am Telefon, Bretodeau habe später getobt deswegen.«

»Wieso hasst er die Deutschen so sehr?«, erkundigte sich Anna, die mit jedem Schritt durch die Gänge des Krankenhauses nervöser wurde.

»Eine von diesen tragischen Kriegsgeschichten«, meinte Marais keuchend und tupfte sich einmal mehr die Stirn ab. »Seine Tochter liebte einen Soldaten, der in ein deutsches Gefangenenlager kam. Die Deutschen behaupteten, der Mann sei gefallen, da ging das arme Mädchen ins Wasser. Tja, und dann kam der Junge zurück, aber Bretodeaus Tochter war ertrunken.«

Was für eine schreckliche Geschichte, dachte Anna, kein Wunder, dass der Doktor uns Deutsche hasst.

Und schließlich standen sie vor dem mürrisch dreinblickenden Arzt, einem großen Mann mit Glatze.

Er sah Rudolph Karstadt abfällig an und führte sie murrend zum Bett des verletzten Deutschen, an dem eine dunkelhäutige Nonne saß – Schwester Jeanne.

»Minenexplosion«, erklärte Dr. Bretodeau knapp.

Annas Herz schlug so wild, als wollte es zerspringen. Die

Nonne berührte den jungen Mann mit Kopfverband an der Schulter und sagte sanft: »Monsieur.«

Der junge Mann, der aus einer Kaufhaus-Dynastie stammte, drehte sich langsam um, und Anna sah mit einem unterdrückten Schrei in sein verwirrtes Gesicht – ein Gesicht, das *nicht* das von Julius Karstadt war!

44

Traurig betrachteten Anna und Rudolph Karstadt den verletzten jungen Deutschen.

»Ich kenne diesen Mann. Er heißt Samuel Althoff«, erklärte Karstadt schließlich mit belegter Stimme. »Er stammt tatsächlich aus einer Familie von Kaufhausbesitzern. Sein Vater ist mein Konkurrent Theodor Althoff, ihm gehören mehrere Warenhäuser.« Mit hängenden Schultern ging er in Richtung Tür. »Wir sollten ihm telegrafieren. Er wird sich unendlich freuen, seinen Sohn wiederzubekommen.«

Anna sah ihm bestürzt nach. Karstadt selbst hatte seinen Neffen nicht wiederbekommen. Sie hatte Julius nicht wiederbekommen. Sie begann leise zu schluchzen.

»Mein armes Kind«, sagte Schwester Jeanne auf Französisch und legte ihr tröstend die Hand auf den Arm.

Anna antwortete ihr in derselben Sprache: »Warum lässt Gott das zu? Warum müssen so viele Menschen sterben? Warum hat er meinen Julius getötet? Warum hat er zugelassen, dass die Deutschen Doktor Bretodeaus Tochter angelogen haben? Warum?« Anna wandte sich mit tränennassen Augen an den Arzt. »Verzeihen Sie mir, Doktor Bretodeau – vergeben Sie mir das, was meine Landsleute Ihrer armen Tochter angetan haben.«

Schließlich hielt sie den Geruch von Desinfektionsmitteln, Fäulnis und Tod nicht mehr aus und eilte aus dem Raum, um sich zu übergeben.

***

Marie fühlte sich wie befreit, als sie sich auf den Weg zum Bahnhof in Grasse machte, um die Heimreise anzutreten. Sie musste an Cocos Worte denken. Dass es manchmal die kleinen Dinge aus der Kindheit waren, die einen für ein ganzes Leben prägten, die man in Erinnerung behielt.

Sie hatte Ernest nicht gefunden. Aber dafür jede Menge Antworten. Marie hatte das Gefühl, durch ihre Reise in ihrem Leben ein großes Stück weitergekommen zu sein.

Der Abschied von Madame Lambert am Vorabend war sehr herzlich gewesen, und die beiden Frauen hatten sich versprochen, den Kontakt nicht wieder abreißen zu lassen. Wobei Marie sich im Stillen fragte, ob sie die alte Frau wirklich noch einmal sehen würde. Ohnehin empfand sie es als Wunder und als Geschenk, dass sie sie noch bei bester Gesundheit angetroffen hatte. Aber das hatte sie ja in den letzten Tagen gelernt: dass das Leben oft jede Menge Überraschungen bereithielt. Angenehme wie unangenehme. Dass man nie wusste, was die Zukunft brachte. Das war spannend und beängstigend zugleich. Was würde sie erwarten, wenn sie nach Hamburg zurückkehrte? Nun, dachte Marie lächelnd, zumindest hier würde es vermutlich keine allzu großen Überraschungen geben. Sie hoffte, dass sich Anna dem Leben wieder etwas geöffnet hatte, und nahm sich vor, der Schwester haarklein über all ihre Erlebnisse zu berichten. Und auch über das, was sie in Gesprächen erfahren und mitgenommen hatte. Sie war sicher, das würde Anna ebenso weiterhelfen wie ihr auf dem Weg in ein neues, glücklicheres Leben.

Am frühen Abend traf sie in Harvestehude ein. Gleich war sie zu Hause! Endlich! Frau Fehling würde ihr sicherlich einen Tee zubereiten, auch wenn zu dieser Zeit, so kurz vor dem Abendessen, in der Küche Hochbetrieb herrschte. Vielleicht hätte sie sogar noch ein frisches Franzbrötchen für sie, von dem Marie naschen könnte.

Doch als sie auf das dreistöckige Haus in der Isestraße zuging, merkte sie, dass etwas nicht stimmte. Die gesamte dritte Etage war taghell erleuchtet, hinter jedem Fenster brannte Licht, und vor dem Gebäude standen zwei Automobile, während der Wagen der Familie merkwürdigerweise fehlte. Eines der fremden Autos gehörte dem langjährigen Hausarzt der Familie, Dr. Hansen. Den anderen Wagen kannte Anna nicht, aber ihr blieb auch keine Zeit, ihn sich genauer anzusehen: Schon an der Haustür hörte sie die markerschütternden Schreie ihrer Stiefmutter. Als Marie gerade mit zitternden Fingern ihren Schlüssel herausholen wollte, wurde die Tür von innen aufgerissen, und Fiete, der Hausdiener, stand ihr mit leichenblassem Gesicht gegenüber.

»Oh, Fräulein Marie«, sagte er schniefend, und sie bemerkte, dass er ganz rot geweinte Augen hatte.

»Was ist denn geschehen, um Himmels willen?«, rief Marie, die Fietes Worte wegen des Geschreis ihrer Stiefmutter kaum verstehen konnte. »Was ist mit meiner Mutter?«

»Es ist nicht Ihre Mutter. Ihr Vater …«, setzte der Diener an, doch Marie hörte seinen umständlichen Erklärungen gar nicht mehr zu, sondern trat aus dem Windfang in die große Empfangshalle – und da sah sie ihn: Ihr Vater lag in eigenartig verrenkter Haltung an der Tür zum Arbeitszimmer neben seiner Krücke, bei ihm kauerte die wehklagende Odile, die sich an seinen Hals geworfen hatte und ihn nicht loslassen wollte. Auf der anderen Seite kniete Dr. Hansen, der sich hastig erhob, als er Marie sah. Und hinter ihrer Stiefmutter saß Hausdame Fräulein Witt und versuchte, beruhigend auf ihre Herrin einzureden, wobei ihr allerdings selbst die Tränen in Strömen über das Gesicht rannen und sie von Schluchzern geschüttelt wurde.

Ungläubig starrte Marie auf die Szenerie.

»Papa!«, rief sie und rannte los.

Dr. Hansen kam ihr entgegen und fing sie auf. »Ihr Vater ist gestürzt, Marie. Er hat sich das Genick gebrochen. Ich konnte nichts mehr für ihn tun. Es tut mir unendlich leid.«

Sie blickte ihn an. Sah das gütige, besorgte Gesicht, das sie von Kindesbeinen an kannte.

Was sagte er da? Ihr Vater gestürzt? Und dass er nichts mehr für ihn tun könne? Waren heute alle verrückt geworden? Dr. Hansen konnte doch stets etwas tun – wenn er kam, wurde alles wieder gut. Das war schon immer so gewesen. Und der Vater würde gleich aufstehen und sie in die Arme schließen. Zum Glück wurde das Wimmern ihrer Stiefmutter endlich leiser, das war ja auch kaum zu ertragen. Dafür stürzten die Wände plötzlich auf sie zu.

Und dann empfing sie eine gnädige Stille.

***

Einen Tag lang hatte sich Marie im Fieber im Bett gewälzt. Als sie endlich erwachte, sah sie als Erstes die besorgte Miene von Dr. Hansen. Dann blickte sie in Tinettes Gesicht, der die Tränen über die Wangen liefen. Und schließlich war da eine Frau, die zitternd die Hand ausstreckte und ihr in einer mütterlich besorgten Geste über die Wangen strich. »Marie«, sagte sie. »Ach, meine liebe Marie.«

»Großmutter?«, fragte Marie wirr. Dann lächelte sie schief. »Du bist zurück.«

»Nein, ich bin es, Berta«, erklärte die Seifenfabrikantin mit milder Stimme.

»Was ist geschehen?«, fragte Marie. Und dann kamen die Bilder wieder. Die Schreie der Mutter. Der Vater in seiner seltsam verrenkten Haltung an der Arbeitszimmertür. Die Wände, die auf sie zustürzten. Entsetzt schlug sie sich die Hände vor die Augen, als könne sie die furchtbaren Erinnerungen so vertreiben. Doch es half nichts.

Verzweifelt ließ sie ihre Hände wieder zur Seite gleiten. Dann sah sie Berta flehend an. Als habe diese die Macht, durch beruhigende Worte alles ungeschehen zu machen.

Doch Berta sah sie nur bekümmert an und sagte dann: »Es war ein Unfall, Marie. Dein Vater war hinten in seinem Schlafzimmer, als das Telefon im Arbeitszimmer klingelte. Heinrich eilte in den Flur, stolperte mit seinem Gehstock und stürzte unglücklich. Dabei brach er sich … also, er brach sich das Genick. Als Dr. Hansen eintraf, war es schon zu spät.«

Ein Schluchzer entrang sich Maries Kehle. Es war nur ein einziger Laut, aber in ihm brachen sich alles Leid und aller Schmerz Bahn.

Bertas Blick war voller Trauer und Mitleid, als sie hilflos sagte: »Marie …«

Diese streckte die Arme nach ihrer Mentorin aus wie ein Kind nach seiner Mutter. Berta ließ sich aufs Bett sinken und umfing ihre so viel jüngere Freundin. Marie ließ sich von ihr halten – und dann kamen die Tränen.

***

Anna kehrte erst nach fünf Tagen mit einer bleiernen Gleichgültigkeit aus Verdun zurück. Rudolph Karstadt hatte noch länger dort bleiben wollen, um seinen Mitbewerber Theodor Althoff zu empfangen und zu dessen Sohn zu bringen, doch sie war gleich abgereist – zunächst in Richtung Straßburg. Die Geburtsstadt ihrer Stiefmutter hatte sie längst einmal besuchen wollen. Und der Verlust ihres Verlobten hatte ihr drastisch vor Augen geführt, dass niemand wusste, wie viel Zeit einem vergönnt war, sich solche Wünsche zu erfüllen. Doch die Trauer blieb ihr Reisebegleiter, die Schönheit des Elsass hatte sie nur wie durch einen Schleier wahrgenommen. Vom Hamburger Hauptbahnhof aus nahm Anna die Bahn nach Hause, da sie niemanden von ihrer Ankunft in Kenntnis gesetzt hatte, und ging von der Haltestelle aus zu Fuß – wie sie das schon vor wenigen Wochen mit Marie getan hatte.

Als sie die Isestraße hinunterging, kamen ihr mehrere dunkle Limousinen entgegen, die alle vor dem Haus Nummer 89 losfuhren. Anna runzelte die Stirn. Was machten all die Autos hier? Und noch dazu zu dieser frühen Stunde? Die dunkle Vorahnung weiteren Unheils zog in ihr herauf. Angespannt blickte sie den Fahrzeugen entgegen, der vorderste Wagen hielt wenige Meter vor ihr entfernt. Sie sah das vertraute Gesicht von Gerhard Jensen, dem Chauffeur, und auf der Rückbank erblickte sie ihre Stiefmutter und Marie. Die Wagentür öffnete sich, und Marie sprang heraus. Schmal, blass, ganz in Schwarz gekleidet. Warum trug ihre Schwester Trauerkleidung? Hatte Herr Karstadt sie informiert, dass Julius doch tot war? Und wo war der Vater? Anna spürte, dass der Boden unter ihr zu schwanken begann. Da war Marie bei ihr, neben ihr. Zog sie auf die Bank, auf der sie so oft gesessen und über den Tod und das Leben gesprochen hatten, und offenbarte ihr, dass nun auch der Vater zu den Toten gehörte. Ihre Schwester hielt sie im Arm, als Anna von heftigen Schluchzern geschüttelt wurde, während im Schnelldurchlauf unzählige Bilder vor ihrem geistigen Auge vorüberzogen. Bilder, die sich ihr eingeprägt hatten, ohne dass sie es wusste. Verschüttete, vergessen geglaubte Bilder.

Der Vater, der ein kleines Mädchen im Sommerkleid in den strahlenden Himmel hob und sich mit dem vor Begeisterung quietschenden Kind mehrmals um seine eigene Achse drehte. Der Vater, wie er sie auf seinen Schoß zog, nachdem er sie bei einer Lüge ertappt hatte, der aber nicht mit ihr schimpfte, sondern ihr sagte, man müsse immer aufrichtig sein. Sein vor Stolz strahlendes Gesicht bei der Eröffnung ihrer Parfümerie, als Marie Cotys Fläschchen auf den Boden geworfen hatte. Und nun sollte er tot sein? Nie mehr wiederkehren?

Fassungslos sah sie ihre Schwester an, mit einem Blick, der aus weiter Ferne zu kommen schien.

Plötzlich war auch Berta bei ihr und legte ihr behutsam einen schwarzen Umhang um die Schultern, den irgendjemand aus der Wohnung geholt hatte. Dann sagte sie: »Komm, meine liebe Anna. Wir wollen deinem Vater die letzte Ehre erweisen.«

***

Zur Beerdigung von Heinrich Carstens war offenbar halb Hamburg gekommen. Die vielen Menschen drängten sich in und um die Friedhofskapelle, sie folgten dem Sarg des großen Hamburger Gewürz- und Teehändlers zu der Stelle, an der er seine letzte Ruhestätte erhalten und die sich innerhalb der kommenden zwei Stunden in ein riesiges Blumenmeer verwandeln sollte. Marie dachte an Grasse, an all die Blüten, die in den Düften der Parfümeure gebannt waren, und dass Blumen doch eigentlich etwas so Schönes waren. Und nun waren sie mit einem Mal ein Symbol der Trauer. Ihr Blütenduft erreichte sie heute nicht, obwohl Maries feine Nase sonst immer in der Lage war, auch nur den kleinsten Geruch wahrzunehmen. Stattdessen roch sie etwas, das aus ihrem Innersten zu kommen schien, aus ihrem tiefsten Inneren oder aus der Vergangenheit: Es war ein Hauch von Vanille aus einer Pfeife, doch statt des Gefühls der Heimeligkeit, den dieser Duft immer in ihr erzeugt hatte, fühlte sie eine entsetzliche Leere.

All die Gesichter, die an ihr vorbeizogen, um ihr zu kondolieren, nahm sie nur schemenhaft wahr. Sie schüttelte Hände, starrte in mitfühlende und neugierige Augen, nickte, und all das erschien ihr seltsam unwirklich. Das war doch nicht sie, die hier stand, und das war doch nicht der Vater, dessen blumenübersäter Sarg dort in seinem Grab lag. Sie sah ihre Schwester, die neben ihr stand und weinte, sie sah Odile, die sich vor lauter Kummer kaum auf den Beinen halten konnte. Sie ertrug den Anblick nicht und suchte Halt irgendwo in der Ferne, ließ ihren Blick schweifen.

Und dann sah sie noch jemanden, halb verborgen in den Gebüschen hinter der Trauergesellschaft. Einen Mann mit kurz geschorenen Haaren, der zum Schutz vor der Sonne eine Nickelbrille mit dunklen Gläsern trug. Doch als sie zwinkerte, war das Bild auch schon wieder verschwunden. Hatte sie sich den Fremden nur eingebildet? In ihrem Zustand wäre es nicht verwunderlich, wenn sie zu halluzinieren begann. Anna und sie waren ohnehin völlig überfordert.

Dieses Gefühl blieb beim Leichenschmaus, der bei der Familie Carstens stattfand, bestehen. Es war für beide Schwestern anstrengend, die vielen Beileidsbekundungen entgegenzunehmen, mit den Gästen Erinnerungen an Heinrich Carstens zu teilen und zwischendurch ihrer Stiefmutter beizustehen. Als rettende Engel in diesen quälenden Stunden, in dieser ganzen schweren Zeit, erwiesen sich die Bediensteten, die der Familie, obwohl selbst in tiefer Trauer um den Hausherrn, bedingungslos zur Seite standen. Sie alle weinten um Heinrich Carstens, der ein guter und fürsorglicher Dienstherr gewesen war. Besonders für Frau Fehling, die als junges Mädchen bei Heinrichs Mutter in den Dienst gekommen war und die ihn von Kindesbeinen an kannte, war es ein herber Verlust. Doch sie gestattete es sich nicht, sich ihrem Schmerz hinzugeben, sondern bewirtete, tröstete und wischte nur dann und wann mit einem Zipfel ihres Taschentuchs verstohlen die Tränen aus den Augen. Auch Berta, die Familie Harders und Fräulein Schalt standen den Douglas-Schwestern treu zur Seite. Sie waren einfach da, still, unaufdringlich und treu. »Nehmt euch die Zeit, die ihr braucht, um euch in der neuen Situation zurechtzufinden«, sagte Lucie in einer ruhigen Minute zu den beiden Schwestern. »Fräulein Schalt und ich schaffen das auch eine Weile alleine.«

»An den Nachmittagen kann ich auch da sein«, warf Hertha ein.

»Und ich stehe selbstverständlich ebenfalls zur Verfügung«, beeilte sich Helene zu ergänzen.

Anna lächelte ihren Freunden dankbar zu und sagte dann: »Das ist sehr lieb von euch. Ich werde morgen aber wieder im Geschäft sein. Das lenkt mich ab. Wenn ich hier zu Hause bleibe, dann werde ich verrückt.«

»Das geht mir ganz genauso«, bestätigte Marie.

»Eines müssen wir Ihnen leider auch noch sagen«, brachte Eugenie Schalt nun zögerlich hervor. »Gestern Abend hat sich ein Mann mit kurz geschorenen Haaren vorm Laden herumgetrieben und immer wieder reingelinst. Lucie ist zu Tode erschrocken.«

Anna erschauderte. »Dieser Einbrecher Hauer hatte kurz geschorene Haare«, erinnerte sie sich.

»Einen Mann mit kurz geschorenen Haaren habe ich auch auf Vaters Beerdigung gesehen«, fiel Marie wieder ein. »Er lungerte zwischen den Büschen hinter uns, und ich habe mich gefragt, was er da sucht.«

»Hauer hat mir damals Rache geschworen«, erzählte Anna beklommen. »Ich werde gleich morgen Oberwachtmeister Fedder anrufen. Vielleicht ist der Taugenichts inzwischen wieder auf freiem Fuß.«

45

Am Morgen nach der Beerdigung standen Anna und Marie wieder in ihrem Geschäft. Beide brauchten die Ablenkung, um mit ihrer Trauer um Julius und den Vater umgehen zu können. Der vertraute Ablauf, die vertrauten Gesichter ihrer Mitarbeiterinnen taten ihnen gut, und sowohl Lucie als auch Fräulein Schalt waren eine große Stütze.

Anna hatte den Oberwachtmeister erreicht und herausbekommen, dass Hauer tatsächlich schon 1915 freigekommen war, um im Krieg dienen zu können. Fedder hatte versprochen, dass seine Schutzmänner ein besonders wachsames Auge auf die Parfümerie richten würden. Zur Sicherheit hatte Anna aber trotzdem Julius' Pistole in ihrem Schreibtisch deponiert.

Abends klopfte Marie an Annas Zimmertür.

»Herein!«, rief Anna und lächelte, als sie ihre Schwester sah.

Marie setzte sich zu ihr aufs Bett und sagte: »Anna, wir sollten unbedingt darauf bestehen, dass die abendlichen gemeinsamen Mahlzeiten wieder aufgenommen werden. Gerade jetzt in Zeiten der Trauer ist es wichtig für Maman, und es ist unsere Pflicht als Töchter, ihr zur Seite zu stehen.«

Anna nickte ernst. »Ja, da hast du recht. Ich habe auch ein

schlechtes Gewissen, dass ich so sehr mit mir selbst und meiner eigenen Trauer beschäftigt war und sie gar nicht stützen konnte.«

»Das ist nur zu verständlich«, fand Marie. »Mir ging es ja nicht anders, und wenn einem selbst der Boden unter den Füßen weggezogen wird, ist es schwer, für jemand anderen da zu sein.«

»Ja«, sagte Anna nachdenklich. »Trotzdem hätte Papa das von uns erwartet. Zu Recht. Ich werde mit Frau Fehling sprechen und ihr mitteilen, dass wir die Mahlzeiten ab morgen wieder gemeinsam einnehmen.«

»Das ist gut.«

»Und nun würde ich, trotz aller Trauer, gerne wissen, wie es in Paris war«, sagte Anna. »Dazu sind wir ja noch gar nicht gekommen. Konntest du etwas über Ernest in Erfahrung bringen?«

***

Am nächsten Morgen stand Anna in aller Herrgottsfrühe auf, um das Grab ihres Vaters zu besuchen.

Auf dem Weg über den Friedhof knirschte der Kies unter ihren Füßen, die Vögel sangen in den Bäumen, Bienen summten in den Blumen. Es kam ihr vor, als nähme sie all das heute besonders intensiv wahr. Die Geräusche und Geschenke der Natur. Und sich selbst mitten darin.

Vor dem Blumenmeer am Grab ihres Vaters kniete sie nieder. Sie schloss die Augen und erzählte ihm flüsternd alles, was sich in den letzten Tagen zugetragen hatte. Vom Ende der Hoffnung für Julius, von der möglichen Rückkehr des Einbrechers. Von ihrer Unsicherheit. Von ihrer Trauer um ihn, den Vater. Lange saß sie dort, und als sie sich mit etwas steifen Bewegungen wieder erhob, spürte sie jeden Knochen und jeden Muskel in ihrem Körper. Da nahm sie aus dem Augenwinkel eine Gestalt hinter sich wahr. Rasch fuhr sie herum – und da sah sie ihn. Er stand etwa drei Meter von ihr entfernt vor einem voll erblühten Rosenbusch und sah ihr ernst entgegen. Sein Haar war nunmehr kurz geschoren, und eine lange Narbe prangte auf seiner Stirn, doch er war es, ganz unzweifelhaft.

Julius. Ihr Julius.

Hagerer war er geworden, sein einst so glattes Gesicht durchzogen von ersten Falten, und seine Hautfarbe wies eine Blässe auf, die von jahrelanger mangelhafter Ernährung und einem entbehrungsreichen Leben kündete. Aber das Leuchten in seinen Augen war das gleiche, sein Lächeln, seine Art, sich zu bewegen, als er nun langsam auf sie zukam.

Julius.

Er breitete die Arme aus, und Anna erwachte aus ihrer Betäubung. Wie von selbst setzten sich ihre Füße in Bewegung, und sie flog hinein in seine schützende, liebende Geborgenheit.

***

Marie stand am Zug, um Berta zu verabschieden, die wieder nach Zürich wollte – zurück zu ihrem Marcel.

Es war ein Abschied für über ein Jahr, Berta wollte erst zum zehnjährigen Jubiläum des Geschäfts, am 24. Mai 1920, nach Hamburg zurückkehren.

»Es tut mir so leid, euch ausgerechnet in dieser schweren Zeit zurückzulassen«, sagte die alte Freundin schuldbewusst.

»Wir sind ja nicht allein«, versicherte Marie ihr. »Die

Harders und unsere drei Mädchen im Laden stehen uns bei. Mach dir keine Sorgen und grüß deinen Marcel von uns!«

»Das werde ich.« Berta küsste Marie liebevoll auf die Stirn und stieg in den Zug. »Bis zum Jubiläum.«

Marie winkte dem Zug noch lange nach. Als sie allein am Bahnsteig stand, wurde sie plötzlich von Angst gepackt. Was, wenn sie Berta zum letzten Mal gesehen hatte? Julius und ihr Vater tot, Daltroff aus ihrem Leben verschwunden – zurzeit schien alles so fragil – und flüchtig wie die schönen Düfte.

Da bemerkte sie die sehnsüchtigen Blicke eines Jünglings, der ihr bekannt vorkam. War das etwa der junge Mann aus der Hochbahn? Sie lächelte ihn an, wandte ihm dann aber den Rücken zu. Nach Schäkern stand ihr im Moment nun wirklich nicht der Sinn. Marie gestand sich ein, dass sie es wieder genoss, die bewundernden Blicke der Männer auf sich zu spüren. Noch mehr aber genoss sie das Gefühl der Unabhängigkeit.

Männer. Sie mochte sie, aber sie *brauchte* sie nicht.

Warum sollten alle Geschichten mit weiblichen Heldinnen mit einer Hochzeit enden? Zusammen mit ihren treuen Freundinnen durfte sie wieder ihre wunderbare Parfümerie leiten – das würde ihr Ablenkung und Trost schenken. Ihre Großmutter, ihr Vater – sie würden immer bei ihr sein, denn sie hatten die Verwirklichung dieses Traums ermöglicht. Marie verließ das Bahnhofsgebäude in Richtung Alster und fühlte sich – frei!

***

Lange standen sie dort auf dem Friedhof und hielten sich fest. Seine Umarmung fühlte sich genauso an wie früher, stellte Anna fest, tröstend, Halt gebend und erregend zugleich, und auch sein Duft hatte sich nicht verändert. Als sie sich endlich voneinander lösten, nahm Julius ihre Hand. Er ging mit ihr zu einer ungemähten Blumenwiese am Rand des Friedhofs, ließ sich mit Anna hineinsinken und sah sie einfach nur an. Ein jeder erkundete mit seinen Augen das Gesicht des anderen, schweigend, weinend, lachend, staunend.

Und dann fingen sie beide auf einmal an zu sprechen.

»Wo warst du?«, fragte Anna, während er sagte: »Entschuldige, dass ich nun einfach so wieder in dein Leben platze.«

»Was heißt hier entschuldige«, sagte die völlig aufgewühlte Anna. »Ich habe so auf dich gewartet, so um dich getrauert, seit so vielen Monaten. Ich dachte, du wärst tot.«

»Das hat mein Onkel mir erzählt«, sagte er. »Deswegen habe ich mich dir auch zunächst sehr vorsichtig genähert. Ich wollte dich nicht erschrecken. Erst recht nicht, als ich kurz nach meiner Rückkehr erfuhr, dass euer Vater gestorben ist. Es tut mir so leid, Anna.«

Sie nickte und strich über seinen geschorenen Kopf. »Marie hat bei Papas Beerdigung einen Mann mit ganz kurzen Haaren gesehen. Warst du das?«

»Ja«, gab er zu. »Ich wollte ihm still die letzte Ehre erweisen – ohne mit meiner Rückkehr für großes Aufsehen zu sorgen. Mich plagte die Angst, es könnte zu viel für dich sein. Ich hatte schon am Abend zuvor versucht, dich zu finden.«

Anna schmunzelte erkennend. »Lass mich raten! Da hast du heimlich durch die Schaufensterscheibe der Parfümerie nach mir Ausschau gehalten.«

»Ja«, staunte er. »Woher weißt du?«

Anna lächelte. »Nun, du hast dich auch da erwischen lassen. Diesmal hat dich unsere Verkäuferin Fräulein Schalt gesehen und mir später davon erzählt. Aber ich bin erst am Tag der Beerdigung nach Hamburg zurückgekehrt. Ich hatte noch versucht, mich mit einer Reise nach Straßburg von meiner Trauer um dich abzulenken – natürlich vergeblich«, fügte sie hinzu. »Aber nun verrat mir endlich, was *dir* geschehen ist!«

Er nickte und erzählte: »Nach dem Krieg wurde ich vom Lager in ein Sonderkommando versetzt, das die Schützengräben von Verdun aufräumen sollte. Ich erinnere mich nur noch, dass ich mit zwei Freunden, Markus und Samuel, kurz vor Weihnachten in eisiger Kälte in den Gräben war. Wir hatten uns angefreundet, weil wir einen ähnlichen Hintergrund haben. Markus Bernauer aus Kirchheim war Krämerssohn, Samuel Althoff aus Dülmen und ich hatten beide Familien mit Kaufhäusern. Wenig später trat Markus auf eine Mine, von ihm blieb nichts übrig, Samuel und ich wurden weggeschleudert. Das habe ich erst nachträglich von der Nonne, Schwester Jeanne, erfahren. An die Explosion habe ich selbst keine Erinnerung mehr. Ich erwachte mit hohem Fieber in einem Militärhospital. Schwer verletzt. Auch als die Wunden langsam verheilten, war ich viele Wochen schwer krank, oft im Koma. Ich hatte Sehstörungen und konnte kaum sprechen – geschweige denn das Bett verlassen.«

»Aber warum hat man uns nicht benachrichtigt?«, empörte sich Anna.

»Doktor Bretodeau hat die Familien verletzter oder verstorbener Deutscher grundsätzlich nicht unterrichtet«, berichtete Julius mit belegter Stimme. »Als du mit Onkel

Rudolph in dem Hospital bei meinem Kameraden Samuel warst, lag ich im Fieber – nur ein paar Zimmer weiter. Zuerst hat der Arzt das verschwiegen.«

»Aber wieso?«, setzte Anna an, doch dann kam sie selbst auf die Antwort. »Aus Rache. Seine Tochter hat sich ja umgebracht – weil die Deutschen sie falsch über ihren Verlobten informiert haben.«

»Ja«, bestätigte Julius, »genau so hat es mir Schwester Jeanne erzählt.«

»Aber wie kamst du dann hierher?«, wunderte sich seine Verlobte.

»Irgendwas, das du gesagt hast, muss Doktor Bretodeaus Herz erweicht haben«, mutmaßte Julius. »Schwester Jeanne hat es mir erzählt. Wie er dich so todtraurig gehen sah, fühlte er sich an seine Tochter erinnert. Er schüttete der Nonne sein Herz aus und sagte ihr, dass ich derjenige sei, den ihr sucht.«

»Aber wusste die Schwester das denn nicht selbst?«

Er schüttelte den Kopf. »Sie ist Seelsorgerin und keine Pflegekraft. Sie wusste meinen Nachnamen ja nicht, Bretodeau hingegen schon. Sie redete dem Arzt gut zu, und der führte meinen Onkel dann doch noch an mein Krankenbett. Es war sehr …« Julius' Stimme versagte. »Ich hatte Onkel Rudolph nie zuvor weinen sehen. Nun heulten wir beide wie Kinder.«

Auch Anna hatte erneut Tränen in den Augen.

Ihr Verlobter fuhr mit seiner Erzählung fort: »Mein Onkel und Samuels Vater kannten sich ja schon flüchtig, aber in der gemeinsamen Wiedersehensfreude mit uns haben sie sich richtig angefreundet. Sie wollen vielleicht sogar fusionieren. Die Kaufkraft der Deutschen ist durch den Krieg sowieso geschrumpft, und die Alliierten haben ja vor, uns übel zu schröpfen, da können unsere Unternehmen gar nicht genug zusammenhalten. Mein Onkel nahm mich dann mit nach Hause. Als mich sein Arzt behandelt hat, ging mein Fieber augenblicklich wieder herunter«, erklärte Julius. »Ich möchte nicht unterstellen, dass Doktor Bretodeau meine Genesung absichtlich verhindert hat …«

»Aber es könnte sein«, ergänzte Anna nachdenklich seinen Satz.

»Ich glaube wirklich, dein Auftreten ihm gegenüber hat mich gerettet«, sagte er, und dann näherte er sich mit lächelndem Gesicht dem ihren. »Mal wieder. So kam ich zurück nach Hamburg, den Rest kennst du.«

»Ja«, nickte Anna. »Den Rest kenne ich. Und ich freue mich auf den Rest unseres gemeinsamen Lebens.«

Sie küssten sich wie Ertrinkende auf diesem Gottesacker, und als sie sich wieder voneinander lösten, dachte Anna, wie merkwürdig und zugleich wie passend es doch war, dass sie sich ausgerechnet auf einem Friedhof wiedergefunden hatten – und hier dem Tod das zurückgekehrte Leben entgegensetzten.

EPILOG

1920

Als Marie am Morgen des 24. Mai 1920 zum Zimmer ihrer Schwester eilte, herrschte in den Wohnungen der Familie Carstens hektische Betriebsamkeit wie in einem Bienenstock. Es war ein ganz besonderer Montag, denn heute würde die Parfümerie der Douglas-Schwestern erst um vier Uhr nachmittags öffnen – um dann ein fulminantes zehnjähriges Jubiläum zu feiern.

Alle Freunde würden dabei sein, Berta war eigens aus der Schweiz angereist, und ihr zweiter Ehemann würde demnächst seine Tante vom Bahnhof abholen: Madame Lambert aus Grasse. Sie hatte tatsächlich trotz ihres biblischen Alters die beschwerliche Reise auf sich genommen, um Maries Parfümerie einmal mit eigenen Augen zu sehen. Wie sehr sie sich auf die alte Dame freute!

Der neue Diener Karl würde das Zuhause der Familie Carstens indes alleine hüten, denn alle anderen – vom Butler über den Chauffeur bis zu den Zofen und der Köchin – würden zur Feier am Neuen Wall kommen. Sogar Odile, die seit ihrer Therapie oft und gern am Isebekkanal spazieren ging und für die Beerdigung des Vaters ja sogar bis nach Nienstedten mitgefahren war, hatte ihr Kommen zugesichert.

»Fiete, hilf uns mit den Schnittchen!«, hörte Marie den

Butler Herrn Konradi aus der Küche rufen, wo Frau Fehling lautstark zugange war, und irgendwo sagte Julius Karstadt: »Karl, könnten Sie mir bitte mit der Fliege helfen?«

Als Marie Annas Zimmer betrat, verzweifelte diese gerade wie so oft an ihren störrischen Haaren, und ihre Zofe stand etwas ratlos daneben.

»Lassen Sie nur, Tinette«, sagte Marie lächelnd. »Ich gehe meiner Schwester zur Hand.«

Sie begann, Annas Haar zu bürsten, und deren Gesichtsausdruck entspannte sich augenblicklich ein wenig.

»Früher hat Großmutter das immer gemacht«, erinnerte sich Anna wehmütig.

»Ich glaube, sie wäre heute sehr stolz auf uns. Sie hat uns die Erfüllung unseres Traums geschenkt, und wir haben mit unseren Freunden dafür gesorgt, dass er überlebt hat. Zehn Jahre lang – und einen großen Krieg!«, sagte Marie bewegt. »Es wäre so schön, wenn sie heute dabei sein könnte.«

»Wer weiß? Vielleicht ist sie das ja«, meinte Anna. »Ich habe gelesen, dass sich das Universum unendlich ausdehnt. Warum sollte die Energie, die unsere Seele ist, also verloren gehen? Vielleicht freuen sie und Vater sich gerade wirklich irgendwo für uns.«

Marie steckte Anna das Haar hoch und lächelte ihr im Spiegel liebevoll zu. Die Jüngere hatte ja von jeher im Faktischen Sicherheit gesucht. Es war typisch für sie, selbst ein solch unbeweisbares Konzept wie das Leben nach dem Tod wissenschaftlich belegen zu wollen.

»Bestimmt tun sie das«, erwiderte Marie.

Kurz darauf war sie mit Annas Haar fertig.

Da klopfte es an der Tür, und auf ihre Aufforderung hin betrat ein wenig schüchtern Odile den Raum. Sie trug ein eng anliegendes, erstaunlich modernes Kleid aus waldgrüner

Seide, das sie sich eigens zum heutigen Anlass hatte schneidern lassen. Dazu hielt sie eine lederne Handtasche in derselben Farbe in der Hand.

»Maman«, rief Marie hingerissen, *»c'est merveilleux!«*

»Würdet ihr mir helfen, mich im Gesicht ein wenig hübsch zu machen?«, bat ihre Stiefmutter verlegen.

Marie platzierte Odile begeistert vor dem Spiegel, und Anna begann sogleich, ihr Rouge aufzutragen.

Odile kicherte, und es klang fast ein wenig mädchenhaft. »Ich sehe aus, als hätte ich mein Leben an der frischen Luft zugebracht und nicht in stickigen Zimmern.«

Marie zückte einen Lippenstift und sah ihre Stiefmutter fragend an. Und zum Erstaunen ihrer beiden Töchter nickte Odile – wenn auch ein wenig zögerlich.

Während Marie das strahlende Rot auftrug, erzählte sie: »Von Guerlain persönlich. Ein Mitbringsel von Berta. Der Lippenstift heißt *Ne m'oubliez pas.*«

»Vergiss mich nicht«, übersetzte Anna. »Das passt.«

Marie nickte. »So, wie wir auch unsere Momente nicht vergessen, die in den Düften wohnen.«

Odile betrachtete ihr hübsches Gesicht erstaunt im Spiegel.

»Wie fühlst du dich?«, fragte Anna.

Ihre Maman dachte nur kurz nach und sagte dann: »Jung. Ich fühle mich jung.«

Sie öffnete ihre Handtasche und holte ein kleines Parfümfläschchen hervor.

»Das hast du noch?«, wunderte sich Anna. »Wir haben es dir an Weihnachten nach unserer Eröffnung geschenkt. Du sahst so angewidert aus, dass wir dachten, du hast es weggeworfen.«

Odile schüttelte den Kopf. »Ich habe es gehütet wie einen

Schatz – und immer gehofft, dass ich es zu einem besonderen Anlass auftragen werde«, sagte sie feierlich. »Und heute ist es nun so weit.«

Sie sprühte das Parfüm auf, schloss die Augen und schnupperte, wie Marie vor vielen Jahren bei ihrem ersten Besuch in einer Parfümerie.

»Es riecht nach der Maiblume«, sagte sie. »Als ob ein schöner Sommer vor der Tür steht.«

Marie und Anna waren gerührt, doch Odiles nächste Worte trieben ihnen endgültig die Tränen in die Augen: »Alle dachten, ich breche nach Heinrichs Tod endgültig zusammen. Sogar Dr. Claußen hat es befürchtet. Und es stimmt, mit dem Tod eures Vaters brach die Stütze meines Lebens fort. Aber tatsächlich habe ich eine zweite, genauso sichere Stütze, die mich davor bewahrt hat: meine mutigen Töchter. Danke, dass ihr so geduldig mit mir wart all die Jahre. Ich weiß, ich war oft schrecklich anstrengend. Aber ich bin unendlich stolz auf euch.«

Und dann weinten ihre beiden erwachsenen Töchter zum ersten Mal seit Kindertagen in Odiles Armen.

»So viele Erzählungen und Geschichten habe ich über eure schöne Parfümerie gehört«, sagte Odile, und als sie sich erhob, so fanden ihre Töchter, sah sie stark und abenteuerlustig aus. »Und jetzt möchte ich sie mir endlich, endlich ansehen – eure Wunderwelt der Düfte!«

ENDE

SPUREN DER REALITÄT

Nachwort der Autoren

Auf die Geschichte der Carstens-Schwestern stießen wir schon vor einigen Jahren und waren gleich fasziniert. Dass ein schottischer Seifensieder nach Hamburg kam, weil ihm die Steuern in seiner Heimat zu hoch waren, und dass dies der Beginn einer Geschichte war, die bis in die Gegenwart fortbesteht, fanden wir ebenso spannend wie die Frauen, die in dieser Geschichte eine Rolle spielten. Als wir versuchten, mehr über die Gründerinnen Anna und Maria Carstens herauszufinden, wurden wir jedoch enttäuscht: Die Quellenlage erwies sich zunächst als äußerst dürftig. Wir fanden aber – ebenso wie unsere wunderbare Agentin Anna Mechler und der Piper Verlag –, dass diese Geschichte unbedingt erzählt werden muss. Eine Geschichte der Schönheit und des Parfüms.

Also begaben wir uns auf eine Zeitreise ins Hamburg und ins Paris der Jahre 1909 bis 1920. Wir begegneten interessanten realhistorischen Figuren, recherchierten viele spannende Ereignisse und waren immer faszinierter von der Welt der Düfte, davon, wie Parfüms entstehen und was ihre Geschichte ist. Wir beschäftigten uns mit großen Parfümeuren, mit Salonièren, Künstlern und Literaten. Und irgendwann war die Idee geboren: Auch Anna und Maria Carstens, diese beiden mutigen Unternehmerinnen, würden wir auf die Reise schicken, sie den wichtigen Menschen dieser Zeit begegnen lassen.

Überliefert ist der Ursprung der Parfümerie Douglas: Der Schotte John Sharp Douglas kam – wie Berta im Roman erzählt – 1820, im Alter von neunundzwanzig Jahren, nach Hamburg und eröffnete dort am 5. Januar 1821 eine Seifenfabrik. Seine Produkte wurden rasch erfolgreich, weil sie außergewöhnlich waren – und dank moderner Herstellungsmethoden auch erschwinglich.

Als John Sharp Douglas 1847 starb, übernahmen seine Söhne Thomas und Alexander das Unternehmen, das fortan J. S. Douglas Söhne hieß. Schon damals hatte die Weltausstellung eine große Rolle gespielt. Auf der allerersten, die 1851 in London stattfand, erlangte Douglas große Bekanntheit. Für seine »Himmelsseife« bekam das Unternehmen sogar eine Medaille, ein Erfolg, der Flügel verlieh, zu neuen Erfindungen veranlasste. Noch im selben Jahr brachte Douglas die »Egyptische Toilette Seife« auf den Markt.

Im September 1878 verkauften Thomas und Alexander Douglas die Seifenfabrik an Gustav Adolph Hinrich Runge und Johann Adolph Kolbe. Der Unternehmensname blieb bestehen, das Sortiment wurde um Lederwaren, Modeartikel und Reiseutensilien erweitert. Als Johann Kolbe im Dreikaiserjahr 1888 verstarb, trat sein Sohn Gustav Adolph Kolbe an seine Stelle. Zwei Jahre später war er Alleineigentümer der Seifenfabrik. 1909 übergab er das Unternehmen in die Hände seiner Frau Berta. Die bekam im selben Jahr die Anfrage der Schwestern Anna und Maria Carstens, am Neuen Wall eine Parfümerie unter dem Namen »Douglas« eröffnen zu dürfen.

Verbürgt ist weiterhin, dass Berta Kolbe seinerzeit, wie im

vorliegenden Roman, eigentlich keine Zeit für das Anliegen der jungen Damen hatte, weil sie mit der Vorbereitung der Weltausstellung beschäftigt war. Doch sie hatte eine gute Nase für gute Geschäfte und stimmte zu – unter der Bedingung, dass sich die Schwestern im Gegenzug verpflichteten, alles, was sie an Seifenwaren benötigen, nur von ihr zu beziehen. Bei der Vertragsunterzeichnung hielten die Frauen fest, dass die beiden Schwestern »in Hamburg ein Geschäft in Seifen, Parfümerie- und Toilettenartikel gründen und betreiben« wollen. Berta Kolbe erteilte in dem Vertrag »den Fräulein Carstens das Recht, der Firma des zu gründenden Geschäfts die Bezeichnung ›Parfümerie Douglas‹ anzufügen«. Der Vertrag wurde »auf die Dauer von zehn Jahren, vom 24. Mai 1910 an gerechnet, geschlossen. Falls er von keiner Partei spätestens sechs Monate vor Ablauf der zehn Jahre durch eingeschriebenen Brief aufgekündigt wird, gilt er als auch weitere zehn Jahre verlängert. Hamburg, den 24. Mai 1910, Maria Margaretha Carstens und Anna Dorothea Carstens.« Fakt ist, dass der Name »Douglas« schon damals in Hamburg bekannt war und für beste Qualität stand. Korrekt ist auch die Adresse der ersten Parfümerie am Neuen Wall, die dort noch immer beheimatet ist.

Auch wenn man heute viele historische Informationen in Büchern und im Internet finden kann – die meisten biografischen Daten sind in Archiven und alten Akten verborgen. All die Vertragsdetails aus den frühen Jahren der Parfümerie Douglas fanden wir im Hamburger Staatsarchiv, das uns dankenswerterweise erlaubte, die Originaldokumente einzusehen. Was wir dort nicht fanden, war das Geburts- und Sterbedatum der beiden; die Namen der Eltern waren ebenfalls unbekannt. Auch in den Geburtsregistern Hamburgs waren weder Maria noch Anna Carstens zu finden. Was tun?

Manchmal hilft einem bei der Recherche auch »Kommissar Zufall«. Über die PR-Abteilung der Firma Douglas lernten wir die Fernsehjournalistin Larissa Dudek kennen. Sie wollte die Carstens-Schwestern in einer Folge des NDR-Formats »Rund um den Michel« porträtieren, weshalb wir in einem Interview über unser Roman-Projekt und den aktuellen Forschungsstand berichten durften. Dieses sah auch Daniel Riecke, der daraufhin mit uns Kontakt aufnahm. Er war genau der Mann, der uns helfen konnte: Zusammen mit Carsten Züngler betreibt er in Magdeburg die Generalagentur für Genealogie. Dass sie sich in der Materie auskennen, bewiesen sie schon in zwei Staffeln der ZDF-Show »Du ahnst es nicht!« sowie in der »Drehscheibe«. Auch in unserem Fall gingen sie detektivisch vor: Ausgehend vom durch uns recherchierten Sterbejahr der Maria Carstens – 1929 – fanden sie einen Eintrag im Sterberegister jenes Jahres: »C. Nr. 412. Hamburg, am 17. Juli 1929. Vor dem unterzeichneten Standesbeamten erschien heute, der Persönlichkeit nach durch Anmeldeschein anerkannt, die Hausdame Ingeline Witt, unverehelicht, wohnhaft in Hamburg, Isestraße 89, und zeigte an, daß die ledige Geschäftsinhaberin Maria Margaretha Carstens, wohnhaft in Hamburg, Isestraße 89, geboren zu Kellinghusen, am 1. August 1876, zu Hamburg, in genannter Wohnung, am sechzehnten Juli des Jahres tausend neunhundert neunundzwanzig nachmittags um elfdreiviertel Uhr verstorben sei, wie die Anzeigende aus eigener Wissenschaft bezeuge. Vorgelesen, genehmigt und unterschrieben Ingeline Witt. Der Standesbeamte. I. V. Maje.«

Somit war klar, dass Maria Carstens nicht wie bisher angenommen in Hamburg, sondern in Kellinghusen in Schleswig-Holstein geboren worden war. Und auch ihre Hamburger Adresse sowie der Name ihrer Hausdame waren nun bekannt. Während wir diese Informationen in den Roman einarbeiteten, suchte Daniel Riecke weitere Jahrgänge im Hamburger Sterberegister nach dem Tod der Anna Carstens durch – und wurde im Jahr 1927 fündig: »C. Nr. 336. Hamburg, am 20. Juni 1927. Vor dem unterzeichneten Standesbeamten erschien heute, der Persönlichkeit nach durch Geburtsurkunde anerkannt die Geschäftsinhaberin Maria Carstens, wohnhaft in Hamburg, Isestraße 89, und zeigte an, daß die ledige Geschäftsinhaberin Anna Dorothea Carstens, wohnhaft in Hamburg, bei ihr, geboren zu Kellinghusen am 26. September 1879, zu Hamburg in der Anzeigenden Wohnung am achtzehnten Juni des Jahres tausend neunhundert sieben und zwanzig nachmittags um zehn drei viertel Uhr verstorben sei. Vorgelesen, genehmigt und unterschrieben Maria Carstens. Der Standesbeamte Steffen.«

Mit dem Wissen um den Geburtsort konnten von Herrn Riecke nun auch die Namen der Eltern in Erfahrung gebracht werden: Die Mutter hieß Margaretha Carstens geb. Karde, der Vater Heinrich Carstens. Er war zum Zeitpunkt der Geburt der Töchter noch Müllergeselle in Kellinghusen. Die leibliche Mutter der Carstens-Schwestern starb, als die beiden noch sehr jung waren. Ferner fand Daniel Riecke in einem Hamburger Adressbuch von 1927 heraus, dass die Schwestern in der dritten Etage der Isestraße 89 wohnten und einen Telefonanschluss besaßen.

Der vorliegende Roman ist dank Herrn Riecke die erste Publikation, die den Geburts- und Wohnort der Schwestern, die Namen der Eltern und den der Hausdame enthält. Allerdings wurden keine Einzelheiten zum Privatleben von Anna und Maria Carstens überliefert. Sicher ist nur, dass sie laut Aktenlage unverheiratet geblieben sind. Diesbezüglich haben wir die Handlung daher durch unsere Fantasie ergänzt. Auch dichteten wir ihrem Vater Heinrich eine zweite Ehefrau aus Elsass-Lothringen an. Ob er wirklich noch einmal heiratete, ist nicht bekannt. Seiner Mutter Margaretha haben wir zudem im Roman ein längeres Leben gegönnt als in der Realität – dort starb sie noch vor der Geburt ihrer Enkeltöchter.

Den Kunstmaler Johannes Harders gab es wirklich, ebenso wie seine Frau Helene und die gemeinsamen Töchter Lucie und Hertha, die, je nach Quelle, die Nichten oder die Patentöchter der Carstens-Schwestern waren und die Parfümerie später erbten.

Tatsache ist auch, dass Tietz und Karstadt 1912 ihre Kaufhäuser in Hamburg eröffneten. Die im Roman erzählte Unternehmensgeschichte ist historisch korrekt. Dass Rudolph Karstadt in erster Ehe keine verbürgten Kinder hatte, stimmt ebenfalls, auch das Ableben seines Bruders Carl Heinrich Friedrich Karstadt (1846–1903) ist belegt. Dessen Sohn Julius ist jedoch ebenso unserer Fantasie entsprungen wie die Liebegeschichte zwischen ihm und Anna Carstens. In der Realität blieben beide Carstens-Schwestern bis zu ihrem Tod unverheiratet.

Die Kaufhausmagnaten Karstadt und Althoff kannten sich tasächlich. Nach Kriegsende übernahm Karstadt Althoffs Filialen. Mit seiner zweiten Frau Irmgard, geborene Gerlach, waren Karstadt senior übrigens doch noch eigene Söhne vergönnt: Rudolph und Carl Ernst, die erst 1924 beziehungsweise 1925 geboren wurden.

Ob Maria Carstens je nach Frankreich reiste, wissen wir nicht. Die Begegnungen mit den Parfümeuren und bekannten Persönlichkeiten sind daher ebenfalls ein Produkt unserer Fantasie. Korrekt sind aber deren jeweilige Geschichten. Sei es die Anekdote von den Gerbern und ihren Handschuhen, die der Erfindung von *Chanel N° 5* (allerdings erst im Jahr 1921) oder die, dass Coty ein Fläschchen Parfüm auf den Boden schleuderte. Frei erfunden ist die Liebesbeziehung zwischen Ernest Daltroff und Marie. Möglicherweise war dieser mit Félicie Wanpouille liiert, sie gilt als seine Geschäftspartnerin und Muse, heiratete aber später, ebenso wie Daltroff, anderweitig. Die Szene in Gertrude Steins Salon ist den Beschreibungen aus Ernest Hemingways Buch *Paris* nachempfunden. Dass er allerdings schon 1919, als er noch in Italien seine Kriegsverletzungen auskurierte, in Gertrudes Salon nach Paris kam, ist eher unwahrscheinlich, denn eigentlich sind jene Besuche erst ab 1921 nachgewiesen.

Ebenfalls erfunden ist die Begegnung der Carstens-Schwestern mit Marianne Ballin und der Zarenfamilie. Auch ob sich Ida Dehmel und die Carstens-Schwestern getroffen haben, ist ungewiss. Die Geschichte von Ida Dehmel ist aber historisch korrekt und hat uns sehr fasziniert. Ein Besuch im Dehmel-Haus lohnt sich. Auch Handlungen wie die des ausgepeitschten Dirigenten haben sich tatsächlich ereignet. Das Leben schreibt eben die merkwürdigsten Geschichten.

Nach dem Tod der Maria Carstens im Jahr 1929 führten Hertha und Lucie Harders mit deren Vater, Kunstmaler Johannes, das Geschäft weiter. Dieses hieß nunmehr »Parfümerie Douglas Harders & Co« und führte ab 1931, wie der Briefkopf verrät, »sämtlich In- und Ausländische Parfümerien / Schwämme, Reise- und Toilette-Artikel / Elisabeth Arden und Elise Bock-Depot* Spezialität: Douglas-Seifen«.

Eugenie Schalt war ab 1913 tatsächlich Lehrmädchen und blieb dem Unternehmen rund fünfzig Jahre lang treu.

1936 stellten die Harders Erhard Hunger als Geschäftsführer ein, der das Sortiment um Markenprodukte erweiterte.

1969 existierten in Hamburg sechs Douglas-Parfümerien, und eine erste Filiale eröffnete in Darmstadt. In den 1970ern begann die Expansion ins Ausland – Österreich. In den 1980ern folgten die Niederlande, die USA, Frankreich und Italien, in den 1990ern die Schweiz, Spanien und Portugal, in den 2000ern Polen, Ungarn, Monaco, Tschechien, Türkei, Lettland, Litauen, Rumänien, Bulgarien und Kroatien.

DANKSAGUNG

Unser erster und größter Dank geht an unsere Leserinnen und Leser für ihre Rückmeldungen zu unserem bisher erschienenen Werk – der dreibändigen Elbstrand-Saga. Sehr motivierend!

Wir danken all unseren Kolleginnen und Kollegen, die sich vor uns mit der Geschichte des beginnenden zwanzigsten Jahrhunderts im Allgemeinen und mit jener der Stadt Hamburg und des Parfüms im Besonderen beschäftigt haben. Beim Studium dieser Lektüre, beim Betrachten von alten Bildern oder Filmen fanden wir viel Inspiration. Ein besonders herzlicher Dank geht hier auch an Melanie Kunze, die uns unermüdlich bei der Recherche und Suche nach spannenden Quellen unterstützt und bei dem Thema ebenso Feuer gefangen hat wie wir.

Die intensiven Phasen des Recherchierens und des Schreibens sind bei historischen Stoffen besonders zeit- und energieaufwendig, was unseren Familien, Freunden sowie Kolleginnen und Kollegen stets viel Entgegenkommen abverlangt.

Für Eva-Maria Bast waren die größte Stütze und Freude auch dieses Mal wieder ihre fünf wunderbaren Kinder, Christian Schuchardt und ihre Eltern Lena und Alfred Bast. Jørn Precht erhielt »Rückendeckung« von Erika Precht, Elias

Konradi, den Precht-Aicheles sowie Hilde, Albert und Andreas Bühler, Karin Friesch samt Familie, Birgit Weber, Marlis Konradi, Marie Luise Heidt und Hans Gerhard Jensen. Ferner danken wir dem Schauspielteam unserer Buch-Trailer: Frank Digeser, Jannik Dublasky, Conny Faß, Petra Feilen, Christian Fiedler, M. F. Körner, Jamie Grace Lewis, Noée Mahler, Stuart Marlow, Marie Moreira, Julia Mönch, Angela Neis, Femi Norine, Ahmed Nousry, Christian Siée, Maria Weiße, Silas Weidner, der auch die Set-Fotografie meisterte, und zu guter Letzt Mia Day, die den Großteil der historischen Kostüme aus ihrem Privatbestand zur Verfügung stellte, sowie hinter der Kamera Maskenbildnerin Lotte Fleck, Aufnahmeleiterin Tara Claußen und Martina Sturm. Die schönen Hamburg-Aufnahmen lieferte Professor René Harder mit seinem Sohn Karl, merci! Außerdem dankt Jørn Precht seinen Kollegen Axel Hartz und Oliver Curdt an der Hochschule der Medien und Martina Resch.

Ein besonderer Dank des Autorenteams geht an die Parfümerie Douglas, das freundliche Team des Hamburger Staatsarchivs sowie Ahnenforscher Daniel Riecke.

Und schließlich danken wir einmal mehr von ganzem Herzen unserer wunderbaren Agentin Anna Mechler, den Lektorinnen Greta Frank und Kerstin von Dobschütz sowie der Programmleiterin des Piper Verlags, Andrea Müller. Wir hatten an der äußerst fruchtbaren Zusammenarbeit unsere helle Freude!

Eva-Maria Bast und Jørn Precht,
alias Charlotte Jacobi

QUELLEN- UND LITERATURVERZEICHNIS

Burchard, Doris: *Der Kampf um die Schönheit*, Hamburg 1999.

Chronik 1910, Chronik Verlag, Dortmund 1990.

Chronik 1911, Chronik Verlag, 2. überarbeitete Auflage, Dortmund 1991.

Chronik 1912, Chronik Verlag, Dortmund 1990.

Chronik 1913, Chronik Verlag, Dortmund 1987.

Chronik 1914, Chronik Verlag, 2. überarbeitete Auflage, Dortmund 1988.

Dehmel, Richard: *Ein Mann, eine Frau.*
URL: https://www.lieder.net/get_text.html?TextId=101135.

Die Chronik Hamburgs, Chronik Verlag, Dortmund 1991.

GG Online: *Prinzessinnenhaus Wolfsgarten.*
URL: http://www.gg-online.de/html/wolfsgarten_prinzessinnen haus.htm.

Griese, Inga: *Der Fall Douglas: Von einer Lauge zum Schönheits-imperium*, In: Welt.de.
URL:https://www.welt.de/welt_print/vermischtes/article9246744 /Der-Fall-Douglas-Von-einer-Lauge-zum-Schoenheitsimperium. html.

Hamburg in den 1920er-Jahren: Faszinierende Filmaufnahmen, Spirit of Hamburg unplugged. URL: https://www.youtube.com/ watch?reload=9&v=Zx4Rtl-75D4.

Hemingway, Ernest: *Paris. Ein Fest fürs Leben*, Hamburg 2011.

Hoffmann-Kuhnt, Lotte: *Briefe der Zarin Alexandra von Russland an ihre Jugendfreundin Toni Becker-Bracht*, Norderstedt 2009.

Hoffmann, Paul Th.: *Die Elbchaussee. Ihre Landsitze, Menschen und Schicksale*, Hamburg 1977.

Hurton, Andrea: *Erotik des Parfüms*, Frankfurt 1991.

Köster, Magdalena: *Brillante Bilanzen*, Hemsbach 2005.

Ksenija, Isaewa: *Frei von Prunk und Zeremoniell: Die Romanows unter sich*, Russia Beyond. URL: https://de.rbth.com/multimedia/pictures/2015/11/21/frei-von-prunk-und-zeremoniell-die-romanows-unter-sich_542531.

Morris, Edwin T.: *Düfte – Die Kulturgeschichte des Parfüms*, Düsseldorf 1993.

Ohloff, Günther: *Irdische Düfte – Himmlische Lust: Eine Kulturgeschichte der Duftstoffe*, Basel 1992.

Ramslauer Stadtblatt vom 8.11.1910. URL: http://www.bibliotekacyfrowa.pl/Content/69366/GSL_P_31148_IV_1910_087.pdf.

Seeing Paris Part one. URL: https://www.parisperfect.com/blog/2016/11/paris-in-the-1920s/.

Staatsarchiv Hamburg.

Wikipedia: *Elisabeth von Hessen-Darmstadt.* URL: https://de.wikipedia.org/wiki/Elisabeth_von_Hessen-Darmstadt_(1895%E2%80%931903.